唐代帝王詩歌與詩壇

周　瀚　著

序

張海鷗

　　李唐王朝在當時是世界強國，其政治經濟軍事文化科技在當時都處在世界前列。各國紛紛派使節與中國建立聯繫。王維詩「九天閶闔開宮殿，萬國衣冠拜冕旒」並非虛飾之語。領導唐王朝走向強大的帝王，主要是唐太宗、武則天、唐玄宗。

　　唐詩是中國詩歌史上的一座高峰。在這座高峰形成的過程中，唐太宗、武則天、唐玄宗也是至關重要的人物。

　　那麼他們會寫詩嗎？他們如何影響詩歌走向？他們怎樣與詩、與詩人、與詩壇相處呢？

　　周瀚的博士學位論文研究了這些問題。

　　她首先做了如下統計：

> 《全唐詩》存錄唐朝 11 位帝王詩歌的數量分別為：李世民（太宗）存 99 首、李治（高宗）存 8 首、李顯（中宗）存 7 首、李旦（睿宗）存 1 首、李隆基（明皇帝）存 63 首、李亨（肅宗）存 4 首、李適（德宗）存 15 首、李昂（文宗）存 7 首、李忱（宣宗）存 6 首、李曄（昭宗）存 1 首和武則天存 46 首，總共 257 首。

　　於是她的博士論文選擇了存詩最多的三位帝王（太宗、武后、玄宗）進行研究。這一選擇恰恰符合唐詩從初唐走向繁榮的過程，因而頗能說明在唐詩繁榮的多種原因中，帝王的影響到底有多大。

　　唐太宗的詩有明顯的宮廷風格，典雅莊重，儀式感較強，特別注

意對仗，句式和篇章結構有點死板，但很有帝王身份特徵，寫的是君臨天下的胸襟情愫。如〈經破薛舉戰地〉：

> 昔年懷壯氣，提戈初仗節。心隨朗日高，志與秋霜潔。
> 移鋒驚電起，轉戰長河決。營碎落星沈，陣卷橫雲裂。
> 一揮氛沴靜，再舉鯨鯢滅。

若無經歷和胸襟，怎能有如此帝王氣象。又如〈重幸武功〉詩，彷彿帶領讀者跟隨他的巡幸，進入現場。他吟詠江山、時令、花草樹木的詩也寫得不錯，如〈詠桃〉云：

> 禁苑春暉麗，花蹊綺樹妝。綴條深淺色，點露參差光。
> 向日分千笑，迎風共一香。如何仙嶺側，獨秀隱遙芳。

王夫之《唐詩評選》卷二評此詩「絕代高唱。結語深煉，妙於浹合。」周瀚分析其宮廷詩特徵：三部式結構、宮廷意象、帝王意趣。可謂中肯。「向日分千笑，迎風共一香。」很工整的對仗，很巧妙的創意，將桃花的意態寫得既貼切又新穎。

武則天會不會寫詩呢？計有功《唐詩紀事》說「大凡后之詩文，皆元萬頃、崔融輩為之。」計氏應該是有依據的。從現存武則天詩來看，文臣代筆的痕跡的確明顯，比如〈遊九龍潭〉：

> 山窗遊玉女，澗戶對瓊峰。巖頂翔雙鳳，潭心倒九龍。
> 酒中浮竹葉，杯上寫芙蓉。故驗家山賞，惟有風入松。

　　會寫詩的人或許能體會到，如此十分呆板乏情少趣的詩，太可能出自代筆的文臣之手，甚至可以約略想像其當時是如何戰戰兢兢地揣摩「聖意」，不敢有任何差錯。前六句用同樣的句式，平面化地描寫物象，龍、鳳意象明顯透露出阿諛頌聖心態。

　　〈如意娘〉這首閨怨詩，有人認為可能是武則天在感業寺為尼，思念高宗而作。也可能是作於武則天改唐為周之後，寫給她的面首薛懷義的。此詩寫女子「憶君」之情，是現存於武則天名下詩中最有詩味的一首：

> 看朱成碧思紛紛，顦顇支離為憶君。
>
> 不信比來長下淚，開箱驗取石榴裙。

　　唐玄宗肯定會寫詩，而且寫得還不錯。史書說他「性英斷多藝，尤知音律，善八分書。」《全唐詩》今存其詩63首，各種補遺又有10首，共73首。在唐代帝王存詩中，僅次於唐太宗。清人沈德潛在《唐詩別裁集》卷九說：「太宗、高宗、中宗皆有詩，然承陳、隋之後，古律俱未諧，故以玄宗為始。冠於唐初諸臣之上，尊君也。」

　　周瀚說：「玄宗作為一國之君，熱心詩歌創作，詩歌內容主要有巡幸、與群臣的唱和、與道士的交往三種。其文學思想表現在詩以言志、提倡剛健真樸的文風、倡導風雅之道。其詩歌具有豐富的感情，音律諧和，詩風剛健質樸。」

　　玄宗〈行次成皋途經先聖擒建德之所緬思功業感而賦詩〉，表達了對先聖李世民的敬仰之情：

> 有隋政昏虐，群雄已交爭。先聖按劍起，叱吒風雲生。
>
> 飲馬河洛竭，作氣嵩華驚。克敵睿圖就，擒俘帝道亨。
>
> 顧慚嗣寶曆，恭承天下平。幸過翦鯨地，感慕神且英。

　　確是皇家心緒，「先聖按劍起，叱吒風雲生」可稱佳句了，寫出了李家「先聖」的開國氣派。

　　玄宗〈經鄒魯祭孔子而歎之〉，表達了對文化的敬畏之心：

> 夫子何為者，棲棲一代中。地猶鄹氏邑，宅即魯王宮。
>
> 歎鳳嗟身否，傷麟怨道窮。今看兩楹奠，當與夢時同。

　　據《舊唐書·玄宗本紀》載：「丙申，幸孔子宅，親設奠祭。」詩人熟諳孔子事，字裏行間滿溢真情。就詩歌藝術而言，約略有盛唐詩歌風神，不知是否有文臣幫助潤色。

　　〈過老子廟〉：「仙居懷聖德，靈廟肅神心。獨傷千載後，空餘松柏林。」尾聯頗佳，正是盛唐詩常用的結尾方式。周瀚認為玄宗詩有真情，語言古樸，善用典故，熟諳韻律。我覺得這樣的概括是準確的。

　　周瀚這篇博士論文不僅一一論析了三位帝王詩的題材、體裁、內涵、風格，還一一論述了他們的文學藝術觀念、詩歌主張，由此建立的文藝政策，科舉制度中的試詩政策，以及帝王們平時如何與詩人、詩群相處。讀來饒有興味。有一節居然仔細寫了不學無術口蜜腹劍的

李林甫在其執政十九年間，如何壓抑打擊杜甫之類文士詩人，從而對詩歌有所傷害。我初讀這段時覺得雖然有趣，但是否離題呢？轉念一想才明白：李林甫是唐玄宗重用的人，皇帝之用人直接關係到傷害詩歌，原來也是題中之義。由此看出周瀚的研究傾向是科學求實，力求全面。

　　周瀚不僅研究古代詩歌，也關注現代詩歌。她自己就會寫詩，新體舊體都會。十多年前她出版自己的新詩集，請我作了篇小序。那時我還不知道她熟悉舊體詩詞格律。近幾年時常在微信朋友圈看到她的舊體詩詞，並且隱約知道她在香港詩詞界越來越有影響，很為她高興。現在她將出版博士學位論文，請我作序，我因而重新閱讀了一遍，是一次複習呢，頗感欣慰！希望周瀚學棣在政務、學術、詩歌方面不斷進步。

　　　　　　　　　　　　　　　2020 年 10 月 31 日於廣州水雲軒

目 錄

序   3

摘 要   13

引 言   17

第一章　唐太宗的詩歌與初唐詩壇   27

第一節　唐太宗的文學思想   29

　　一、　　反對釋實求華   30

　　二、　　文藝與政治的關係   34

　　三、　　注重文學的藝術性   38

第二節　唐太宗的詩歌內容   43

　　一、　　唐太宗的巡幸詩   43

　　二、　　唐太宗的詠物詩   57

　　三、　　唐太宗與群臣的唱和   73

第三節　唐太宗詩歌的藝術特色   99

　　一、　　雄邁壯闊與纖巧細緻   99

　　二、　　巧構麗偶   104

　　三、　　善用典故   105

　　四、　　講究聲律   106

第四節　唐太宗與初唐詩壇   109

　　一、　　唐太宗與南方文士   109

　　二、　　唐太宗與北方文士   112

第五節　唐太宗對初唐詩壇的影響   117

第二章　武則天的詩歌及其周圍的文學群體　　121

第一節　武則天的詩歌內容和藝術特色　　123
　　一、　　郊廟歌辭　　123
　　二、　　遊宴詩　　128
　　三、　　賜贈詩　　131
　　四、　　閨怨詩　　133
第二節　武則天與文學群體　　137
　　一、　　武則天與珠英學士集團　　137
　　二、　　武則天與文章四友　　140
第三節　武則天對初唐詩壇的影響　　153
　　一、　　武則天利用科舉制度廣泛延攬文學人才　　153
　　二、　　武則天對文學的重視，促進初唐後期文學繁榮　　155
　　三、　　武則天在推廣七律方面的影響　　159

第三章　唐玄宗的詩歌與盛唐詩壇　　163

第一節　唐玄宗的文學思想　　165
　　一、　　詩以言志　　165
　　二、　　提倡剛健真樸的文風　　167
　　三、　　倡導風雅之道　　169
第二節　唐玄宗的詩歌內容　　171
　　一、　　唐玄宗的巡幸詩　　171
　　二、　　唐玄宗與群臣的唱和　　188
　　三、　　唐玄宗與道士的交往　　197

第三節　唐玄宗詩歌的藝術特色　205

　　一、　　情動於中　205

　　二、　　剛健真樸　207

　　三、　　熟諳音律　209

第四節　唐玄宗與盛唐詩壇　213

　　一、　　唐玄宗與張説、張九齡集團　213

　　二、　　唐玄宗與李林甫　217

第五節　唐玄宗對盛唐詩壇的影響　223

第四章　唐代其他帝王的詩歌與詩壇　227

第一節　唐高宗、唐中宗、唐睿宗及唐肅宗的詩歌與初盛唐詩壇　228

　　一、　　唐高宗的詩歌與初唐詩壇　228

　　二、　　唐中宗的詩歌與初唐詩壇　236

　　三、　　唐睿宗的詩歌與初唐詩壇　243

　　四、　　唐肅宗的詩歌與盛唐詩壇　246

第二節　唐德宗的詩歌與中唐詩壇　252

　　一、　　唐德宗的詩歌內容　252

　　二、　　唐德宗詩歌的藝術特色　255

　　三、　　唐德宗與中唐詩壇　256

第三節　唐文宗、唐宣宗及唐昭宗的詩歌與中晚唐詩壇　258

　　一、　　唐文宗的詩歌與中晚唐詩壇　259

　　二、　　唐宣宗的詩歌與晚唐詩壇　262

　　三、　　唐昭宗的詩歌與晚唐詩壇　267

第五章　唐代帝王詩的意象與特徵　　　　　　　　　　274

第一節　唐代帝王詩的風花雪月　　　　　　　　　　276
　一、　　專題吟詠風花雪月的詩歌　　　　　　　276
　二、　　詩句中的風花雪月　　　　　　　　　　280
　三、　　語言特色　　　　　　　　　　　　　　284
第二節　唐代帝王詩的春夏秋冬　　　　　　　　　　288
　一、　　唐代帝王詩之春　　　　　　　　　　　288
　二、　　唐代帝王詩之夏　　　　　　　　　　　294
　三、　　唐代帝王詩之秋　　　　　　　　　　　296
　四、　　唐代帝王詩之冬　　　　　　　　　　　301
第三節　唐代帝王詩的特徵　　　　　　　　　　　　304
　一、　　君臨天下，典雅端莊　　　　　　　　　304
　二、　　雍容華貴，富而不奢，華而不靡　　　　307
　三、　　心懷天下，期望國富民康　　　　　　　310
　四、　　個性溶於君王的地位　　　　　　　　　312
　五、　　排斥詩裏的淒苦與憤懣　　　　　　　　314

參考文獻　　　　　　　　　　　　　　　　　　　　321
後記　　　　　　　　　　　　　　　　　　　　　　333

摘要

　　唐代文學的嬗變是一個漫長、漸進的過程。從武德初（618）到唐昭宣帝天祐四年（907），唐詩首先經歷了一百餘年，才擺脫齊梁綺麗浮靡詩風的影響，形成「聲律風骨」始備的盛唐氣象。盛唐時代，唐詩的發展達到巔峰，詩歌流派紛呈，李白和杜甫分別是浪漫主義和現實主義詩人的偉大代表。盛唐氣象以蓬勃向上、豪邁奔放的詩風為主要特徵，有名的詩人還包括高適、岑參、王昌齡、李頎等。中唐時代，在社會矛盾複雜尖銳的形勢下，白居易、元稹、張籍、王建等人繼承現實主義傳統，掀起新樂府運動，詩歌的主流轉向現實主義。晚唐時代，隨著國勢的衰弱，杜牧、李商隱等詩人憂心忡忡，詩歌具有濃厚的感傷情調。在唐代文學史的背景下，帝王詩作為最高統治者創作的詩歌，在主流文化中佔據主導位置。本書選擇初盛唐三位有代表性的帝王：唐太宗、武則天、唐玄宗作為主要研究對象。三位帝王愛好文學且創作甚豐。《全唐詩》輯存太宗詩 99 首，武則天 46 首，唐玄宗 63 首。帝王的個人愛好、價值取向、文學思想和施政措施對當時的文壇有直接和重大的影響。在他們的倡導下，產生了貞觀時期的弘文館學士、武后時期的「文章四友」和「珠英學士」以及玄宗朝的張說、張九齡集團，這些文學群體對詩壇起著支配和領導的作用。

　　本書以具體的初盛唐帝王詩歌與詩壇研究為「點」，以整體的唐代帝王詩歌特徵分析為「面」，通過文本細讀和比較分析的研究方法，將微觀與宏觀相結合，探討三位帝王對唐詩發展到高潮所起的作用和影響，剖析在不同的政治文化背景下，初盛唐的詩人群體形成的過程，以及通過探討唐代其他帝王的詩歌和詩壇的關係，從而揭示唐代文學

史的發展特點和流變規律。

　　結構上分為五章：第一章「唐太宗的詩歌與初唐詩壇」，分析了唐太宗的文學思想、詩歌內容和藝術特色，探討了太宗與初唐詩壇的關係及其影響。第二章「武則天的詩歌及其周圍的文學群體」，考察了武則天的詩歌內容和藝術特色，論述了武則天與文學群體及其對初唐後期詩壇的影響。第三章「唐玄宗的詩歌與盛唐詩壇」，剖析了唐玄宗的文學思想、詩歌內容和藝術特色，研究了唐玄宗與盛唐詩壇的關係及其影響。第四章「唐代其他帝王的詩歌與詩壇」，探討唐代其他帝王詩歌內容、藝術特色、與詩壇的關係及其影響。第五章「唐代帝王詩的意象與特徵」，探討唐代帝王詩的意象和總結藝術特徵。

　　本書主要通過集中對初盛唐帝王詩歌與詩壇的研究，發現：三位帝王通過修訂典籍、成立文學機構、推行科舉制度、尊重和延攬文學人才、遊宴賦詩等等舉措，促使詩歌繁榮的客觀因素由初唐至盛唐逐漸發展完善，對唐詩的發展做出了不同程度的貢獻，終於在盛唐迎來了詩歌的高潮。

　　唐太宗重視歷代王朝興衰滅亡的歷史教訓，提出建立雅正的文學觀，對糾正六朝浮靡文風起到了關鍵的作用，為初盛唐詩歌的發展走出了正確的第一步。武則天通過對科舉制度的改革，廣泛延攬文學人才，促使社會形成重視文學、潛心詩歌創作的風氣。她喜愛頌美的詩體，影響宮廷詩人追求雄壯宏麗的審美時尚，對盛唐氣象的形成有直接的影響。「珠英學士」集團、「文章四友」和「沈宋」等人，精心研究詩律並創作了大量聲律諧和的律詩，為盛唐詩風的崛起做好了充足的準備。唐玄宗通過以詩賦取士的科舉制度，促使大批文人登上政

治舞臺，並使盛唐詩歌煥然一新。玄宗任用著名文人張説、張九齡為相，兩人喜延納後進，在很大程度上促進了文學的發展，形成了盛唐詩壇人才輩出的盛大局面。

　　三位帝王的詩歌各具特色，又有共同的特徵，通過研究發現：雄邁壯闊與纖巧細緻兩種互為矛盾、分離的特色，統一在太宗詩中。巡幸詩將太宗作為威風凜凜、英明神武的帝王個性充分地反映出來。詠物詩，則沿襲六朝詩藝，自我個性泯滅，雕飾辭藻。武則天的郊廟歌辭主要宣揚其受命於天，建立武周，並歌頌其豐功偉績，目的是為了鞏固統治。詩歌雄壯宏麗，體現出武則天作為一代女皇所擁有的氣魄和膽略。玄宗掌握聲律理論和技巧，所作之詩大部分是律詩，聲律諧和，克服了唐初追求富麗辭藻之弊，剛健真樸，流露出真情實感，表現出個性化的特徵。此外，通過對唐代其他帝王詩歌與詩壇的研究，發現唐代帝王的詩歌具有以下特徵：第一，既表現出君臨天下的昂揚氣勢，又顯示出典雅端莊的理性追求。第二，詩歌雍容華貴、富而不奢、華而不靡；第三，反映唐代帝王心懷天下、期望國富民康；第四，他們的個性溶於君王的地位；第五，排斥詩裏的淒苦、寒酸、不平和憤懣。

關鍵詞：唐代　帝王詩歌　詩壇

引言

　　唐代文學的嬗變是一個漫長、漸進的過程。從武德初（618）到唐昭宣帝天祐四年（907），唐詩首先經歷了一百餘年，才擺脫齊梁綺麗浮靡詩風的影響，形成「聲律風骨」始備的盛唐氣象。盛唐時代，唐詩的發展達到巔峰，詩歌流派紛呈，李白和杜甫分別代表了浪漫主義和現實主義的兩大流派。盛唐氣象以蓬勃向上、豪邁奔放的詩風為主要特徵，有名的詩人還包括高適、岑參、王昌齡、李頎等。中唐時代，在社會矛盾複雜尖銳的形勢下，白居易、元稹、張籍、王建等人繼承現實主義傳統，掀起新樂府運動，詩歌的主流轉向現實主義。晚唐時代，隨著國勢的衰弱，杜牧、李商隱等詩人憂心忡忡，詩歌具有濃厚的感傷情調。在唐代文學史的背景下，帝王詩作為最高統治者創作的詩歌，在主流文化中佔據主導位置。作為唐詩不可分割的一部分，帝王詩至今已存在和流傳一千餘年，自然有其存在的理由和流傳的價值。但在唐代文學的研究中，帝王詩的研究不是熱點。這是因為唐代帝王詩人在文學上取得的成就難以與唐代著名的詩人相比，帝王詩的藝術性和文學價值相對較低，故學者對此不予重視，帝王詩沒有得到應有的關注。

　　從唐朝到清朝，歷代詩評家對唐代帝王詩歌的評語是片言隻字。在近代的研究也是寥寥可數。在當代的研究中，尚沒有專著全面、系統地研究唐代帝王詩歌與詩壇。在研究唐詩的專著中有零散的章節論述。葛曉音的《詩國高潮與盛唐文化》從文化學的角度，探討了盛唐詩繁榮的原因。[1] 杜曉勤的《齊梁詩歌向盛唐詩歌的嬗變》根據殷璠對盛唐詩的評論「聲律風骨始備」，從聲律的完善和風骨的形成兩方

面研究永明至神龍聲律發展的軌跡和齊梁到盛唐不同詩人群體形成的過程和人格特徵的差異。[2] 聶永華的《初唐宮廷詩風流變考論》從文學史的角度研究初唐宮廷詩,考察了初唐宮廷詩風流變的四個階段。[3] 胡可先的《政治興變與唐詩變化》從政治與文學的關係來闡述唐代的政治興變如何影響詩歌創作的變化。[4] 袁行霈的《唐詩風神及其他》論述唐詩的內在藝術特質—風神,其中論述了初唐詩歌的創作趨勢和盛唐氣象與盛唐時代。[5] 李從軍的《唐代文學演變史》論述唐代各個時代文學的風貌特徵及總體演變。[6] 在外國學者的研究方面,美國漢學家宇文所安的《初唐詩》、《盛唐詩》、《中國「中世紀」的終結》、《晚唐詩》、《追憶》等著作,將詩壇的構成關係及其發展變遷作出了新的闡釋。宇文所安還在初唐詩歌研究中發現,「三部式」的詩歌結構是宮廷詩歌的顯著特徵。[7]

在初盛唐詩研究上,單篇論文有:傅璇琮《唐初三十年的文學流程》,[8]用編年體的方式描述了唐初三十年文學的具體流程。許總的《盛唐詩繁榮的人學視野》[9]從人學的視野多層次地展示盛唐時期人與詩的關係,分析詩人的狀態和詩壇的結構,對盛唐詩歌繁盛原因有新的理解。丁放的《張說、張九齡集團與開元詩風》,[10]研究張說、張九齡集團的政治活動與文學活動,闡釋開元詩壇的格局和詩風。丁放、袁行霈的《李林甫與盛唐詩壇》,[11]結合盛唐時期吏治與文學之爭,揭示出李林甫對待盛唐詩人的三種不同的態度。

《全唐詩》存錄唐朝11位帝王詩歌的數量分別為:李世民(太宗)存99首、李治(高宗)存8首、李顯(中宗)存7首、李旦(睿宗)存1首、李隆基(明皇帝)存63首、李亨(肅宗)存4首、李適(德宗)存15首、李昂(文宗)存7首、李忱(宣宗)存6首、李曄(昭

宗）存 1 首和武則天存 46 首，總共 257 首。這些詩歌按內容分類為：祭祀、嘉宴、巡幸、時序、詠物、宮闕、狩獵、居處、擬作、群臣、武功和詠史 12 類。《全唐詩》存錄唐朝 11 位帝王詩歌的題材和體裁統計表分別參見以下表格。

表格一：《全唐詩》存錄唐代帝王詩歌的題材統計表

姓名	存詩數	祭祀	嘉宴	巡幸	時序	詠物	宮闕	狩獵	居處	擬作	賜贈	武功	詠史
李世民（太宗）	99		4	23	5	36	11	2	4	2	7	2	3
李治（高宗）	8		2	3		2			1				
李顯（中宗）	7		2	2		3							
李旦（睿宗）	1					1							
李隆基（明皇帝）	63		4	22		10		1	3		21	2	
李亨（肅宗）	4					3			1				
李適（德宗）	15		1			11					3		
李昂（文宗）	7				1	3			1		2		
李忱（宣宗）	6		1	2		2							
李曄（昭宗）	1					1							
武則天	46	39	1	3		1				1	1		
總數	257	39	15	55	6	73	11	3	10	3	35	4	3

表格二：《全唐詩》存錄唐代帝王詩歌的體裁統計表

姓名	存詩數	五言			七言			雜言
		古　詩	絕　句	律　詩	古　詩	絕　句	律　詩	
李世民 （太宗）	99	86	3	8	1			1
李治 （高宗）	8	7		1				
李顯 （中宗）	7	3			4			
李旦 （睿宗）	1				1			
李隆基 （明皇帝）	63	17	3	37	2	1	1	2
李亨 （肅宗）	4							4
李適 （德宗）	15	13		1		1		
李昂 （文宗）	7	2	1		2			2
李忱 （宣宗）	6		1		1	1	2	1
李曄 （昭宗）	1							1
武則天	46	13		1	4	1		27
總數	257	141	8	48	15	4	3	38

　　本書選擇初盛唐三位有代表性的帝王：唐太宗、武則天、唐玄宗作為主要研究對象。三位帝王愛好文學且創作甚豐，他們的文藝政策對初盛唐文學思想的發展和當時詩壇的影響是深遠的。本書以具體的初盛唐帝王詩歌與詩壇研究為「點」，以整體的唐代帝王詩歌特徵分析為「面」，通過文本細讀和比較分析的研究方法，將微觀與宏觀相結合，探討三位帝王對唐詩發展到高潮所起的作用和影響，剖析在不同的政治文化背景下，初盛唐的詩人群體形成的過程，以及通過探討唐代其他帝王的詩歌和詩壇的關係，從而揭示唐代文學史的發展特點和流變規律。

　　結構上分為五章：第一章「唐太宗的詩歌與初唐詩壇」，分析了唐太宗的文學思想、詩歌內容和藝術特色，探討了太宗與初唐詩壇的關係及其影響。第二章「武則天的詩歌及其周圍的文學群體」，考察了武則天的詩歌內容和藝術特色，論述了武則天與文學群體及其對初唐後期詩壇的影響。第三章「唐玄宗的詩歌與盛唐詩壇」，剖析了唐玄宗的文學思想、詩歌內容和藝術特色，研究了唐玄宗與盛唐詩壇的關係及其影響。第四章「唐代其他帝王的詩歌與詩壇」，探討唐代其他帝王詩歌內容、藝術特色、與詩壇的關係及其影響。第五章「唐代帝王詩的意象與特徵」，探討唐代帝王詩的意象和總結藝術特徵。

　　本書主要通過對初盛唐帝王詩歌與詩壇的研究，發現：三位帝王通過修訂典籍、成立文學機構、推行科舉制度、尊重和延攬文學人才、遊宴賦詩等等舉措，促使詩歌繁榮的客觀因素由初唐至盛唐逐漸發展完善，對唐詩的發展做出了不同程度的貢獻，終於在盛唐迎來了詩歌的高潮。

　　唐太宗重視歷代王朝興衰滅亡的歷史教訓，提出建立雅正的文學觀，對糾正六朝浮靡文風起到了關鍵的作用，為初盛唐詩歌的發展走出了正確的第一步。武則天通過對科舉制度的改革，廣泛延攬文學人才，促使社會形成重視文學、潛心詩歌創作的風氣。她喜愛頌美的詩體，影響宮廷詩人追求雄壯宏麗的審美時尚，對盛唐氣象的形成有直接的影響。「珠英學士」集團、「文章四友」和「沈宋」等人，精心研究詩律並創作了大量聲律諧和的律詩，為盛唐詩風的崛起做好了充足的準備。唐玄宗通過以詩賦取士的科舉制度，促使大批文人登上政治舞臺，並使盛唐詩歌煥然一新。玄宗任用著名文人張說、張九齡為相，兩人喜延納後進，在很大程度上促進了文學的發展，形成了盛唐詩壇人才輩出的盛大局面。

　　三位帝王的詩歌各具特色，又有共同的特徵，通過研究發現：雄邁壯闊與纖巧細緻兩種互為矛盾、分離的特色，統一在太宗詩中。巡幸詩將太宗作為威風凜凜、英明神武的帝王個性充分地反映出來。詠物詩，則沿襲六朝詩藝，自我個性泯滅，雕飾辭藻。武則天的郊廟歌辭主要宣揚其受命於天，建立武周，並歌頌其豐功偉績，目的是為了鞏固統治。詩歌雄壯宏麗，體現出武則天作為一代女皇所擁有的氣魄和膽略。玄宗掌握聲律理論和技巧，所作之詩大部分是律詩，聲律諧和，克服了唐初追求富麗辭藻之弊，剛健真樸，流露出真情實感，表現出個性化的特徵。此外，通過對唐代其他帝王詩歌與詩壇的研究，發現唐代帝王的詩歌具有以下特徵：既表現出君臨天下的昂揚氣勢，又顯示出典雅端莊的理性追求。詩歌雍容華貴、富而不奢和華而不靡；

反映唐代帝王心懷天下、期望國富民康；他們的個性溶於君王的地位；排斥詩裏的淒苦、寒酸、不平和憤懣，顯示出非凡的帝王氣象。

1. 葛曉音：《詩國高潮與盛唐文化》，北京：北京大學出版社，1998。
2. 杜曉勤：《齊梁詩歌向盛唐詩歌的嬗變》，北京：北京大學出版社，2009。
3. 聶永華：《初唐宮廷詩風流變考論》，北京：中國社會科學出版社，2002。
4. 胡可先：《政治興變與唐詩變化》，北京：中國社會科學出版社，2003。
5. 袁行霈：《唐詩風神及其他》，香港：香港城市大學，2005。
6. 李從軍：《唐代文學演變史》，北京：人民文學出版社，2006。
7. 宇文所安著，賈晉華譯：《初唐詩》，北京：生活‧讀書‧新知三聯書店，2004。
8. 傅璇琮：〈唐初三十年的文學流程〉，《文學遺產》1998 年第 5 期，第 30-40 頁。
9. 許總：〈盛唐詩繁榮的人學視野〉，《中州學刊》2002 年第 2 期，第 91-95 頁。
10. 丁放：〈張說、張九齡集團與開元詩風〉，《文學評論》2002 年第 2 期，第 153-159 頁。
11. 丁放、袁行霈：〈李林甫與盛唐詩壇〉，《文學遺產》2004 年第 5 期，第 47-59 頁。

第一章
唐太宗的詩歌與初唐詩壇

第一章　唐太宗的詩歌與初唐詩壇

　　唐太宗即李世民，是唐高祖的第二子，生於隋開皇十八年（599），卒於貞觀二十三年（649），享年五十二歲。武德九年（626）六月，李世民發動玄武門之變。唐高祖下詔立世民為皇太子。八月李世民即皇帝位，在位二十四年（626-649）。唐太宗即位後勵精圖治，虛誠納諫，修訂唐律，偃武修文，統一邊疆，開創了「貞觀盛世」。

　　太宗喜愛文學，《全唐詩》存其詩 99 首，加上《全唐詩補編》中的 10 首，共 109 首，佔唐代帝王詩總數的五分之二，存量最多。《全唐文》收編他的文有七卷、賦五篇。詩歌內容主要有巡幸、與群臣的唱和、詠物三種。太宗提倡雅正的文學觀，表現為反對釋實求華，主張節之於中和，不係之於淫放；強調文藝的社會作用，但沒有完全否定文藝，更沒有將國家的滅亡完全歸咎於文藝；注重文學的藝術性。其詩歌具有雄邁壯闊與纖巧細緻，巧構麗偶，善用典故，講究聲律等特色。

　　初唐詩壇，唐太宗及其北方籍宮廷詩人如李百藥、上官儀學習「貴於清綺」的江左文風。同時，南方籍宮廷詩人如虞世南學習「重乎氣質」的河朔文風。唐太宗和初唐詩人在創作上努力實踐「各去所短，合其兩長」南北融合的文學主張，為南北文風的融合作出了嘗試，為盛唐氣象的到來奠定了良好的基礎。

　　在初唐時代的大背景下，本章集中研究唐太宗詩歌，分析創作主

體的心態、藝術修養等方面，以及唐太宗與初唐詩壇的關係，從而對
初唐時期的國家文藝政策、初唐詩歌的傳承和發展有更深入的了解。

第一節　唐太宗的文學思想

唐太宗李世民不僅是初唐時期傑出的政治家、軍事家，還是詩壇的盟主。他重視文化、愛好藝文，深知文治的重要性。早在武德四年（621）為天策上將時，他以秦王府為中心，開文學館，「延四方文學之士」，杜如晦、房玄齡、虞世南、褚亮等十八人以「本官兼文學館學士，分為三番，更日直宿，供給珍膳，恩禮優厚。世民朝謁公事之暇，輒至館中，引諸學士討論文籍，或夜分乃寢。又使庫直閻立本圖像，褚亮為贊，號十八學士。士大夫得預其選者，時人謂之『登瀛洲』。」[1]「文學館」的建立標誌著唐朝由「崇尚武功」到兼修「文事」，改變了唐高祖時期武將佔據要職的局面，開啟了王朝的文治。

唐太宗即位後，開設弘文館，繼續延攬文士、探討學術：「精選天下文學之士虞世南、褚亮、姚思廉、歐陽詢、蔡允恭、蕭德言等，以本官兼學士，令更日宿直，聽朝之隙，引入殿內。討論前言往行，商榷政事，或至夜分乃罷。」[2]（《資治通鑑‧唐紀八》）他倡導文治，尊崇儒術、兼隆佛道、興辦學校、制禮作樂、廣收圖籍、編纂史書。

唐太宗的文治思想貫穿其一生。在貞觀二十二年（648 年），即其臨終前一年，他親自撰寫《帝範》以賜太子李治，專門講述修身治國做皇帝的道術和規範。其中〈崇文篇〉闡述了文治在戰爭結束後的重要性。「弘風導俗，莫尚於文；敷教訓人，莫善於學。因文而隆道，假學以光身。不臨深溪，不知地之厚；不游文翰，不識智之源。」唐

太宗在文中強調「文」和「學」的社會功能，可以弘度風化，導引習俗和宣傳政教，訓誨庶民。更指出不閱讀文章，則不知道智慧的來源。太宗清楚知道在戰爭年代以用武士為主，等到戰事平息、天下安定之後，應以文治為主：「……當此之際，則輕甲冑而重詩書。是知文武二途，捨一不可；與時優劣，各有其宜。武士儒人，焉可廢也。」[3]

唐太宗好學不輟，勤於寫作。「初，帝以武功定天下，晚始嚮學，多屬文賦詩，天格瞻麗，意悟沖邁。」[4]明代胡應麟在《詩藪》外編卷三有如此的評價：「唐人主工文詞者，太宗、玄宗尚矣！」[5]指出唐代君王唐太宗和唐玄宗精通文詞，評價甚高。

唐太宗沒有系統地闡述文學思想，他對文學的看法散佈在詩文和史書裏，可以歸納為反對釋實求華，主張節之於中和，不係之於淫放；強調文藝的社會作用，但沒有完全否定文藝，更沒有將國家的滅亡完全歸咎於文藝；注重文學的藝術性。以下具體闡述：

一、反對釋實求華

唐初的文壇仍是沿襲齊梁和隋朝的淫靡文風，正如《新唐書‧文藝傳序》云：「唐有天下三百年，文章無慮三變。高祖、太宗大難始夷，沿江左餘風，絺句繪章，揣合低卬，故王、楊為之伯。」[6]唐太宗反對江左雕琢文字、浮豔綺麗的文風，在《帝京篇‧序》說：

> 予以萬幾之暇，游息藝文。觀列代之皇王，考當時之行事，軒昊舜禹之上，信無間然矣。至於秦皇周穆，漢武魏明，峻宇雕牆，

窮侈極麗，征稅殫於宇宙，轍跡徧於天下，九州無以稱其求，江
海不能贍其欲，覆亡顛沛，不亦宜乎！予追蹤百王之末，馳心千
載之下，慷慨懷古，想彼哲人。庶以堯舜之風，蕩秦漢之弊，用
咸英之曲，變爛熳之音，求之人情，不為難矣。故觀文教於六經，
閱武功於七德，臺榭取其避燥溼，金石尚其諧神人，皆節之於中
和，不係之於淫放。故溝洫可悅，何必江海之濱乎？麟閣可玩，
何必兩陵之間乎？忠良可接，何必海上神仙乎？豐鎬可遊，何必
瑤池之上乎？釋實求華，以人從欲，亂於大道，君子恥之。故述〈帝
京篇〉以明雅志云爾。[7]

《帝京篇·序》是集中體現唐太宗文學思想的綱領文章，他反對只求
華麗而不務實際的文學風氣，主張「節之於中和，不係之於淫放」，
也就是中庸。他把藝文之事和治國大道聯繫起來，一切求其中和樸實。
他認為周、秦、漢、魏的一些君主由於窮奢極侈，暴斂於民，造成國
家「覆亡顛沛」。他重視王朝興衰滅亡的歷史經驗教訓並以歷史為鑑，
提出要「以堯舜之風，蕩秦漢之弊，用咸英之曲，變爛熳之音」。秦
漢之弊在於窮侈極麗，爛熳之音就是淫靡的曲調。堯舜是古代的明君，
充滿正氣，《咸》、《英》之曲都是古代的「正樂」。唐太宗在此提
出復古的口號，旨在改變前朝綺麗淫靡的文風，力求革新，建立雅正
之音。

　唐太宗反對釋實求華，那麼，何為「實」呢？具體來說就是有益
勸誡、裨於政理。據《貞觀政要·文史》載，唐太宗曾對房玄齡說：「比
見前、後《漢史》載錄楊雄〈甘泉〉、〈羽獵〉，司馬相如〈子虛〉、
〈上林〉，班固〈兩都〉等賦，此皆文體浮華，無益勸誡，何假書之

史策？其有上書論事，詞理切直，可裨於政理者，朕從與不從皆須備載。」[8] 此事發生在貞觀三年（629 年），唐太宗否定漢代楊雄等人的賦，是因為它們「文體浮華，無益勸誡」，他定下載錄文章的標準是「上書論事，詞理切直，可裨於政理者。」文學的內容要有益於治理國家、有益於政教。這就是唐太宗所謂的「實」。反對釋實求華，主要是從統治者的角度要求文章的實用性，以此來看唐太宗的文學觀是強調文學的社會作用，要有益於政教，具有一定的功利性。這種觀念一直貫穿始終，沒有改變。

貞觀四年（630 年），李百藥撰寫〈贊道賦〉以勸諷耽於玩樂的太子。文中運用以古諷今的手法，詳細地規勸太子如何做一個合格的儲君。太宗讀之曰：「朕見卿賦，述古儲貳事，勸勵甚詳，向任卿，固所望耳！」[9] 他如此讚賞李百藥的文章，正是因為文章實用，有益勸誡。

貞觀初，「太宗幸東都，方穀、洛壞洛陽宮。詔求直言，（謝）偓上書陳得失，帝稱善，引為弘文館直學士，遷魏王府功曹。」[10] 謝偓因為上書陳述施政的得失，得到太宗的欣賞而召為弘文館直學士。另外直中書省張蘊古上〈大寶箴〉，「諷帝以民畏而未懷，其辭挺切，擢大理丞。」[11] 謝偓和張蘊古文章樸實無華、有益政治，因而得到太宗賞識提拔。這些事件表面上反映了太宗兼聽明辨、從諫如流的行政風格，深層的意味則說明太宗務實際而不喜浮華的價值取向。這種價值取向體現在文學方面，便是他在《帝京篇·序》中反對「釋實求華」、倡導「中和」的文學觀。

上有所好，下必從之。唐太宗反對釋實求華的文學觀，自然影響

了朝廷官員。《資治通鑑》卷一九八唐紀十四貞觀二十一年 (647) 載：

> 初，（張）昌齡與進士王公治皆善屬文，名振京師，考功員外郎
> 王師旦知貢舉，黜之，舉朝莫曉其故。及奏第，上怪無二人名，
> 詰之。師旦對曰：「二人雖有辭華，然其體輕薄，終不成全器。
> 若置之高第，恐後進效之，傷陛下雅道。」上善其言。[12]

考功員外郎王師旦對張昌齡、王公治黜退的主要原因是兩人的文章雖
然有辭采，卻顯輕薄，難成大器。此評定的標準與唐太宗評楊雄等人
的賦有相似之處，由此可見唐太宗的文學觀主導和影響了唐初的朝廷
官員。

　　太宗主張「節之於中和」。「中和」首先是「中庸」之義。太宗
在〈帝京篇〉其四曰「去茲鄭衛聲，雅音方可悅。」「鄭衛聲」是春
秋時鄭國、衛國的民間音樂。因同孔子等提倡的雅樂大相徑庭，故被
儒家斥之為「亂世之音」，後來代指淫靡之樂。「雅音」即雅樂，周
代雅樂即指「六舞」，儒家奉之為樂舞的最高典範，認為它的音樂「中
正和平」，歌詞「典雅純正」。太宗不贊成淫靡之樂，主張典雅中和
之樂，對文學的態度也是如此。

　　另外，「中和」或許也有糅合南北文風取長補短之義。魏徵《隋
書·文學傳序》的一段話或可為之注解：

> 江左宮商發越，貴於清綺，河朔詞義貞剛，重乎氣質。氣質則理
> 勝其詞，清綺則文過其意。理深者便於時用，文華者宜於詠歌。
> 此其南北詞人得失之大較也。若能掇彼清音，簡茲累句，各去所

短，合其兩長，則文質彬彬，盡善盡美矣。[13]

南北兩地因歷史條件不同而形成了截然不同的文風，江左是清綺的文采，河朔擁有貞剛的氣質。河朔的理意深切，便於時用，江左文詞綺麗，宜於詠歌。兩者各有所長，又各有所短。二者中和，取長補短，正是太宗所宣導的文藝政策。在《周書‧王褒庾信傳論》也表達了這樣的思想：

> 摭《六經》百氏之英華，探屈、宋、《卿雲》之祕奧。……文質因其宜，繁約適其變。權衡輕重，斟酌古今，和而能壯，麗而能典，煥乎若五色之成章，紛乎猶八音之繁會。[14]

「和而能壯，麗而能典」也是指中和綺麗，是文質彬彬的另一種表達方式。

二、文藝與政治的關係

從隋朝到唐初，對待齊梁文學有兩種看法。一種是對齊梁乃至整個六朝文學持全盤否定的態度，這一派可以隋文帝、李諤、王通、杜淹、王勃等為代表；另一種是在批評齊梁華艷文風的同時，充分肯定其成就和積極影響，主張對齊梁文學採取具體分析的態度，這一派以唐太宗、魏徵、令狐德棻、姚思廉、李百藥等為代表。[15]

隋文帝強調要「屏出輕浮，退止華偽」。據《隋書‧李諤傳》載，

開皇四年（584 年），隋文帝下詔改革文體，提倡「公私文翰，並宜實錄」，要求應用文去掉華豔的詞藻，講求實用。同年泗州刺史司馬幼之因文表華豔而被交付所司治罪。李諤〈上隋高祖革文華書〉說：「降及後代，風教漸落。魏之三祖，更尚文詞，忽君人之大道，好雕蟲之小藝，下之從上，有同影響，競騁文華，遂成風俗，江左齊、梁，其弊彌甚，貴賤賢愚，唯務吟詠。遂復遺理存異，尋虛逐微，競一韻之奇，爭一字之巧。連篇累牘，不出月露之形，積案盈箱，唯是風雲之狀。」[16]批評六朝文學片面追求形式美和缺乏思想內容。王通《中說・事君篇》以儒家的倫理道德標準來衡量南朝許多著名詩人如謝靈運、沈約、鮑照、謝朓、庾信等等，全面否定他們的人品和文品，只肯定顏延之、王儉、任昉等人的文章符合儒家政教要求。王勃是王通的孫子。他的〈上吏部裴侍郎啟〉曰：「自微言既絕，斯文不振。屈宋導澆源於前，枚馬張淫風於後，談人主者以宮室苑囿為雄，敘名流者，以沈酗驕奢為達，故魏文用之而中國衰，宋武貴之而江東亂。雖沈謝爭鶩，適足兆齊梁之危；徐庾並馳，不能止周陳之禍。」[17]批評六朝淫靡文風是導致國家動亂、敗亡的根源。他們對齊梁文風採取全盤否定的態度，只能使文學發展走上另一個極端，成為經學的附庸。

　　唐初朝臣批評南朝浮豔文風。魏徵作《隋書・文學傳序》云：

梁自大同之後，雅道淪缺，漸乖典則，爭馳新巧。簡文、湘東，啟其淫放；徐陵、庾信，分路揚鑣，其意淺而繁，其文匿而彩，詞尚輕險，情多哀思。格以延陵之聽，蓋亦亡國之音乎！周氏吞並梁、荊，此風扇於關右，狂簡斐然成俗，流宕忘反，無所取裁。[18]

又如李百藥作《北齊書‧文苑傳序》云：

> 江左梁末，彌尚輕險，始自儲宮，刑乎流俗。雜溺懣以成音，故
> 雖悲而不雅。……原夫兩朝叔世，俱肆淫聲。而齊氏變風，屬諸
> 絃管；梁時變雅，在夫篇什。莫非易俗所致，並為亡國之音。[19]

魏徵、李百藥等人對南朝文學的猛烈批評，將齊梁文學視為亡國之音，
他們主要是從政治的角度出發，目的是以梁陳諸朝亡國的教訓，作為
唐朝之鑑。在文藝與政治的關係上，太宗與朝臣的看法是一致的。首
先著眼的是政權之得失、國家之興亡，因而文藝處在次要位置。例如
在貞觀十一年（637 年），著作佐郎鄧隆上表，請求為唐太宗編文集。
太宗謂曰：

> 「朕若制事出令，有益於人者，史則書之，足為不朽。若事不師古，
> 亂政害物，雖有詞藻，終貽後代笑，非所須也。只如梁武帝父子
> 及陳後主、隋煬帝，亦大有文集，而所為多不法，宗社皆須臾傾覆。
> 凡人主惟在德行，何必要事文章耶？」竟不許。[20]

唐太宗以梁武帝父子、陳後主、隋煬帝為反面例子，批評他們雖然有
文采，然而所作所為沒有師法古人，只是縱慾淫放、玩弄詞藻，以致
國家須臾滅亡。他認為君王當以德行政，不事浮華。所以他否定了大
臣為自己編文集的提議。

　　唐太宗這一派沒有完全否定文藝，更沒有將國家的滅亡完全歸咎

於文藝。例如在貞觀二年（628 年），太常少卿祖孝孫奏所定新樂。太宗曰：「禮樂之作，是聖人象物設教，以為撙節，治政善惡，豈此之由？」御史大夫杜淹對曰：「前代興亡，實由於樂。陳將亡也，為〈玉樹後庭花〉；齊將亡也，而為〈伴侶曲〉。行路聞之，莫不悲泣，所謂亡國之音。以是觀之，實由於樂。」太宗曰：「不然，夫音聲豈能感人？歡者聞之則悅，憂者聽之則悲，悲悅在於人心，非由樂也。將亡之政，其人必苦，然苦心所感，故聞而則悲耳。何有樂聲哀怨，能使悅者悲乎？今玉樹、伴侶之曲，其聲具存，朕當為公奏之，知公必不悲耳。」[21]

　　太宗君臣這番爭論耐人尋味。這段對話反映出唐初對待南朝文藝傳統和審美趣味有不同看法。杜淹一派認為「前代興亡，實由於樂。」他們認為文藝具有決定國家興亡的作用。唐太宗對此並不認同，他指出了審美主體在審美過程中對審美對象的主動作用，只有審美主體具有歡樂或悲傷的情緒時，聽到音樂才會相應地感到快樂或悲傷。[22] 他分析陳朝、齊朝即將滅亡，人民生活困苦，心情壓抑，因此聽到〈玉樹後庭花〉、〈伴侶曲〉，會感到很悲傷。政治影響民心，民心決定了音響的悲歡。審美主體佔主導作用，而不是審美對象。唐太宗指出若在唐朝重奏這些曲目，杜淹等人一定不會感到悲傷。魏徵對此表示贊同：「樂在人和，不由音調。」太宗和魏徵糾正了音樂決定政治的傳統偏見。「從長遠來說，對盛唐詩歌完成文質並茂的革新有其不可低估的影響。」[23]

三、注重文學的藝術性

　　唐太宗不僅強調文學的社會功用，也注重文學的藝術性。在《晉書·陸機傳論》，引述唐太宗稱讚陸機：

> 文藻宏麗，獨步當時；言論慷慨，冠乎終古。高詞迴映，如朗月之懸光；疊意回舒，若重巖之積秀。千條析理，則電坼霜開；一緒連文，則珠流璧合。其詞深而雅，其義博而顯，故足遠超枚、馬，高蹈王、劉，百代文宗，一人而已。[24]

唐太宗讚美陸機的作品是「文藻宏麗，獨步當時；言論慷慨，冠乎終古。」太宗用了四個比喻，將「高詞迴映」、「疊意回舒」、「千條析理」和「一緒連文」與自然界的朗月、重巖、電坼霜開、珠流璧合相結合，以此形容文采與內容的完美結合。唐太宗評價陸機的文學藝術特色是「其詞深而雅，其義博而顯」，既有文采，又有雅正的內容。他認為陸機的作品遠超過西漢辭賦家枚乘、司馬相如和建安文學家王粲、劉楨的作品，在文學史上是「百代之宗」，地位崇高。這裏顯示出唐太宗具有較高的文學鑒賞能力。

　　唐初編纂的史書中，對王褒、庾信的奇才表示推崇，如《周書·王褒庾信傳論》云：

> 唯王褒、庾信奇才秀出，牢籠於一代。是時，世宗雅詞雲委，滕、趙二王雕章間發。咸築宮盧館，有如布衣之交。由是朝廷之人，閭閻之士，莫不忘味於遺韻，眩精於末光。猶丘陵之仰嵩、岱，川流之宗溟渤也。[25]

　　在鑒賞之餘，唐太宗還模仿庾信。蘇軾曾評論太宗的〈秋日斅庾信體〉：「唐太宗作詩至多，亦有徐庾風氣。」[26] 王夫之評曰：「輕於子山，密於江令。」[27] 太宗學習庾信體的工筆技巧，其詩作具有纖巧細緻、體物入微的特點。

　　太宗從詩歌的藝術性欣賞朝臣的詩作，稱讚虞世南的詩作有詞藻，《貞觀政要》曰：「太宗嘗稱世南有五絕：一曰德行，二曰忠直，三曰博學，四曰詞藻，五曰書翰。」[28] 太宗從文章的立意新穎稱讚李百藥的詩作，《大唐新語》曰：「太宗嘗制〈帝京篇〉，令其和作，歎其精妙，手詔曰：『卿何身之老而才之壯，何齒之宿而意之新。』」[29] 對於佳作，太宗吟詠欣賞，《舊唐書》曰：「〔楊師道〕雅善篇什，又工草隸，酬賞之際，援筆直書，有如宿構。太宗每見師道所制，必吟諷嗟賞之。」[30]

　　綜上所述，唐太宗反對釋實求華，主張節之於中和，不繫之於淫放。同時他亦重視文學的藝術性。唐太宗沒有像隋文帝試圖以行政手段改變文風，更不會因官員綺麗的文風而治罪。隋文帝改革文風的出發點是好的，卻矯枉過正，否認文學的藝術性和獨立性，把文學與政治教化混為一談。在這方面，唐太宗做得較好，沒有將文學與政治聯為一體，尊重和欣賞文學的藝術性。

　　在唐太宗的倡導和實踐下，出現了貞觀宮廷文壇的盛況。正如盧照鄰所言：「貞觀年中，太宗外厭兵革，垂衣裳於萬國，舞干戚於兩階，留思政塗，內興文事。虞（世南）、李（百藥）、岑（廣本）、許（敬宗）之儔以文章進，王（珪）、魏（徵）、來（濟）、褚（亮）之輩以材術顯。咸能起自布衣，蔚為卿相，雍容侍從，朝夕獻納。我（唐）之得人，於斯為盛……變風變雅，立體不拘一塗；既博既精，為學遍

遊於百氏。」[31]〈南陽公集序〉） 貞觀時期的重臣虞世南、李百藥、岑廣本、許敬宗、王珪、魏徵、來濟、褚亮等都因文章得到唐太宗的褒獎，這對初唐四傑等人無疑有鼓舞作用，像王勃〈上絳州上官司馬書〉：「拾青紫於俯仰，取公卿於朝夕」，對為君王效忠充滿了期待。綜上所述，唐太宗反對釋實求華的文學思想對糾正六朝浮靡文風起到了關鍵的作用，為初盛唐詩歌的健康發展走出了正確的第一步。

1. 司馬光：《資治通鑑》卷一百八十九，北京：中華書局，1976，第 5932 頁。
2. 司馬光：《資治通鑑》卷一百九十二，北京：中華書局，1976，第 6023 頁。
3. 李世民撰：古本《帝範》，東京大學圖書館藏，2002，第 27 頁。
4. 歐陽修：宋祁等撰，《新唐書》卷一百二〈令狐德棻傳〉附〈鄧世隆傳〉，北京：中華書局，1975，第 3985 頁。
5. 胡應麟：《詩藪》，上海：中華書局上海編輯所，1958。
6. 歐陽修：宋祁等撰，《新唐書》卷二百一〈文藝傳〉，北京：中華書局，1975，第 5725 頁。
7. 彭定求等編：《全唐詩》卷一，北京：中華書局，1960，第 1 頁。
8. 吳兢撰：謝保成集校，《貞觀政要集校》，北京：中華書局，2003，第 387 頁。
9. 歐陽修：宋祁等撰，《新唐書》卷二百一〈李百藥傳〉，北京：中華書局，1975，第 3974 頁。
10. 歐陽修：宋祁等撰，《新唐書》卷二百一〈文藝傳〉，北京：中華書局，1975，第 5730 頁。
11. 歐陽修：宋祁等撰，《新唐書》卷二百一〈文藝傳〉，北京：中華書局，1975，第 5730 頁。
12. 司馬光：《資治通鑑》，卷一百九十八，北京：中華書局，1976，第 6246 頁。
13. 魏徵：《隋書》，北京：中華書局，1973，第 1730 頁。
14. 令狐德棻：《周書》，北京：中華書局，1971，第 506 頁。
15. 張少康、劉三富：《中國文學理論批評發展史》，北京：北京大學出版社，1995，第 292 頁。
16. 魏徵：《隋書》，北京：中華書局，1973，第 1544 頁。
17. 董誥等：《全唐文》卷一百八十，北京：中華書局，1983，第 1829 頁。
18. 魏徵：《隋書》，北京：中華書局，1973，第 1730 頁。
19. 李百藥：《北齊書》卷四十五，北京：中華書局，1972，第 602 頁。
20. 吳兢撰：謝保成集校，《貞觀政要集校》，北京：中華書局，2003，第 388 頁。
21. 吳兢撰：謝保成集校，《貞觀政要集校》，北京：中華書局，2003，第 417 頁。
22. 參見羅宗強：《隋唐五代文學思想史》，第二章「初唐（高祖武德初至睿宗景云中）文學思想」，北京：中華書局，2003，第 21 頁。
23. 葛曉音：《漢唐文學的嬗變》上編，「論初·盛唐詩歌革新的基本特徵」北京：北京大學出版社，1990，第 87 頁。
24. 房玄齡等撰：《晉書》卷五十四，北京：中華書局，1974，第 1487 頁。
25. 令狐德棻：《周書》，北京：中華書局，1971，第 505 頁。

26.　　轉引自王應麟:《困學紀聞》卷十四,上海:上海古籍出版社,2008,第1590頁。
27.　　王夫之著:陳書良校點,《唐詩評選》卷二,上海:上海古籍出版社,2011,第38頁。
28.　　吳兢撰:謝保成集校,《貞觀政要》,中華書局2003,第74頁。
29.　　劉肅:《大唐新語》,中華書局,1984,第123頁。
30.　　劉昀等撰:《舊唐書》,中華書局,1975,第2383頁。
31.　　盧照鄰著:李雲逸校注,《盧照鄰集校注》卷六,北京:中華書局,1998,第324-325頁。

第二節　唐太宗的詩歌內容

一、　唐太宗的巡幸詩

　　唐太宗是開國之君，他從逐鹿中原、一統天下到治理天下，在政治和軍事方面都取得了極大的成功，開創了「貞觀之治」，使唐朝經濟繁榮、政治清明和社會安定。唐太宗是一位傑出的政治家和軍事家，同時也是一位詩人。唐太宗善於抒發政治情懷，其巡幸詩將打拼江山、創建王國的艱難歷程描寫出來，同時闡述了治國惠民的政治思想和流露出期待英才輔佐的願望，顯得崇高莊重。

1、太宗巡幸詩的史料依據

　　所謂巡幸詩，是指帝王到京城以外的地方巡視時所作的詩歌。以下為唐太宗 25 首巡幸詩的史料依據，除了〈過溫湯〉和〈登驪山高頂寓目〉載自《文苑英華》，其他皆載自《全唐詩》。

表格 1-1：唐太宗巡幸詩的史料依據

序號	篇名及詩	創作年代	史料依據
1	經破薛舉戰地	630 年	據兩《唐書》記載，唐太宗與薛舉父子於義寧元年 (617 年) 和武德元年 (618 年) 交戰，期間有扶風戰役、高墌戰役和淺水原戰役。兩《唐書・地理志》載，此三戰役的地點應在唐之隴州、涇洲。又據《新唐書》卷二、《資治通鑑》卷一九三和卷一九八載，唐太宗即位後，分別於貞觀四年、二十年兩次到隴州。從此詩的最後兩句「長想眺前蹤，撫躬聊自適」所表達的輕鬆愉快的心情來看，似寫於貞觀四年 (630 年) 去隴州之際。
2	過溫湯	不定	溫湯：在這首詩指驪山溫泉，又名華清池，在今陝西省臨潼縣。據兩《唐書》和《資治通鑑》載，太宗於貞觀四年、五年、十四年、十六年、十七年、十八年、二十二年曾到溫湯。其中貞觀十八年和二十二年是在正月，貞觀四年和十四年在二月，貞觀五年、十六年和十七年是在十二月。北方的十二月、正月和二月仍然是天寒地凍，黃葉疏枝。詩句「寒空碧霧輕，林黃疏葉下」寫的正是這種氣候。故此詩作於貞觀四年至二十二年間，難以確指。
3	幸武功慶善宮	632 年	武功：縣名。屬陝西省。據《唐會要》卷三十載，「至貞觀六年九月二十九日，太宗幸慶善宮，賦詩。」據此，此詩應寫於貞觀六年 (632 年)。
4	春日登陝州城樓俯眺原野回丹碧綴煙霞密翠斑……聊以命篇	637 年	陝州：地名。即今河南陝縣。據兩《唐書》太宗本紀載，太宗春季東巡僅有兩次，一次是貞觀十一年，一次是貞觀十五年。據《元和郡縣圖志・河南道二》載，陝縣有「太陽橋，長七十六丈，廣二丈，架黃河為之，在縣東北三裏。貞觀十一年，太宗東巡，遣武侯將軍丘行恭營造。」據此，此詩應寫於貞觀十一年 (637 年)。
5	賦尚書	637 年	據《冊府元龜》卷四十載：「十一年十月辛丑，幸集 (積) 翠池，宴五品已上。帝曰：『公等酒既酣，宜各賦一事。』帝賦《尚書》，魏徵賦西漢。」據此，此詩應寫於貞觀十一年 (637 年)。

6	臨洛水	637 年或 638 年	洛水有兩條，一條是黃河下游南岸大支流。在河南省西部。一條是渭河支流，在陝西北部。此詩首句是「春蒐馳駿骨」，據兩《唐書》、《資治通鑑》等史書記載，太宗兩次在春季到洛水春蒐，據《資治通鑑》卷一九四載，貞觀十一年二月甲子幸洛陽宮，至顯仁宮。三月庚子，宴洛陽宮西苑，泛積翠池，此地臨洛水。另據《新唐書》卷二載，貞觀十二年太宗「二月乙亥獵於河濱。」《舊唐書・地理志一》、《新唐書・地理志一》均載：「武德三年，分朝邑置河濱縣」，朝邑「武德三年析置河濱縣」，朝邑臨渭水支流之洛水。據此，此詩或寫於貞觀十一年 (637 年) 或貞觀十二年 (638 年)。
7	初春登樓即目觀作述懷	637、638、641 年或 645 年	許敬宗的奉和詩中有「天眷極中京」，當時中京指洛陽，因此太宗所登之樓是洛陽宮之樓。據兩《唐書》和《資治通鑑》卷一九四、一九五、一九六、一九七載，太宗春季在洛陽的時間分別為貞觀十一年或十二、十五或十九年。據此，此詩應寫於貞觀十一年、十二、十五或十九年 (637、638、641 或 645 年)。
8	還陝述懷	638 年	據兩《唐書》載，太宗於貞觀十二年從洛陽回長安，二月乙丑經過陝州。據此，此詩應寫於貞觀十二年 (638 年)。
9	入潼關	641 年	潼關：關名。西薄華山，南臨商嶺，北距黃河，東接桃林，為陝西山西河南三省要衝，歷代皆為軍事要地。據《新唐書》卷二和《資治通鑑》卷一九五載，太宗於貞觀十二年，從洛陽回長安。二月庚午，到達蒲州。甲戌，幸長春宮。據此，此詩應寫於貞觀十二年 (638 年)。

10	儀鸞殿早秋	642 年	據《唐六典》卷七《工部尚書》,儀鸞殿在洛陽皇宮西北洛城門內。《新唐書》卷二和《資治通鑑》卷一九五、一九六載,太宗秋季在洛陽的時間分別為貞觀十一年、十五或十八年。《翰林學士集》錄司空長孫無忌、中書令楊師道、國子司業朱子奢、給事中許敬宗各一首之〈五言早秋侍宴應詔〉詩,總題《五言奉和侍宴儀鸞殿早秋應詔並同應詔四首並御詩》。按楊師道開元十三年十一月為中書令,十七年四月罷為吏部尚書。據此,此詩應寫於貞觀十五年 (641 年)。
11	重幸武功	642 年	兩《唐書》和《資治通鑑》卷一九四和一九六載,太宗分別於貞觀六年、十六年兩次到武功慶善宮。據《唐會要》載,太宗於貞觀六年到慶善宮並賦詩〈幸武功慶善宮〉,此詩題作〈重幸武功〉。據此,此詩應寫於貞觀十六年 (642 年)。
12	登驪山高頂寓目	645 年	驪山:山名。在今陝西臨潼縣東南。據《舊唐書》卷三和《資治通鑑》卷一九六載,貞觀十六年十二月癸卯,太宗幸驪山溫湯。甲辰,獵於驪山。《資治通鑑》云:「上登山,見圍有斷處,顧謂左右曰:『吾見其不整而不刑,則墮軍法;刑之,則是吾登高臨下以求人之過。』乃托以道險,引轡入谷以避之」。據此,此詩寫於貞觀十六年 (642 年)。
13	於北平作	645 年	北平,唐朝指平州北平郡。初治臨榆,武德元年徙治盧龍(《新唐書・地理志三》)。地在今河北省盧龍、昌黎一帶。《資治通鑑》卷一九八載,貞觀十九年 (645 年) 二月,太宗親征高麗,四月途經於此,冬十月回師,丙辰,入臨渝關。據此,此詩應寫於貞觀十九年 (645 年)。
14	春日望海	645 年	《資治通鑑》卷一九七載,貞觀十九年二月庚戌太宗從洛陽出發親征高麗,三月丁丑,至定州。四月丁巳「車駕至北平。」據此,此詩應寫於貞觀十九年 (645 年)。

15	遼城望月	645 年	遼城：即遼東城。今遼寧遼陽市。據兩《唐書》載，太宗於貞觀十九年率軍親征高麗，五月甲申，攻克遼東城。據此，此詩應寫於貞觀十九年 (645 年)。
16	遼東山夜臨秋	645 年	遼東：郡名。今遼寧遼陽市。據《新唐書》卷二、《冊府元龜》卷一一三和《資治通鑑》卷一九八載，太宗於貞觀十九年率軍親征高麗，九月癸未，班師回朝。《資治通鑑》卷一九八：「九月……乙酉，至遼東。」據此，此詩應寫於貞觀十九年 (645 年)。
17	傷遼東戰亡	645 年	據《新唐書》卷二、《冊府元龜》卷一三五和《資治通鑑》卷一九八載，太宗於貞觀十九年率軍親征高麗，九月班師回朝，十月至營州。《新唐書》卷二：「十月丙午，次營州，乙太牢祭死事者。」據此，此詩應寫於貞觀十九年 (645 年)。
18	宴中山	645 年	中山：漢郡國名。地在今河北省唐縣、定縣一帶。據《新唐書》卷二、《冊府元龜》卷一一三和《資治通鑑》卷一九八載，太宗於貞觀十九年率軍親征高麗，九月班師回朝，十一月至定州。《新唐書》卷二：「十一月癸酉，大饗軍於幽州……丙戌，次定州。」據此，此詩應寫於貞觀十九年 (645 年)。
19	於太原召侍臣賜宴守歲	645 年	太原：即並州。據兩《唐書》和《資治通鑑》卷一九八載，太宗於貞觀十九年率軍親征高麗。在回師途中，「十二月戊申，次並州」，至貞觀二十年二月乙未離開並州。據此，此詩應寫於貞觀十九年年底 (645 年)。
20	過舊宅二首	645 年或646 年	此舊宅應指李淵任隋太原留守時所居之晉陽舊宅。兩《唐書》、《資治通鑑》卷一九八載，貞觀十九年十二月至二十年二月，太宗曾滯留並州，即晉陽。據此，此詩應寫於貞觀十九年十二月至二十年二月 (645 或 646 年)。
21	謁並州大興國寺詩	646 年	並州：古州名。地約當今山西汾水中游地區。據《唐會要》卷二七：「二十年正月，幸晉祠，樹碑制文。」據此，此詩應寫於是時，即貞觀二十年 (646 年)。

22	詠興國寺佛殿前幡	646 年	與上同。
23	執契靜三邊	646 年	三邊：漢代幽、並、涼三州，其地都在邊疆。後泛指邊疆。此詩「蔿暴興先廢，除凶存昔亡。圓蓋歸天壤，方輿入地荒」等句，與《平薛延陀幸靈州詔》、《平契苾幸靈州詔》的「朕載懷慷慨，命將出師，旗鼓一臨，沙漠大定……截瀚海以開池，籠天山而築苑」、「曩者聊命偏師，遂擒頡利。今茲始宏廟略，已滅延陀」等內容是相呼應。此兩詔乃寫於貞觀二十年，又據兩《唐書》和《資治通鑑》卷一九八載，太宗於貞觀二十年八月己巳幸靈州。據此，此詩寫於貞觀二十年 (646 年)。
24	望終南山	647 年	終南：秦嶺山峰之一，在陝西西安市南。又稱南山。據《舊唐書》卷三和《資治通鑑》卷一九八載，貞觀二十一年夏四月乙丑，太宗命修終南山太和廢宮為翠微宮。「五月戊子，幸翠微宮。」七月庚戌，離開翠微宮。據此，此詩應寫於貞觀二十一年 (647 年)。
25	秋日翠微宮	647 年	翠微宮：唐宮名。高祖武德八年，於終南山造太和宮。太宗貞觀十年廢。二十一年重行修建，改名翠微宮 (見《唐會要》三十《太和宮》)。據兩《唐書》和《資治通鑑》卷一九八載，太宗於貞觀二十一年五月戊子，幸翠微宮。至七月庚戌，還長安。據此，此詩應寫於貞觀二十一年 (647 年) 秋。

2、太宗巡幸詩的撫今追昔

太宗在巡幸時緬懷往昔，追憶創建王國的艱難歷程，同時流露出對天下太平的喜悅，進而抒發出對時局和人生的感受。詩歌包括〈幸武功慶善宮〉、〈重幸武功〉、〈經破薛舉戰地〉、〈過舊宅二首〉、

〈還陝述懷〉和〈入潼關〉。在這些詩裏，巡幸的地方與太宗的經歷有緊密的聯繫，像太宗出生地武功慶善宮、曾發生激烈戰爭的舊戰場如隴州、陝州。太宗在巡幸這些地方時，撫今追昔，感慨萬千，反映在詩作裏是將敍述和抒懷緊密結合在一起，突出了今昔的強烈對比和治理國家的心得感受。下面以〈重幸武功〉為例。

> 代馬依朔吹，驚禽愁昔叢。況茲承眷德，懷舊感深衷。
>
> 積善忻餘慶，暢武悅成功。垂衣天下治，端拱車書同。
>
> 白水巡前跡，丹陵幸舊宮。列筵歡故老，高宴聚新豐。
>
> 駐蹕撫田畯，回輿訪牧童。瑞氣紫丹闕，祥煙散碧空。
>
> 孤嶼含霜白，遙山帶日紅。於焉歡擊筑，聊以詠南風。

據《唐會要》載，太宗曾於貞觀六年（632）幸武功慶善宮。[1]另據《舊唐書》卷二〈太宗紀〉載：「十六年……冬十一月丙辰，狩於岐山……丁卯，宴武功士女于慶善宮南門。酒酣，上與父老等涕泣論舊事，老人等遞起為舞，爭上萬歲壽，上各盡一杯。」[2]貞觀十六年（642）太宗又回到了出生地武功慶善宮並設宴，在酒酣之際，與家鄉父老等涕泣論舊事，撫今追昔。

「代馬依朔吹，驚禽愁昔叢」是全詩起興。「代馬」、「驚禽」，借指戰亂年代，「依朔吹」是代馬對朔風勁吹的依戀。「愁昔叢」是驚亂之禽鳥對昔叢的愁懷。「依」與「愁」都是人的情緒，用在馬與禽的身上，是借用馬和禽來表述對那個兵荒馬亂年代的戀昔與懷念。「況茲承眷德，懷舊感深衷。」武功是太宗出生地。「承眷德」者，指上承父母祖先養育眷顧之大德。「況茲」指此地，正因為是在此地

上承祖德，所以引伸出下句「懷舊感深衷」。承德是承父祖輩之德，感衷是個人衷心之感念。用況茲、懷舊兩個詞將承德與感衷連接起來。也就是將先人與自我、舊日與此時不可分割的承接與感激聯結起來。從而構成一副既是太宗經歷的、也適用於他人緬懷故地的對聯。

　　「積善忻餘慶，暢武悅成功」將武功慶善堂兩個地名巧妙鑲入詩中。「積善」與「暢武」兩相對應。「暢武」表示南征北戰以武力奪取天下，「積善」表示推行仁政以文治善待天下。只因暢武，方有馬到成功的喜悅，惟有積善，始得豐衣足食的歡忻。由於以暢武得天下，以積善治天下，其結果是下兩句「垂衣天下治，端拱車書同。」「垂衣」、「端拱」用黃老之治的典故。李唐開國，自詡李聃之後而推崇老子。「車書同」用了秦皇典故。史稱秦代實行車同軌、書同文。儘管李唐成功未必得之於黃老之術，儘管秦皇被視為暴虐之君，太宗必不以為榜樣，詩中所用的兩個典故，無非表明天下大治，天下一統的盛世。

　　如果說前八句主要寫這次重幸武功之所感所思，那麼，「白水巡前跡」以後十二句主要寫這次巡幸的所見所聞。「前跡」與「舊宮」是互文，指同一個地方，即慶善宮。「列筵」與「高宴」亦屬互文，指同一事，即歡聚新豐故老。駐蹕、回輿是巡幸所到之處，撫田畯、訪牧童是關心農事的代指，顯示出太宗親民的一面。瑞氣、祥煙乃帝王之氣象，霜白、日紅乃自然之景象，此時此刻，惟有擊筑以歌〈南風〉，方可狂歡盡興。〈南風歌〉相傳是虞舜所作。《禮記•樂記》：「昔者舜作五弦之琴以歌南風」。[3]《疏》：「其辭曰：『南風之熏兮，可以解吾民之慍兮；南風之時兮，可以阜吾民之財兮。』」[4]太宗借用「南

風」說明自己以民為本的治國理念。

3、太宗巡幸詩的英才期待

　　太宗在巡幸時流露出期待英才輔佐的願望。這是因為太宗君臨天下，渴望賢能之士，大有漢高祖劉邦「安得猛士兮守四方」的氣概。這類詩歌有〈登驪山高頂寓目〉、〈春日登陝州城樓俯眺原野迴丹碧綴煙霞密翠斑紅芳菲花柳即目川岫聊以命篇〉、〈初春登樓即目觀作述懷〉和〈執契靜三邊〉。

　　以〈春日登陝州城樓俯眺原野迴丹碧綴煙霞密翠斑紅芳菲花柳即目川岫聊以命篇〉為例，其曰：

> 碧原開霧隰，綺嶺峻霞城。煙峰高下翠，日浪淺深明。
>
> 斑紅妝蕊樹，圓青壓溜荊。迹巖勞傅想，窺野訪莘情。
>
> 巨川何以濟？舟楫佇時英。

詩的前三聯寫春景，太宗在春天登陝州城樓俯眺原野，山川何其美麗，碧綠的原野、美麗的山嶺、煙霧籠罩的山峰和陽光照耀下的浪花等等景物，視覺由高至低，由遠至近，由宏觀至具體，描寫有層次感，後三聯述懷。「迹巖勞傅想，窺野訪莘情」和「巨川何以濟？舟楫佇時英」此處用傅說築於傅巖，武丁用以為相之典。據《尚書 • 商書 • 說命上》：「命之曰：『朝夕納誨以輔台德，若金，用汝作礪；若濟巨川，

用汝作舟楫；若歲大旱，用汝作霖雨。』」[5]太宗聯想到武丁用傅説為相，出現殷中興的局面。這裏表現出太宗渴望賢才輔佐的強烈願望。

在舉賢任能的帝王中，太宗算是佼佼者。在即位後，太宗公開頒佈的求賢的詔書便有五篇之多，此外在《帝範・求賢篇》指出：「帝王之治國也，必藉匡弼之賢。故求之斯勞，任之則逸，雖照車十二，黃金累千，豈如多士之隆，一賢之重！此求人之貴也。」[6]表示縱使黃金珠寶之多也不如求得一個賢士，可以看出太宗虛懷若谷、舉賢任能的胸懷，只有英明的帝王才有此等胸懷，貪圖享樂的帝王如陳後主、隋煬帝則難以相比。太宗經歷了王業創建之艱難，經常以隋煬帝亡國的教訓警惕自己，又以前人任人惟才的事蹟為典範，在治國時堅持「任官惟賢才」，用人得當，這是出現貞觀之治的其中一個原因。

在其他詩歌也有類似求賢的願望：「金門披玉館，因此識皇圖」（〈登驪山高頂寓目〉），金門，漢朝宮門名，是金馬門之省稱。當時規定由朝廷徵召來的人需待詔公車（官署名），才能優異的令待詔金馬門，東方朔、主父偃、嚴安、徐樂等有才能之士皆待詔金馬門。正是因為招攬賢士，才能一統江山，成為帝王。太宗是深知這個道理的。又如：「連甍豈一拱，眾幹如千尋。明非獨材力，終藉棟樑深」（〈初春登樓即目觀作述懷〉）將棟樑在屋脊中所起的作用形象地描寫出來。屋脊是由眾多木材連接起來支撐，不是一根大木獨自支撐。太宗以此比喻帝王必須廣羅人才治國。除了用舟楫、棟樑外，太宗亦用鹽梅和股肱等字眼形容賢才，如：「元首佇鹽梅，股肱惟輔弼」（〈執契靜三邊〉）鹽梅，指良相，《尚書・商書・説命下》：「若作和羹，爾惟鹽梅。」[7]這是殷高宗命傅説作相之辭，比喻傅説是國家所需要

的人才。股肱比喻輔助君主的大臣。這些詩句體現了太宗求賢若渴和任賢致治。

4、太宗巡幸詩的語言特色

太宗巡幸詩的語言特色表現為以下四點：

（1）動詞的活用。以〈重幸武功〉為例，該詩的特點之一就是動詞的活用。全詩二十句，除「垂衣天下治，端拱車書同」兩句動詞用於句末，其餘十八句都用於句中，由居中一字，挑起前後四字的關聯。白水前跡，丹陵舊宮表述的是方位和過去的（前、舊）時間，將「巡」、「幸」兩字鑲入其中，就把過去的時空與當前的人的活動連接起來，化靜物為動態。孤嶼、霜白、遙山、日紅可以各為景象，用「含」、「帶」二字，就把四種景象連接起來，構成晨昏晝夜兩種景色和畫面。詩中「依」、「愁」、「承」、「感」、「忻」、「悅」、「治」、「巡」、「幸」、「歡」、「聚」、「撫」、「訪」、「縈」、「散」、「含」、「帶」、「詠」都起動詞的作用。其中兩次出現的「歡」字，與「愁」、「忻」、「悅」本是形容詞而作動詞用，是為形動詞。

（2）對仗工整而定型。再以〈重幸武功〉為例，此詩是古體詩而非律詩，本不要求對仗。但全詩二十句形成對仗的十聯，而且「叢」、「衷」、「功」、「同」、「宮」、「豐」、「童」、「空」、「紅」、

「風」一韻到底。這說明太宗作詩的功底在於善作對聯，講究聲韻。詩中「嶼」和「山」用「孤」和「遙」修飾，「霜」和「日」用「白」與「紅」形容，既有空間層次，又使色彩鮮明。但是，這種對仗的描寫很大程度上是定型化的、公式化的，往往是文字符號的對應關係。一首詩「白」字兩見，「丹」字兩見，再加一「紅」字，「碧」字，以白水對丹陵、丹闕對碧空、霜白對日紅，是六個字呈現紅、白、碧三種色彩，與實景描寫不同。

太宗巡幸時描寫景物多用「白」、「翠」、「碧」、「丹」、「紅」，沒有用「黑」、「墨」、「蒼」、「烏」等字眼，如：

> 孤嶼含霜白，遙山帶日紅。（〈重幸武功〉）
> 綺峰含翠霧，照日蕊紅林。（〈初春登樓即目觀作述懷〉）
> 瑞氣縈丹闕，祥煙散碧空。（〈重幸武功〉）
> 出紅扶嶺日，入翠貯巖煙。（《望終南山》）

以「白」字為例，太宗的巡幸詩通常以「白」對「丹」和「紅」，在其他詩歌裏，以「白」對「黃」（〈度秋〉中「桂白髮幽巖，菊黃開灞涘。」）和「白」對「素」（〈喜雪〉中「映桐珪累白，縈峰蓮抱素。」），用「白」字形容雪、霜和花。這種定型化的對偶在唐代其他帝王詩中也找到蹤跡，例如唐玄宗以「白」對「丹」（〈早登太行山中言志〉中「白霧埋陰壑，丹霞助曉光。」）和「白」對「翠」（〈千秋節宴〉中「衣冠白鷺下，帟幕翠雲長。」），[8] 又如唐德宗以「白」對「黃」（〈重陽日即事〉中「天清白露潔，菊散黃金叢。」），[9]

玄宗和德宗用「白」字形容霧、鷺鳥和露珠。在帝王詩中成為公式化的對偶，在唐代其他詩人卻有突破，如杜甫以「白」形容的物象非常廣泛，包括白日、白馬、白浪、白屋、白眼、白水、白魚、白氈、白石、白兔和白鷗等等，更以「白」對「烏」和「玄」，如「不眠瞻白兔，百過落烏紗。」（杜甫〈季秋蘇五弟纓江樓夜宴崔十三評事、韋少府姪三首〉），[10]「星霜玄鳥變，身世白駒催。」（杜甫〈秋日荊南述懷三十韻〉），[11] 將白字用得很靈活。相比之下，太宗使用「白」字形容雪、霜和花，物象相對單一，太宗在巡幸詩中沒有用「黑」、「墨」、「蒼」、「烏」等字眼，也許是因為帝王的身份使然。

　　(3) 詩中出現專門為帝王所使用的詞語，以〈重幸武功〉為例，瑞氣、祥煙乃帝王之氣象，垂衣、端拱、巡前跡、幸舊宮、駐蹕、回輿只能用之於帝王之行蹤，非常人所能用。又如在器用方面，形容皇帝出巡的車駕時，太宗用的詞語有：翠輦、鳴笳、金輿、玉輦、回鑾和仙蹕，這些詞語都顯得華麗典雅。具體如：

> 新豐停翠輦，譙邑駐鳴笳。（〈過舊宅二首〉其一）
> 金輿巡白水，玉輦駐新豐。（〈過舊宅二首〉其二）
> 回鑾遊福地，極目玩芳晨。（〈謁并州大興國寺詩〉）
> 溫渚停仙蹕，豐郊駐曉旌。（〈過溫湯〉）

從這些詞和語氣來看，可以由重臣或近侍寫出，也可以由帝王自我訴述，由臣屬寫出，謂之歌功頌聖，由帝王訴述，謂之天子胸襟。

　　其他還有皇帝稱己和稱人的用語：元首、萬姓，以及帝誕和宮室的詞語：丹陵、帝鄉和離宮等，都是為太宗所專門使用的詞語，有別於常人詩，魏徵和許敬宗的詩作就沒有這些詞語。

　　（4）善用典故和借代。太宗用典的詩句有「沈沙無故迹，減竈有殘痕。」（〈經破薛舉戰地〉）、「紉佩蘭凋徑，舒圭葉剪桐。」（〈過舊宅〉）、「高談先馬度，偽曉預雞鳴。棄繻懷遠志，封泥負壯情。」（〈入潼關〉）、「愧制勞居逸，方規十產金。」（〈初春登樓即目觀作述懷〉）。減竈，引用戰國時，魏將龐涓攻韓，齊將孫臏設計攻魏救韓的典故（見《史記・孫子吳起列傳》）[12]；舒圭葉剪桐，引用「成王剪桐」的典故（見《呂氏春秋・重言》）[13]；偽曉預雞鳴，引用孟嘗君賓客扮雞鳴出函谷關的典故（見《史記・孟嘗君列傳》）[14]；棄繻，引用漢代終軍棄繻西遊的典故（見《漢書・終軍傳》）[15]；封泥，引用王元用丸泥東封函谷關的典故（見《後漢書・隗囂傳》）[16]；十產金，引用漢文帝不願意耗費相當於民眾十家之產的百金建露臺的典故（見《史記・文帝本紀》）[17]。這些典故，大多與軍事有關，既有佔據有利地形，又有在戰爭中巧施妙計的典故，可見太宗是有勇有謀的帝王。而在治理國家時，太宗以漢文帝為楷模，崇尚簡樸、反對奢侈。

　　在借代方面，太宗常用過去的君王代指自己。如：

　　　　壽丘惟舊跡，酆邑乃前基。（〈幸武功慶善宮〉）
　　　　白水巡前跡，丹陵幸舊宮。（〈重幸武功〉）
　　　　金輿巡白水，玉輦駐新豐。（〈過舊宅二首〉其二）

在以上例句，「壽丘」相傳是黃帝出生地，「酆邑」是漢高祖劉邦故里，這裏代指太宗出生地武功慶善宮。「白水」是東漢光武帝劉秀舊居，「丹陵」是堯出生地，這裏代指慶善宮。「新豐」是地名，故城在陝西臨潼縣東北。漢高祖七年，因太上皇思鄉，遂按豐縣街裏格式改築驪邑，並遷來豐民，故稱新豐。這裏代指晉陽舊宅。使用借代，無非是委婉地表明帝王的身份。

總括而言，太宗是開國之君，其巡幸詩將打拼江山、創立王國的艱難歷程描寫了出來，同時抒發對治理國家的感受和流露出期待英才輔佐的願望，顯得崇高莊重。在語言風格上，詩歌活用動詞、對仗工整、用詞華麗典雅、善用典故和借代。

二、　唐太宗的詠物詩

我國最早的詠物詩，可以上溯到屈原〈橘頌〉。《四庫全書總目提要》述元人謝宗可《詠物詩》時，簡介詠物詩的發展歷史，認為蔡邕〈詠庭前石榴〉是「托物寄懷」的始篇。魏晉兩代詠物詩屈指可數，有繁欽的〈詠蕙〉、〈生茨〉及〈槐樹〉、陸雲的〈芙蓉〉、摯虞的〈逸驥〉、郭愔的〈百舌鳥〉、許詢的〈竹扇〉、袁山松的〈菊〉等等，以詠草木和鳥獸為主，間有托物寄懷。「沿及六朝，此風漸盛。王融、謝朓至以唱和相高，而大致多主於隸事。」[18] 劉宋時詠物詩漸盛，范泰、王韻之、謝惠連、何承嘉、袁淑、劉鑠、劉駿、顏延之、劉義恭、

謝莊、鮑照、任豫等人都有詠物之作,主要為詠天象、禽鳥和詠節候三類。其中鮑照的〈詠雙燕〉借詠物而寓豔情,是詠物詩的創新,並深刻影響了齊梁詩人的詠物詩風。南齊永明時詠物詩大行其道,謝朓、沈約、王融、范雲等人有不少詠物詩,除了詠草木、鳥獸、天象,還吟詠日常生活中常見的器物用品,詩作更從一般的詠物過渡到吟詠女性。永明詩人常在同一場合同詠樂府曲名或者坐上所見之物的詩作,成為「賦得」體的源頭。

　　蕭梁時期,詠物詩多不勝數,蕭衍、高爽、何遜、劉孝綽、徐擒、庾肩吾、劉孝儀、蕭綱、蕭綸、王筠、鮑泉、蕭繹、費昶、鮑子卿、沈滿願等人的詠物詩題材廣泛,包括服飾、衣冠、樂器、草木、鳥獸、天象等等,比永明詩人更甚。詩作體物寓情,但寄寓的多為男女之情,豔麗迷離,成為蕭梁宮體詩特點之一。陳代詠物詩與蕭梁詠物詩相比,對服飾、衣冠、樂器的描寫相對減少,這一時期較突出的是張正見等人大量寫作「賦得」體作品,當中不乏豔詩,如賀循〈賦得庭中有奇樹〉、蕭詮〈賦得夜猿啼〉、張正見〈賦得魚躍水花生〉等等以及江總用七言體創作豔詩,如〈芳樹〉和〈梅花落〉。隋代吟詠器物用品的詠物詩寥寥可數,大多數詠物詩吟詠草木、鳥獸,詩歌根據所詠之物寄寓抒情主體之情,不再寄寓男女之情,如李德林〈詠松樹〉、李孝貞〈園中雜詠橘樹〉和楊廣〈北鄉松樹〉,借吟詠松樹、橘樹,寄寓凌冬守寒的堅貞之情。

　　「唐宋兩朝,則作者蔚起,不可以屈指計矣。其特出者,杜甫之比興深微……」[19] 唐朝很多詩人寫詠物詩,以杜甫尤為突出。在唐代帝王中,在詠物詩方面取得成績的是唐太宗。從數量看,唐太宗的詠

物詩有 36 首，排第一，其次是玄宗和德宗，各 11 首，中宗和肅宗，各 3 首。

1、唐太宗詠物詩的內容

在唐太宗的詩作中，詠物詩是一個重要系列。太宗所詠之物主要包括六大類：(1) 天象：風、雨、雪、霧；(2) 草木：柳、蘭、芙蓉、桃；(3) 器物：琵琶、燭、簾、弓；(4) 鳥獸：馬、鳥；(5) 地理：小山；(6) 歲時：春、夏、秋、冬、月晦、元日。在六大類中，以吟詠歲時的詩作最多，有 17 首，其次是天象有 7 首，器物 5 首，草木 4 首，鳥獸 2 首，地理 1 首。這些詠物詩頗得體物之妙，逼真地描寫物象。以下從唐太宗的三首詠雪詩來看其詠物詩的特點：

〈喜雪〉云：

碧昏朝合霧，丹卷暝韜霞。結葉繁雲色，凝瓊徧雪華。
光樓皎若粉，映幕集疑沙。泛柳飛飛絮，妝梅片片花。
照璧臺圓月，飄珠箔穿露。瑤潔短長階，玉叢高下樹。
映桐珪累白，縈峰蓮抱素。斷續氣將沈，徘徊歲云暮。
懷珍愧隱德，表瑞佇豐年。蕊間飛禁苑，鶴處舞伊川。
儻詠幽蘭曲，同懽黃竹篇。

〈詠雪〉云：

> 潔野凝晨曜，裝墀帶夕暉。集條分樹玉，拂浪影泉璣。
> 色灑妝臺粉，花飄綺席衣。入扇縈離匣，點素皎殘機。

〈望雪〉云：

> 凍雲宵徧嶺，素雪曉凝華。入牖千重碎，迎風一半斜。
> 不妝空散粉，無樹獨飄花。縈空慚夕照，破彩謝晨霞。

這三首詠物詩以雪為主題，對雪進行全面細緻地描寫。〈喜雪〉分為兩部分，前部分對雪窮形極態地鏤繪，描寫精緻，意象密集，包括花草樹木和樓臺簾幕。這裏用了十四句描寫雪，將雪的顏色、形態、動作寫得非常全面，反映出詩人觀察入微，如以「皎若粉」、「集疑沙」形容雪的形狀，較為獨特。但詠物的角度比較凌亂，「結葉」二句先寫草木，「光樓」二句寫居所，「泛柳」二句寫草木，「照壁臺」二句寫居所，「瑤潔」二句寫居所和草木，「映桐珪」二句寫草木和山。草木和居所交叉錯亂，既無遠近角度的視覺更替，又無空間地理位置的改變，由此可見唐太宗描寫雪只是拼綴湊合景物，堆砌辭藻。後部分抒發情懷。「懷珍」六句表達唐太宗渴求良臣輔弼、瑞雪兆豐年和與民同歡〈黃竹詩〉的願望。唐太宗在詩尾直接抒發強烈的主觀感情的詩作不多，如〈詠風〉、〈詠雨〉、〈芳蘭〉、〈詠桃〉，且主觀感情與客觀事物未必和諧地融合在一起，如〈詠風〉抒發「勞歌大風

曲，威加四海清」的慷慨情懷，與詩中描繪風的特徵所運用的纖細的
工筆手法並不協調。唐太宗沒有移情入景，用景物象徵情思，所以，
這類詠物詩沒有實現物我情融、意與境融。〈詠雪〉和〈望雪〉五言
八句，亦是典型的宮廷詠物詩，純粹客觀地描寫雪景。〈詠雪〉從不
同角度描繪雪，從潔淨田野到裝飾臺階，從聚集樹枝到拂過波浪，從
妝臺粉到綺席衣，從離匣到殘機，詠物的角度由清晨到黃昏、由遠到
近、由高到低、由外到內。時間的轉換和空間的挪移令雪具有跳躍性，
「潔」、「凝」、「裝」、「帶」、「集」、「分」、「拂」、「影」、「灑」、
「飄」、「縈」、「點」、「皎」、「入」十四個動詞將雪的動作表
現無遺，將靜態之物描寫為動態之物，生動真切，頗見錘煉之功。「妝
臺粉」、「綺席衣」、「離匣」、「殘機」都是與女性有密切關係的
物品，這些詞語含蓄地反映出雪花輕盈柔美的姿態，並顯露出模仿南
朝宮廷詩描寫女性美的痕跡。〈詠雪〉和〈望雪〉沒有像〈喜雪〉體
物寓情和抒懷。〈望雪〉以描寫雪花在戶外獨自飄落的具體形態為主，
「入牖千重碎，迎風一半斜」上句寫居所，下句寫戶外，在誇張中突
出雪的特徵，生動形象。「空散粉」、「獨飄花」將雪比喻為粉末、
飛花，充滿想像。詩題為望雪，但詩中沒有出現詩人主體觀望的字眼。
在此可與梁簡文帝〈雪朝詩〉相比較：

> 同雲凝暮序，嚴陰屯廣隰。落梅飛四注，翻霙舞三襲。
>
> 實斷望如連，恒分似相及。已觀池影亂，復視簾珠濕。

此詩，梁簡文帝的主體身份顯而易見，「望」、「觀」、「視」表示

主體觀望。而唐太宗在對南朝詩歌的仿習中，在許多的詠物詩如〈詠飲馬〉、〈詠弓〉、〈春池柳〉、〈詠小山〉、〈采芙蓉〉隱去了主體身份，完全不透露詩人心底的情緒意趣，只是精心刻劃自然事物的外在美，沒有把握其內在意蘊，以致詩歌顯得板重、滯凝，缺乏神韻。

　　這三首詩的相同之處在於描寫雪的形態特徵時，使用了相同的字：「素」、「粉」、「樹」、「花」、「縈」、「飄」、「凝」、「妝」。前四個字是名詞，後四個字是動詞。六朝詩人詠雪時亦使用「素」、「樹」、「花」、「縈」、「飄」、「凝」等字，唐太宗在仿習前人的詩藝時，注重煉字，相同的字有不同的搭配。茲以「縈」字為例：

> 縈空如霧轉，凝階似花積。（吳筠〈詠雪〉）
>
> 映桐珪累白，縈峰蓮抱素。（唐太宗〈喜雪〉）
>
> 入扇縈離匣，點素皎殘機。（唐太宗〈詠雪〉）
>
> 縈空慚夕照，破彩謝晨霞。（唐太宗〈望雪〉）

吳筠用「縈空」形容雪花在天空飛舞旋繞像霧轉，唐太宗不僅有「縈空」一詞，還有「縈峰蓮」、「縈離匣」，都準確表達雪花回旋攀繞的動作。六朝詩人較少使用「妝」、「粉」字，只有陳代張正見〈詠雪應衡陽王教詩〉：「入牖輕落粉，拂柳駛飛綿。」將雪形容成粉末，唐太宗常使用「妝」、「粉」兩字形容白雪的妍麗：

> (1) 光樓皎若粉，映幕集疑沙。（〈喜雪〉）
>
> (2) 泛柳飛飛絮，妝梅片片花。（〈喜雪〉）
>
> (3) 色灑妝臺粉，花飄綺席衣。（〈詠雪〉）
>
> (4) 不妝空散粉，無樹獨飄花。（〈望雪〉）

「妝」是修飾、打扮的意思，「粉」指化粧用的粉末。此兩字與女性有關，第四例的「不妝」，更將雪擬人化，可謂別出心裁，富有新意。在〈詠桃〉：「禁苑春暉麗，花蹊綺樹妝。」綺樹妝扮花蹊，也是擬人化的手法，將桃樹化靜為動，頗為生動。

　　唐太宗講求煉字，在詠物詩中出現不少詞的活用情況。下面是一些例句：

> 潔野凝晨曜，裝壓帶夕暉。（〈詠雪〉）
>
> 入扇縈離匣，點素皎殘機。（〈詠雪〉）
>
> 春暉開紫苑，淑景媚蘭場。（〈芳蘭〉）

第一例的「潔」字，第二例的「皎」字和第三例的「媚」字都是形容詞作及物動詞用。這些字的活用，使靜物雪、蘭花具有動感，富有表現力。

　　六朝詩人有不少詠雪的詩作。范泰、何承嘉、顏延之、劉義恭的詠雪詩多數是四言二句，主要描寫雪的飄舞和白如玉的特徵。如顏延之〈白雪詩〉：「翩若珪屑，晰如瑤粒」，將白雪飄舞和清晰如玉的特徵寫了出來。梁簡文帝、任昉、吳均、裴子野、劉孝綽、庾肩吾、徐陵的詠雪詩，多數為五言八句，對雪細緻描繪。又如裴子野〈詠雪〉：

> 飄颻千里雪，倏忽度龍沙。從雲合且散，因風卷復斜。
>
> 拂草如連蝶，落樹似飛花。若贈離居者，折以代瑤華。

裴子野對雪的飄颻姿態描寫細緻，用了兩個明喻，將雪比喻為連蝶、飛花，形象生動。

在六朝詩作中，以雪為意象的詞語組合，通常在「雪」前面加修飾語，常見有以下兩類：

(1) 性狀＋雪

　　朔雪：胡風吹朔雪，千里度龍山。（鮑照〈詠雪〉）

　　積雪：土膏候年動，積雪表辰暮。（任昉〈同謝朏花雪〉）

　　沐雪：沐雪款千門，櫛風朝萬戶。（裴子野〈上朝值雪〉）

　　細雪：微風搖庭樹，細雪下簾隙。（吳均〈詠雪〉）

　　千里雪：飄颻千里雪，倏忽度龍沙。（裴子野〈詠雪〉）

　　瑞雪：瑞雪墜堯年，因風入綺錢。（庾肩吾〈詠花雪〉）

　　輕雪：豈若天庭瑞，輕雪帶風斜。（徐陵〈詠雪〉）

(2) 地名＋雪

　　玉山雪：遠風金河起，吹我玉山雪。（虞羲〈望雪〉）

唐太宗以雪為意象的詞語組合，在「雪」的前面加修飾語，常見的有兩類：

(1) 性狀＋雪：「晚雪」、「素雪」，如「初風飄帶柳，晚雪間花梅。」（〈首春〉）以及「凍雲宵徧嶺，素雪曉凝華。」（〈望雪〉）

(2) 季節＋雪：「冬雪」，如「寒辭去冬雪，暖帶入春風。」（〈守歲〉）

還有「雪」和其他意象一起出現，如：「花」，「結葉繁雪色，凝瓊
徧雪華。」（〈喜雪〉），「雪華」，即雪花。

　　唐太宗用「季節＋雪」的格式和將雪與其他意象結合的格式，表
達各種不同的雪，與六朝詩人有所不同，可見唐太宗不是亦步亦趨地
效仿前人，沒有任何創新。

2、唐太宗詠物詩的光影聲色

　　唐太宗的詠物詩觀察細微、描寫細密，吟詠自然事物的外在形態，
寓靜於動，生動逼真。唐太宗從視覺、聽覺、嗅覺和觸覺以及心靈的
內在感受去詠物，具體表現在詩中的詞語是光、影、聲、色和香。現
以〈秋日即目〉為例：

> 爽氣浮丹闕，秋光澹紫宮。衣碎荷疏影，花明菊點叢。
> 袍輕低草露，蓋側舞松風。散岫飄雲葉，迷路飛煙鴻。
> 砌冷蘭凋佩，閨寒樹隕桐。別鶴棲琴裏，離猿啼峽中。
> 落野飛星箭，弦虛半月弓。芳菲夕霧起，暮色滿房櫳。

此詩描寫由秋天清晨到黃昏所見的景色變化，細緻刻劃了景物的形
狀、光影、動作、聲色、遠近、高低、大小和疏密，營造了視、聽、
嗅、觸四種感覺意象。「爽氣」一聯交代時地，從整體帶出「秋光」，

隨著秋光的移動，看到了「荷疏影」、「菊點叢」，形成光與影、疏與密的對比映襯。「袍輕」四句描寫草露、松風、飄葉、飛鴻，從高低大小的角度描寫這些事物的狀態，靜動相宜。「砌冷蘭凋佩，閨寒樹隱桐。」以觸覺的「冷」形容視覺的「砌」，以觸覺的「寒」形容視覺的「閨」。此聯上下句意思相同，犯了對仗「合掌」的大忌，雖然如此，此聯形象地描寫出秋天的清冷。「別鶴」一聯從聽覺塑造秋天的淒涼。別鶴用典，指商陵牧子悲傷作歌。此處充滿想像，由宮廷飛到遙遠的三峽，彷彿聽到離猿的啼鳴，這是虛景，空間跳躍感很大。「落野」兩句點出時間的變化，落日的光芒像飛箭、流星，半圓之月初升如弓弦般，「芳菲」兩句描繪秋天黃昏的降臨，上句寫嗅覺，下句寫視覺，空間由遙遠的三峽飛回到近處宮廷的窗戶。光與色、明與暗、時空都在不斷變化，此詩把秋天的光影聲色細緻地描寫出來，虛實相間，超越時空，章法細密，反映出詩人的審美情趣。

　　唐太宗在吟詠天象、草木、器物、鳥獸、地理時，通常營構視覺意象、聽覺意象和嗅覺意象。在吟詠歲時，除了上述三種意象，還增加了觸覺意象，而且將觸覺意象與其他意象聯繫起來，成為通感。關於通感，錢鍾書在〈通感〉中說：

> 在日常經驗裏，視覺、聽覺、觸覺、嗅覺、味覺往往可以彼此打通或交通，眼、耳、舌、鼻、身各個官能的領域可以不分界限。顏色似乎會有溫度，聲音似乎會有形象，冷暖似乎會有重量，氣味似乎會有體質。[20]

六朝詩人已經使用通感表現自然事物，例如陸機「哀響馥若蘭」（〈擬西北有高樓〉），以蘭花的濃香形容哀響，此為嗅覺與聽覺打通；謝莊「秋槐響寒音」（〈北宅秘園〉），「寒音」是以觸覺描寫聽覺。通感在六朝詩中的運用並不多。[21]

　　唐太宗在詠物時，可以運用通感更好地表達自然事物之間的各種關係，這反映他在努力學習六朝詩人庾信後，詩藝有所進步。先看他早期的詩作「柳影冰無葉，梅心凍有花。」（〈冬日臨昆明池〉），此詩作於貞觀五年（631），用觸覺的「冰」、「凍」形容視覺的柳影、梅心。再看他學庾信後的詩作「蟬啼覺樹冷，螢火不溫風。」（〈秋日斅庾信體〉），用觸覺的「冷」表現聽覺的「蟬啼」，用觸覺的「不溫」表現視覺的「螢火」。上句有「覺」字，表現詩人主體對於蟬啼的感覺。王夫之《唐詩評選》卷二評此詩：「輕於子山，密於江令」。[22]

　　唐太宗用各種感官感覺去發現和表達自然事物，描摹細緻，並且發揮藝術的想像，超越時空，令吟詠之物生動可感。與此同時，在運用光、影、聲、色、香去描摹自然事物時，很容易陷入一個既定的程式，自然事物變得類同，詩歌變得相似。現以〈芳蘭〉、〈詠桃〉為例：

　　〈芳蘭〉云：

　　　春暉開紫苑，淑景媚蘭場。映庭含淺色，凝露泫浮光。

　　　日麗參差影，風傳輕重香。會須君子折，佩裏作芬芳。

〈詠桃〉云：

> 禁苑春暉麗，花蹊綺樹妝。綴條深淺色，點露參差光。
>
> 向日分千笑，迎風共一香。如何仙嶺側，獨秀隱遙芳。

這兩首詩，首先在結構方面相同，是宮廷詩「三部式」結構程式的體現：
點題、詠物和抒情。首聯以工整的對仗點出宮苑裏蘭場、桃園在春天
的陽光照耀下呈現出美麗的景色，中二聯以精緻細密的筆法狀物。
「庭」與「露」、「淺色」與「浮光」和「條」與「露」、「深淺色」
與「參差光」的異類對，在視覺上以微觀的角度觀察蘭花、桃花，繼
而將視覺轉化為嗅覺，以「輕重香」、「一香」形容蘭花和桃花的香味。
尾聯是命意寄託之處，將芳蘭和桃花寄寓社會意義，君子佩帶芳蘭和
桃花不應隱於仙嶺，這些都是君王的期望。王夫之《唐詩評選》卷二
評〈詠桃〉：「絕代高唱。結語深煉，妙於湊合」。[23]

　　此外，這兩首詩的用詞相似，例如：「禁苑」、「春暉」、「色」、
「露」、「參差」、「日」、「風」、「香」、「芳」和「光」等詞
語，如果不是從尾聯的議論之詞分辨出詠物對象，單單從前三聯的摹
寫，是難以分辨何為芳蘭，何為桃花。芳蘭與桃花是不同的意象，但
描摹如此相似，可以將此物移易為彼物。以光影聲色香套寫事物，在
〈詠飲馬〉、〈賦簾〉、〈喜雪〉、〈詠雪〉、〈詠風〉、〈詠雨〉
等詩都有此特點，可見唐太宗的詠物創作有程式化的特點。如此詠物，
可求大概，未必能抓住事物的主要特徵，勾畫出物象的個性風格，物
象不夠突出，始終欠缺神韻。與此相反的是，當唐太宗沒有完全將光

影聲色香的詞語直接嵌進詩中,而是將這些詞語化為具體的描繪,使事物活靈活現,相當傳神,如〈春池柳〉云:

> 年柳變池臺,隋堤曲直回。逐浪絲陰去,迎風帶影來。
> 疏黃一鳥弄,半翠幾眉開。紫雪臨春岸,參差間早梅。

首聯點題,後三聯描寫春天池塘邊柳樹的形態。頷聯雖有「影」字,但通過「迎」、「帶」、「來」三個富於動感的詞語,使「影」化靜為動。頸聯寫聲和色,「疏黃」、「半翠」色彩絢麗,形象逼真,「一鳥弄」為聽覺,清新自然,「幾眉開」擬人的寫法深得物象之妙。此聯精警,是唐太宗難得的佳句。尾聯以一幅大視覺的開闊之景結尾。類似作品不多,有〈遠山澄碧霧〉、〈詠弓〉。

3、唐太宗詠物詩的語言特色

唐太宗詠物詩的語言特色主要表現為以下三點:

(1) 典雅華麗的辭藻

首先,太宗在詩中多處使用華麗的顏色詞修飾物象,如〈秋日二首〉:「菊散金風起,荷疏玉露圓」、「露凝千片玉,菊散一叢金」,以「金」形容風、菊花,以「玉」形容露,華麗紛呈。胡應麟曰:「唐人句律有全類六朝者,太宗:『露凝千片玉,菊散一叢金』……右置

梁、陳間，何可辨別？」[24]認為唐太宗此聯與六朝文風相近。又如〈元日〉：「彤庭飛彩斾，翠幌曜明璫」，「彤庭」、「彩斾」、「翠幌」、「明璫」色彩鮮明且典雅，這些顏色詞的運用，使物象華美綺麗，詩作顯得豔麗和雕琢。其次，太宗詩多用典故，例如「蕊間飛禁苑，鶴處舞伊川。儻詠幽蘭曲，同懽黃竹篇。」（〈喜雪〉）、「勞歌大風曲，威加四海清。」（〈詠風〉）、「會須君子折，佩裏作芬芳。」（〈芳蘭〉）、「只待纖纖手，曲裏作宵啼。」（〈詠烏代陳師道〉）、「別鶴棲琴裏，離猿啼峽中。」（〈秋日即目〉）、「抽思滋泉側，飛想傅巖中。」（〈秋暮言志〉）、「落雁帶書驚，啼猿映枝轉」（〈詠弓〉）。太宗把與自然事物相關的典故化用得貼切巧妙，提供了想像的空間。詠雪聯想到王子喬駕鶴歸伊洛一事，以此形容雪花飛舞。詠風，會提及漢高祖劉邦的〈大風歌〉。詠芳蘭，則結合《楚辭•離騷》：「扈江離與辟芷兮，紉秋蘭以為佩」，以此暗示蘭花要為人所用。詠烏，則聯繫名家所作的《烏夜啼》，以喻人要從名師學藝。詠秋日景物，聯想〈別鶴操〉，將秋日的蕭傷別離表達淋漓盡致。秋暮言志，不禁思求賢能，滋泉為太公釣魚之處，傅巖為商朝名臣傅說版築處。詠弓，則引用鴻燕捎書傳蘇武在某澤中的典故和《搜神記》養由基撫弓，白猿抱木而號的典故。這些典故，涉及古代帝王的詩歌和賢臣的故事等等，取材廣泛。太宗借詠物而言志抒懷，辭采典雅莊重。

(2) 對仗工巧

　　在唐太宗三十六首詠物詩中，只有〈詠燭二首〉沒有用對仗。根據《文鏡秘府論彙校彙考》「論對」一章所列的對偶類型，唐太宗詠

物詩中的對偶句，以的名對為主。「的名對者，正也。凡作文章，正正相對。上句安天，下句安地；上句安山，下句安谷；上句安東，下句安西；上句安南，下句安北；上句安正，下句安斜；上句安遠，下句安近；上句安傾，下句安正；如此之類，名為的名對。」[25] 現以〈首春〉為例：

> 寒隨窮律變，春逐鳥聲開。初風飄帶柳，晚雪間花梅。
>
> 碧林青舊竹，綠沼翠新苔。芝田初雁去，綺樹巧鶯來。

此詩全篇用對仗。前兩句是時令類對，交待冬去春來。中間四句有天文類、植物類對，具體描繪春天的景物。最後兩句是植物類、動物類對。《文心雕龍》說：「反對為優，正對為劣。」[26] 在〈首春〉既有反對，又有正對，優劣平均。「初風飄帶柳，晚雪間花梅。」，此為反對，「初風」與「晚雪」在時間上形成對比，「帶柳」與「花梅」在顏色上是一綠一紅，色彩鮮明，對比強烈。「碧林青舊竹，綠沼翠新苔。」此中有正對，顏色詞「碧、綠」、「青、翠」是同義詞，都是青綠色，顏色相近，沒有形成鮮明的對比，可謂瑕疵，「青舊竹」本為「舊竹青」；「翠新苔」本為「新苔翠」，都由主謂結構變為動賓結構。「青」、「翠」形容詞作動詞使用。將「舊竹」與「新苔」化靜為動，增加了動感。對仗加上曲折的句法，更顯雕琢。詩尾的「初雁去」和「巧鶯來」一去一來又進行對比。〈詠雪〉、〈詠雨〉等詩作也是全詩對仗，此類詩作對仗纖巧，詠物精美，佈局工整，似一幅筆法細膩的工筆畫，美中不足的是純粹詠物，沒有體物寓情，詩境狹

隘,前人評云:「詩語殊無丈夫氣」[27],由此可知。太宗雖然掌握了對仗的技巧,但有時會犯「合掌」的大忌,如:「砌冷蘭凋佩,閨寒樹隱桐。」(〈秋日即目〉)「不妝空散粉,無樹獨飄花。」(〈望雪〉)、「徑細無全磴,松小未含煙。」(〈詠小山〉)對仗是近體詩的特徵之一,太宗精通對仗,詠物詩大多數以五言新體的形式寫成,對仗工整,鏤刻雕琢有餘,靈動神韻不足。

(3) 聲律漸趨和諧

自從南齊的沈約和周顒創立四聲說和聲律說後,近體詩的雛形開始形成,唐初延承齊梁之風,追求聲律之美。唐太宗效仿六朝詩人的詩作,對聲律有所講究。在太宗詠物詩中,有五首詩是大致合乎規範的五言律詩,如〈月晦〉、〈秋日二首〉其二、〈除夜〉、〈望雪〉、〈守歲〉。其〈秋日二首〉其二云:

> 爽氣澄蘭沼,秋風動桂林。露凝千片玉,菊散一叢金。
> 日岫高低影,雲空點綴陰。蓬瀛不可望,泉石且娛心。

此詩為仄起首句不入韻的五言律詩,完全依照律詩的平仄格式,沒有出現失粘和失對,其中二聯對仗工整。〈月晦〉、〈除夜〉與此詩一樣都是標準的五言律詩。有些律詩則有拗救,如〈守歲〉云:

> 暮景斜芳殿,年華麗綺宮。寒辭去冬雪,暖帶入春風。
> 階馥舒梅素,盤花卷燭紅。共歡新故歲,迎送一宵中。

此詩為仄起首句不入韻的五言律詩，第三句應該用「平平平仄仄」，這裏換上了「平平仄平仄」。這種「特種拗救」格式在唐詩中是常見的。

〈望雪〉云：

> 凍雲宵徧嶺，素雪曉凝華。入牖千重碎，迎風一半斜。
>
> 不妝空散粉，無樹獨飄花。縈空慚夕照，破彩謝晨霞。

此詩為平起首句不入韻的五言律詩，尾聯應該用「仄仄平平仄」對「平平仄仄平」，這裏改為「平平平仄仄」對「仄仄仄平平」，上句的第二、四字拗，下句第二、四字救，仍保持上下句平仄相反的格局。

　　唐太宗詠物詩具有注重典雅華麗的辭藻、講究典故、對仗工巧和聲律漸趨和諧等特色，辭藻、對仗和聲律都是齊梁文學在藝術形式技巧方面作出的貢獻。唐太宗虛心學習和吸收了齊梁文學的藝術技巧，並在詩中充分運用，其詠物詩具有六朝詩歌的痕跡，纖巧華麗。

三、　唐太宗與群臣的唱和

　　唐太宗在平定天下後，制定一系列的文治措施，在唐初的詩壇形成了以宮廷為中心的格局。《舊唐書‧文苑傳上》云：

> 文皇帝解戎衣而開學校，飾賁帛而禮儒生。門羅吐鳳之才，人擅握蛇之價。靡不發言為論，下筆成文，足以緯俗經邦，豈止雕章

縟句。韻諧金奏，詞炳丹青。故貞觀之風，同乎三代，高宗、天后，
尤重詳延。天子賦橫汾之詩，臣下繼柏梁之奏。巍巍濟濟，輝爍
古今。[28]

根據史書記載，唐太宗、高宗、武后、中宗和睿宗等唐初皇帝，都曾
設立過文學館或是性質大致相同的弘文館、崇文館、修文館和集賢院
等機構，羅致當時著名的文士，君臣賦詩唱和，影響深遠。

　　唐太宗舉行宴會，飲酒賦詩，除了搜羅人才、籠絡人心，還有消
遣娛樂的目的。尤袤《全唐詩話》卷一云：

　　　　太宗嘗謂唐儉：「酒杯流行，發言可喜。」是時，天下初定，君
　　　　臣俱欲無為，酒杯善謔，理亦有之。[29]

此段文字反映唐初宴飲賦詩之風與唐太宗的提倡分不開。唐太宗嘉獎
應制詩，促進了應制詩風行一時，如《唐詩紀事》卷一云：「帝製〈帝
京篇〉，命李百藥並作。既上，詔曰：『卿何身老而才之壯，齒宿而
意之新乎？』」[30]太宗不僅極力稱讚李百藥的詩作，還獎賜實物給大
臣予以鼓勵，如《全唐詩》介紹杜淹時，指其是文學館學士，「侍宴，
賦詩尤工，賜金鍾。」[31]

　　大臣參加宴會賦詩，各自表達不同的心意。有的大臣在賦詩中諫
諍，如魏徵在賦詩中不忘進諫納諷，奉勸唐太宗要以禮治國。尤袤《全
唐詩話》卷一云：

> 太宗在洛陽宮，幸積翠池。宴酣各賦一事。帝賦《尚書》曰：「日
> 昃玩百篇，臨燈披五典。夏康既逸豫，商辛亦荒湎。恣情昏主多，
> 克己明君鮮。滅身資累惡，成名由積善。」徵賦《西漢》曰：「受
> 降臨軹道，爭長趣鴻門。驅傳渭橋上，觀兵細柳屯。夜宴經柏穀，
> 朝遊出杜原。終藉叔孫禮，方知皇帝尊。」帝曰：「徵言未嘗不
> 約我以禮。」[32]

　　有的大臣則想在政治上找到攀附，如李義府之類。《唐詩紀事》
卷四曰：

> 義府初遇，以李大亮、劉洎之薦。太宗召令詠烏，義府曰：日裏
> 颺朝彩，琴中聞夜啼。上林如許樹，不借一枝棲。帝曰：與卿全樹，
> 何止一枝！[33]

李義府以借一枝樹枝為喻，望得到扶持。唐太宗回答得很風趣，盡顯
睿智。其他大臣如長孫無忌、褚亮、岑文本、虞世南、李百藥、楊師道、
許敬宗和上官儀等人，經常在宮廷唱和。在這些詩人中，比較突出的
是許敬宗，《全唐詩》存其詩二十七首，有二十一首是應制詩。在楊
師道和上官儀的詩歌中，應制詩佔了一半。應制詩主要是頌美附和、
博取帝王的歡心，沒有很高的藝術特色，只是宮廷生活的點綴。

1、唱和詩的內容

唐初詩會賦詩的活動漸趨頻繁。據現存資料統計，從貞觀元年到貞觀二十三年前（627-649），大型的宮廷詩會共有 15 次，包括「兩儀殿賦柏梁體」（貞觀四年，630）、「幸武功慶善宮」（貞觀六年，632）、「春日玄武門宴群臣」（貞觀七年，633）、「詠烏」（貞觀八年，634）、「七夕侍宴賦得歸衣飛機」（貞觀十年，636）、「文德皇后挽歌」（貞觀十年，636）、「宴群臣於洛陽宮積翠池詔各賦一事」（貞觀十一年，637）、「儀鸞殿早秋」（貞觀十五年，641）、「七夕賦詠」（貞觀十六年，642）、「正日臨朝」（貞觀十七年前，643 前）、「春日望海」（貞觀十九年，645）、「塞外同賦山月臨秋」（貞觀十九年，645）、「經破薛舉戰地」（貞觀二十年，646）、「延慶殿同賦別題」（貞觀二十一年，647）、「延慶殿集同賦得花間鳥」（貞觀二十三年，644）等等。[34]

在詩會中，君臣唱和主要分為四大類：1. 公宴詩，如〈春日玄武門宴群臣〉、〈兩儀殿賦柏梁體〉、〈早春桂林殿應詔〉；2. 巡幸詩，如〈幸武功慶善宮〉、〈春日望海〉、〈遼東山夜臨秋〉、〈經破薛舉戰地〉；3. 詠物詩，如〈詠烏〉、〈延慶殿同賦別題〉、〈延慶殿集同賦得花間鳥〉；4. 詠史詩，如〈賦尚書〉、〈詠司馬彪續漢志〉等。詠物詩將在賦得體詩一節詳細探討，現分析公宴、巡幸和詠史的唱和詩。

(1) 公宴唱和詩

公宴唱和詩表現出唐朝一統天下、萬國來儀的壯觀場面。唐太宗〈春日玄武門宴群臣〉詩云：

> 韶光開令序，淑氣動芳年。駐輦華林側，高宴柏梁前。
> 紫庭文珮滿，丹墀袞紱連。九夷簉瑤席，五狄列瓊筵。
> 娛賓歌湛露，廣樂奏鈞天。清尊浮綠醑，雅曲韻朱弦。
> 粵余君萬國，還慚撫八埏。庶幾保貞固，虛己屬求賢。

此詩對盛大的宴會作了生動的刻劃，開頭四句總括宴會的時間、地點，「紫庭」四句敘寫群臣的華美服飾和出席宴會的壯觀場面，「娛賓」四句具體描述宴會的氣氛和場景。結尾四句抒寫宏偉的胸懷抱負，「虛己求賢」體現了傳統的儒家思想。整首詩宏偉壯麗。杜正倫在奉和時跟隨唐太宗此詩的風格，以典雅頌美為主：

> 大君端扆暇，睿賞狎林泉。開軒臨禁籞，藉野列芳筵。
> 參差歌管颭，容裔羽旗懸。玉池流若醴，雲閣聚非煙。
> 湛露晞堯日，熏風入舜弦。大德侔玄造，微物荷陶甄。
> 謬陪瑤水宴，仍廁柏梁篇。闟名徒上月，郄辯詎談天。
> 既喜光華旦，還傷遲暮年。猶冀升中日，簪裾奉肅然。

杜正倫詩前八句描寫壯觀的宴會之景，氣勢磅礡，「湛露」八句頌美王政，結尾四句抒情。君臣唱和中，首先最突出的是抒發個體主觀情

感，太宗詩中有「余」、「己」之類的表示主體性的詞語，謂語「慚」
亦是反映主體情感的詞語。太宗在結尾抒懷只有短短的四句，卻反映
出渴望招納賢才治理國家的理念，顯得宏偉和積極。杜平倫面對歡樂
的宴會，喜極生悲：「既喜光華旦，還傷遲暮年。」遲暮，源自屈原
〈離騷〉：「惟草木之零落兮，恐美人之遲暮。」詩人感歎人生短暫，
抒發對生命的思考，以歡景寫悲情，顯示個人感情之強烈。第二，反
映出君臣遵循儒家思想，追求雅正。太宗在結尾直接吐露心跡，虛己
求賢的感情帶有儒家說教的意味，與前面大篇幅地鋪寫宴會的豪華豐
盛景象相比，這裏明顯是平衡之語，避免全篇是宴飲玩樂的失衡，以
此符合儒家道德規範。杜正倫在詩中追求儒家之治：「湛露晞堯日，
熏風入舜弦」。在結尾，杜正倫將個人悲傷的情感很快轉為積極向上
的動力：「猶冀升中日，簪裾奉肅然」，含蓄莊重地表達了希望建功
立業的願望，這是儒家思想的集中反映。

(2) 巡幸唱和詩

在巡幸中，唐太宗結合自己過去親身統率戰爭的經歷，加上描寫
邊塞的風景，詩歌寫得雄偉開闊。而朝臣的唱和詩則是被動地跟隨太
宗的內容和風格，沒有雄偉的氣勢。不過君臣在巡幸時寫的唱和詩普
遍比在宮廷所作的詠物詩的意象多，陽剛之氣增強，少了一份嬌柔綺
麗。

以唐太宗的巡幸詩〈經破薛舉戰地〉為例：

> 昔年懷壯氣，提戈初仗節。心隨朗日高，志與秋霜潔。
>
> 移鋒驚電起，轉戰長河決。營碎落星沈，陣卷橫雲裂。
>
> 一揮氛沴靜，再舉鯨鯢滅。於茲俯舊原，屬目駐華軒。
>
> 沈沙無故迹，減竈有殘痕。浪霞穿水淨，峰霧抱蓮昏。
>
> 世途亟流易，人事殊今昔。長想眺前蹤，撫躬聊自適。

　　此詩作於貞觀二十年（646），分為兩部分，前半部分由「昔年懷壯氣」到「再舉鯨鯢滅」，描寫義寧元年（617）太宗在扶風擊敗西秦霸王薛舉之役。太宗年僅十八歲，年輕氣盛，初掌兵權，壯懷激烈。「心隨」兩句將雄心比喻為朗日、將志向比喻為秋霜，志氣高潔。設譬奇特新穎，意境高雅。「移鋒」四句描寫戰爭的場面非常精彩。「一揮」兩句將「鯨鯢」比喻為兇惡的敵人，戰爭獲勝，「一」、「再」之詞有連動的氣勢，將太宗指揮千軍萬馬和氣吞萬里的雄姿寫得栩栩如生。後半部分由「於茲俯舊原」到「撫躬聊自適」，寫舊地重遊，追思往事，欣賞山川，自感愜意。「沈沙」兩句包含了借代、互文、用典三種修辭格。「沈沙」指戰後被沙土埋沒的兵器。「減竈」用了戰國時代齊國孫臏設計大敗魏軍的典故。「沈沙」和「減竈」代指當年的戰爭。當年戰爭的痕跡有的看不見了，有的還存在。兩句話互相呼應補充，表達相同的意思。「浪霞」兩句對偶整齊端莊。「世途」兩句用了倒置修辭格，應是「世途流易亟，人事今昔殊。」感嘆人生易逝、世事流變。「長想」兩句則流露出大業既成的自豪和滿足感。全詩氣勢雄偉、感情深厚，譬喻、用典精當，語言精煉。

　　且看諸朝臣如何奉和。長孫無忌奉和作曰：

天步昔未平，隴上駐神兵。戈迴曦御轉，弓滿桂輪明。

屏塵安地軸，卷霧靜乾局。往振雷霆氣，今垂雨露情。

高垣起新邑，長楊布故營。山川澄素景，林薄動秋聲。

風野征翼駃，霜渚寒流清。朝煙澹雲罦，夕吹繞霓旌。

鳴鑾出雁塞，疊鼓入龍城。方陪東觀禮，奉璧侍雲亭。

前七句描寫往昔。「戈迴」四句描寫戰爭，寫得靜態十足且毫無氣勢。「屏塵」、「卷霧」等詞語恍如綉花，與太宗的「營碎」、「陣卷」等詞語相比，顯得柔弱無力。「往振雷霆氣，今垂雨露情。」此為過渡句，由昔至今，比重放在今。而太宗憶昔撫今，各為一半。由「高垣起新邑」到「疊鼓入龍城」，是以眼前之景為主，沒有像太宗觸景生情發出感慨。「方陪」兩句是表達作為臣子應盡的角色，盡顯謙卑。與太宗的詩歌相比，既無雄偉的氣勢，又無深重的懷舊感情，純粹是一首應和之作。

其他大臣的唱和之作與長孫無忌的差不多。楊師道奉和作曰：

鳳紀初膺籙，龍顏昔在田。鳴祠憑隴嶂，召雨竊涇川。

受律威丹浦，揚兵震阪泉。止戈基此地，握契碑斯年。

六巒乘秋景，三驅被廣壇。凝笳入曉轉，析羽雜風懸。

塞雲銜落日，關城帶斷煙。迴輿登故壘，駐驊想荒阡。

歲月方悠夐，神功逾赫然。微臣願奉職，導禮翠華前。

前八句憶昔，以敘事的角度交待扶風戰役。由「六轡乘秋景」到「關城帶斷煙」，描寫當前的秋景和邊塞風光。「迴輿」四句模仿太宗原唱，舊地重遊，既有對歲月流逝的感慨，又有對君王建立神功的頌美。最後兩句表達了個人的願望。楊師道曾隨太宗征戰南北，但此詩沒有描寫戰爭場面，反而對太宗今昔功業的稱頌貫穿全篇。

褚遂良奉和作曰：

> 王功先美化，帝略蘊戎昭。魚驪入丹浦，龍戰起鳴條。
> 長劍星光落，高旗月影飄。昔往摧勍寇，今巡奏短簫。
> 旌門麗霜景，帳殿含秋飆。呼沱冰未結，官渡柳初凋。
> 邊烽夕霧卷，關陣曉雲銷。鴻名兼轍跡，至聖俯唐堯。
> 睿藻煙霞煥，天聲宮羽調。平分共飲德，率土更聞詔。

前七句憶昔。其中「魚驪」四句描寫戰爭場面。每句只有一個動詞，如「入」、「起」、「落」、「飄」，加上對偶整齊，「魚驪」、「龍戰」用詞典雅，場面顯得較為靜態。太宗詩「移鋒」六句，每句都有兩個動詞，更具動感和有氣勢。後半部分描寫眼前邊塞之景，個別詞語如「帳殿」，仍帶有宮廷詩的蹤影。「鴻名」六句讚美太宗的鴻德，將太宗比喻為堯帝，「睿藻」、「天聲」都是讚美之辭。頌美的篇幅比長孫無忌和楊師道更多。

許敬宗奉和詩為：

> 混元分大象，長策挫脩鯨。於斯建宸極，由此創鴻名。
> 一戎乾宇泰，千祀德流清。垂衣凝庶績，端拱鑄群生。

> 復整瑤池駕，還臨官渡營。周遊尋曩跡，曠望動天情。
>
> 帷宮面丹浦，帳殿矚宛城。虜場栖九穟，前歌被六英。
>
> 戰地甘泉涌，陣處景雲生。普天沾凱澤，相攜欣頌平。

此詩沒有具體描寫昔日的戰爭場面，前八句從整體評價太宗統一天下，管治有方。「大象」、「宸極」是指帝王的一統天下，「垂衣」、「端拱」是指帝王治理國家，這些都是歌功頌德之詞，「瑤池」、「帷宮」、「帳殿」、「宛城」等詞語帶有宮廷詩的色彩。「虜場」四句寫即目之景。九穟指禾穗成熟下垂，六英是古樂名，相傳為帝嚳或顓頊之樂。此處委婉稱頌帝王之治。最後歌頌戰爭勝利令天下太平，全篇充滿溢美之詞。

　　上官儀奉和詩為：

> 策星映霄極，飛鴻浹地區。鮪水騰周駕，涿鹿警軒弧。
>
> 榮河開秋篆，柳谷薦靈符。天遊御長策，侮食被來蘇。
>
> 秋原懷八陣，武校燭三驅。投石堙舊壘，削樹委荒途。
>
> 極野驚霄燐，頹墉噪晚烏。毒涇晦涼雨，塞井蔽荒蕪。
>
> 沖情朗金鏡，睿藻邈玄珠。〇恩奉御什，撫己濫齊竽。

此詩沒有描寫戰爭場面，開頭以「策星」、「飛鴻」起興，興中含比，曲折委婉地稱讚太宗建立江山，與其他朝臣淺薄直露地讚頌相比，上官儀詩句顯得更加高明。他的用詞深奧，如「侮食」、「來蘇」意指人們在疾苦中獲得重生。「秋原」八句寫景亦與太宗、其他朝臣不同，昔日盡是頹垣荒蕪之景，以此反襯太宗統一天下的王功，可見藝術功

力深厚。「沖情」四句是以頌美結尾,「齊竽」用典,表示謙恭。

　　綜觀君臣的巡幸詩作,以太宗詩為核心,主導大臣的奉和。太宗詩憶昔撫今,內容各為一半。大臣的詩作在內容上模仿太宗的原唱,分為今昔之比。通常前八句寫往昔,後十二句寫今,重點放在今。太宗描寫戰爭場面栩栩如生:「移鋒驚電起,轉戰長河決。營碎落星沈,陣卷橫雲裂。」此四句用比喻形容軍隊行動像閃電一樣快,轉戰像長河決口;敵營被攻破如繁星墜地,敵陣被席捲猶如橫雲被扯裂。「營碎」兩句的結構與隋煬帝楊廣的〈白馬篇〉:「陣移龍勢動,營開虎翼張」相似,同為主謂結構。隋煬帝寫我方軍隊佈陣紮營的安排。唐太宗的描寫更為全面,除了描寫我方軍隊的衝鋒陷陣之外,還寫敵方陣地如何被攻打得四分五裂,描寫得既形象又生動。長孫無忌的「戈迴曦御轉,弓滿桂輪明。屏塵安地軸,卷霧靜乾扃。」和褚遂良的「魚驪入丹浦,龍戰起鳴條。長劍星光落,高旗月影飄。」同是寫戰爭場面,與太宗詩作相比,缺乏動感和氣勢。楊師道、許敬宗、上官儀沒有具體描寫戰爭的場面。君臣都有描寫景色和抒情,但情景割裂,沒有交融。太宗詩「浪霞穿水淨,峰霧抱蓮昏」。「穿水」、「抱蓮」境界狹小,此聯摹仿梁陳詠物詩的纖弱風格,與全詩抒發豪邁雄壯的感情不太吻合。長孫無忌詩「風野征翼馱,霜渚寒流清」、楊師道詩「塞雲銜落日,關城帶斷煙」、褚遂良詩「邊烽夕霧卷,關陣曉雲銷」、許敬宗詩「戰地甘泉湧,陣處景雲生」都描寫戰地風起雲湧的壯觀之景,上官儀詩「毒涇晦涼雨,塞井蔽荒蕪」更寫出荒涼蔽塞的一面,這些物象雄壯,與他們詠物詩之傳統物象,如鳳凰、桂花、雁子完全不同,增添了陽剛之美。但朝臣在詩尾抒發的是歌功頌德的情感,情

感與壯麗的景物並不一致，呈分離之格局。唐太宗是詩藝尚未精熟，不能準確描繪壯偉的戰地之景。大臣擁有詩歌技法，卻缺乏太宗強烈真實的情感和宏大的氣魄。綜合而言，太宗和大臣的唱和詩作欠缺整體統一的藝術美，沒有做到情景相融。

(3) 詠史唱和詩

在詠史唱和詩中，君臣表現出沉厚的歷史感。且看唐太宗的〈賦尚書〉云：

> 崇文時駐步，東觀還停輦。輟膳玩三墳，暉燈披五典。
>
> 寒心覩肉林，飛魄看沈湎。縱情昏主多，克己明君鮮。
>
> 滅身資累惡，成名由積善。既承百王末，戰兢隨歲轉。

《資治通鑑》卷一九四載：貞觀十一年三月，「上宴洛陽宮西苑，泛積翠池。」[35]《舊唐書‧魏徵傳》載：「……太宗在洛陽宮，幸積翠池，宴群臣，酒酣各賦一事。太宗賦尚書……」[36]此詩作於貞觀十一年（637）。前四句寫太宗往藏書處閱覽歷史文獻，研習古代書籍。中四句指出古代帝王很多沉溺於酒色，較少約束自身的言行和克制私欲等。後四句太宗從君王個人的角度總結歷史經驗，以史為鑑，提醒自身要積善成名、小心謹慎和發憤圖強。

魏徵〈賦西漢〉曰：

> 受降臨軹道，爭長趣鴻門。驅傳渭橋上，觀兵細柳屯。
>
> 夜宴經柏谷，朝遊出杜原。終藉叔孫禮，方知皇帝尊。

魏徵通過漢高祖、文帝、武帝等事跡，以及叔孫通曾協助漢高祖建立漢朝的宮廷禮儀，凸顯皇帝的威嚴的史實，強調儒家禮樂建設的重要性。魏徵在詩中詠史寄諷，規諫太宗不僅要保持對現實的警醒，更重要建立禮儀制度，因此詩歌具有深刻的歷史感和厚重的現實感。

李百藥〈賦禮記〉云：

> 玉帛資王會，郊丘叶聖情。重廣開環堵，至道軼金籙。
>
> 盤薄依厚地，遙裔騰太清，方悅升中禮，足以慰餘生。

詩中涉及歷史的詞語是「王會」，周公以王城（洛邑）既成，遂創奠朝儀、貢禮，史因作〈王會篇〉以紀之。李百藥不像魏徵直諫，而是委婉陳述禮樂建立後，社會安穩。尾聯表達寄望和安慰之情，只是應酬奉和之語，沒有他的〈鄴城懷古〉、〈秋晚登古城〉等詠史懷古詩蒼勁深沉，在歷史的詠嘆中融入深刻的人生感悟。

2、賦得體詩

（1）賦得體的歷史淵源

賦得體的源頭可以追溯到南朝永明詩人的「同賦（同詠）」詩，他們通常選擇舉目所見之物或者樂府曲名為母題，然後分擬子題，各賦其詩。[37] 例如《謝宣城集》載有王融、虞炎、柳惲、謝朓、沈約的〈同詠坐上所見一物〉，沈約、謝朓的〈同詠坐上器玩〉，沈約、范雲、

謝朓、王融、劉繪的〈同沈右率諸公賦鼓吹曲名先成為次〉等。

　　梁陳兩代「賦得」體詩流行，「同賦（同詠）」的母題漸漸隱去，詩題中僅留下所賦得的子題，所謂「賦得」體詩乃是分題而作的詩。俞樾《茶香室叢鈔》四鈔卷十三「古人分韻法」條曰：

> 余因此乃悟賦得之義，《困學紀聞》云：「梁元帝〈賦得蘭澤多芳草〉詩，古詩為題見於此。」至今場屋中猶循用之。然所謂「賦得」之義，多習焉而不察，今乃知亦賦予之賦。蓋當時以古人詩句分賦眾人，使以此為題也。《江總集》中有〈賦得謁帝承明廬〉、〈賦得攜手上河梁〉、〈賦得泛泛水中鳧〉、〈賦得三五明月滿〉等詩，並是此義。題非一題，人非一人，而己所得此句也，故曰「賦得」。[38]

梁陳公宴詩會活動頻繁，君臣在詩會上同題賦詩，通常採用五言八句式作詩。賦詠的範圍包括自然事物、古人詩句、古人事蹟、樂府曲名等等。如蕭綱〈賦樂府得大垂手〉、〈賦得當壚〉，劉孝威〈侍宴賦得龍沙宵月明〉、〈暮遊山水應令賦得磧字〉，庾肩吾〈賦得有所思〉、〈賦得橫吹曲長安道〉，張正見〈賦得山中翠竹〉、〈賦得佳期竟不歸〉，陳後主〈上巳宴麗暉殿各賦一字十韻詩〉、〈七夕宴玄圃各賦五韻詩〉（座有顧野王、陸琢、姚察等四人上），祖孫登〈賦得司馬相如〉、〈賦得涉江採芙蓉〉等，數量眾多。由於是在公宴詩會上所作，賦得體詩具有遊戲娛樂、交際應酬的功能，成為梁陳獨特的詩歌體式。及隋，隋文帝和隋煬帝沒有賦得體詩作，大臣雖有詩作，但數量不多，

亦是以事物、前人詩句、樂府曲名為題，如盧思道〈賦得珠簾〉、諸葛穎〈賦得微雨東來應教〉、虞世基〈賦得石〉、孔德紹〈賦得涉江採芙蓉〉、王由禮〈賦得高柳鳴蟬〉，個別詩作如王胄〈賦得雁送別周員外戌嶺表詩〉表達內心強烈的感情，在賦得體詩中較為罕見。

至唐後，成為科舉試士的一體。考官以古人詩句，或各事物為題，使作五言排律詩六韻或八韻，稱為試帖，題目用賦得。

(2) 唐太宗的賦得體詩

《全唐詩》載唐太宗的賦得體詩共十三首，加上《翰林學士集》載〈五言延慶殿集同賦花間鳥〉，共有十四首。賦得之題，或以自然事物，或以詩句為題。以自然事物為題佔了十一首，如〈賦得李〉、〈賦得櫻桃〉、〈賦得含峰雲〉等等，此為主流。以詩句為題的詩作有三首：〈賦得早雁出雲鳴〉、〈賦得白日半西山〉、〈賦得弱柳鳴秋蟬〉。在以自然事物為題的詩作中，以吟詠植物為多，有六首，天象二首，動物、時令、水部各一首。太宗賦得體詩在篇幅上，多為五言八句和五言四句，體式趨於短小。五言八句，如〈賦得花庭霧〉；五言四句如〈賦得臨池柳〉。只有一首五言十句，如〈賦得夏首啟節〉。

唐太宗的賦得體詩有以下兩個特點：

第一，單純詠物，體物入微。

在賦得詠物之作，唐太宗調動視覺、聽覺、嗅覺、觸覺、對於事物輕重的感覺和幻覺，去描寫自然事物的形態、光影、聲色、遠近、輕重、高低、動靜等等，描摹精細，色彩斑斕，充滿宮廷氣息。如〈賦得花庭霧〉云：

　　蘭氣已熏宮，新蕊半妝叢。色含輕重霧，香引去來風。

　　拂樹濃舒碧，紫花薄蔽紅。還當雜行雨，髣髴隱遙空。

此詩先通過花圃裏的蘭花，側面描寫霧，「色含輕重霧」，從視覺上把對霧的感覺寫出來，細膩纖巧。「拂樹」兩句正面描寫霧，「拂」、「舒」、「縈」、「蔽」四個動詞化靜為動，使霧充滿動感，「碧」與「紅」形成色彩的映襯對比。結尾描寫對霧中飄灑細雨的感覺，「髣髴」帶出的是幻覺。此詩營構了視覺、嗅覺、感覺、幻覺意象，細緻紛呈。在表現自然事物的美態時，太宗只是停留在感性與感覺上，既沒有進一步探求人與自然、宇宙的關係並作哲理性的思考，也沒有注入詩人自我的思想感情。他的絕大多數賦得體詩全篇僅僅是描寫單純的物與物的關係，而沒有人與物、我與物的關係，純粹是詠物詩。正如蘇東坡詩云：「賦得必此詩，定非知詩人。」（〈書鄢陵王主薄所畫折枝二首〉之一）太宗賦得詠物拘泥於形似，沒有把握到自然事物的內在規律，未能將感情融入自然事物裏面，達到傳神寫照的層次。

　　第二，講究聲律、巧構儷偶。

　　唐太宗的賦得體詩追求聲律美，有幾首短詩是完全符合律絕格式，如〈賦得臨池柳〉、〈賦得臨池竹〉、〈賦得弱柳鳴秋蟬〉。試讀其〈賦得臨池柳〉云：

　　岸曲絲陰聚，波移帶影疏。還將眉裏翠，來就鏡中舒。

此詩是仄起首句不入韻的五言律絕，押平聲「魚」韻。

其他賦得體詩也是新體詩，律化程度很高。如〈賦得含峰雲〉曰：

> 翠樓含曉霧，蓮峰帶晚雲。玉葉依巖聚，金枝觸石分。
> 橫天結陣影，逐吹起羅文。非復陽臺下，空將惑楚君。

其聲律結構形式為：

仄平平仄仄，平平仄仄平。
仄仄平平仄，平平仄仄平。
平平仄仄仄，平平仄仄平。
平仄平平仄，平平仄仄平。

此詩第二字與第七字同聲，犯了「平頭」病，第六句第二字失對。全詩押平聲「文」韻。雖然犯聲病，但仍是較完整的五言律詩聲律結構。

在十四首賦得體詩，只有〈賦得早雁出雲鳴〉和〈賦得臨池柳〉兩首絕句沒有對偶句，其他詩作都有對仗。有全篇用對仗，如〈賦得櫻桃〉、〈賦得浮橋〉、〈賦得殘菊〉、〈賦得李〉，大部分是中間二聯用對仗，如〈賦得夏首啟節〉、〈賦得李〉、〈賦得花庭霧〉、〈賦得花間鳥〉，有首聯不用對仗，其他三聯都用對仗，如〈賦得白日半西山〉，有前三聯用對仗，尾聯不用對仗，如〈賦得含峰雲〉，有絕句尾聯用對仗，如〈賦得臨池竹〉、〈賦得弱柳鳴秋蟬〉。

對仗精巧華麗，表現在對仗句子在語法上的巧妙組合和用詞華麗。以〈賦得含峰雲〉為例，前三聯對仗工整。首聯是早晚、時地的

綰合，次聯是細節描寫，第三聯從宏觀、高空的角度觀雲，尾聯是言志。值得指出的是次聯採用帶有副詞性的謂語形式，此聯的簡單形式是「玉葉聚」、「金枝分」，「依巖」、「觸石」為謂語形式，用作副詞，分別修飾「聚」和「分」的狀態。「依巖」寫視覺，「觸石」寫觸覺，形象生動，此類副詞具有豐富的表現內涵和形象性。王力《漢語詩律學》稱之為「帶有副詞性的謂語形式」。這種句式在梁陳的賦體詩中已有運用。如蕭繹〈賦得涉江採芙蓉〉中有「荷香帶風遠，蓮影向根生」；張正見〈賦得梅林輕雨應教〉中有「蜀郡隨仙去，陽臺帶雲聚」；陳後主〈七夕宴樂脩殿各賦六韻（座有張式、陸瓊、褚玠、王瓊、傅緯、陸瑜、姚察七人上）〉中有：「玉笛隨絃上，金鈿逐照迴」等，都屬此種形式。唐太宗模仿六朝詩作，在對仗上構建巧妙的組合，從而使對仗精巧凝練。加上使用華麗的詞語，如「玉葉」、「金枝」，與陳後主的用詞「玉笛」、「金鈿」不相上下，宮廷色彩非常濃厚。

(3) 唐太宗與群臣的賦得體詩

　　賦得體詩主要是體現宮廷朝會、宴遊生活等社會功能的宮廷詩。初唐君臣唱和之風盛行。李因培《唐詩觀瀾集凡例》云：「唐自太宗開基後，登瀛學士奉詔賦詩，頗為故事。」[39] 胡震亨《唐音癸籤》卷二十七云：「有唐吟業之盛，導源有自。文皇英姿間出，表麗縟於先程。……于時文館既集多材，內庭又依奧主，游讌以興其篇，獎賞以激其價……」[40] 這些反映了唐初宮廷詩興盛。唐太宗舉行公宴賦詩活動，在公宴上，君臣追求典雅華麗的語言風格。在體式上，多使用五言八句式，詩歌多數是押韻，追求聲律美，詩歌律化的程度普遍較高。

在詞彙上，使用華麗的詞藻和典故詞彙，多鋪陳、多用顏色詞、實詞，較少使用口語、虛詞。在句法上，講究對仗，追求形式美。

現以《翰林學士集》載〈五言侍宴延慶殿同賦別題得阿閣鳳應詔並同上三首並御詩〉為例：

> 階蘭凝曙霜，岸菊照晨光。露濃稀晚笑，風勁淺殘香。
> 細葉凋輕翠，圓花飛碎黃。還將今歲影，[41]複結後年芳。
>
> ——唐太宗〈賦得殘菊〉

> 根連八樹裏，枝拂九華端。風急小山外，葉下大江乾。
> 霜中花轉馥，露上色逾丹。自負凌牟性，嚴幽待歲寒。
>
> ——長孫無忌〈賦得寒叢桂〉

> 帝臺凌紫霧，仙鳳下丹霄。層巢依綺閣，清歌入洞簫。
> 逸綵桐間艷，浮聲竹外嬌。自欣棲大廈，率舞為聞韶。
>
> ——許敬宗〈賦得阿鳳閣〉

> 涼沙起關塞，候雁下江幹。流聲度迴月，浮影入長瀾。
> 繫書天路遠，避繳曉風寒。口口口口曲，先驚霜翮殘。
>
> ——上官儀〈賦得凌霜雁〉

比較這四首詩可以看出，唐太宗詩全篇對仗，工巧雅正，首聯上下句基本同義，犯合掌，詩意重疊。中二聯從視覺、嗅覺、感覺多方面

描摹殘菊，筆法細膩，文辭華麗，頗得體物之妙。尾聯為流水對，賦予菊花傲骨含香的意象。此詩只是客觀地描摹物象，沒有包含詩人主觀的情感，難以產生物我契合、神韻悠然的效果。長孫無忌詩開門見山鋪敘桂花樹的形態，不象其他三首詩完全符合宮廷詩三部式結構模式，在首聯交待時、地背景以巧妙點題。而描繪物象不如太宗詩之細膩精妙，用詞簡樸，沒有煉字之功。全詩粗線條勾勒，直接羅列物象，剛樸有餘，情韻不足。結尾雖將桂花樹的耐寒特性突出，但這只是陳舊的慣例表達，沒有創新。在聲調方面，「霜中」四句粘對完全符合律詩格式。許敬宗詩以頌美王政為主旨，追求諂媚綺麗的風格，與長孫無忌詩形成很大的反差。首聯定下頌美的基調，「帝臺」、「紫霧」、「仙鳳」、「丹霄」等綺麗的詞語描繪天界場面神聖壯觀，形容帝臺淩駕於紫霧之上，直接吹捧皇帝。中二聯描繪鳳凰，「桐間艷」和「竹外嬌」，「艷」、「嬌」是形容女性美的詞語，以此形容鳳凰，是擬人化手法，卻顯輕浮艷麗。尾聯表達歡欣之情，更借典故向皇帝獻媚諛頌。尾聯「聞韶」出自《論語•述而》：「子在齊聞韶，三月不知肉味。」此典故置於詩尾，位置突出，刻意頌聖。全詩不像太宗、長孫無忌詩意旨單純地描繪物象，而是徹頭徹尾充溢著頌美的基調，毫無風骨，意在「鳳」之外。對許敬宗來說，賦體詩不單是應酬唱和之作，更是向皇帝歌功頌德以獲取功名利祿的手段。不過在貞觀時期，他沒有因此獲重用。上官儀詩雖然第七句佚去，僅存「曲」字，但整體風格猶現。與前三首詩相比，此詩的詩境和技巧更勝一籌。首聯交待背景，「涼沙」、「關塞」等詞盡顯開闊、蒼涼的境界，「候雁」點題，「江乾」一詞在長孫無忌詩亦有出現，上官儀用得流暢自然，反觀長孫無

忌「葉下大江乾」有拼字湊句之嫌。中二聯對仗，描繪雁子的聲音和影子，在聽覺與視覺、視覺與觸覺的轉換中，將雁子在寒風中飛翔描寫得栩栩如生。上官儀的「浮影入長瀾」與許敬宗的「浮聲竹外嬌」，同樣使用形容詞「浮」字，許敬宗的「浮」是輕浮、靡麗，上官儀的則是靈動、明麗。

上官儀也用事典，「繫書」用漢代蘇武出使匈奴被拘，漢使傳言雁足捎信使之得歸的典故，此典與「天路遠」相搭配，融入詩境，渾然天成，絲毫無堆砌之痕跡。「避繳」說明雁的處境艱難，「曉風寒」以觸覺的寒冷烘染出淒苦悲涼的氛圍。尾聯雖有佚字，但從「先驚霜翩殘」看出詩歌結尾不像許敬宗詩的頌美獻諂之類，而是繼續描寫擔心雁子淩霜，羽翼殘缺的苦況，「驚」字把害怕的心理細緻地刻劃出來，可見詩人感情真摯深沉。情景交融，營造出一個淒清深遠的意境，令人回味無窮。前三首詩沒能做到這點。

整體而言，四首賦得體詩在主題上是各賦一物，賦物焦點過分集中往往造成物小境狹，如太宗的「細葉凋輕翠」和長孫無忌的「風急小山外」，詩境狹窄。四首詩追求聲律之美，全部押韻，太宗詩押「陽」韻、長孫無忌詩、上官儀詩押「寒」韻、許敬宗詩押「蕭」韻。長孫無忌詩的後二聯符合五律的格式。四首詩講究對仗，除了太宗詩是全篇對仗，其他三首詩都是前三聯對仗，對仗工整。在煉字方面，太宗詩、許敬宗詩、上官儀詩都見煉字之妙，如太宗的「細葉凋輕翠，圓花飛碎黃」，許敬宗的「帝臺淩紫霧，仙鳳下丹霄」，上官儀的「流聲度迴月，浮影入長瀾」。許敬宗和上官儀的詩歌用典，追求典雅氣息。

3、唱和詩的藝術特色

(1) 結構形式

在君臣唱和中，唐太宗作為帝王，處於優越和自由的位置，他主導題材並可以隨心所慾地描寫景物和抒發感受，沒有太多的思想約束，詩作不必按照三部式結構[42]。大臣則處於被動的位置，由於奉詔和詩，在詩中要歌頌君王，思想負擔頗為沉重，不能隨意流露真實的個性和感受。大臣的詩作通常為三部式結構，如朱子奢〈五言早秋侍宴應詔〉：

> 殿閣炎光盡，池臺爽氣歸。荷香風裏歌，樹影日中衰。
>
> 蟬聲出林散，鳥路入雲飛。承恩方未極，無由駐落暉。

首聯陳述時間和地點，中間四聯描寫早秋之景，尾聯述說恩幸。這是較為典型的三部式結構。唱和的氣氛莊重肅穆，有時會出現為文而文的現象，例如楊師道寫到：「雕梁尚飛燕，洛浦未驚鴻。」（〈五言早秋侍宴應詔〉），而唐太宗〈儀鸞殿早秋〉稱：「欲知涼氣早，巢空燕不窺。」「尚飛燕」與「燕不窺」是很矛盾的現象。結合〈儀鸞殿早秋〉詩中的上下聯來看，「松陰背日轉，竹影避風移。提壺菊花岸，高興芙蓉池」，松樹和竹子都是實物，唐太宗寫的以實景為主，而楊師道的「雕梁尚飛燕，洛浦未驚鴻。水泛芙蕖影，橋臨芳桂叢」則是虛實結合，前兩句是虛景，想像之語，後兩句則是實景，虛景與現實脫離，有為寫詩歌而寫詩歌的痕跡。

在唱和時，太宗具體描寫自然景象，如〈過舊宅〉其一：「園荒一徑斷，苔古半階斜。前池消舊水，昔樹發今花。」其二：「紐落藤披架，花殘菊破叢。葉鋪荒草蔓，流竭半池空。」在這兩首詩，太宗描寫了晚夏早秋故居日久失修，荒涼殘破的景象。這是真實和客觀存在的景象，太宗沒有迴避，反而通過今昔對比，以「一朝辭此地，四海遂為家」和「昔地一蕃內，今宅九圍中」突出自己取得了統一國家的豐功偉績，流露出自豪之感。大臣在奉和時，沒有描繪真實的景象，而是以華麗和典雅的景象取代真實之景。如許敬宗〈奉和過舊宅應制〉描寫景象云：「白水浮佳氣，黃星聚太常。岐鳳鳴層閣，鄨雀賀雕梁。桂山猶總翠，蘅薄尚流芳。」上官儀〈奉和過舊宅應制〉描寫景象云：「沛水祥雲泛，宛郊瑞氣浮。大風迎漢筑，叢煙入舜球。翠梧臨鳳邸，滋蘭帶鶴舟。」同是寫水，許敬宗和上官儀分別用「白水」和「沛水」，並用典。同是寫天空，分別用「黃星」和「祥雲」，用字典雅，寓意吉祥。同是寫舊宅，分別用「層閣」、「雕梁」和「漢筑」、「舜球」，富麗堂皇，與太宗的「園荒」、「苔古」形成強烈的反差。由此可見大臣是以頌揚君主明德和功業為重心，即使寫景也是刻意用歌頌之詞並雕琢詞藻，而非寫自然真實之景。

唐太宗在詩作的結尾可以自由發揮，或描寫景物，或抒發情感。如在〈儀鸞殿早秋〉以自然現象結尾：「欲知涼氣早，巢空燕不窺。」這是很輕鬆活潑的語調。這是其他大臣做不到的。在結尾，大臣多稱述功德、敷顯王道。以〈五言早秋侍宴應詔〉為例，長孫無忌、楊師道、朱子奢和許敬宗的詩歌的最後兩句都是歌頌帝王，盡顯卑恭。長孫無忌的「既承百味酒，願上萬年杯」和楊師道的「稱觴奉高興，長願比

華嵩」是歌頌和祝願太宗長壽無疆。朱子奢的「承恩方未極，無由駐落暉」和許敬宗的「小臣參廣宴，大造詠難酬」則是述說恩澤，飽含感激之情。

(2) 意象相似

在宮廷較為單一的環境裏，唐太宗和群臣寫的意象有相似之處。例如在〈儀鸞殿早秋〉一詩，同是寫荷花，只是用詞稍微不同。太宗用「芙蓉」，長孫無忌和朱子奢用「荷香」，楊師道用「芙蕖」。寫樹木的影子，太宗用「竹影」，長孫無忌用「林影」，朱子著用「樹影」。物象大致相同。

離開宮廷，在遼東，太宗與大臣的視野開闊，刻劃景物，物象紛繁。太宗在〈五言塞外同賦山夜臨秋以臨為韻〉寫的意象有山水雨霞、浪松橋煙、月鳥猿菊等十幾種，且為即目之景，壯闊雄渾，充滿意境，宮廷色彩減少，如「煙生遙岸隱，月落半峰陰」。許敬宗、褚遂良、上官儀等人在遼東寫的意象，多達十種以上，以許敬宗詩為例，有澄空、層巖、幽澗、星、霧、淺瀨、疎林、湛露、凄風、寒光，比他在宮廷寫〈五言早秋侍宴應詔〉裏的意象如斜暉、粉壁、清簫、朱樓、高殿、雕窗多。這顯示出大臣在宮廷外的視野有所開闊。但由於侍宴的場合沒有改變，詩歌仍帶有宮廷的印跡，用詞典雅綺麗，如褚遂良「商颷泛輕武，仙澗引衣簪。」、許敬宗「湛露浮仙爵，凄風韻雅琴。」、上官儀「帷殿清炎氣，輦道含秋陰。凄風移漢筑，流水入虞琴。」而且溢美之詞仍是很多，例如：褚遂良「涿野軒皇陣，丹浦帝堯心」、許敬宗「稽山騰禹跡，姑射蕩堯心」、上官儀「信美陪仙蹕，長歌尉

陸沉」。他們的詩歌仍是以頌美附和為主，沒有像唐太宗那樣表達出強烈的感情和雄渾的氣魄。

此外，君臣唱和的用詞與宮廷的亭臺樓閣有關。太宗用「菊花岸」、「芙蓉池」，同是寫宮殿，長孫無忌用「紫殿」，朱子奢用「殿閣」，許敬宗用「高殿」，同是寫樓閣，楊師道用「雕梁」，許敬宗用「雕窗」。宮廷裏的物象高度集中，以致君臣描寫的內容類同，沒有明顯的差異，有千篇一律之感。

君臣唱和，在詞彙運用上追求華麗雅緻的風格。如長孫無忌〈五言早秋侍宴應詔〉：「金颸扇徂暑，玉露下層臺。」又如許敬宗〈五言早秋侍宴應詔〉：「斜暉麗粉壁，清吹蕭朱樓。」「金颸」、「玉露」、「粉壁」、「朱樓」等詞語色彩華麗，突顯宮廷的華美。

在句式上多用主謂結構，如太宗「煙生遙岸隱，月落半峰陰」、長孫無忌「日斜林影去，風度荷香來。」這些句式主謂結構短語之間屬因果關係的組合。因為「煙生」所以「遙岸隱」，因為「月落」所以「半峰陰」，「日斜」、「風度」是因，「林影去」、「荷香來」是果，中間沒有虛詞，完全是實詞，使句法更加縝密和細緻。

1. 王溥撰：《唐會要》，北京：中華書局，1955，第 614 頁。
2. 劉昫〔等〕修撰：《舊唐書》，北京：中華書局 1975，第 54 頁。
3. 鄭玄注，孔穎達疏，阮元校刻：《禮記正義》，見《十三經注疏》下冊，北京：中華書局，1980，第 306 頁。
4. 鄭玄注，孔穎達疏，阮元校刻：《禮記正義》，見《十三經注疏》下冊，北京：中華書局，1980，第 306 頁。
5. 鄭玄注，孔穎達疏，阮元校刻：《尚書正義》，見《十三經注疏》上冊，北京：中華書局，1980，第 62-63 頁。
6. 吳雲，冀宇校注：《唐太宗全集校注》，天津：天津古籍出版社，2004，第 601-602 頁。
7. 鄭玄注，孔穎達疏，阮元校刻：《尚書正義》，見《十三經注疏》上冊，北京：中華書局，

1980，第 62-63 頁。

8.　彭定求等編：《全唐詩》卷三，北京：中華書局，1960，第 38-39 頁。

9.　彭定求等編：《全唐詩》卷四，北京：中華書局，1960，第 46 頁。

10.　彭定求等編：《全唐詩》卷二百三十一，北京：中華書局，1960，第 2543 頁。

11.　彭定求等編：《全唐詩》卷二百三十二，北京：中華書局，1960，第 2562 頁。

12.　司馬遷著：《史記》，北京：中華書局，1959，第 2164 頁。

13.　《呂氏春秋》：上海：上海古籍出版社，1996，第 316 頁。

14.　司馬遷著：《史記》，北京：中華書局，1959，第 2355 頁。

15.　班固撰，顏師古注：《漢書》，北京：中華書局，1962，第 2819-2820 頁。

16.　范曄撰，李賢等注：《後漢書》，北京：中華書局 1965，第 525 頁。

17.　司馬遷著：《史記》，北京：中華書局，1959，第 433 頁。

18.　永瑢，紀昀主編：《四庫全書總目提要》，海南：海南出版社，1999，第 873 頁。

19.　永瑢，紀昀主編：《四庫全書總目提要》，海南：海南出版社，1999，第 873 頁。

20.　錢鍾書：《七綴集》，北京：生活 • 讀書 • 新知三聯書店，2002，第 64 頁。

21.　陶文鵬〈在物與物關係中融入感覺情思——論晉至唐詩人表現自然美的方法〉，載於《文學遺產》，2010，第 3 期，第 4-15 頁。

22.　王夫之著，陳書良校點：《唐詩評選》，上海：上海古籍出版社，2011，第 38 頁。

23.　王夫之著，陳書良校點：《唐詩評選》，上海：上海古籍出版社，2011，第 89 頁。

24.　胡應麟：《詩藪》內編卷四，上海：中華書局上海編輯所，1958，第 61-62 頁。

25.　（日）遍照金剛撰，盧盛江校考：《文鏡秘府論彙校彙考》，北京：中華書局，2006，第 687 頁。

26.　劉勰著，范文瀾注：《文心雕龍注》，人民文學出版社，1958，第 588 頁。

27.　鍾惺、譚元春著：《唐詩歸》，《續修四庫全書》第 1598 頁，上海：上海古籍出版社，1995，

28.　劉昫等撰：《舊唐書》卷一百九十〈文苑傳上〉，北京：中華書局，1975，第 4982 頁。

29.　尤袤：《全唐詩話》，轉引自何文煥《歷代詩話》上冊，北京：中華書局，1980，第 65 頁。

30.　計有功輯撰：《唐詩紀事》上冊，上海：上海古籍出版社，2008，第 2 頁。

31.　彭定求等編：《全唐詩》卷三十，北京：中華書局，1960，第 434 頁。

32.　尤袤，《全唐詩話》：轉引自何文煥《歷代詩話》上冊，北京：中華書局，1980，第 64 頁。

33.　計有功輯撰：《唐詩紀事》上冊，上海：上海古籍出版社，2008，第 52 頁。

34.　參見賈晉華：《唐代集會總集與詩人群研究》，北京：北京大學出版社，2001，第 13-21 頁。杜曉勤：《齊梁詩歌向盛唐詩歌的轉變》，北京：北京大學出版社，2009，第 57-58 頁。

35.　司馬光：《資治通鑑》，北京：中華書局，1976，第 6127 頁。

36.　劉昫等撰：《舊唐書》卷七十一〈魏徵傳〉，北京：中華書局，1975，第 2558 頁。

37.　石觀海：《宮體詩派研究》，武漢：武漢大學出版社，2003，第 136-138 頁。

38.　俞樾：《茶香室叢鈔》，收於《續修四庫全書》第 1199 冊，子部雜家類，上海：上海古籍出版社，2002，第 255 頁。

39.　轉引自陳文華：《唐詩史案》，上海：上海古籍出版社，2003，第 18 頁。

40.　胡震亨：《唐音癸籤》卷二十七，上海：上海古籍出版社，1981，第 281 頁。

41.　稀，《初學記》、《文苑英華》、《分門纂類唐歌詩》、《全唐詩》作「晞」。晚，《文苑英華》作「曉」。淺，《文苑英華》作「搖」。將，《文苑英華》作「待」；《全唐詩》作「持」。影，《初學記》、《文苑英華》、《分門纂類唐歌詩》、《全唐詩》作「色」。

42.　宇文所安著：《初唐詩》，賈晉華譯，北京：生活 • 讀書 • 新知三聯書店，2004，第 8-11 頁。

第三節　唐太宗詩歌的藝術特色

前面所述，唐太宗文學思想是反對釋實求華，主張節之於中和，不係之於淫放；強調文藝的社會作用；注重文學的藝術性。在以儒家觀念為主導的文學思想的指導下，唐太宗詩歌的藝術特色表現在以下幾方面：

一、　雄邁壯闊與纖巧細緻

《全唐詩》存唐太宗詩歌共 99 首，《全唐詩補編》補入 10 首，共計 109 首。從內容看，巡幸詩、唱和詩的一部分（不包括賦得體詩）、狩獵詩等詩寫得雄渾豪邁，境界開闊，這類詩有 56 首。而詠物詩、唱和詩中的賦得體詩吟詠事物，纖巧細密，這類詩有 53 首。由此可知，太宗詩既有剛健豪邁之氣，又有精緻細密之風，兩種風格平分秋色。

唐太宗在《帝京篇‧序》提出「以堯舜之風，蕩秦漢之弊，用咸英之曲，變爛熳之音」，他反對綺艷文風，主張復古，提倡改革秦漢以來，特別是六朝侈麗淫靡的文風，建立雅正之音。

1、雄邁壯闊

在具體的文學創作中，他自覺地遵守和實現其文學思想主張，在詩作裏抒懷言志，表明自己的治國偉略和禮樂之治思想。試看唐太宗的〈登三臺言志〉：

> 未央初壯漢，阿房昔侈秦。在危猶騁麗，居奢遂役人。
> 豈如家四海，日宇罄朝倫。扇天裁戶舊，砌地翦基新。
> 引月擎宵桂，飄雲逼曙鱗。露除光炫玉，霜閣映雕銀。
> 舞接花梁燕，歌迎鳥路塵。鏡池波太液，莊苑麗宜春。
> 作異甘泉日，停非路寢辰。念勞慚逸己，居曠返勞神。
> 所欣成大廈，宏材佇渭濱。

唐太宗登三臺觀景抒懷，撫今追昔。首四句批評漢高祖和秦始皇役使百姓，修建豪華宮殿。「豈如」兩句寫以四海為家，整頓朝廷秩序的志向。既灑脫又大器。「扇天」十句寫即目之景。從高低遠近、動靜的角度描繪景物，「扇天」、「砌地」、「引月」、「飄雲」等用詞豪壯，景物開闊宏大。最後六句警戒之語，提醒自己不要沉緬於安逸，要勤於政事。他對國家統一感到欣慰，「宏材」一句用姜太公垂釣於渭濱之典，渴求賢能輔弼。此六句與首六句首尾呼應，言志有始有終，非常完整。全詩體現了「詩言志」的特色，太宗表達了政治上的理想抱負，對古代帝王奢侈縱慾予以批評，並以史為鑑，立志要與賢能一起治理國家。他的志向是符合正統儒家思想。詩作剛健有力，符合他

反對「釋實求華」的文學思想。

　　唐太宗親眼看到隋朝滅亡的歷史教訓，他經歷南征北戰，平定天下，深知統一中國的艱辛。太宗詩的一部分內容描寫戰爭場面，因為是他親身的經歷，故寫得栩栩如生，壯闊豪邁。當唐太宗巡幸舊址，如出生地武功慶善宮、舊戰場隴州、陝州，撫今追昔，詩歌有強烈的歷史感，敘事、寫景、抒懷一氣呵成。他雄心勃勃、瀟灑豪邁的帝王個性在詩中也可窺見一斑。具體作品在上文已有介紹，此不作贅述。太宗晚年親征高麗時亦作詩，如〈春日望海〉、〈遼東山夜臨秋〉、〈傷遼東戰亡〉、〈宴中山〉，狀邊塞之景，雄偉壯闊；感興抒懷，自然真實。詩作氣勢流暢、感情充沛，昂揚向上，有君臨天下的氣勢。這一類的詩作具剛健豪邁之風。古代學者毛先舒稱讚云：「唐太宗詩雖偶儷，乃鴻碩壯闊，振六朝靡靡。」[1]《唐音癸籤》卷五「評彙一」云：「太宗文武間出，首闢吟源。宸藻概主豐麗，觀集中有詩〈戲庾信體〉，宗嚮微旨可窺。然如『一朝辭此地，四海遂為家』、『昔乘匹馬去，今驅萬乘來』，與風起雲揚之歌，同其雄盼，自是帝者氣象不侔。」[2]唐太宗批評六朝皇帝縱慾，強調要恢復儒家傳統，實行有效管治。對於齊梁文學，他和大臣沒有全盤否定，而是重視齊梁文學在藝術技巧方面的成績。

2、纖巧細緻

　　唐太宗「少從戎旅，不暇讀書，貞觀已來，手不釋卷」[3]，他勤奮

好學，不僅學習治國之道，還學習六朝文學，提高文學修養。從太宗的詩來看，受六朝文學的影響很明顯。如〈喜雪〉的「儻詠幽蘭曲，同懽黃竹篇」，與謝惠連的「岐昌發詠於來思，姬滿申歌於黃竹。曹風以麻衣比色，楚謠以幽蘭儷曲」（〈雪賦〉），在立意上相仿。太宗〈詠風〉的「搖颺下蓬瀛」，即出於簡文帝〈詠風〉中的「泛漾下蓬萊」。太宗〈詠雨〉：「雁濕行無次，花霑色更鮮」，上句與庾信的「濕雁斷行來」（〈和趙王喜雨〉）相仿，下句明顯襲用劉孝威的「花沾色更紅」（〈和皇太子春林晚雨〉）。太宗《帝京篇十首》其一「秦川雄帝宅，函谷壯皇居」襲用張正見的「崤函雄帝宅，宛洛壯皇居」（〈帝王所居賦〉）和陳後主的「日月光天德，山河壯皇居」（〈入隋侍宴應制〉）以上例子都說明六朝文學對唐太宗的影響。

　　唐太宗喜愛庾信的詩作，並作詩效仿，試比較太宗的〈秋日斅庾信體〉和庾信的〈奉和山池〉：

　　唐太宗〈秋日斅庾信體〉：

　　　　嶺銜宵月桂，珠穿曉露叢。蟬啼覺樹冷，螢火不溫風。
　　　　花生圓菊蕊，荷盡戲魚通。晨浦鳴飛雁，夕渚集栖鴻。
　　　　颯颯高天吹，氛澄下熾空。

　　庾信〈奉和山池〉：

　　　　樂官多暇豫，望苑暫回輿。鳴笳陵絕限，飛蓋曆通渠。
　　　　桂亭花未落，桐門葉半疎。荷風驚浴鳥，橋影聚行魚。
　　　　日落含山氣，雲歸帶雨餘。

庾信善宮體詩，早年文章綺麗，與徐陵齊名，時稱徐庾體。中年正逢梁朝滅亡，被強留在北方，仕於西魏和北周。晚年詩作常懷鄉關之思，詩風截然一變，沉鬱遒勁。太宗〈秋日斅庾信體〉的景物意象與庾信〈奉和山池〉的秋景意象相仿。兩者共同的意象有花、荷、魚、鳥。庾信此詩寫於南朝時奉和蕭綱之作，描寫宮中山池的秋景，體現出庾信體極貌寫物、細緻真切的特色。「桂亭」二句觀察細緻，「荷風」二句筆法巧妙，將荷風和浴鳥、橋影和行魚之間的互動關係，通過動詞「驚」字和「聚」字形象生動地描寫出來。王夫之謂此詩「在句巧麗，在章猶自渾成。」[4]太宗主要學習庾信描摹細膩、煉字琢句的技巧。「嶺銜」二句為時間的縮合，蘊含精琢雕磨技巧。「蟬啼」二句由聽覺寫到觸覺，感覺細緻。「花生」二句描寫菊花與魚的動態，此二句與庾信「荷風」二句相比，技法明顯幼嫩。惟「荷盡戲魚通」稍微得庾信筆法，清新生動。「晨浦」二句對仗工整，最後總括秋景。全詩描摹細緻。太宗詩，特別是詠物詩具有纖巧細緻、體物入微的特點，這些正是庾信體的特點之一。太宗可謂學到了庾信體的工筆技巧，然而沒有完全融會貫通，技巧不夠圓熟，沒有達至天然渾成的境界。

　　此外唐太宗學習和掌握六朝詩以數詞入詩的特點，可謂得心應手。今人葛曉音指出：「大量運用數詞入詩，可說是庾信的獨創」，並舉例〈遊山詩〉：「澗底百重花，山根一片雨」和〈寒園即目〉：「遊仙半壁畫，隱士一床書」等等說明。[5]在唐太宗詩作裏，數詞入詩之例比比皆是，運用自如。如〈於北平作〉：「海氣百重樓，巖松千丈蓋。」；〈秋日翠微宮〉：「荷疏一蓋缺，樹冷半帷空。」；〈秋日二首〉其二：「露凝千片玉，菊散一叢金。」；〈望雪〉：「入牖

千重碎，迎風一半斜。」數詞寫景，既誇張，又形象，虛實相間，突出景物之餘，留下想像的空間。

　　唐太宗在對六朝文學的藝術手法學習的過程中，特別對庾信體的模仿中，逐漸形成了其詩歌纖巧細緻的特色。對此，宋代學者指出太宗文章為纖靡浮麗。王應麟《困學紀聞》曰：「鄭毅夫謂唐太宗功業卓然，所以文章纖靡浮麗，嫣然婦人小兒嬉笑之聲，不與其功業稱，甚矣淫辭之溺人也。神宗神訓亦云唐太宗英主，乃學庾信為文。」[6]

　　雄邁壯闊與纖巧細緻是截然不同的特色，當太宗巡幸時，結合自己過去打天下的經歷，敘事、寫景和抒情有機結合，一氣呵成，並將他作為威風凜凜、英明神武的帝王個性充分地反映出來。但當太宗學習六朝詩藝寫詠物詩時，自我個性泯滅，處處沿襲前人的詩風，雕飾辭藻，沒有在詩中融入真摯動人的情感，構成情景交融的境界。於是出現雄邁壯闊與纖巧細緻兩種互為矛盾、分離的特色，卻又統一在太宗詩中。

二、　巧構麗偶

　　巧構儷偶是唐太宗詩的藝術特色之一。六朝詩人講究對仗，積累了很多對仗的方法。唐太宗詩繼承了六朝詩人對仗的經驗，並加以發揮。上文指出唐太宗36首詠物詩，只有兩首沒有對仗；14首賦得體詩，有兩首沒有對仗，可見太宗詩對仗的比例很高。對仗是近體詩的主要特點，古體詩沒有要求對仗。唐太宗詩無論是古體詩還是近體詩，都

講究對仗。以八句式為例，有通篇對仗者，如〈詠雪〉：「潔野凝晨曜，裝墀帶夕暉。集條分樹玉，拂浪影泉璣。色灑妝臺粉，花飄綺席衣。入扇縈離匣，點素皎殘機。」；有前六句相對者，如〈山閣晚秋〉：「山亭秋色滿，巖牖涼風度。疏蘭尚染煙，殘菊猶承露。古石衣新苔，新巢封古樹。歷覽情無極，咫尺輪光暮。」；有後六句相對者，如〈賦得李〉：「玉衡流桂圃，成蹊正可尋。鶯啼密葉外，蝶戲脆花心。麗景光朝彩，輕霞散夕陰。暫顧暉章側，還眺靈山林。」對仗用於詩中的各個部位，說明唐太宗力求詩的多樣性所作出的努力。唐太宗掌握對仗的技巧，其詩有雙擬對，如：「辭枝枝暫起，停樹樹還低。」（〈詠烏代陳師道〉）兩句都在相同的位置上重覆一字。有流水對，如「還持今歲色，復結後年芳」（〈賦得殘菊〉）。雖然太宗偶爾犯「合掌」大忌，但整體來說，太宗詩對仗工整、華麗，是顯著的風格。

三、　善用典故

太宗詩多使事用典，在巡幸詩和詠物詩中都善用典故。觀其用典，主要涉及古代帝王、賢臣相士的典故，尤其以漢代帝王的典故最多，太宗在詩中屢次提及漢高祖的〈大風歌〉，如：「歡比大風詩」（〈幸武功慶善宮〉）、「無勞歌大風」（〈過舊宅二首〉其二）、「勞歌大風曲」（〈詠風〉），太宗以漢高祖回鄉擊筑高歌〈大風歌〉自況，形容自己有維護天下統一的壯志豪情。又如太宗在〈初春登樓即目觀作述懷〉曰：「愧制勞居逸，方規十產金。」引用漢文帝十產金的典故，

是以漢文帝為典範，崇尚簡樸。除了以英明帝王的事跡為楷模，太宗在詩中亦以帝王的奢侈腐朽為反面教材，引以為戒，如：「未央初壯漢，阿房昔侈秦」（〈登三臺言志〉）指出秦始皇建造阿房宮和漢高祖營造未央宮都是放縱私慾追求華麗。「楚王雲夢澤，漢帝長楊宮」（〈出獵〉）批評楚王和漢武帝沉迷狩獵。「之罘思漢帝，碣石想秦皇。霓裳非本意，端拱且圖王」（〈春日望海〉）表示不會像秦始皇、漢武帝尋找神仙以求長生不老，而是希望成就王業。其次有關古代賢臣的典故較多，如太宗在詩中兩次提及孟嘗君的門客假裝雞鳴出關之典：「高談先馬度，偽曉預雞鳴」（〈入潼關〉）、「未曉征車度，雞鳴關早開」（〈賜房玄齡〉），兩次用姜太公垂釣於渭濱、滋泉和傅說築於傅巖之典：「所欣成大廈，宏才佇渭濱」（〈登三臺言志〉）、「抽思滋泉側，飛想傅巖中」（〈秋暮言志〉）、「巨川何以濟？舟楫佇時英」（〈春日登陝州城樓俯眺原野迴丹碧綴煙霞密翠斑紅芳菲花柳即目川岫聊以命篇〉），這些典故一方面可見太宗文學修養和造詣頗高，另一方面可見他抒發治理國家的壯志和期待賢俊輔佐的願望，崇高莊重。

四、 講究聲律

唐太宗追求聲律之美，在他的詩作中，已有 10 首詩完全合律，其中 7 首詩（〈帝京篇〉第一首、〈月晦〉、〈秋日二首〉其二、〈三層閣上置音聲〉、〈除夜〉、〈守歲〉、〈望雪〉）是五言律詩，有

3首詩（〈賦得臨池柳〉、〈賦得臨池竹〉、〈賦得弱柳鳴秋蟬〉）
是五言律絕。

在詩歌句式方面，《全唐詩》載唐太宗古體詩句式有44句、40句、
20句、18句、16句、14句、12句、10句、8句和4句，其中8句式
有50首，4句式有13首。兩者佔了太宗詩總數的六成，說明四句式
和八句式作為理想的詩歌體式開始確定下來。

〈餞中書侍郎來濟〉是唐太宗詩中唯一的七言詩，此詩的上部分
已合七律的形式，下部分出現失粘、失對之處較多。全詩雖不是七律，
但從中已可看到唐太宗在聲律方面作出的努力。

他的五言律詩對仗工整，意境渾圓。如〈月晦〉、〈秋日二首〉
其二、〈除夜〉、〈望雪〉、〈守歲〉。以〈月晦〉為例：「晦魄移中律，
凝暄起麗城。罩雲朝蓋上，穿露曉珠呈。笑樹花分色，啼枝鳥合聲。
披襟歡眺望，極目暢春情。」此詩為仄起首句不入韻的五言律詩，完
全依照律詩的平仄格式，非常標準。王夫之《唐詩評選》卷二評〈月
晦〉：「只此是格，只此是韻，五言近體必從此種入，乃得不淪惡道。」[7]

1. 毛先舒，郭紹虞編選，富壽蓀校點：《詩辯坻》，收於《清詩話續編》卷4，上海：上海古籍
　　出版社，1983，第87頁。
2. 胡震亨：《唐音癸籤》卷五，上海：上海古籍出版社，1981，第43頁。
3. 吳兢撰、謝保成集校：《貞觀政要集校》，北京：中華書局，2003，第533頁。
4. 王夫之：《古詩評選》，上海：上海古籍出版社，2011，第269頁。
5. 葛曉音：《漢唐文學的嬗變》，北京：北京大學出版社，1990，第355頁。
6. 王應麟：《困學紀聞》，上海：上海古籍出版社，2008，第26頁。
7. 王夫之：《唐詩評選》，上海：上海古籍出版社，2011，第89頁。

第四節　唐太宗與初唐詩壇

　　貞觀初期，唐太宗開設弘文館，延攬文士，在他周圍形成了一個詩人群體，包括王珪、陳叔達、虞世南、褚亮、李百藥、魏徵、楊師道、姚思廉、許敬宗、上官儀等人。這個群體由江南士族、山東舊族、關隴豪族三大集團組成。正如汪籛所言，唐太宗以熟知經史的江南士族子弟為文學侍臣，以備顧問。在決定施政方針政策，則重視山東微族人士的意見。[1]

一、　唐太宗與南方文士

　　早在武德四年（621），李世民開文學館時，秦府十八學士中出自江左的有虞世南、褚亮、姚思廉、陸德明、蔡允恭、顏相時、許敬宗等七人。李世民「每軍國務靜，參謁歸休，即便引見，討論墳籍，商略前載。」[2]在江左文士的熏陶下，李世民學習和喜歡上江南文化。唐太宗即位後，設置弘文館，與江南文士「高談典籍」。《舊唐書》卷七十二〈李百藥傳〉曰：「（太宗）罷朝之後，引進名臣，討論是非，備盡肝膈，唯及政事，更無異辭。纔及日昃，命才學之士，賜以清閒，

高談典籍，雜以文詠，間以玄言，乙夜忘疲，中宵不寐。」[3] 貞觀時期，
唐太宗經常與群臣唱和，南方宮廷籍詩人有虞世南、褚亮、岑文本、
褚遂良、劉孝孫、劉洎、許敬宗、劉子翼、歐陽詢、沈叔安、朱子奢
等人。[4] 其中虞世南、褚亮、許敬宗皆為秦王府十八學士和弘文館學士，
均由前朝入唐，詩藝精湛，沿襲齊梁宮廷詩風。

　　虞世南，越州餘姚人。集三十卷，《全唐詩》存詩一卷。他早年「善
屬文，常祖述徐陵，陵亦言世南得己之意。」[5] 陳滅，與兄世基同入
隋長安，二人俱有重名，時人比擬為「二陸」。在隋，官秘書郎。入唐，
為秦府參軍，遷太子中舍人。貞觀中，累遷秘書監。他在隋朝之作多
為奉和詩作，如〈和鑾輿頓戲下〉辭藻華麗、縷金錯彩、歌功頌德，
更有〈應詔嘲司花女〉之類輕薄艷麗的詩作。入唐，虞世南受到太宗
儒家政治文化觀和北方詩風的影響，他沒有奉詔寫宮體詩，其婉縟詩
風融入北方詩歌剛樸的特色，寫出〈從軍行二首〉、〈擬飲馬長城窟〉、
〈出塞〉、〈結客少年場行〉等詩作，詩境大開，筆力雄厚，成為唐
朝邊塞詩的先驅者。如〈從軍行二首〉其一：「塗山烽候驚，弭節度
龍城。冀馬樓蘭將，燕犀上谷兵。劍寒花不落，弓曉月逾明。凜凜嚴
霜節，冰壯黃河絕。蔽日卷征蓬，浮天散飛雪。全兵值月滿，精騎乘
膠折。結髮早驅馳，辛苦事旌麾。馬凍重關冷，輪摧九折危。獨有西
山將，年年屬數奇。」兩《唐書》沒有記載虞世南有從軍征戰的經歷，
此詩卻將征戰過程寫得栩栩如生，特別是邊塞之景，寒劍嚴霜，蔽日
飛雪，令人有親臨其境之感。描寫精細，煉字巧妙，有齊梁鋪陳辭藻
之痕跡。沈德潛評曰：「猶存陳、隋體格，而追琢精警，漸開唐風。」[6]

　　褚亮，杭州錢塘人，人生經歷與虞世南有相似之處，年青已負盛

名。「年十八，詣陳僕射徐陵，陵與商榷文章，深異之。陳後主聞而召見，使賦詩，江總及諸辭人在坐，莫不推善。」[7]陳亡，入隋為東宮學士，大業中，授太常博士。太宗為秦王時，以亮為王府文學。「每有征伐，亮常侍從，軍中宴筵，必預歡賞，從容諷議，多所裨益。」[8]貞觀中，累遷散騎常侍，封陽翟縣候。《全唐詩》存其詩 33 首。褚亮擁有高超的寫作技巧，其創作歷程沒有太大的變化，一直是以南朝趣味的宮廷詩為主，既沒有像虞世南受到北方詩風的影響，也沒有受到初唐開國恢宏的氣象影響，寫出氣勢宏偉的詩歌。傳統的齊梁詩歌感情蒼白無力，褚亮改正此缺點，在詩歌裏傾注了真情實感。如〈晚別樂記室彥〉、〈傷始平李少府正己〉、〈臨高臺〉等，現以〈晚別樂記室彥〉為例：「窮途屬歲晚，臨水忽分悲。抱影同為客，傷情共此時。霧色侵虛牖，霜氛冷薄帷。舉袂慘將別，停杯悵不怡。風嚴征雁遠，雪暗去蓬遲。他鄉有岐路，遊子欲何之。」詩人臨水別友，悲傷之情，四處迴旋，「窮途歲晚」反映出對人生的感悟。所睹之物，蘊含深深的離別愁緒，情景相融，真摯感人。

　　許敬宗，杭州新城人，年幼善屬文，在隋朝舉秀才。入唐，為著作郎，兼修國史。在貞觀十九年，岑文本去世，許敬宗代為中書侍郎。太宗破遼時，許敬宗立於馬前受旨草詔書，「詞彩甚麗，深見嗟賞。」許敬宗在太宗朝沒受重用，是因為他薄行，缺乏儒家風範。「許高陽武德之際，已為文皇入館之賓，垂三十年，位不過列曹尹，而馬周、劉洎起羈旅徒步，六七年間，皆登宰執。考其行實，則高陽之文學宏奧，周、洎無以過之，然而太宗任遇相殊者，良以高陽才優而行薄故也。」[9]許敬宗在高宗朝，贊成高宗廢皇后王氏而立武昭儀，受到重用，

擢禮部尚書，歷侍中、中書令、右相。《全唐書》存詩 27 首，奉和應
制詩為 21 首。許敬宗的詩作多歌功頌德，追求諂媚綺麗的風格，如〈奉
和行經破薛舉戰地應制〉、〈奉和初春登樓即目應詔〉和〈賦得阿閣鳳〉
等。許敬宗「大量堆砌日月星辰、乾坤宇宙等宏偉的意象，創造出一
套專用於裝點帝居宸宮的讚頌詞彙，極力誇飾唐太宗使寰區禹服的神
略武功，以及萬方來儀的太平景象。」[10] 對開創貞觀末至高宗龍朔年
間頌美型的富麗堂皇、綺錯諂媚的宮廷詩風有重要的影響。

二、　唐太宗與北方文士

　　在貞觀時期，宮廷詩人群中，常與唐太宗唱和的北方籍宮廷詩人
有：楊師道、上官儀、李百藥、長孫無忌、謝偃、王珪、杜正倫、凌敬、
于志寧、魏徵等人。[11]

　　楊師道，華陰人。「清警有才思。」入唐，尚桂陽公主，封安德
郡公。貞觀中，拜侍中，遷中書令，罷為吏部尚書。楊師道「退朝後，
必引當時英俊，宴集園池，而文會之盛，當時莫比。」[12] 他寫詩敏速。
「後賜宴，帝曰：『聞公每酣賞，捉筆賦詩如宿成，試為朕為之。』
師道再拜。少選輒成，無所竄定，一坐嗟伏。」[13] 現存詩歌 21 首，詩
作清雅幽婉，如〈賦終南山用風字韻應詔〉：「眷言懷隱逸，輟駕踐
幽叢。白雲飛夏雨，碧嶺橫春虹。草綠長楊路，花疏五柞宮。登臨日
將晚，蘭桂起香風。」境界幽雅深遠。楊師道的一些詩句鑲金嵌玉，
有齊梁遺風，如〈中書寓直詠雨簡褚起居上官學士〉：「玉階良史筆，

金馬掞天才。」〈初秋夜坐應詔〉：「玉琯涼初應，金壺夜漸闌。」
等等。

　　李百藥，定州安平人。七歲能屬文，隋時襲父爵，為太子通事舍
人兼學士。入唐，拜中書舍人，授太子右庶子。李百藥「藻思沈鬱，
尤長於五言詩，雖樵童牧豎，並皆吟諷。」[14] 現存詩 27 首，其中〈過
楊玄感墓〉1 首存於《全唐詩補編》，其餘皆存於《全唐詩》。李百
藥詠史懷古之作蒼勁深沉，如〈秋晚登古城〉、〈賦得魏都〉、〈謁
漢高廟〉，在歷史的詠嘆中融入深刻的人生感悟。以〈謁漢高廟〉為例，
詩歌高度概括漢高祖平定天下的豐功偉績，以漢喻唐，曲折溢美，詩
中從頭到尾抒發了對漢高祖的尊崇之情，如「謁帝動深衷」等，結尾
面對蕭瑟之景而有「長川起大風」之感慨，詩歌沉鬱開拓，有宏大的
氣勢。在貞觀後期，李百藥將關隴詩人剛健蒼勁的情調與江左文人細
膩委婉的情思融合，詩風由剛健沉鬱轉化為雅麗秀朗。[15] 如〈送別〉：
「眷言一杯酒，悽愴起離憂。夜花飄露氣，暗水急還流。雁行遙上月，
蟲聲迥映秋。明日河梁上，誰與論仙舟。」中二聯寫景細緻，角度特別，
別有意境。

　　上官儀，陝州陝人。貞觀初，舉進士，召授弘文館直學士，遷秘
書郎。「時太宗雅好屬文，每遣儀視草，又多令繼和，凡有宴集，儀
嘗預焉。」[16] 太宗重視上官儀，把他當作文學侍從。《全唐詩》編詩
一卷共 20 首，《全唐詩補逸》補入 11 題 12 首。「本以詞彩自達，工
於五言詩，好以綺錯婉媚為本。儀既貴顯，故當時多有效其體者，時
人謂為『上官體』。」[17]

　　上官儀曾主持《瑤山玉彩》、《芳林要覽》等大型類書的編纂，

熟悉和掌握詩歌的對偶技巧。他在六朝以來詩歌藝術積累對偶技巧經驗的基礎上，使詩歌意象高度營構，令詩歌藝術技巧有了進一步的發展。上官儀的詩歌受到江左詩風的影響，用詞綺麗嬌艷，如〈詠畫障〉：「芳晨麗日桃花浦，珠簾翠帳鳳凰樓。蔡女菱歌移錦纜，燕姬春望上瓊鉤。新妝漏影浮輕扇，冶袖飄香入淺流。未減行雨荊臺下，自比凌波洛浦遊。」他亦有清空明麗的詩歌，如〈入朝洛堤步月〉：「脈脈廣川流，驅馬歷長洲。鵲飛山月曙，蟬噪野風秋。」楊炯在《王勃集序》中對以上官儀為代表的龍朔詩風猛烈批評：「嘗以龍朔初載，文場變體，爭構纖微，競為雕刻，糅之金玉龍鳳，亂之朱紫青黃，影帶以徇其功，假對以稱其美。骨氣都盡，剛健不聞。」[18]

　　初唐詩壇，唐太宗及其北方籍宮廷詩人如李百藥、上官儀學習「貴於清綺」的江左文風。同時，南方籍宮廷詩人如虞世南學習「重乎氣質」的河朔文風。魏徵等史臣提倡「各去所短，合其兩長」南北融合的文學主張，唐太宗和初唐詩人在創作上努力實踐，為南北文風的融合作出了嘗試，為盛唐氣象的到來奠定了良好的開端。

1.　汪籛：《汪籛隋唐史論稿》，北京：中國社會科學出版社，1981，第 93-97 頁。

2.　劉昫等撰：《舊唐書》卷七十二〈褚亮傳〉，北京：中華書局，1975，第 2582-2583 頁。

3.　劉昫等撰：《舊唐書》卷七十二〈李百藥傳〉，北京：中華書局，1975，第 2576 頁。

4.　賈晉華著：《唐代集會總集與詩人群研究》，北京：北京大學出版社，2001，第 31 頁。

5.　劉昫等撰：《舊唐書》卷七十二〈虞世南傳〉，北京：中華書局，1975，第 2565 頁。

6.　沈德潛編：《唐詩別裁集》，上海：上海古籍出版社，1979，第 2 頁。

7.　劉昫等撰：《舊唐書》卷七十二〈褚亮傳〉，北京：中華書局，1975，第 2578 頁。

8.　劉昫等撰：《舊唐書》卷七十二〈褚亮傳〉，北京：中華書局，1975，第 2582 頁。

9.　劉昫等撰：《舊唐書》卷七十二〈許敬宗傳〉，北京：中華書局，1975，第 2772 頁。

10.　葛曉音：《詩國高潮與盛唐文化》，北京：北京大學出版社，1998，第 29 頁。

11.　賈晉華：《唐代集會總集與詩人群研究》，北京：北京大學出版社，2001，第 30 頁。

12.　劉昫等撰：《舊唐書》卷六十二〈楊恭仁傳〉附〈楊師道傳〉，北京：中華書局，1975，第 2383 頁。

13. 計有功輯撰:《唐詩紀事》上冊,上海:上海古籍出版社,2008,第 46 頁。
14. 劉昫等撰:《舊唐書》卷七十二〈李百藥傳〉,北京:中華書局,1975,第 2577 頁。
15. 聶永華:《初唐宮廷詩風流變考論》,北京:中國社會科學出版社,2002,第 106 頁。
16. 劉昫等撰:《舊唐書》卷八十〈上官儀傳〉,北京:中華書局,1975,第 2743 頁。
17. 劉昫等撰:《舊唐書》卷八十〈上官儀傳〉,北京:中華書局,1975,第 2743 頁。
18. 董誥等:《全唐文》卷一百九十一,北京:中華書局,1983,第 1931 頁。

第五節　唐太宗對初唐詩壇的影響

　　唐太宗的文學理論和創作實踐對初唐詩壇有舉足輕重的影響。
首先，唐太宗批評和糾正漢賦、六朝浮靡詩風，為唐初建立雅正之詩
風指出了正確的方向。唐太宗親眼看到隋朝滅亡的歷史教訓，常以史
為鑑，懷有警戒之心。他在儒家思想觀念的支配下，反對淫麗文風，
要求文學要為政治服務。這體現在貞觀初他與監修國史房玄齡的談話
中，批評漢楊雄、司馬相如、班固等人的賦「文體浮華，無益勸誡」，
提出「詞理切直」、「裨於政理」的要求。貞觀十一年，太宗不同意
著作佐郎鄧隆為他的文章編集，以梁武帝父子、陳後主和隋煬帝為例，
指出他們「亦大有文集，而所為多不法，宗社皆須臾傾覆。」[1] 反對
徒有詞藻，亂政害物。貞觀大臣在編史書時，同樣以儒家文學思想觀
念去批評六朝文學。魏徵在《隋書・文學傳序》云：「梁自大同之後，
雅道淪缺，漸乖典則，爭馳新巧。簡文、湘東啟其淫放，徐陵、庾信
分路揚鑣，其意淺而繁，其文匿而彩，詞尚輕險，情多哀思，格以延
陵之聽，蓋亦亡國之音乎！」[2]「雅道淪缺，漸乖典則」是文風衰敗的
主要原因，在貞觀大臣看來，梁陳文學在內容方面并不可取，杜淹甚
至將文學等同於亡國之音。君臣對宮體詩的負面影響有清醒充分的認
識。在太宗的詩作裏，沒有一首是豔詩。與女性有關的詩作有四首：〈帝
京篇〉其九、〈采芙蓉〉、〈琵琶〉、〈賦得櫻桃〉，詩中描寫女性

形象是正面健康，並無輕浮淫靡。以〈采芙蓉〉為例：

> 結伴戲方塘，攜手上雕航。船移分細浪，風散動浮香。
> 遊鶯無定曲，驚鳧有亂行。蓮稀釧聲斷，水廣棹歌長。
> 棲烏還密樹，泛流歸建章。

此詩寫宮女泛舟採蓮的情景，前兩句敘事，中六句寫景，從視覺、嗅覺、聽覺三方面寫水面之景，結尾歸納。全詩清新靈動，「攜手上雕航」、「蓮稀釧聲斷」等詩句細緻生動地描寫宮女的動作和聲音，反映出宮女可愛輕快的一面。與簡文帝、陳後主、隋煬帝大肆渲染情色的宮體詩相比，太宗詩明顯符合雅正。太宗影響了朝臣。貞觀宮廷詩人有六十餘位，包括魏徵、王珪、虞世南、李百藥、褚亮、楊師道、許敬宗、上官儀等，他們的詩作多應制吟詠之作，較少有類似六朝大量描寫歌妓舞女的宮體詩。以虞世南為例，集三十卷，《全唐詩》編詩一卷。他在隋朝之作多為奉和詩作，辭藻華麗、歌功頌德，更有〈應詔嘲司花女〉之類輕薄豔麗的詩作。入唐，虞世南沒有奉詔寫宮體詩，其婉縟詩風融入北方詩歌剛樸的特色，寫出〈從軍行二首〉、〈擬飲馬長城窟〉、〈出塞〉、〈結客少年場行〉等詩作，成為唐朝邊塞詩的先驅者。

其次，唐太宗詩追求聲律，對新體詩聲律的發展起到積極的促進作用。太宗詩用平聲韻有 40 首，其中 10 首已完全合律。其詠物詩、賦得體詩律化程度較高，如〈月晦〉、〈詠弓〉、〈秋日二首〉其二、〈詠桃〉、〈詠燭二首〉其二、〈賦得臨池竹〉、〈賦得臨池柳〉、

〈賦得弱柳鳴秋蟬〉、〈賦得浮橋〉、〈賦得李〉等等，帶有「庾信體」講究聲律的痕跡，開後代詠物詩之風。值得提出的是，唐太宗詩僅一首七言詩〈餞中書侍郎來濟〉，全詩中二聯對仗，僅一處失粘，接近七言律詩。唐太宗提倡君臣宴飲唱酬，他不僅帶頭作詩，還要求大臣應制、奉和。虞世南由隋入唐，其〈侍宴應詔賦得前字〉有部分詩句合乎平仄規律。馬周存詩〈凌朝浮江旅思〉一首，是五言律詩。楊師道存詩 21 首，新體詩 17 首，合格的五言律詩有 3 首。李義府存詩 8 首，新體詩 5 首且全部是粘式律。許敬宗存詩 27 首，新體詩 12 首，粘式律有 5 首。[3] 正如胡震亨所云：「有唐吟業之盛，導源有自。文皇英姿間出，表麗縟於先程……是用古體再變，律調一新；朝野景從，謠習寖廣。」[4] 唐太宗吟詠律詩影響貞觀詩壇，朝野研習詩律，促進了律詩的發展。

此外，唐初宴飲賦詩之風與唐太宗的提倡分不開，朝臣宴會賦詩之風興盛一時。群臣舉行大型的私人詩會有兩次：貞觀十五年（641），于志寧、令狐德棻、封行高、杜正倫、岑文本、劉孝孫、許敬宗、凌敬有〈冬日宴于庶子宅各賦一字〉詩；貞觀十八年（644），岑文本、褚遂良、楊續、許敬宗、李百藥、劉洎、上官儀賦〈安德山池宴集〉詩，所作之詩都是新體詩。斟酌聲律、巧構儷偶，為近體詩的發展起了積極的促進作用。

唐太宗在初唐的文壇舉足輕重，他對雅正文學的提倡和具體的文學創作實踐，對糾正六朝浮靡之風、推動唐初建立雅正詩風起到關鍵作用，為唐代詩歌的發展指明了正確的方向和道路。

1.　吳兢撰，謝保成集校：《貞觀政要集校》，北京：中華書局，2003，第 388 頁。
2.　魏徵：《隋書》，北京：中華書局，1973，第 1730 頁。
3.　杜曉勤：《齊梁詩歌向盛唐詩歌的轉變》，北京：北京大學出版社，2009，第 37-39 頁。
4.　胡震亨：《唐音癸籤》卷二十七，上海：上海古籍出版社，1981，第 281 頁。

第二章　武則天的詩歌及其周圍的文學群體

　　武則天，并州文水（今山西文水）人。貞觀十二年（637），武氏十四歲時，被唐太宗召入宮，立為才人。太宗去世後，武氏入感業寺為尼。永徽五年（655），唐高宗復召武氏入宮，拜為昭儀。次年，立為皇后，武氏時年三十一歲。唐高宗自顯慶五年（660）後，患有風疾，武則天開始內輔國政。天授元年（690），武則天稱帝，改唐為周。神龍元年（705），因張柬之等兵變，武則天被迫退位。她是中國歷史上唯一的一位女皇帝。

　　武則天愛好文學，有詩歌傳世。《全唐詩》存其詩 46 首，另《全唐詩外編》和《全唐詩補編》亦有存詩 2 首，為〈聽〈華嚴〉詩並序〉和〈賜姚崇〉。《全唐詩補逸》存詩 1 首，為〈遊仙篇〉。

　　武則天的詩歌有自己獨創的，如〈如意娘〉，充滿真摯熱烈的感情，也有文臣代筆的，如郊廟歌辭，境界開闊，氣象宏大。「大凡后之詩文，皆元萬頃、崔融輩為之」。[1]

　　此章分為三節，第一節介紹武則天的詩歌內容，在郊廟歌辭中，武則天流露出對神明的虔誠之情。而在遊宴詩中，她則表達對自然的喜愛之情和思念親人之情；在賜贈詩，流露對臣相的關心之情和對道家的尊重。而在唯一的一首閨怨詩〈如意娘〉，武則天流露出女子思

念之情。第二節探討武則天與文學群體的關係，主要與「珠英學士」集團和「文章四友」的關係。第三節主要考察武則天對初唐詩壇的影響。

---

1. 計有功輯撰：《唐詩紀事》，上海：上海古籍出版社，2008，第 24 頁。

第一節　武則天的詩歌內容和藝術特色

　　從武則天現存詩歌來看，她的作品可分為四大類：樂府「郊廟歌辭」、遊宴詩、賜贈詩和閨怨詩。其郊廟歌辭歌功頌德，目的是鞏固統治政權，帶有強烈的政治功利性。武則天亦表達希望獲得神明的庇護，實現帝王的抱負和主張。此類詩歌雄壯宏偉。遊宴詩反映她喜歡自然山水和追求娛情遣興，詩歌情景交融，清新自然。武則天在賜贈詩中對朝廷大臣提出施政的要求，同時予以激勵。對於道士，她持尊敬之情。詩歌彰顯她鮮明的君王個性。其閨怨詩表達了對愛情的渴望和相思的煎熬，逼真生動、感情真摯。以下分別論述之。

一、　郊廟歌辭

　　武則天的詩作以郊廟歌辭最多，共 39 首，包括〈曳鼎歌〉、《唐享昊天樂》12 首、《唐明堂樂章》11 首、《唐大饗拜洛樂章》14 首和《唐武氏享先廟樂章》。這些詩古質典雅、莊嚴雅正，類似漢唐山夫人之〈安世房中歌〉[1]。

　　在郊廟歌辭中，首先反映出武則天提倡儒家的禮樂制度。武則天在執政期間，改唐為周，自立為武周皇帝，打破了千年來男性專政的

政治格局。她消滅李唐宗室和姻戚，任用酷吏，鏟除異己，打擊了整個統治階層。在統治的初期，為了進一步鞏固政權，她一方面大刀闊斧地破格引進人才，另一方面利用儒、佛、道思想，調整和統一人們的思想，擁護武氏統治。儒家重視禮樂制度，認為「上好禮，則民易使也」。秦漢以降，歷代君王均問禮作樂。武則天認為提倡禮樂制度非常重要，因而舉行了制禮作樂的活動，如大享明堂、登封神岳、置寶鑄鼎等。在舉行這些朝廷大禮，都以樂相隨。如《唐大饗拜洛樂章》設禮用樂有一套完善嚴謹的祭祀體系。《舊唐書》曰：「則天皇后永昌元年大享拜洛樂，設禮用〈昭和〉，次〈致和〉，次〈咸和〉，乘輿初行用〈九和〉，次拜洛受圖用〈顯和〉，登歌用〈昭和〉，迎俎用〈敬和〉，酌獻用〈欽和〉，送文舞出、迎武舞入用〈齊和〉，武舞用〈德和〉，撤俎用〈禋和〉，辭神用〈通和〉，送神用〈歸和〉。」[2] 武則天拜洛水，受《天授聖圖》，禮儀完畢，率眾還宮。

其次，這類詩歌繼承了《詩經》「頌」的傳統。所謂頌，是《毛詩》六義之一。《周南·關雎》序：「頌者，美盛德之形容，以其成功，告於神明者也。」[3]「頌」是用於宗廟祭祀的舞曲樂歌，通常以四言詩的形式贊美神靈，歌頌祖先。在郊廟歌辭中，有一個突出的主題，即武則天建立周朝，號「聖神皇帝」，這是上天的安排。詩中充滿了天人感應的思想，宣揚帝王受命的讖言，具體體現在用詞上，如「符」、「銘」、「圖」，以下為例句：

1) 菲德承先顧，禎符萃眇躬。（《唐享昊天樂》第四）

2) 銘開武巖側，圖薦洛川中。（《唐享昊天樂》第四）

3) 睿圖方永，周曆長隆。（《唐明堂樂章》之〈迎送王公〉）

4) 天符既出兮帝業昌，願臨明祀兮降禎祥。（《唐大饗拜洛樂章》之〈致和〉）

5) 顧德有慚盧菲，明祇屢降禎符。（《唐大饗拜洛樂章》之〈顯和〉）

6) 汜水初呈祕象，溫洛薦表昌圖。（《唐大饗拜洛樂章》之〈顯和〉）

「符」是祥瑞的徵兆。「圖」是河圖的簡稱，通常是王者受命之徵驗。「銘」是為文刻於器物之上，稱述生平功德，使傳揚於後世。這些詞語表示皇帝受命於天的徵兆，無疑是要人相信武則天當皇帝確實是上天的意志，命中注定。這些詞語使詩歌具有濃厚的讖言神學色彩。垂拱四年（688），武后姪承嗣偽造瑞石，表稱獲於洛水。石上有文：「聖母臨人，永昌帝業。」武后號其石為「寶圖」，其後改曰「天授聖圖」。[4] 武則天拜洛受圖，利用天人感應學說，為其在天授元年（690）登上皇帝寶座鋪排。

武則天採用「頌」歌的形式，在詩中歌頌自己是受命於天，建立叡業隆基。如〈曳鼎歌〉：

> 羲農首出，軒昊膺期。唐虞繼踵，湯禹乘時。
>
> 天下光宅，海內雍熙。上玄降鑒，方建隆基。

此詩作於萬歲通天元年（696），重造明堂，「鑄銅為九州鼎。……鼎成，自玄武門外曳入，令宰相、諸王率南北衙宿衛兵十餘萬人，並仗內大牛、白象共曳之。則天自為〈曳鼎歌〉，令相唱和。」[5] 羲農、軒昊、唐虞、湯禹分別為八位上古聖君，武則天以古代名君自況，盛氣凌人。「天下光宅」源自《書·堯典·序》：「昔在帝堯，聰明文思，光宅

天下。」「光宅」有充滿、覆被之意，亦是武則天的一個年號。「雍熙」指和樂貌，天下充滿恩澤，海內和睦融洽。這裏歌頌武則天統治有方。在詩尾，武則天將功德歸於「上玄降鑒」，才能建立偉業。此處盡顯謙卑，平衡了上聯的歌功頌德，令頌有節度，符合儒家的中庸之道。詩中的用詞如「天下」、「海內」、「上玄」、「隆基」頗為雄壯，表現出武則天追求雄偉和宏麗的氣勢。

明堂是發布政令、祭祀祖先之所。「大享明堂」是最隆重的祭神活動。垂拱四年（688）二月，武則天毀洛陽乾元殿，就其地造明堂。永昌元年（689）元旦，武則天以聖母神皇身份主持大享明堂的儀式，並作《唐明堂樂章》十一章，以祭祀昊天上帝、唐高祖、唐太宗、唐高宗和她的父親及五方帝。據《舊唐書》記載，貞觀中褚亮等作《明堂樂章》為：「季秋享上帝於明堂，降神用〈豫和〉，皇帝行用〈太和〉，登歌奠玉帛用〈肅和〉，迎俎用〈雍和〉，酌獻飲福用〈壽和〉，送文舞出、迎武舞入用〈舒和〉，武舞用〈凱安〉，送神用〈豫和〉。」武則天撰《唐明堂樂章》的題目分別為：「〈外辦將出〉、〈皇帝行用黃鐘宮〉、〈皇嗣出入昇降〉、〈迎送王公〉、〈登歌〉、〈配饗〉、〈宮音〉、〈角音〉、〈徵音〉、〈商音〉、〈羽音〉。」[6]貞觀中褚亮等作《明堂樂章》有八首，武則天作十一首，且在樂章的題目上創新。明堂成為武則天政治活動的中心，據《舊唐書·則天皇后紀》載，天授二年正月，三年正月，長壽二年春一月，三年春一月，武則天親享明堂。

再次，這些郊廟歌辭表達出武則天對神明的虔誠和感恩心態。《禮記·祭統》云：「賢者之祭也，致其誠信與其忠敬，奉之以物，道之

以禮，安之以樂，參之以時。明薦之而已矣，不求其為。」武則天在
郊廟歌辭中反覆表達自己對神靈的誠信和忠敬，使用的詞語有「懇」、
「誠」、「慚」、「敬」、「誠心」、「莊心」、「虔誠」、「虔情」
和「誠敬」，在詩中隨處可見：

1)　翹至懇，罄深衷。聽雖遠，誠必通。（《唐享昊天樂》第二）

2)　圜壇敢申昭報，方璧冀展虔情。（《唐享昊天樂》第三）

3)　爰設筐幣，式表誠心。（《唐享昊天樂》第五）

4)　敢希明德，幸罄莊心。（《唐享昊天樂》第六）

5)　陳誠菲奠，契福神猷。（《唐享昊天樂》第七）

6)　尊璧郊壇昭大禮，鏘金拊石表虔誠。（《唐享昊天樂》第八）

7)　或升或降，惟誠惟質。（《唐享昊天樂》第十）

8)　顧己誠虛薄，空慚馭兆人。（《唐明堂樂章》之〈外辦將出〉）

9)　藻奠申誠敬，恭祀表惟馨。（《唐明堂樂章》之〈宮音〉）

10)　有限無由展敬，莫醻每闕親斟。（《唐武氏享先廟樂章》）

　　在《唐享昊天樂》組詩，武則天反覆表達對神的敬意和膜拜，向
神奉獻祭物，用禮做指導，伴以莊嚴的古樂，甚至當祭酒一空必親自
斟酒，儘顯虔誠之心。圍繞神明，武則天選取的意象是玄穹、天、日、
閶陽、太陰、九玄、昊穹等天象，又以靈澤、玄澤等形容神的恩惠，
使詩歌具有雄壯非凡的氣勢。她還在詩中表達感恩的心態，用詞有「謝
玄穹」、「荷恩」、「恩徽」，以下為例句：

11)　有懷慚紫極，無以謝玄穹。（《唐享昊天樂》第四）

12) 荷恩承顧託，執契恭臨撫。（《唐享昊天樂》第九）

13) 瞻荷靈澤，悚戀兼盈。（《唐享昊天樂》第十一）

14) 望仙駕，仰恩徽。（《唐享昊天樂》第十二）

祀昊天的主題亦出現在貞觀時期的詩作裏，貞觀六年，褚亮、虞世南、魏徵等作《冬至祀昊天於圓丘樂章八首》，詩中有表達虔誠的句子如「聿遵虔享，式降鴻禎。」[7]（登歌奠玉用〈肅和〉），但並非如武則天在《唐享昊天樂》從頭至尾表達對神靈的誠心。武則天對神的虔敬和感恩，反映了她希望在神明的庇護下，實現作為帝王的抱負和主張。帝王之氣躍然紙上。

二、 遊宴詩

武后時期，遊宴賦詩之風頗為興盛，她創作的詩作有〈早春夜宴〉、〈遊九龍潭〉、〈從駕幸少林寺〉、〈石淙〉、〈臘日宣詔幸上苑〉等。在遊宴賦詩的過程中，吟詠山水風光成為突出的主題。如〈遊九龍潭〉：

> 山窗遊玉女，澗戶對瓊峰。巖頂翔雙鳳，潭心倒九龍。
>
> 酒中浮竹葉，杯上寫芙蓉。故驗家山賞，惟有風入松。

這首五言律詩描寫九龍潭的景色。首聯總括九龍潭的山水，頷聯具體寫景，「翔雙鳳」、「倒九龍」，「翔」和「倒」兩個動詞，寓靜於動，將靜景寫得活靈活現。「雙鳳」和「九龍」是傳說中的動物，在此增

添想像的空間和神秘的色彩。頸聯寫酒和酒杯，「浮竹葉」、「寫芙蓉」，自然清新，沒有六朝雕飾之文風。尾聯更顯古樸，「惟有風入松」，風吹入松林，以動寫靜，從視覺和聽覺的角度描寫九龍潭的清幽靜謐。「賞」字將詩人欣賞大自然美景的主觀感受表露出來。全詩對仗工整、流暢自然、已經脫離綺麗浮靡的六朝詩歌的影響。

　　武則天在遊覽景物的時候，觸景生情，並將情融入詩中，做到情景交融，與貞觀時期君臣詩歌常常情景割裂相比，是一個進步。以〈從駕幸少林寺（并序）〉為例：

> 陪鸞遊禁苑，侍賞出蘭闈。雲偃攢峰蓋，霞低插浪旂。
> 日宮疏澗戶，月殿啟巖扉。金輪轉金地，香閣曳香衣。
> 鐸吟輕吹發，幡搖薄霧霏。昔遇焚芝火，山紅連野飛。
> 花臺無半影，蓮塔有全輝。實賴能仁力，攸資善世威。
> 慈緣興福緒，於此罄歸依。風枝不可靜，泣血竟何追。

武則天在序言曰：「覩先妃營建之所，倍切煢衿，逾悽遠慕，聊題即事，用述悲懷。」[8]武氏陪高宗駕幸少林寺，目睹已經去世母親楊氏『淨業熏修之所，猶未畢功』倍感憂傷淒婉。詩中前半部分描寫嵩山在雲霞襯托下的秀麗景色以及少林寺的肅穆環境。後半部分追憶以前的一場火災，「山紅連野飛」，而蓮塔卻幸免於難，是因為有佛祖的庇佑，「能仁」指釋迦牟尼佛。武則天表達了對佛祖的尊敬之情。結尾「風枝不可靜，泣血竟何追」聯想到自己的母親，武則天情發於衷，表達深刻的思念之情，情真意切，感人至深。

　　武則天遊宴賦詩，更從宮廷走到大自然，帶領群臣遊山玩水，促進了宮廷山水詩的發展。久視元年（700），武則天率領王公大臣遊石淙，自製七律一首，同遊群臣皆用七律奉和。武則天在〈遊石淙詩並序〉寫道：

> 若夫圓嶠方壺，涉滄波而靡際；金臺玉闕，陟玄圃而無階。惟聞《山海》之經，空覽《神仙》之記。爰有石淙者，即平樂澗也。爾其近接嵩嶺，俯屆箕峰，瞻少室兮若蓮，睇穎川兮如帶。既而躡崎嶇之山徑，蔭蒙密之藤蘿。洶湧洪湍，落虛潭而送響；高低翠壁，列幽澗而開筵。密葉舒帷，屏梅氛而蕩煦；疏松引吹，清麥候以含涼。就林藪而王心神，對煙霞而滌塵累。森沈丘壑，即是桃源；森漫平流，還浮竹箭。紉薜荔而成帳，聳蓮石而如樓。洞口全開，溜千年之芳髓，山腰半坼，吐十里之香粳。無煩崑閬之遊，自然形勝之所。當使人題綵翰，各寫瓊篇，庶無滯於幽樓，冀不孤於泉石。各題四韻，咸賦七言。[9]

從序言可以看到武則天喜歡石淙，即平樂澗，對石淙的周圍地形非常熟悉，指出石淙接近嵩山、箕山，看少室山像蓮花，望穎河如帶子。她沿著崎嶇的山徑行走，對石淙的自然景色瞭若指掌。對於武則天來說，石淙是洗滌心靈的桃花源：「就林藪而王心神，對煙霞而滌塵累」因此她帶頭作〈石淙〉，並提醒隨行人員賦詩不要板滯，不要孤立於幽棲泉石。且看武則天的〈石淙〉：

> 三山十洞光玄籙，玉嶠金巒鎮紫微。
>
> 均露均霜標勝壤，交風交雨列皇畿。
>
> 萬仞高巖藏日色，千尋幽澗浴雲衣。
>
> 且駐歡筵賞仁智，珮鞍薄晚雜塵飛。

此為平起不入韻式，前半首合律。頸聯和尾聯失粘，中二聯對偶。這首七律尚未完全合律。武則天寫山水詩仍然離不開宣揚皇權。首聯的「三山十洞」、「玉嶠金巒」贊美山巒，用詞華麗，這些景物除了秀美，有更深層次的內涵，即「光玄籙」和「鎮紫微」，使天賜的符命之書明亮，使帝王宮殿安寧，這正是武則天所追求的「永昌帝業」。額聯指出露霜風雨這些自然現象都是在天子所領之地出現。「列皇畿」有一種萬物為天子所有的霸氣。頸聯純粹寫景，用了誇張和擬人的手法，將高巖的高聳和幽澗的清幽表現得栩栩如生，正如其在序言中所說「無滯於幽棲」、「不孤於泉石」，將景物的靈性表現出來。尾聯抒發欣喜之情賞景，「且駐歡筵賞仁智」，「仁智」蘊含著武則天對臣子的道德觀念的要求。全詩寫景壯麗，展現出威風凜凜的皇權，凌駕於自然界和朝臣之上，堅不可摧。

三、　賜贈詩

　　武則天的賜贈詩有〈製袍字賜狄仁傑〉、〈賜姚崇〉、〈贈胡天師〉。狄仁傑、姚崇都是武則天重用的賢臣。從賜贈詩可以看到武則

天的用人策略。

　　武則天尊重狄仁傑，當他被人陷害時，武則天總是親自出面「保駕」。如狄仁傑在汝南任職，甚有善政，卻有人上表誣陷他，武則天不為所惑，更任他為宰相。後來酷吏來俊臣誣告仁傑謀反，武承嗣多次奏請誅之，武則天曰：「朕好生惡殺，志在恤刑。渙汗已行，不可更返。」[10] 萬歲通天元年（696）武則天賜給狄仁傑紫袍玉帶，並在袍上題詩，以表彰狄仁傑的傑出功績。其詩題為〈製袍字賜狄仁傑〉，全詩僅四句十二字：

　　　　敷政術，守清勤。升顯位，勵相臣。

前二句是具體要求，「敷政術」要施政辦事，取得實在的政績。「守清勤」則在品格上要求清廉勤懇。後二句以擢升顯位來激勵相臣。

　　〈賜姚崇〉詩曰：

　　　　依依柳色變，處處春風起。借問向鹽池，何如遊滻水？

長安二年（702），姚崇按察蒲州鹽池返回長安，武則天賜詩。前二句寫春天之景，指出姚崇回朝正值春季。後二句以設問句的形式，問姚崇回朝的感受。語調親切自然，猶如朋友之間的對話，絲毫沒有女皇的架子，女皇重視臣子之情於此可見。姚崇感受至深。神龍元年（705），張柬之發動政變誅張易之兄弟，武則天移居上陽宮，中宗臨朝，只有姚崇嗚咽流涕，說：「事則天歲久，乍此辭違，情發於衷，

非忍所得。昨預公誅兇逆者，是臣子之常道，豈常言功；今辭違舊主悲泣者，亦臣子之終節，緣此獲罪，實所甘心。」[11] 從姚崇對武則天的感恩忠義之情，可見武則天用人之道是非常成功。

武則天統治時期，大力提倡佛教，對道教則加以利用。她贈詩給道士，如〈贈胡天師〉：

> 高人叶高志，山服往山家。迢迢間風月，去去隔煙霞。
> 碧岫窺玄洞，玉竈鍊丹砂。今日星津上，延首望靈槎。

此詩是武則天贈道人胡超。首聯稱讚胡天師志向高潔，遠離塵世。領聯描寫其居住環境與世隔絕，恍若仙境。頸聯寫胡天師的修道行為：隱居在碧岫的玄洞裏，用玉竈煉造丹砂。尾聯營造對道家的嚮往之意境，留下想像的空間。武則天對道士的居所、修行和志向非常瞭解，描寫道士的用詞如「高人」、「高志」、「間風月」、「隔煙霞」、「玄洞」、「玉竈」、「丹砂」、「靈槎」準確貼切，「延首」流露出對道家的尊重、嚮往之情。

四、　閨怨詩

《全唐詩》存錄武則天唯一的閨怨詩〈如意娘〉，此詩的創作時間不定，有人認為此詩是武則天在感業寺為尼，思念高宗而作，屬於武則天的早期詩作。也有人認為此詩是作於武則天改唐為周之後，寫

給她的面首薛懷義。武則天在此詩流露出女子思念之情。詩歌如下：

> 看朱成碧思紛紛，顦顇支離為憶君。
>
> 不信比來長下淚，開箱驗取石榴裙。

「看朱成碧」源自南朝梁王僧孺〈夜愁示諸賓〉：「誰知心眼亂，看朱忽成碧」。此處形容女子思念極深，心神恍惚、容顏憔悴，以致辨錯顏色。鍾惺《名媛詩歸》卷九評曰：「『看朱成碧』四字本奇。然尤覺『思紛紛』三字，慣亂顛倒得無可奈何。」[12] 前二句武則天學習六朝的詩歌，描寫相思的痛苦，寫得纏綿悱惻，不過卻是一般套路。後二句則反映出她辛辣、果敢的個性，她假設對方不相信她常流淚，乾脆開箱取出沾有斑斑淚痕的石榴裙以驗證相思之深。此處以有形寫無形，感情真摯熱烈，不落俗套，形成獨特的藝術魅力和審美價值。

綜上所述，武則天的詩歌內容分為四類，其郊廟歌辭主要宣揚武則天受命於天，建立武周，並歌頌其豐功偉績，目的是為了鞏固武則天的統治，因此帶有強烈的政治功利性。詩歌同時展現了武則天對神的虔敬和感恩心態，表達了她在神明的庇護下，作為帝王的抱負和主張。帝王之氣躍然紙上。詩歌雖然有堆砌詞藻之弊，而雄壯宏麗的氣勢貫穿全詩，體現出武則天作為一代女皇所擁有的氣魄和膽略。遊宴詩表現出武則天追求娛情遣興，與郊廟歌辭的政治頌美不同，此類詩作於輕鬆、自然的環境，沒有典重肅穆的氛圍，詩風相對輕巧自然，語言素雅流暢，感情和志向融於景物中，成為有真情骨力的詩作，逐

漸取代了六朝以來萎靡不振的宮廷詩，對扭轉詩風起到關鍵性的作用。在賜贈詩，武則天對朝廷大臣既提出施政的要求，又給予厚賞。對臣相沒有顯示女皇的威嚴，反而表達出關心之情。對於道士，則持尊敬之情。作為君王，武則天在詩作中真情流露，使詩歌具有鮮明的個性。在閨怨詩，武則天表達對愛情的渴望和相思的煎熬，描寫形象生動，詩歌情真意切，流露強烈的個性，具有很高的藝術感染力。

1. 梁乙真：《中國婦女文學史綱》，上海：開明書店，1932，第 196 頁。
2. 劉昫等撰：《舊唐書》卷三〇〈音樂志三〉，北京：中華書局，1975，第 1113-1115 頁。
3. 十三經辭典編纂委員會：《十三經辭典•毛詩卷》，西安：陝西人民出版社，2002，第 363 頁。
4. 劉昫等撰：《舊唐書》卷六〈則天皇后紀〉，北京：中華書局，1975，第 119 頁。
5. 劉昫等撰：《舊唐書》卷二二〈禮儀志二〉，北京：中華書局，1975，第 868 頁。
6. 劉昫等撰：《舊唐書》卷三〇〈音樂志三〉，北京：中華書局，1975，第 1100-1102 頁。
7. 劉昫等撰：《舊唐書》卷三〇〈音樂志三〉，北京：中華書局，1975，第 1090 頁。
8. 彭定求等編：《全唐詩》卷五，北京：中華書局，1960，第 58 頁。
9. 陳尚君：《全唐詩補編》，北京：中華書局，1992，第 324 頁。
10. 劉昫等撰：《舊唐書》卷八十九〈狄仁傑傳〉，北京：中華書局，1975，第 2885-2895 頁。
11. 劉昫等撰：《舊唐書》卷九十六〈姚崇傳〉，北京：中華書局，1975，第 3022 頁。
12. 鍾惺：《名媛詩歸》卷九，四庫全書存目叢書編纂委員會編《四庫全書存目叢書》集部，第 339 冊，濟南：齊魯書社，1997，第 98 頁。

第二節　武則天與文學群體

　　武則天統治時期，以洛陽為「神都」，開創了以洛陽為政治、文化中心的繁盛局面，出現了重要的文學群體如「珠英學士」集團和「文章四友」，他們對當時和後代文學的發展產生了很大的影響。武則天重視文學，搜羅文士，獎拔人才，激勵許多文人在詩體文體方面探索。當時重用的文學新體有「陳拾遺體」、「沈宋體」、「吳富體」、「新歌行體」及「燕許大手筆」、劉知幾的史傳文學體等。[1]本節主要探討武則天與「珠英學士」集團和「文章四友」的關係。

一、　武則天與珠英學士集團

　　武則天尊崇佛教，下詔「釋教宜在道法之上，緇服處黃冠之前」，[2]同時採取一些措施引導道教發展，為武周政權服務。在武則天統治時期，儒、佛、道呈現並興的局面。在聖曆（698）中，武則天詔修《三教珠英》，珠英學士因預修《三教珠英》而得名。據《唐會要》卷三十六記載：「大足元年（701）十一月十二日，麟臺監張昌宗撰《三教珠英》一千三百卷成，上之。初，聖曆（698）中，以上《御覽》及《文思博要》等書，聚事多未周備，遂令張昌宗召李嶠、閻朝

隱、徐彥伯、薛曜、員半千、魏知古、于季子、王無競、沈佺期、王
適、徐堅、尹元凱、張說、馬吉甫、元希聲、李處正、高（喬）備、
劉知幾、房元陽、宋之問、崔湜、常（韋）元旦、楊齊哲、富嘉暮、
蔣鳳等二十六人同撰。於舊書外，更加佛道二教及親屬、姓名、方城
等部。」³珠英學士的人數，史詩記載不一，《唐會要》言二十六人。
《郡齋讀書志》曰：「預修者十四七人。」徐俊先生對現存敦煌本的《珠
英集》加以整理，指出：「二十六人似是聖曆中《三教珠英》編纂之
初的預修者，在以后三、四年的修纂過程中，當有陸續加入者。所以
關於《三教珠英》的預修者，亦即《珠英集》的作者。《郡齋讀書志》
所說四十七人之數，當更準確。」⁴徐說可從。

　　珠英學士都是當時著名的文學家，各有所長。沈佺期、宋之問擅
長詩歌，富嘉謨、吳少微善於散文，劉知幾擅長作史，徐堅擅長編纂
類書等。他們在文壇上佔據重要位置，對初唐詩風的轉變起到了促進
的作用。珠英學士與武則天有密切的聯繫，詩歌以歌功頌德的應制詩
為主。如宋之問，傾附武則天的寵幸張易之兄弟，「常匾從遊宴」。
在龍門應制中，宋之問的詩歌文理兼備，受到了武則天的嘉賞。⁵又
如閻朝隱，亦曾曲折求媚於武則天。「聖曆二年，則天不豫，令朝隱
往少寺山祈禱。朝隱乃曲申悅媚，以身為犧牲，請代上所苦。及將康
復，賜絹綵百匹、金銀器十事。俄轉麟臺少監。」⁶《全唐詩》介紹閻
朝隱時，指其「屬辭奇詭，為武后所賞」。且看閻朝隱的〈侍從途中
口號應制〉：「疪賤出山東，忠貞任士風。因敷河朔藻，得奉洛陽宮。
一顧侍御史，再顧給事中。常願粉肌骨，特答造化功。」⁷此詩介紹
閻朝隱的出生，指出他「因敷河朔藻」，在官場中得以不斷升遷。他

因此感恩。此外珠英學士寫了不少詠物詩，超過前人。與齊梁時期的大量吟詠與女性有關的詠物詩不同，珠英學士的詠物詩以自然景物為主，並帶有感恩的色彩。如沈佺期的〈古鏡〉，寫古鏡雖遭埋落，卻懷著堅貞之心，願意為君照秀髮。表達了臣子謝主隆恩且誓言鞠躬盡瘁之情。又如于季子〈詠螢〉，以螢火照耀卉草為喻，比喻主恩華重。

李嶠以天象、地理、樂器、雜文、服飾、軍器、寶玉、草木、鳥獸等方面的事物為題作五律一百二十首。狀物逼真，有些詩蘊含求得君王賞識的寓意。如〈桃〉：「獨有成蹊處，穠華發井傍。山風凝笑臉，朝露泫啼妝。隱士顏應改，仙人路漸長。還欣上林苑，千歲奉君王。」又如〈銀〉：「思婦屏輝掩，遊人燭影長。玉壺初下箭，桐井共安牀。色帶長河色，光浮滿月光。靈山有珍甕，仙闕薦君王。」

珠英學士的詩歌與貞觀時期宮廷詩人的詩歌相比，最明顯的特點是詩作流露真情實感，這在敦煌本的《珠英集》集中表現出來。如李適〈送友人向恬（括）州〉：「青佩（楓）既愁人，白蘋（蘋）亦靡靡。」，「愁人」、「靡靡」都是傷感之語，以離別之情觀景，景物更加蕭傷。在詩尾，詩人祝願友人，情感真摯。又如胡皓〈奉使松府〉：「孤舟忽不見，垂淚坐盈盈。」，詩人奉使松州，離開漢水平原地帶，向西入蜀，所睹之景險惡，加上悲秋情結，以致當忽然不見孤舟，詩人的孤獨感更加強烈，淚水立即盈眶而出。詩歌寫真實之景，沒有用典，無貞觀時期詩作堆砌辭藻之弊，但與盛唐意與境合的詩作尚有距離。

《大唐新語》卷八記載張說與徐堅的對話，當中論及珠英學士的文學成就：

> 張說，徐堅同為集賢學士十餘年，好尚頗同，情契相得。時諸學

> 士凋落者眾，唯說、堅二人存焉。說手疏諸人名，與堅同觀之。
> 堅謂說曰：「諸公昔年皆擅一時之美，敢問孰為先後？」說曰：「李
> 嶠、崔融、薛稷、宋之問，皆如良金美玉，無施不可。富嘉謨之
> 文，如孤峰絕岸，壁立萬仞，叢雲鬱興，震雷俱發，誠可畏乎！
> 若施於廊廟，則為駭矣。閻朝隱之文，則如麗色靚粧，衣之綺繡，
> 燕歌趙舞，觀者忘憂。然類之《風》《雅》，則為俳矣……[8]

張說評論了珠英學士中的六個人，其一是李嶠、崔融、薛稷、宋之問，
認為他們的詩是「良金美玉」，辭藻華美。其二是富嘉謨。張說稱讚
富文在文體上的變革。參之《舊唐書·文苑傳》曰：「先是，文士撰
碑頌，皆以徐、庾為宗，氣調漸劣；嘉謨與少微屬詞，皆以經典為本，
時人欽慕之，文體一變，稱為富吳體。」[9]不過張說指出富文「若施
於廊廟，則為駭矣」。當時朝廷以駢體為應用之文，富嘉謨的變體散
文仍不被接受。其三是閻朝隱。閻的文采綺麗，但沒有《風》、《雅》
之格，「則為俳矣」。內容以遊戲取笑為主，沒有骨氣。正如《舊唐書•
文苑傳》曰：「朝隱文章雖無《風》、《雅》之體，善構奇，甚為時
人所賞。」[10]整體而言，張說的評價客觀和準確。

二、 武則天與文章四友

文章四友是李嶠、蘇味道、崔融、杜審言。《新唐書》卷二百一
〈杜審言傳〉：「少與李嶠、崔融、蘇味道為『文章四友』，世號『崔、

李、蘇、杜』。融之亡，審言為服緦云。」[11]文章四友皆因文學才華
而獲得武則天所用。如李嶠為朝廷寫大手筆：「詔入，轉鳳閣舍人。
則天深加接待，朝廷每有大手筆，皆特令嶠為之。」[12]崔融因文采得
到武則天的提拔：「武后幸嵩高，見融銘〈啟母碣〉，歎美之。及已
封，即命銘〈朝覲碑〉。授著作佐郎，遷右史，進鳳閣舍人。」[13]《唐
詩紀事》卷三「武后」條云：「大凡后之詩文，皆元萬頃、崔融輩為之。」
[14]武則天的不少詩文由崔融代筆。史書指崔融為撰寫武后哀冊文，用
思精苦而病逝：「融為文典麗，當時罕有其比，朝廷所須〈洛出寶圖
頌〉、〈則天哀冊文〉及諸大手筆，並手敕付融。撰哀冊文，用思精
苦，遂發病卒，時年五十四。」[15]蘇味道年少與同鄉李嶠俱以文辭出
名，他官至鳳閣侍郎，同鳳閣鸞臺三品。三人皆身居高位，數次拜相，
為宰輔重臣，惟有杜審言仕途稍遜。「累轉洛陽丞，坐事貶授吉州司
戶參軍。」在吉州發生其子杜並刺殺同僚事件後，杜審言免官，還東
都。「後則天召見審言，將加擢用，問曰：『卿歡喜否？』審言蹈舞
謝恩，因令作〈歡喜詩〉，甚見嘉賞，拜著作佐郎。俄遷膳部員外郎。」
[16]則天選用人才對四人產生了很大的影響，四人參與政權，又執文壇
牛耳，引致眾多才士推崇聚集，形成「上官體」之後又一重要的宮廷
詩人群體。「從政治角度看，四人是武后權力中心的重要基礎與組成
成分。從文學角度看，他們則是已具新的時代精神與文化質素的宮廷
文化的重要部分與典型體現。」[17]文章四友的仕途升降與武則天政治
權力的升沉變化息息相關。武則天後期寵幸張易之兄弟，兩人權傾一
時。武則天明令李嶠等人搜納天下文士，入二張掌控的控鶴府、奉宸
府從事文學活動。崔融、李嶠、蘇味道等因此與張易之兄弟結交：「時

張易之兄弟頗招集文學之士，融與納言李嶠、鳳閣侍郎蘇味道、麟臺少監王紹宗等俱以文才降節事之。」[18] 例如崔融曾賦詩稱讚張昌宗：「久視元年，改控鶴府為奉宸府，又以易之為奉宸令，引辭人閻朝隱、薛稷、員半千並為奉宸供奉。……時諛佞者奏云，昌宗是王子晉後身。乃令被羽衣，吹簫，乘木鶴，奏樂於庭，如子晉乘空。辭人皆賦詩以美之，崔融為其絕唱，其句有『昔遇浮丘伯，今同丁令威。中郎才貌是，藏史姓名非』。」[19] 崔融將張昌宗比喻為浮丘公、丁令威等古代仙人，諛媚獻頌。當張柬之發動宮廷政變，武則天被迫退位，中宗復位，文章四友因與二張交結而被貶。《舊唐書》卷七十八〈張行成傳〉附〈張易之張昌宗傳〉載：

> 神龍元年正月，則天病甚。是月二十日，宰臣崔玄暐、張柬之等起羽林兵迎太子，至玄武門，斬關而入，誅易之、昌宗於迎仙院，並梟首於天津橋南。則天遷居上陽宮。易之兄昌期，歷岐、汝二州刺史，所在苛猛暴橫，是日亦同梟首。朝官房融、崔神慶、崔融、李嶠、宋之問、杜審言、沈佺期、閻朝隱等皆坐二張竄逐，凡數十人。[20]

根據兩《唐書》、《資治通鑑》及《唐會要》等有關史料，文章四友皆被流貶：李嶠由東都留守貶為通州刺史，崔融由司禮少卿貶為袁州刺史，蘇味道由坊州刺史貶為眉州刺史，杜審言由膳部員外郎配流峯州。

崔融、李嶠、蘇味道在政治上依附武則天權力中心，在應制詩方面表現出來是歌功頌德和阿諛奉承。例如《舊唐書‧則天皇后紀》說，

垂拱四年（688）四月，武承嗣偽造瑞石，文云：「聖母臨人，永昌帝
業。」令雍州人唐同泰表稱獲於洛水。武后大悅，號其石為「寶圖」。
同年七月，大赦天下。改「寶圖」曰「天授聖圖」，封洛水神為顯聖，
加位特進，並立廟。就水側置永昌縣。天下大酺五日。十二月己酉，
武后拜洛水，受「天授聖圖」，是日還宮。[21] 李嶠、蘇味道參與了拜
洛受圖活動並有應制詩作。李嶠〈奉和拜洛應制〉曰：

> 七萃鑾輿動，千年瑞檢開。文如龜負出，圖似鳳銜來。
>
> 殷薦三神享，明禋萬國陪。周旗黃鳥集，漢幄紫雲回。
>
> 日暮鉤陳轉，清歌上帝臺。

此詩圍繞拜洛受圖的主題，描繪受圖的盛大場面和莊嚴的氣氛。首二
句由「鑾輿動」、「瑞檢開」寫出雄偉的氣勢。中二句寫聖圖之瑞，「殷
薦」四句從大處落墨，描寫隆重的受圖儀式和莊嚴的場面。結尾以「日
暮」時間作結，襯托儀式完畢、餘音不絕。前八句對仗，典麗精工。「七
萃」、「千年」、「三神」、「萬國」用詞誇張，「周旗」、「漢幄」
追溯古代，全詩雄偉闊大，氣勢磅礴。

蘇味道〈奉和受圖溫洛應制〉詩曰：

> 綠綺膺河檢，清壇俯洛濱。天旋俄制蹕，孝享屬嚴禋。
>
> 陟配光三祖，懷柔洎百神。霧開中道日，雪斂屬車塵。
>
> 預奉咸英奏，長歌億萬春。

此詩的結構脉胳與李詩相同，但沒有李詩的雄偉氣勢。此詩典雅莊正，蘊含儒家思想，如「霧開中道日」，「中道」即無過無不及，中庸之道。「光三祖」、「洎百神」、「咸英奏」、「億萬春」都是稱讚之語，盡顯媚頌。

以上兩首詩具體反映了武則天拜洛受圖的歷史事件。李嶠、蘇味道等大臣是支持武則天拜洛受圖。李嶠曾代右仆射韋待價作〈為韋右相賀拜洛表〉，最後一段曰：「制有司，陳法駕，用禋柴之典，採沈璧之儀，然後負黼扆而朝百神，垂衣裳而會萬國，不亦休哉！」[22] 這段熱情洋溢的賀表亦反映了李嶠的政治取態，支持武則天長期臨朝。

在朝廷宴會上，李嶠之詩往往稱冠。如長壽三年（694），則天鑄八棱銅柱，題曰「大周萬國述德天樞」：

> 武三思為其文，朝士獻詩者不可勝紀。唯嶠詩冠絕當時，其詩曰：「轍跡光西嶠，勳名紀北燕。何如萬國會，諷德九門前。灼灼臨黃道，迢迢入紫煙。仙盤正下露，高柱欲承天。山類叢雲起，珠疑大火懸。聲流塵作劫，業固海成田。聖澤傾堯酒，薰風入舜絃。欣逢下生日，還偶上皇年。」[23]

李嶠此詩辭藻雄麗，氣象宏大，聲律諧和，描寫天樞之高大和壯麗，並以「堯酒」、「舜絃」形容武則天之治，頌美之餘，顯得古雅。此詩反映出宮廷頌體詩創作風格由重辭藻向重氣勢、氣象轉變。[24] 從李嶠、蘇味道、崔融的詩歌可以看到政治頌美的傾向，這說明當時詩歌創作活動與政治現實環境是緊密相連。

　　武則天晚期喜歡娛情遣興，宮廷詩亦受此影響，由頌美風格轉向娛情遣興。詩壇創作題材主要為吟詠山水風光。久視元年（700），武則天率領群臣遊石淙，自制七律一首，群臣包括李嶠、崔融、蘇味道在內皆有奉和應制詩作。現將三人詩作摘錄如下：

李嶠的〈石淙〉：

> 羽蓋龍旗下絕冥，蘭除薜幃坐雲扃。
> 鳥和百籟疑調管，花發千巖似畫屏。
> 金竈浮煙朝漠漠，石牀寒水夜泠泠。
> 自然碧洞窺仙境，何必丹丘是福庭。

蘇味道的〈嵩山石淙侍宴應制〉：

> 琱輿藻衛擁千官，仙洞靈谿訪九丹。
> 隱曖源花迷近路，參差嶺竹掃危壇。
> 重崖對聳霞文駮，瀑水交飛雨氣寒。
> 天洛宸襟有餘興，裴回周矚駐歸鑾。

崔融的〈嵩山石淙侍宴應制〉：

> 洞口仙巖類削成，泉香石冷晝含清。
> 龍旗畫月中天下，鳳管披雲此地迎。
> 樹作帷屏陽景翳，芝如宮闕夏涼生。
> 今朝出豫臨懸圃，明日陪遊向赤城。

這三首詩雖然保留了宮廷應制詩的三部式結構模式，但在內容方面，主要描寫山水景物，詩風輕鬆自然，語言精美靈巧，完全沒有政治頌美詩歌的沉重凝滯。面對秀美的山水風景，詩人如釋重擔，發揮想像，將景物比喻為各種具體的事物，如「鳥和百籟疑調管，花發千巖似畫屏」，鳥、花都被賦予了靈性。將景物比喻為宮廷器物，如「樹作帷屏陽景翳，芝如宮闕夏涼生」，亦有真實描繪自然之景，如「重崖對聳霞文駁，瀑水交飛雨氣寒」。結尾擺脫了傳統的歌功頌德的基調，而是表現逸趣雅興，具有濃厚的玩樂消遣的意味。

此次石淙山應制詩創作規模大，參與人數眾多。同題和者十六人。漁洋山人曰：「諸詩惟李嶠、沈佺期二篇差成章，餘皆拗拙，可資笑柄耳。」[25] 不合律者十二首，有五首全詩合律，分別是崔融、李嶠、蘇味道、沈佺期、薛曜之作。從對偶上看，崔融、李嶠、蘇味道詩作中的中二聯工於對偶。三人的聲律造詣頗為精深。由此可見「文章四友」嫻熟運用七律，對七律的發展起了重要的作用。

「文章四友」的主要貢獻在於為近體詩各體式的成熟定型作出的努力。四人皆有傳世之作，《全唐詩》錄存「文章四友」詩作共286首，近體詩佔近95%。[26] 李嶠和崔融還有理論著作。

杜審言在高宗時為隰城尉、洛陽丞，武后時為著作佐郎，遷膳部員外郎。中宗時官至修文館學士，官職遠遠不如其他三人顯赫，詩歌創作成就卻超越他們。杜審言存詩43首，其中五律28首、五排7首、七律3首、七絕3首。宋人陳振孫《直齋書錄解題》云：「唐初沈、宋以來，律詩始盛行，然則未以平側失眼為忌。審言詩雖不多，句律極嚴，無一失粘者。」杜審言的律詩對偶精巧，律調嚴謹，因物興感，

寓情於景。如〈和晉陵陸丞早春游望〉：

> 獨有宦遊人，偏驚物候新。雲霞出海曙，梅柳渡江春。
> 淑氣催黃鳥，晴光轉綠蘋。忽聞歌古調，歸思欲沾襟。

此詩章法縝密，對仗工整，音律和諧。首聯突出詩人獨遊他鄉的感覺，
對景物氣候的變化非常敏感。頷聯和頸聯闡釋「物候新」，「雲霞」、
「梅柳」、「黃鳥」、「綠蘋」本是普通的春天景物，一結合「曙」、
「春」、「淑氣」、「晴光」這些時令之詞，就顯得精美莊麗，將大
江兩岸早春的聲色美和動態美表現無遺。其中尾聯的古調指陸丞的
詩，稱讚其格調近古，讓人讀了不免起歸思。寓情於景，情思景物渾
融一體，氣脉相連，流麗自然，詩境益然。許學夷評曰：「杜審言五言，
律體已成，所未成者，長短兩篇而已。今觀沈宋集中，亦尚有四五篇
未成者。然則五言律體實成於杜、沈、宋，而後人但言成於沈宋，何
也？審言較沈宋復稱俊逸，而體自整栗，語自雄麗，其氣象風格自在，
亦是律詩正宗。」[27] 杜審言的七律氣象風格兼備，〈守歲侍宴應制〉、
〈大酺〉、〈春日京中有懷〉，音律和諧，對仗工切，篇法綿密，意
境渾融。胡應麟云：「唐初七律，自杜審言、沈佺期首創工密。」[28]
又云：「初唐律體之妙者：杜審言〈大酺〉、〈應制〉，沈雲卿〈古
意〉，……皆高華秀贍。」[29]

　　崔融除了編輯《珠英學士集》，還著有《唐朝新定詩體》。宋人
所編《吟窗雜錄》，曾載有李嶠《評詩格》一書，後人考證為偽託。
學術界認為《唐朝新定詩體》與《評詩格》為同一書，其作者當為崔

融而不是李嶠。台灣學者王夢鷗指出：「稽之唐史，李嶠雖與崔融同時代，同以文才見用於武后之世，然涉身政壇，其職位遠較崔融為尊，而關係政潮之起伏者亦巨，是否有暇及於詩體之解說，難見分曉。唯是空海引述，無一字及於李嶠，而前後數稱崔氏，則《新定詩體》之為崔氏著述，當不至誤。再以上官儀之《筆札華梁》，托名《魏文帝詩格》為例，則後人之『托名』，殊不若空海據真實資料引述之可信。今即以此二者，合崔氏生平供役侯門，又為珠英學士選詩之事實衡之，則其著有《新定詩體》，抑復有故。何者？蓋元兢選編《古今詩人秀句》，而有《詩髓腦》之作，猶之崔融選編《珠英學士詩集》而有此書，二者皆所以發明作詩工巧而昭示其選詩準則也。元兢自謂：選《古今詩人秀句》二卷，費時十年。揆其如此費時之故，乃因機見殊門，賞悟紛雜，非有準則，難伸鑑裁也。至於崔融所選《珠英學士詩》，皆屬同時人作品，其事倍難於元兢。其為《新定詩體》，一則可為入選之詩張目，一則可以搪塞落選者之口。其有此書，信非徒作。」[30]《唐朝新定詩體》有「十體」、「九對」、「文病」、「調聲」四個方面，顯然是承接上官儀《筆札華梁》、元兢《詩髓腦》，對詩歌的聲律、屬對、形體、氣質、情理等方面作深入探討，就六朝至初唐詩體方面的規律進行總結，並為時人的創作提供典範。

　　崔融為文華婉典麗，存詩 18 首，其中五律 9 首、七律 2 首。崔融的詩歌內容主要分為應制詩、邊塞詩和哀悼詩。崔融的邊塞詩有〈關山月〉、〈西征軍行遇風〉、〈塞垣行〉、〈從軍行〉、〈塞上寄內〉、〈擬古〉，既有描寫軍旅生活的苦辛和思念家人的情思，如「仰望不見天，昏昏竟朝夕」（〈塞垣行〉）、「馬煩莫敢進，人急未遑食」（〈西

征軍行遇風〉）、「夜夜聞悲笳，征人起南望」（〈關山月〉）、「春風若可寄，暫為遶蘭閨」（〈塞上寄內〉），又有描寫蒼茫遼闊的塞外風光：「疾風卷溟海，萬里揚沙礫」（〈塞垣行〉）、「關頭落月橫西嶺，塞下凝雲斷北荒」（〈從軍行〉）、「月生西海上，氣逐邊風壯」（〈關山月〉）。邊塞詩更流露出慨慷壯偉的胸襟氣質：「一朝棄筆硯，十年操矛戟。豈要黃河誓，須勒燕山石」（〈塞垣行〉）、「坐看戰壁為平土，近待軍營作破羌」（〈從軍行〉），面對漫長的戍邊時間、艱難困苦的環境，詩人始終抱著堅定樂觀的信仰，相信可以贏取勝利。詩歌充滿剛健豪邁之氣，盛唐邊塞詩之風格由此可見端倪。

　　李嶠在文壇的影響力最大。《唐詩紀事》卷十「李嶠」條云：「為兒時，夢人遺雙筆，自是有文詞。十五通五經，二十擢進士第，與駱賓王、劉光業齊名，相中宗。其仕也，初與王勃、楊盈川接踵，中與崔融、蘇味道齊名，晚諸人沒，獨為文章宿老，一時學者取法焉。[31] 李嶠現存詩209首，其中五言新體詩佔了187首[32]，張說稱讚李嶠：「故事遵臺閣，新詩冠宇宙。」[33]，許學夷曰：「李嶠，……五言詩在沈宋之下、燕許之上，其詠物一百二十首中有極工者，七言律二篇稍近六朝，然頗稱完美。」[34] 李嶠的詠物詩有120首，佔了詩歌總數一半以上。這類詠物詩「藻麗詞清，調諧律雅」[35] 是純正的五言律詩，李嶠花了很多的精力去吟詠每一件事物，不僅力求形似，更隸事用典，寓意深刻。唐人張庭芳認為其寫作目的是：「庶有補於琢磨，俾無至於疑滯，且欲啟諸童稚，焉敢貽於後賢。」[36] 李嶠的詠物詩啟發時人創作律詩，對普及律詩和提高社會整體的詩歌創作水平起到了很大的作用。

蘇味道現存詩 16 首，有五律 9 首，詩歌題材分為應制和詠物。其著名詩作為〈正月十五夜〉：「火樹銀花合，星橋鐵鎖開。暗塵隨馬去，明月逐人來。遊妓皆穠李，行歌盡落梅。金吾不禁夜，玉漏莫相催。」此詩作於神龍之際，描寫元宵夜的盛況，聲律諧和，詞藻富麗，氣韻流暢。方回說：「味道，武后時人，詩律已如此健快。古今元宵詩少，五言好者殆無出此篇矣。」[37]

總結而言，武則天統治前期崇尚恢宏壯麗，愛好頌美的詩體，主要是鞏固和穩定武周政權和建立女皇統治是至高無上的意識，以統一人們的思想。宮廷詩人的頌體詩受武則天的審美愛好影響，直接描寫具體的場景，通過渲染莊嚴宏偉的氣氛和盛大壯闊的氣勢，歌頌武則天的豐功偉績，描寫繁榮的社會景象，來表現皇家氣派和帝國氣象。詩歌與政治緊密結合在一起。武則天晚期喜歡娛情遣興，宮廷詩亦受此影響，由頌美風格轉向娛情遣興。詩壇創作題材主要為吟詠山水風光，對盛唐山水詩的崛起有一定的影響。「珠英學士」集團的創作與實踐，促進了文學的新變。[38]文章四友和沈宋等人，精心研究詩律並創作了大量聲律諧和的律詩，對律詩的定型作出了貢獻。他們的詩風亦由重辭藻向重氣勢發展，在詩歌中抒發情志，使詩歌趨於流動和活潑，沒有貞觀時期的滯重感。

1. 參閱胡可先：《政治興變與唐詩演化》，北京：中國社會科學出版社，2003，第 3-46 頁。
2. 董誥等：《全唐文》卷九十五〈釋教在道法上制〉，北京：中華書局，1983，第 429 頁。
3. 王溥：《唐會要》卷三十六，北京：中華書局，1955，第 657 頁。
4. 傅璇琮主編：《唐人選唐詩新編》，陝西：陝西人民教育出版社，1996，第 42 頁。
5. 劉昫等撰：《舊唐書》卷一百九十中〈宋之問傳〉，北京：中華書局，1975，第 5025 頁。
6. 劉昫等撰：《舊唐書》卷一百九十中〈閻朝隱傳〉，北京：中華書局，1975，第 5026 頁。

7.　彭定求等編：《全唐詩》卷六十九，北京：中華書局，1960，第 769 頁。

8.　劉蕭：《大唐新語》卷八，北京：中華書局，1984，第 130 頁。

9.　劉昫等撰：《舊唐書》卷一百九十中〈富嘉謨傳〉，北京：中華書局，1975，第 5013 頁。

10.　劉昫等撰：《舊唐書》卷一百九十中〈閻朝隱傳〉，北京：中華書局，1975，第 5026 頁。

11.　歐陽修、宋祁等撰：《新唐書》卷二百一〈杜審言傳〉，北京：中華書局，1975，第 5736 頁。

12.　劉昫等撰：《舊唐書》卷九十四〈李嶠傳〉，北京：中華書局，1975，第 2992-2993 頁。

13.　歐陽修、宋祁等撰：《新唐書》卷一百一十四〈崔融傳〉，北京：中華書局，1975，第 4195 頁。

14.　計有功：《唐詩紀事》，上海：上海古籍出版社，2008，第 24 頁。

15.　劉昫等撰：《舊唐書》卷九十四〈崔融傳〉，北京：中華書局，1975，第 3000 頁。

16.　劉昫等撰：《舊唐書》卷一百九十上〈杜審言傳〉，北京：中華書局，1975，第 4999 頁。

17.　許總：《唐詩體派論》，臺北：文津出版社，2000，第 123 頁。

18.　劉昫等撰：《舊唐書》卷九十四〈崔融傳〉，北京：中華書局，1975，第 3000 頁。

19.　劉昫等撰：《舊唐書》卷七十八〈張行成傳〉附〈張易之張昌宗傳〉，北京：中華書局，1975，第 2706 頁。

20.　劉昫：《舊唐書》卷七十八〈張行成傳〉附〈張易之張昌宗傳〉，北京：中華書局，1975，第 2708 頁。

21.　劉昫等撰：《舊唐書》卷六〈則天皇后紀〉，北京：中華書局 1975，第 119 頁。

22.　董誥等：《全唐文》卷二百四十三，〈為韋右相賀拜洛表〉，北京：中華書局，1983，第 2460-2461 頁。

23.　劉蕭：《大唐新語》卷八，北京：中華書局，1984，第 126 頁。

24.　杜曉勤：《齊梁詩歌向盛唐詩歌的轉變》，北京：北京大學出版社，2009，第 261 頁。

25.　王士禛：《香祖筆記》，上海古籍出版社，1982，第 34 頁。

26.　聶永華：《初唐宮廷詩風流變考論》，北京：中國社會科學出版社，2002，第 222 頁。

27.　許學夷：《詩源辯體》，北京：人民文學出版社，1987，第 146 頁。

28.　胡應麟：《詩藪》內編卷五，上海：中華書局上海編輯所，1958，第 81 頁。

29.　胡應麟：《詩藪》內編卷五，上海：中華書局上海編輯所，1958，第 82 頁。

30.　王夢鷗：《初唐詩學著述考》，臺灣：臺灣商務印書館，1977，第 86-87 頁。

31.　計有功輯撰：《唐詩紀事》，上海：上海古籍出版社，2008，第 145 頁。

32.　杜曉勤：《齊梁詩歌向盛唐詩歌的轉變》，北京：北京大學出版社，2009，第 100 頁。

33.　彭定求編：《全唐詩》卷八十六張說〈五君詠〉，北京：中華書局，1960，第 934 頁。

34.　許學夷：《詩源辯體》，北京：人民文學出版社，1987，第 152 頁。

35.　董誥等《全唐文》卷三六四·張庭芳〈故中書令鄭國公李嶠雜詠百二十首序〉北京：中華書局，1983，第 3693 頁。

36.　董誥等：《全唐文》卷三六四，張庭芳〈故中書令鄭國公李嶠雜詠百二十首序〉，北京：中華書局，1983，第 3693 頁。

37.　方回選評·李慶甲集評校點：《瀛奎律髓彙評》卷十六·上海:上海古籍出版社,2005,第 582 頁。

38.　胡可先：《政治興變與唐詩演化》，北京：中國社會科學出版社，2003，第 4 頁。

第三節　武則天對初唐詩壇的影響

一、　武則天利用科舉制度廣泛延攬文學人才

　　武則天重視科舉制度，以文章選士，對文學的發展起到了重大的影響。在永隆二年（681），唐朝明令進士科試雜文兩篇，並規定雜文專用詩賦。「永隆二年，詔明經帖十得六，進士試文兩篇，通文律者，然後試策。」[1]武則天推行以詩賦取士的政策，打破關隴貴族集團壟斷朝政的格局，大量新興文人學士躍升政壇，改變了傳統的政治主體結構，促使文人政治的真正實現，擴大文學創作者的隊伍，提高了社會整體的文學創作水平，具有積極和進步的意義，對於武則天以文學選士的影響，《通典•選舉典》引中唐禮部員外郎沈既濟之言曰：

　　　　太后頗涉文史，好雕蟲之藝。永隆（680）中，始以文章選士。及永淳（682-683 年）之後，太后君臨天下二十餘年，當時公卿百辟，無不以文章達，因循日久，寖以成風。至於開元、天寶（713-755）之中，……百餘年間，生育長養，不知金鼓之聲、烽燧之光，以至於老。父教其子，兄教其弟，無所易業。大者登臺閣，小者任郡縣，資身奉家，各得其足，五尺童子，恥不言文墨焉。是以進士為士林華選，四方觀聽，希其風采，每歲得第之人，不決辰而

周聞天下。[2]

武則天重視進士科，影響了當時的社會風氣，進士科不以背典帖經為要，而以屬文寫策為主，可以測試士子的才華和文采，因此天下士子都要潛心鑽研文章，憑文學才能進入仕途，這已經成為社會的普遍共識。

武則天在發展科舉制度的基礎上創立了殿試。「武太后載初元年 (690) 二月策問貢人於洛城殿，數日方了，殿前試人自此始。」[3] 又據《大唐新語》載：「則天初革命，大搜遺逸，四方之士應制者向萬人。則天御雒陽城南門，親自臨試，張說對策為天下第一。」[4] 這次殿試在洛城殿舉行，上萬人應試，考試持續數日，武則天親自臨試，可見她對考試的重視。

武則天還開創了密封糊名考試制度。「武后以吏部選人多不實，乃令試日自糊其名，暗考以定等第。判之糊名，自此始也。」[5] 此舉可以確保考試的客觀性。

為了進一步搜羅人才，武則天採取了應制舉，包括薦舉和自舉。在垂拱元年 (685)「詔內外文武九品已上及百姓，咸令自舉。」[6] 載初二年 (691)「冬十月，制官人者咸令自舉。」[7] 除了鼓勵自舉，武則天還派遣十道巡撫使分道挑選人才，並親自引見：「長壽元年 (692) 春一月，丁卯，太后引見存撫使所舉人，無問賢愚，悉加擢用，高者試鳳閣舍人，給事中，次試員外郎、侍御史、補闕、拾遺、校書郎。試官自此始。」[8]

武則天通過發展科舉，重視進士科，創立殿試，實行薦舉和自舉等一系列有力的措施，吸引了大批中下層文人嫻習辭賦，及第做官，

壯大了文人政治力量，促進了初唐文學開始衝破六朝文學的藩籬並迅速發展，為盛唐文學的繁榮做好了準備。

二、　武則天對文學的重視，促進初唐後期文學繁榮

武則天「頗涉文史，好雕蟲之藝。」（《通典・選舉典》）她愛好和重視文學，創作甚豐。《全唐詩》載有四十六首詩歌，文章被編為《垂拱集》一百卷，《金輪集》二十卷，曾流傳於當時社會，後來傳到日本，可惜北宋已失傳。武則天對文學的興趣表現在以她的名義刻印大部頭文學匯編方面。[9]聖曆（698-700）中，武則天詔修《三教珠英》。《新唐書》卷一百四〈張行成傳〉附〈張易之張昌宗傳〉云：「（武）后知醜聲甚，思有以掩覆之，乃詔昌宗即禁中論著，引李嶠、張說、宋之問、富嘉謨、徐彥伯等二十有六人譔《三教珠英》。」[10]此書宏篇巨製，資料豐富翔實，對唐代文化的發展曾起到重要作用，可惜在宋代已失傳。

武則天執政期間，提拔了很多文人學士。如王泠然開元初給張說的〈論薦書〉中曰：「有唐以來，無數才子，至於崔融、李嶠、宋之問、沈佺期、富嘉謨、徐彥伯、杜審言、陳子昂者，與公連飛並驅，更唱迭和。此數公者，真可謂五百年挺生矣。」[11]這些才子正是由於武則天的擢拔而脫穎而出。

陳子昂，梓州射洪人，他雖然出身富豪，卻「獨苦節讀書，尤善屬文」。二十四歲中進士。唐高宗去世時，「靈駕將還長安，子昂詣

闕上書，盛陳東都形勝，可以安置山陵，關中旱儉，靈駕西行不便。」陳子昂主張在東都安置高宗山陵，這正符合武則天的想法，她想借此擺脫長安關隴集團的勢力。陳子昂在文中稱讚武則天「以文母之賢，協軒宮之耀，軍國大事，遺詔決之，唐、虞之際，於斯盛矣。」[12] 陳子昂是次上書得到了武則天的親自召見，並拜為麟臺正字。陳子昂成為支持武則天的新興文人勢力的一分子，關心時政，任右拾遺時經常上疏陳事，「詞皆典美」。陳子昂在〈與東方左史虬修竹篇序〉一文中說：「文章道弊五百年矣。漢、魏風骨，晉、宋莫傳，然而文獻有可徵者。僕嘗暇時觀齊、梁間詩，彩麗競繁，而興寄都絕，每以永歎。思故人，常恐逶迤頹靡，風雅不作，以耿耿也。一昨於解三處，見明公詠〈孤桐篇〉，骨氣端翔，音情頓挫，光英朗練，有金石聲。……不圖正始之音，復覩於茲，可使建安作者，相視而笑。」[13] 他提倡「興寄」和「風骨」論，深刻地切中六朝文學的弊病在於僅僅追求華麗的詞藻、典故排比和碎用聲律，缺乏表現政治理想抱負，關心人民生活疾苦的社會內容，以致綺靡空虛。陳子昂提出文學革新的主張，要求詩歌創作除了創造鮮明生動的審美意象，還要蘊含深刻的思想內容。陳子昂的詩歌創作，正是他的文學思想的實踐。《感遇》三十八首詩，反映了他對當時施政的關注，特別對邊塞戰爭非常關心。如垂拱三年（687），武則天將發兵由雅州出擊生羌，陳子昂上書諫止此事。[14] 武則天接受了他的意見，沒有出兵。陳子昂在《感遇》詩裏有提及這件大事。陳子昂力掃六朝文風，「崛起江漢，虎視函夏，卓立千古，橫制頹波，天下翕然，質文一變。」[15] 在唐代詩歌發展中佔有重要的地位，對唐代詩人李白、杜甫、韓愈、張籍、白居易、王建等的影響很大。

　　沈佺期，相州內黃人，以進士及第。武則天長安中（701-704），累遷通事舍人。佺期「善屬文，尤長七言之作。」[16]宋之問，虢州弘農人，亦以進士擢第。武則天長安末，為尚方監丞。之問「弱冠知名，尤善五言詩，當時無能出其右者」。[17]沈佺期和宋之問都是武則天擢拔起來的文人。沈佺期擅長七言律詩，宋之問善於五言律詩，兩人對五七言律詩聲律非常講究。趙翼指出：「至唐初沈、宋諸人，益講求聲病，於是五七律遂成一定格式，如圓之有規，方之有矩，雖聖賢復起，不能改易矣」。[18]《新唐書》曰：「魏建安後汔江左，詩律屢變，至沈約、庾信，以音韻相婉附，屬對精密。及之問、沈佺期，又加靡麗，回忌聲病，約句準篇，如錦繡成文。學者宗之，號為『沈、宋』。」[19]

　　武則天雖然重用酷吏，鏟除異己，但對人才卻是明察善斷。光宅元年（684），徐敬業在揚州起兵並討伐武則天，「初唐四傑」之一的駱賓王為其府屬，作〈討武氏檄〉歷數武則天的罪狀，誣蔑她為十惡不赦的罪人。檄文壯懷激烈，文采飛揚，武則天不但沒有怨恨，反而欣賞其文才並有遺才之憾，認為「此宰相之過也，人有如此才，而使之流落不偶乎！」[20]同年兵敗，駱賓王不知所終，其文多散失。「則天素重其文，遣使求之，有兗州人郗雲卿集成十卷，盛傳於世」。[21]可見武則天有容人之量，對此，清朝詩人丘逢甲在《題駱賓王集》詩中，稱讚武則天實為駱賓王的知己。「鳳閣鸞台宰相忙，此才意令落蠻荒，若將文字論知己，惟有當時武媚娘」。大將郭元振作〈寶劍篇〉抒發英雄懷才不遇的感慨，武則天讀了這首詩，沒有嚴懲，反而大為欣賞，更升遷重用他。上官婉兒是上官儀的孫女，在武則天統治時期，曾忤旨當誅，「則天惜其才不殺，但黥其面而已。自聖曆已後，百司

表奏，多令參決。」[22] 武則天重視和愛惜文學之才，使「當時英賢竟為之用」，朝野上下吟詠和鑽研詩歌，形成重視文學的風氣，令文學界面貌煥然一新，呈現出生氣勃勃的景象。

唐高宗時，武則天主張置北門學士，這是她廣招賢才，任用文人學士的一個主要舉措。「時天后諷高宗廣召文詞之士入禁中修撰，萬頃與左史范履冰、苗神客，右史周思茂、胡楚賓咸預其選，前後撰《列女傳》、《臣軌》、《百僚新誡》、《樂書》等凡千餘卷。朝廷疑議及百司表疏，皆密令萬頃等參決，以分宰相之權，時人謂之『北門學士』。萬頃屬文敏速，然性疏曠，不拘細節，無儒者之風。」[23] 武則天為了制約和分化宰相的權力，在宮內徵召大批文人學士，讓他們編纂典籍文獻，草擬詔誥文書，秘密參與要政。元萬頃是北門學士之一，其「屬文敏速」，為武則天所用。又如劉允濟，「博學善屬文」。在垂拱四年（688），明堂竣之，劉允濟「奏上〈明堂賦〉以諷，則天甚嘉歎之，手制褒美，拜著作郎。」[24] 可見武則天接受逆言，任用人才。

謝無量在《中國大文學史》中說：「蓋武后在高宗時，已獎進文學，始則以北門學士諸人，纂集群書。革命以後，又有《三教珠英》之集，引拔尤眾。一時文士，如蘇李沈宋之閎麗，陳子昂、盧藏用之古文，富嘉謨、吳少微之經術，劉子玄之史學，以及張說之詞筆，徐堅之博洽，並騰譽文囿，上總初唐之麗則，下啟開元之極盛。有唐一代，律詩與古文之體，最越前世，皆發於武后時，可謂異矣。」[25] 對武則天獎進文學以致文學繁榮做出肯定的評價。

三、　武則天在推廣七律方面的影響

武則天時期，七言歌行開始流行，有些摻雜三言和五言句。武則天特別喜歡七言歌行，「因為她缺乏那些有造詣的群臣的文學修養，自然偏愛七言歌行的蓬勃生氣，不喜歡僵硬呆板的五言宮廷詩」。[26] 在「龍門奪袍」之詩歌競賽軼事中，先寫好詩的東方虯，其詩已佚。而稍後完成的宋之問，其詩〈龍門應製〉就是七言歌行，除了首二聯是五言句，其餘是七言句。

久視元年（700）五月十九日，武則天遊嵩山石淙，自製〈石淙〉詩篇並令侍遊諸臣奉和。皇太子李顯、相王李旦、梁王武三思、內史狄仁傑、奉宸令張易之、麟臺監張昌宗、鸞臺侍郎李嶠、鳳閣侍郎蘇味道、夏官侍郎姚崇、給事中閻朝隱、鳳閣舍人崔融、奉宸大夫薛曜、守給事中徐彥伯、右玉鈐衛郎將左奉宸內供奉楊敬述、司封員外郎于季子、通事舍人沈佺期等十六人用七律奉和。「像這樣君臣一起大規模遊山玩水題詩的活動，在唐詩史上還是首次。七律在初唐尚未成熟。這次活動不但刺激了宮廷山水詩的發展，對於七律的推廣也有明顯的影響。」[27] 在武則天的倡導下，七律的發展迅速。到了中宗時期，宮廷遊宴賦詩活動更加頻繁，七律創作更趨成熟。如景龍二年（708），中宗作〈立春日遊苑迎春〉，閻朝隱、馬懷素、韋元旦、盧藏用、崔日用、李適、沈佺期七人奉和，所作皆為七律。到了睿宗景雲年間，七律最終定型。

總而言之，武則天統治時期，通過對科舉制度的改革，廣泛延攬文學人才，促使社會形成重視文學，潛心詩歌創作的風氣。武則天

愛好詩歌，在遊山玩水中吟詠詩歌，把宮廷詩的題材從宮廷擴闊至大自然山水，特別是在嵩山石淙賦詩的活動，對七言律詩的成熟和發展有正面的影響，並對扭轉齊梁綺靡之風起到促進作用。武則天喜愛頌美的詩體，影響宮廷詩人不再像六朝和貞觀時期的詩人追求富麗的辭藻，而是著重描寫具體場景，渲染雄偉壯闊的氣勢。武則天時期，詩人追求雄壯閎麗的審美時尚對盛唐氣象的形成有直接的影響。「珠英學士」集團、文章四友和沈宋等人，精心研究詩律並創作了大量聲律諧和的律詩，對律詩的定型作出了貢獻，並為盛唐詩風的崛起做好了準備。

1. 杜佑：《通典》卷十五〈選舉典 • 歷代制下〉，浙江：浙江古籍出版社，2000，第 83 頁。
2. 杜佑：《通典》卷十五〈選舉典 • 歷代制下〉，浙江：浙江古籍出版社，2000，第 84 頁。
3. 杜佑：《通典》卷十五〈選舉典 • 歷代制下〉，浙江：浙江古籍出版社，2000，第 83 頁。
4. 劉肅：《大唐新語》卷八，北京：中華書局，1984，第 127 頁。
5. 劉餗：《隋唐嘉話》下，北京：中華書局，1979，第 35 頁。
6. 劉昫等撰：《舊唐書》卷六〈則天皇后紀〉，北京：中華書局，1975，第 117 頁。
7. 劉昫等撰：《舊唐書》卷六〈則天皇后紀〉，北京：中華書局，1975，第 122 頁。
8. 司馬光：《資治通鑑》，北京：中華書局，1976，第 6477 頁。
9. 崔瑞德編：《劍橋中國隋唐史》，北京：中國社會科學出版社，1990，第 271 頁。
10. 歐陽修，宋祁等撰：《新唐書》卷一百四〈張行成傳〉附〈張易之張昌宗傳〉，北京：中華書局，1975，第 4014-4015 頁。
11. 董誥等：《全唐文》卷二百九十四，北京：中華書局，1983，第 2981 頁。
12. 劉昫等撰：《舊唐書》卷一百九十中〈陳子昂傳〉，北京：中華書局，1975，第 5018 頁。
13. 《四部叢刊初編集部》第 35 冊《陳伯玉文集》，臺灣：臺灣商務印書館，1965，第 12 頁。
14. 劉昫等撰：《舊唐書》卷一百九十中〈陳子昂傳〉，北京：中華書局，1975，第 5021-5024 頁。
15. 董誥：《全唐文》卷二三八〈右拾遺陳子昂文集序〉，北京：中華書局，1983，第 2402 頁。
16. 劉昫等撰：《舊唐書》卷一四〇中〈沈佺期傳〉，北京：中華書局，1975，第 5017 頁。
17. 劉昫等撰：《舊唐書》卷一百九十中〈宋之問傳〉，北京：中華書局，1975，第 5025 頁。
18. 趙翼：《甌北詩話》，北京：人民文學出版社，1998，第 175 頁，
19. 歐陽修、宋祁等撰：《新唐書》卷二百二〈宋之問傳〉，北京：中華書局，1975，第 5751 頁。
20. 司馬光：《資治通鑑》，北京：中華書局，1976，第 6424 頁。
21. 劉昫等撰：《舊唐書》卷一百九十上，〈駱賓王傳〉，北京：中華書局，1975，第 5007 頁。
22. 劉昫等撰：《舊唐書》卷五十一，〈上官昭容傳〉，北京：中華書局，1975，第 2175 頁。
23. 劉昫等撰：《舊唐書》卷一百九十中〈元萬頃傳〉，北京：中華書局，1975，第 5011 頁。

24.　劉昫等撰：《舊唐書》卷一百九十中〈劉允濟傳〉，北京：中華書局，1975，第 5013 頁。
25.　謝無量：《中國大文學史》卷六，臺北：中華書局，1967，第 24 頁。
26.　宇文所安著，賈晉華譯：《初唐詩》，北京：生活，讀書，新知三聯書店，2004，第 234 頁。
27.　葛曉音：《詩國高潮與盛唐文化》，北京：北京大學出版社，1998，第 55 頁。

第三章　唐玄宗的詩歌與盛唐詩壇

　　唐玄宗即李隆基，是唐睿宗的第三子，生於垂拱元年（685），卒於上元二年（762），享年七十八歲。景龍四年（710），韋后毒死唐中宗，矯詔稱制。李隆基糾集部分禁軍誅殺韋后及其同黨。睿宗即位，立為皇太子。延和元年（712），李隆基即皇帝位，在位四十五年（712-756）。唐玄宗是盛世之君，早期勵精圖治，鏟除積弊，體恤民情，實施新政，發展農業生產，開創了「開元盛世」的大好局面，使唐朝經濟文化高度繁榮、政治清明穩定和社會太平富裕。唐玄宗執政後期，寵愛楊玉環，縱情聲色，荒怠政事，縱容高力士、楊國忠、李林甫專權於內，藩鎮割據於外，朝政日廢，終於在天寶十四載（755）爆發「安史之亂」，使富庶強盛的帝國處於分裂混亂的狀態，社會思想和文化藝術出現了巨大的轉變，玄宗之治因此而結束。

　　玄宗「性英斷多藝，尤知音律，善八分書。」[1]他喜愛文學，《全唐詩》存其詩 63 首，加上同書卷九百零一（《全唐詩逸》卷上）中的 2 首，《全唐詩外編》中的 5 首、《全唐詩補編》裏的《全唐詩續拾》中的 3 首，共 73 首。在唐代帝王詩中，僅次於唐太宗。「太宗體襲陳隋，玄宗格入開寶。今錄太宗而遺玄宗者，蓋太宗當武德貞觀間，與虞魏諸公，即唐音之始。玄宗當開元天寶間，較高岑諸公，則優劣懸絕。試觀《玄宗集》，入選者數篇誠佳，餘不足當高岑下駟也。」[2]太宗

的詩作可以與同時代的虞世南、魏徵的詩作匹敵。玄宗雖然有數篇佳作，但無法與盛唐詩人高適、岑參之作媲美。儘管如此，玄宗作為一國之君，熱心詩歌創作，詩歌內容主要有巡幸、與群臣的唱和、與道士的交往三種。其文學思想表現在詩以言志、提倡剛健真樸的文風、倡導風雅之道。其詩歌具有豐富的感情，音律諧和，詩風剛健質樸。

　　唐玄宗重視文人，以詩賦取士，使詩人進入仕途施展才能。唐玄宗在開元年間，任用張說、張九齡為相，兩人主宰政壇和詩壇，拔擢大批文學之士，形成開元詩壇的彬彬之盛。[3]在開元二十五年（737），張九齡被貶出朝，李林甫獨攬大權期間，極力壓制文士，詩人仕途坎坷，將內心抑鬱和憤懣訴諸詩歌，這個時期出現了一批優秀的詩人。[4]唐玄宗的用人策略對盛唐詩壇起到決定性的影響。

　　在盛唐時代的大背景下，本章集中研究唐玄宗詩歌，分析創作主體的心態、藝術修養等方面，以及唐玄宗與盛唐詩壇的關係，從而對盛唐時期的國家文藝政策、盛唐詩歌繁盛的原因和盛唐氣象有更深入的了解。

---

1. 劉昫等撰：《舊唐書》，北京：中華書局，1975，第 165 頁。
2. 許學夷：《詩源辯體》，北京：人民文學出版社，1987，第 155 頁。
3. 丁放：〈張說、張九齡集團與開元詩風〉，載於《文學評論》，2002，第 2 期，第 153-159 頁。
4. 丁放，袁行霈：〈李林甫與盛唐詩壇〉，載於《文學遺產》，2004，第 5 期，第 47-59 頁。

第一節　唐玄宗的文學思想

　　初唐詩壇，以宮廷應制詩為主。楊慎《升庵詩話》云：「唐自貞觀至景龍，詩人之作，盡是應制。命題既同，體製復一。其綺繪有餘，而微乏韻度。」[1] 詩歌發展至盛唐，有很大的飛躍，聲律風骨兼備，風韻迷人。究其原因，與唐玄宗的文化思想離不開。唐玄宗提倡禮樂文教，對盛唐詩歌革新起了指導的意義。

　　唐玄宗的文學思想主要在詩文中反映出來，具體為詩以言志、提倡剛健真樸的文風和倡導風雅之道三方面：

一、　詩以言志

　　玄宗強調「詩以言志，歌以永言」，詩歌要表現理想抱負，抒發思想感情。

　　首先，玄宗的文學思想在詩歌中反映出來，例如〈惟此溫泉是稱愈疾豈予獨受其福思與兆人共之乘暇巡遊乃言其志〉云：「桂殿與山連，蘭湯湧自然。陰崖含秀色，溫谷吐潺湲。績為蠲邪著，功因養正宣。願言將億兆，同此共昌延。」玄宗巡遊時浸泡溫泉，據說溫泉可以治療疾病，玄宗不願獨享其福，願與萬民共用，在詩中表達與民共同昌

盛的志向「願言將億兆，同此共昌延。」又如〈早登太行山中言志〉曰：
「清蹕度河陽，凝笳上太行。火龍明鳥道，鐵騎繞羊腸。白霧埋陰壑，
丹霞助曉光。澗泉含宿凍，山木帶餘霜。野老茅為屋，樵人薜作裳。
宣風問耆艾，敦俗勸耕桑。涼德慚先哲，徽猷慕昔皇。不因今展義，
何以冒垂堂。」此詩作於開元十一年（723），玄宗巡幸太原途經太行
山，看到太行山的清晨景象和淳樸的人民，鼓勵人民種田養蠶，從事
農業。玄宗仰慕古代的帝王智德兼備，並表示「不因今展義，何以冒
垂堂。」這就是「志」的具體內容，要宏揚帝王的道義。

　　其次，「詩以言志」的思想在序言中表現出來。在〈春中興慶宮
酺宴（並序）〉曰：「……詩以言志，思吟湛露之篇，樂以忘憂，慚
運臨汾之筆。」湛露是指《詩經‧小雅》篇名，《序》謂天子宴諸侯
之詩，在宮廷宴飲中，玄宗不忘作詩言志：「不戰要荒服，無刑禮樂
新。」表達以禮樂治國的政治懷抱。〈遊興慶宮作〉的序言是：「暇日，
與兄弟同遊興慶宮，登勤政務本及華萼相輝之樓，所以觀風俗而勸人，
崇友于而敦睦。詩以言志，歌以永言。情發於衷，率題此什。」「志」
的含義在此具有「觀風俗而勸人，崇友于而敦睦」的社會功能。在詩
裏以「萬葉傳餘慶，千年志不移」以及「所希覃率土，孝弟一同規」
等詩句，表達提倡孝弟，形成社會規範之志。〈平胡〉的序言為：「戎
羯不虔，竊我荒服，命偏師之俘翦，彼應期而咸殄。一麾克定，告捷
相仍。爰作是詩，聊以言志。」這裏的「志」是指打敗叛胡，使邊塞
安寧，立下武功的政治抱負。可以看到玄宗「詩言志」的內容十分豐
富，其中最突出的是治理國家的政治理想抱負。

二、　提倡剛健真樸的文風

　　玄宗主張「禮樂沿今古，文章革舊新」（〈集賢書院成，送張說上集賢學士，賜宴得珍字〉）對沈佺期、宋之問以來一度再崇尚浮靡的弊風予以革除。杜確在〈岑嘉州集序〉中指出：「自古文體變易多矣。梁簡文帝及庾肩吾之屬，始為輕浮綺靡之詞，名曰『宮體』。自後沿襲，務於妖艷。……聖唐受命，斲雕為樸。開元之際，王綱復舉，淺薄之風，茲焉漸革。」[2]玄宗推動改革淺薄的文風。《唐詩紀事》曰：「開元間，河南參軍鄭銑、朱陽丞郭仙舟投匭獻詩，敕曰：『觀其文理，乃崇道法，至於今時，不切事情，宜各從所好，並罷官度為道士。』」[3]玄宗對於詩文，首先強調要「切事宜」，即文章要有內容，反映情況。鄭、郭二人本來想投詩求升遷，沒料到玄宗眼光犀利，看穿詩文的本質「不切事情」，罷免他們並度為道士。可見開元初玄宗對文學是務實。其次，玄宗崇尚古質，反對浮艷之文風。開元六年玄宗〈禁策判不切事宜詔〉曰：「我國家敦古質，斷浮艷。禮樂詩書，是宏文德。綺羅珠翠，深革弊風。必使情見於詞，不用言浮於行。比來選人試判，舉人對策，剖析案牘。敷陳奏議，多不切事宜，廣張華飾。何大雅之不足，而小能之是術。自今已後，不得更然。」[4]玄宗提倡文風「必使情見於辭，不用言浮於行。」詩文要有感情而不是擁有華麗的辭藻。要求試判、對策、案牘、奏議要實用，不能浮夸。對於弊風，玄宗嚴厲指出「自今已後，不能更然。」對當時的學風、文風產生了深遠的影響。玄宗改革浮艷的文風，倡導文風要剛健質樸，提出「遒文六義陳」（〈端午三殿宴群臣探得神字〉）。所謂遒文是指強勁有力的文章，六義指

風、雅、頌、賦、比、興。在玄宗的倡導下，大臣也跟隨玄宗主張六義。宋璟〈奉和聖製答張說扈從南出雀鼠谷〉曰：「四時宗伯敘，六義宰臣鋪。」[5]認同宰相要推動六義。宋璟曾黜落文學之士。《資治通鑑》卷二一二載：「開元六年三月，有薦山人范知璿文學者，并獻其所為文，宋璟判之曰：『觀其良宰論，頗涉佞諛。山人當極語讜議，豈宜偷合苟容！文章若高，自宜從選舉求試，不可別奏。』」[6]宋璟的文學觀是務實，批評奉承文章。

在〈春晚宴兩相及禮官麗正殿學士探得風字〉的序言，玄宗主張：「同吟湛露之篇，宜振凌雲之藻。」凌雲之藻是指筆力矯健。詩中「言談延國輔，詞賦引文雄。」同樣反映出對雄健文風的追求。

玄宗提倡剛健真樸的文風，並在具體的創作中實踐。〈校獵義成喜逢大雪率題九韻以示群官〉：「觸地銀塵出，連山縞鹿見。月兔落高矰，星狼下急箭。」將打獵的場景描寫得雄偉壯觀。「落高矰」、「下急箭」這些詞語顯得剛健有力。

盛唐詩人在詩中表示對開元時期提倡的淳古真樸的風氣的讚賞。高適〈淇上酬薛三據兼寄郭少府微〉云：「皇情念淳古，時俗何浮薄。」[7]李白〈古風〉其一曰：「聖代復元古，垂衣貴清真。」[8]玄宗主張繼承古代禮樂文教革新文章，這直接導致了開元中文風的根本變化。

三、 倡導風雅之道

　　玄宗提倡質樸文風的同時，亦崇尚雅調。〈過大哥宅探得歌字韻〉：「戚里申高宴，平臺奏雅歌。」雅歌，指《詩經》的「雅」，是貴族所作的樂章。玄宗在〈南出雀鼠谷答張說〉讚賞張說：「聞有鵷鸞客，清詞雅調新。」肯定和讚揚張說詩歌的「清」、「雅」、「新」。玄宗的文學思想影響了臣相。張說〈奉和聖製過寧王宅應制〉：「大風將小雅，一字盡千金。」[9] 表示要發揚和延續《風》、《雅》的優秀傳統。蘇頲在〈奉和聖製答張說出雀鼠谷〉：「作頌音傳雅，觀文色動台。更知西向樂，宸藻協鹽梅。」[10] 這裏讚頌玄宗的詩文協助了臣相。《大唐新語》卷八載：「玄宗朝，張說為麗正殿學士，常獻詩曰：『東壁圖書府，西垣翰墨林。諷詩關國體，講易見天心。』玄宗深佳賞之，優詔答曰：『得所進詩，甚為佳妙。風雅之道，斯焉可觀。並據才能，略為贊述，具如別紙，宜各領之。』玄宗自於彩箋上八分書說贊曰：『德重和鼎，功逾濟川。詞林秀發，翰苑光鮮。』」[11] 玄宗以「風雅之道」為標準來衡量張說的詩作，指其詩作可觀。由此可見，玄宗對風雅的提倡影響了當時的文壇。開元時期的不少詩作以風雅為格調，如張說、蘇頲、張九齡的詩作，各具風雅。宋濂〈答秀才論詩書〉云：「唐初陳、隋之弊，多尊徐、庾，遂致頹靡不振。張子壽、蘇廷碩、張道濟相繼而興，各以風雅為師。」又如王維的作品秀雅，殷璠評曰：「維詩詞秀調雅，意新理愜，在泉為珠，著壁成繪，一句一字，皆出常境。」[12] 李白在〈古風〉疾呼：「大雅久不作，吾衰竟誰陳」、「大雅思文王，頌聲久崩淪」[13]，追求建安風骨與大雅相結合的文學革新

思想。

在玄宗的倡導下，聲律風骨兼備的唐音開始形成。殷璠對此予以肯定：「自蕭氏以還，尤增矯飾。武德初，微波尚在。貞觀末，標格漸高。景雲中，頗通遠調。開元十五年後，聲律風骨始備矣。實由主上惡華好朴，去偽從真，使海內詞場，翕然尊古，南風周雅，稱闡今日。」[14]。殷璠以開元十五年為界限，認為是由玄宗「惡華好樸，去偽從真」，才使風雅再現，唐詩才開始具備聲律和風骨。玄宗所起的作用不容忽視。

1. 楊慎：《升庵詩話》，轉引自丁福保輯《歷代詩話續編》，北京：中華書局，1983，第 787 頁，

2. 董誥等：《全唐文》卷四百五十九，北京：中華書局，1983，第 4692 頁。

3. 計有功輯撰：《唐詩紀事》，上海：上海古籍出版社，2008，第 12-13 頁。

4. 董誥等：《全唐文》卷二十七，北京：中華書局，1983，第 313 頁。

5. 彭定求等編：《全唐詩》卷六十四，北京：中華書局，1960，第 751 頁。

6. 司馬光：《資治通鑑》卷二百一十二，北京：中華書局，1976，第 6731-6733 頁。

7. 彭定求等編：《全唐詩》卷二百一十一，北京：中華書局，1960，第 2197 頁。

8. 彭定求等編：《全唐詩》卷一六一，北京：中華書局，1960，第 1670 頁。

9. 彭定求等編：《全唐詩》卷八十七，北京：中華書局，1960，第 943 頁。

10. 彭定求等編：《全唐詩》卷七十四，北京：中華書局，1960，第 808 頁。

11. 劉肅：《大唐新語》，北京：中華書局，1984，第 129 頁。

12. 殷璠：《河嶽英靈集》，見傅璇琮主編，《唐人選唐詩新編》，陝西：陝西人民教育出版社，1996，第 128 頁。

13. 彭定求等編：《全唐詩》卷一百六十一，北京：中華書局，1960，第 1670-1676 頁。

14. 殷璠：《河嶽英靈集》，見傅璇琮主編，《唐人選唐詩新編》，陝西：陝西人民教育出版社，1996，第 107 頁。

第二節　唐玄宗的詩歌內容

　　唐玄宗開創「開元盛世」局面，社會安穩、經濟發展、文化繁榮，唐詩藝術發展到巔峰。唐玄宗的詩歌創作具有盛唐氣象的特點，即朝氣蓬勃。[1]唐玄宗在巡幸詩和與群臣的唱和詩中，都流露出建功立業和勵精圖治的雄心壯志，這種雄心壯志是時代性格的普遍反映，盛唐詩人如李白、杜甫、王昌齡、王維、高適、岑參都有表現建功立業理想主題的作品。唐玄宗的詩作雖然不能與盛唐名家比肩，但其思想性飽滿、有力，反映出盛唐時代帝王的精神風貌。唐玄宗的詩歌主題分為巡幸抒懷、與朝臣唱和和送道士。其中送道士詩是與前輩帝王詩一個明顯不同之處。唐玄宗尊崇道教，廣交道士，當送道士歸山時，流露出依依不捨的感情，沒有以君王身份自居，此類詩的創作特點與盛唐詩壇由宮廷化向社會化轉變的趨勢是一致的。[2]唐玄宗的詩歌內容亦反映出盛唐社會最高統治者的真實面貌。

一、　唐玄宗的巡幸詩

　　玄宗在巡幸時抒發政治情懷，更多表達出對繼承王業的榮幸和對先王的崇敬之情。唐玄宗除了開元二十三年（735）沒有巡幸外，其他

時間每年均有巡幸。據《舊唐書》和《新唐書》載，玄宗巡幸的地點包括新豐的溫湯、郿縣的鳳泉湯、東都、長春宮、壽安的興泰宮、並州、潞州、汾陰、晉州、鳳泉湯、龍門、兗州、濮州、孔子宅、汝州廣成湯、華州、北都、汾陽、溫泉宮（後改為華清宮）和岐州的鳳泉湯。玄宗巡幸的地方多為溫泉宮、鳳泉湯，另外包括一些名勝古蹟，如蒲州、老子廟、孔子宅等。本小節通過文獻整理對唐玄宗的巡幸詩進行編年和考證，以深入了解唐玄宗在詩中反映出的政治情懷和個人感受，從而更透徹認識盛唐之君。以下表格 3-1 為唐玄宗 22 首巡幸詩的史料依據，詩作皆載自《全唐詩》。

1、玄宗巡幸詩的史料依據

表格 3-1：唐玄宗巡幸詩的史料依據

序號	篇名及詩	創作年代	史料依據
1	同玉真公主過大哥山池	721 年	張說〈奉和聖製同玉真公主過大哥山池題石壁〉，詩中寫到〈鶺鴒賦〉，即指魏光乘所作〈鶺鴒頌〉。據《舊唐書•睿宗諸子傳》，李憲九年兼太常卿。由此推論魏光乘獻此賦在九年秋九月，唐玄宗此時過寧王李憲山池的可能性較大。
2	過大哥山池題石壁	721 年	與上同。

3	過王濬墓	723 年	王濬墓在潞州城東北一十三里柏穀山。據兩《唐書》載，玄宗於開元十一年正月庚辰，次潞州。據此，此詩應寫於開元十一年 (723 年)。
4	早登太行山中言志	723 年	太行：山名，綿延山西、河北和河南三省界的大山脈。據兩《唐書》載，玄宗於開元十一年正月庚辰，次潞州。據此，此詩應寫於開元十一年 (723 年)。
5	巡省途次上黨舊宮賦	723 年	上黨：即潞州，今山西省長治市。據兩《唐書》載，玄宗於開元十一年正月庚辰，幸並州、潞州。據此，此詩應寫於開元十一年 (723 年)。
6	過晉陽宮	723 年	晉陽：今山西太原市。據《舊唐書》卷八載，玄宗於開元十一年正月「辛卯改並州為太原府，……上親制〈起義堂頌〉及書，刻石紀功於太原府之南街。」據此，此詩應寫於開元十一年 (723 年)。
7	南出雀鼠谷答張說	723 年	與上同。
8	登蒲州逍遙樓	723 年	蒲州：地名，故城在今山西省永濟縣。據《舊唐書》卷八載：「三月庚午，車駕至京師，制所經州、府、縣無出今年地稅，京城見禁囚徒並原免之。」據此，此詩應寫於開元十一年 (723 年)。
9	經河上公廟	723 年	與上同。
10	早度蒲津關	723 年	蒲津關，簡稱蒲關，又名臨晉關、河關，故此在今山西永濟縣。背景與上同。
11	初入秦川路逢寒食	723 年	詩曰：「去年餘閏今春早」。據兩《唐書》，開元十年閏五月。據此，此詩應寫於開元十一年 (723 年)。

12	潼關口號	723 年	關名,為陝西、山西和河南三省要衝,歷代皆為軍事要地。據《舊唐書》卷八載,玄宗在開元十一年三月庚午,車駕至京師。據此,此詩應作於回長安途中,即開元十一年 (723 年)。
13	幸鳳泉湯	723 年	據兩《唐書》載,玄宗於開元十一年十二月甲午,幸鳳泉湯,戊申,至自鳳泉湯。據此,此詩應寫於開元十一年 (723 年)。
14	途經華嶽	724 年	據《舊唐書》卷八載,開元十二年「十一月庚申,幸東都,至華陰,上制岳廟文,勒之于石,立于祠南之道周。」據此,此詩應寫於開元十二年 (724 年)。
15	途次陝州	724 年	與上同。
16	行次成皋途經先聖擒建德之所緬思功業感而賦詩	725 年	成皋:地名,在今河南滎陽縣汜水鎮西。據《舊唐書》卷八載,開元十三年冬十月,「辛酉,東封泰山,發自東都。」據此,此詩於東封途中作,寫於開元十三年 (725 年)。
17	經鄒魯祭孔子而歎之	725 年	據兩《唐書》和《資治通鑑》卷二一二載,在開元十三年十一月甲午,玄宗發岱嶽,丙申,幸孔子宅,親設奠祭。據此,此詩應寫於開元十三年 (725 年)。
18	溫湯對雪	726 年	據《舊唐書》卷八載:「冬十月,廢麟州。庚申,幸汝州廣成湯。」《冊府元龜》卷四零載:「(開元)十四年十月,至汝州,至溫湯之行宮。時屬雨雪,帝親賦雨雪詩以示群臣。」據此,此詩應寫於開元十四年 (726 年)。

19	過大哥宅探得歌字韻	726 年	據《冊府元龜》卷四零載:「(開元)十四年……十一月,至寧王憲宅,探韻賦詩。」據此,此詩應寫於開元十四年 (726 年)。
20	惟此溫泉是稱愈疾豈予獨受其福思與兆人共之乘暇巡遊乃言其志	727 年	據兩《唐書》載:「十二月乙亥,幸溫泉宮。丙戌,至自溫泉宮。」《玉海》卷二九載:「開元十五年……十二月,至溫泉宮,登驪山石甕寺,賦詩,俾群臣和。」據此,似寫於開元十五年 (727 年)。
21	過老子廟	不定	
22	幸蜀西至劍門	756 年	劍門:縣名,在今四川劍閣縣東北。據兩《唐書》載:天寶十五載,秋七月甲子次普安郡。據此,似寫於天寶十五載 (756 年)。

2、玄宗巡幸詩的撫今追昔

　　玄宗在巡幸時緬懷往昔,流露對古代英明帝王的敬仰之情,並表達要勵精圖治,體恤民情,實施新政,發展農業生產的志向。詩歌包括〈過晉陽宮〉、〈行次成皋途經先聖擒建德之所緬思功業感而賦詩〉、〈早登太行山中言志〉和〈巡省途次上黨舊宮賦〉。在這些詩裏,巡幸的地方與玄宗有直接或間接的關係。像晉陽是隋末李淵、李世民起兵征伐隋煬帝之地。成皋,在今河南滎陽縣汜水鎮西,在武德四年,李世民生擒竇建德於汜水。這些地方都與先祖有關。而上黨(即今山西長治市),是玄宗的舊居。玄宗在〈巡省途次上黨舊宮賦〉的序言說:「朕昔在初九,佐貳此州。」玄宗巡幸這些地方追溯先聖創立江山的歷史,傾慕先聖的聖德,以古鑑今,告誡自己要關心民生,安不忘危,

現以〈過晉陽宮〉為例：

> 緬想封唐處，實惟建國初。俯察伊晉野，仰觀乃參虛。
> 井邑龍斯躍，城池鳳翔餘。林塘猶沛澤，臺榭宛舊居。
> 運革祚中否，時遷命茲符。顧循承丕構，恍惕多憂虞。
> 尚恐威不逮，復慮化未孚。豈徒勞轍迹，所期訓戎車。
> 習俗問黎人，親巡慰里閭。永言念成功，頌德臨康衢。
> 長懷經綸日，歎息履庭隅。艱難安可忘，欲去良踟躕。

據《舊唐書》卷八〈玄宗紀〉載，玄宗在開元十一年正月庚辰，幸並州、潞州。辛卯改並州為太原府。「上親制〈起義堂頌〉及書，刻石紀功於太原府之南街。」[3]並州起義堂是唐高祖起兵之地，玄宗親自撰寫〈起義堂頌〉，並書寫刻石紀功，立於太原府的南街上，可見玄宗對先聖懷著崇敬之情。「緬想封唐處，實惟建國初」首句起興，玄宗指出隋恭帝封高祖唐王（617），就是建國初期。《舊唐書》卷一〈高祖紀〉載：「癸亥，率百僚，備法駕，立代王侑為天子，遙尊煬帝為太上皇，大赦，改元為義寧。甲子，隋帝詔加高祖假黃鉞、使持節、大都督內外諸軍事、大丞相，進封唐王，總錄萬機。」[4]唐朝的歷史一般是從高祖即皇帝位，改隋義寧二年為唐武德元年（618）開始算起。但玄宗的歷史觀則向前推進了一年，指出高祖被封唐王，就已是建國了。這裏反映出玄宗對高祖的崇拜和對歷史有獨特的見解。

　　玄宗俯察晉野，仰觀參虛，從多角度看晉陽宮。「井邑」兩句中「龍躍」、「鳳翔」用比，將先聖比喻為志向遠大的龍鳳，飛躍了井

邑和城池。「林塘猶沛澤，臺榭宛舊居」將晉陽宮的林塘比喻為沛澤，水草茂密，臺榭宛如舊居，好一幅園林美景。「運革祚中否，時遷命茲符」，「運革」與「時遷」兩相對應。國運的改變，皇位是否符合？前句表疑問，後句則表肯定，對先聖受命於天的肯定。如果說前十句主要寫這次過晉陽宮的所見所聞，那麼，「顧循承丕構」以後十四句主要寫這次過晉陽宮的所感所思。在繼承祖業方面，玄宗表示「怵惕多憂虞」，他既擔心自己不如先聖威猛，又擔心造化尚未浮露。可見玄宗在開元初期是謙虛為懷，常懷警戒之心。玄宗對治理國家有一套理論：「訓戎車」、「問黎人」、「慰里閭」，既重視國防，又體恤民情。玄宗告誡自己要「永言念成功，頌德臨康衢」。當他在晉陽宮，回首先王的創業偉績，不禁感歎道：「艱難安可忘，欲去良踟躕」。玄宗安不忘危，牢記歷史並矢志繼承祖業，精心治理國政。

在〈行次成皋途經先聖擒建德之所緬思功業感而賦詩〉，玄宗表達了對先聖李世民的敬仰之情：

> 有隋政昏虐，群雄已交爭。先聖按劍起，叱咤風雲生。
> 飲馬河洛竭，作氣嵩華驚。克敵睿圖就，擒俘帝道亨。
> 顧慚嗣寶曆，恭承天下平。幸過翦鯨地，感慕神且英。

成皋，位於今河南滎陽縣汜水鎮西。《舊唐書》卷二載：「建德自滎陽西上，築壘於板渚，太宗屯武牢，相持二十餘日。諜者曰：『建德伺官軍芻盡，候牧馬於河北，因將襲武牢。』太宗知其謀，遂牧馬河北以誘之。詰朝，建德果悉眾而至，陳兵汜水……。太宗率史太奈、

程咬金、秦叔寶、宇文欽等揮幡而入,直突出其陣後,張我旗幟。賊
顧見之,大潰。追奔三十里,斬首三千餘級,虜其眾五萬,生擒建德
於陣。」[5] 在武德三年（620）唐太宗率軍攻打王世充。武德四年（621）
竇建德以十餘萬軍兵援助王世充,唐太宗在汜水用計生擒竇建德。玄
宗對太宗的敬仰首先從題目看出來,他稱太宗為「先聖」,此為敬稱。
「緬思功業感而賦詩」,玄宗遙想歷史,有感而發並作詩。「有隋政
昏虐」八句是以倒敘的方法將先聖打敗勁敵建立功業的過程敘述出
來。「先聖按劍起,叱咤風雲生」,上句為主謂結構,「按劍起」為
「述賓補」。「按」和「起」分別為一上一下兩個動作,連接在一起
有動感和力度,「叱咤風雲生」為「述賓補」,此聯將太宗的英武雄
偉表現無遺。「飲馬河洛竭,作氣嵩華驚」,「竭」、「驚」用字誇張,
此兩句以山水景物的角度,反襯出太宗的神武。「克敵睿圖就,擒俘
帝道亨。」表示因果關係,因克敵而睿圖就,因擒俘故帝道亨。上半
部分回顧了太宗克敵創下功業的歷史,下部分則是玄宗的感受。他對
繼承先聖的統治表示慚愧,謙虛地說是承接天下太平。「顧慚」、「恭
承」都是謙虛之語。「幸過翦鯨地,感慕神且英。」玄宗最後極力讚
揚太宗,稱汜水為「翦鯨地」,稱太宗「神且英」,直接流露出感慕
之情。玄宗仰慕先王之情在〈早登太行山中言志〉亦有流露出來:「涼
德慚先哲,徽猷慕昔皇。」「涼德」、「慚」是謙虛之詞,與古代賢
德之君相比,他自認薄德,此為抑;「徽猷」表高明的謀略,傾慕昔
皇治國安邦有高明的謀略,此為揚,一抑一揚,將仰慕之情表達無遺。

　　玄宗在撫今追昔的同時,更流露出建功立業和治理天下的壯志豪
情。據《舊唐書》卷八載,在開元十一年春正月庚辰,玄宗「幸并州、

潞州，宴父老，曲赦大辟罪已下，給復五年，別改其舊宅為飛龍宮。」
玄宗效仿漢高祖巡幸故里作〈大風歌〉之舉，在潞州大宴父老，並即
興賦詩〈巡省途次上黨舊宮賦（並序）〉：

> 三千初擊浪，九萬欲摶空。天地猶驚否，陰陽始遇蒙。
> 存貞期歷試，佐貳佇昭融。多謝時康理，良慚實賴功。
> 長懷問鼎氣，夙負拔山雄。不學劉琨舞，先歌漢祖風。
> 英髦既包括，豪傑自牢籠。人事一朝異，謳歌四海同。
> 如何昔朱邸，今此作離宮。雁沼澄瀾翠，猿巖落照紅。
> 小山秋桂馥，長坂舊蘭叢。即是淹留處，乘歡樂未窮。

上黨即潞州，今山西省長治市。「三千初擊浪，九萬欲摶空。」此兩
句是由莊子〈逍遙遊〉：「鵬之徙於南冥也，水擊三千里，摶扶搖而
上者九萬里」演化而來。詩句開門見山表達年青時的志向。據《舊唐
書》載，玄宗在「景龍二年四月，兼潞州別駕」，雖為潞州別駕，他
不僅有鯤鵬之志，還經歷磨煉和等待時機：「存貞期歷試，佐貳佇昭
融。」昭融，指光明。「長懷」四句將壯志豪情推向高潮，每句都用
典，「問鼎」引用楚子問鼎之大小輕重的典故（見《左傳》）；拔山
源自項羽的詩句：「力拔山兮氣蓋世，時不利兮騅不逝。」（見《史
記 • 項羽紀》）；劉琨（西元 270-318 年），晉中山魏昌人。湣帝時，
任大將軍，都督並冀幽三州諸軍事。晉室南渡，轉任侍中太尉，長期
堅守並州，與石勒劉曜對抗，因孤軍無援，兵敗投奔段匹磾。後被段
匹磾殺害（見《晉書》）。漢祖風指漢高祖的〈大風歌〉（見《史記 •

高祖紀》)。這四句表達了玄宗年輕時有問鼎王位之志,期望像英雄豪傑項羽和劉邦那樣雄壯英武,威振四海。當登基為皇帝時,玄宗「英髦既包括,豪傑自牢籠。人事一朝異,謳歌四海同。」天下英雄和賢俊盡攬朝廷,胸襟是何等的廣闊。「如何昔朱邸,今此作離宮。」以前的朱邸,今天只是作為離宮,今昔之比,顯示出王者的氣勢和自信。在自豪的心情下觀看景物,自然是良辰美景,最後抒發歡愉之情。

　　此詩的結構與太宗〈幸武功慶善宮〉有相似之處,先回顧自己成長和奮鬥過程,再寫現在統治國家的情況和故地重遊所見之景,最後抒發感受,將詠史和抒懷緊密結合,所不同的是,太宗的巡幸詩在抒懷時,更多的是抒發對歷經激烈的戰爭,終於創建王國的感受,而玄宗在抒懷時更多表達出對繼承王業的榮幸和對先王的崇敬之情。唐太宗寫舊居的詩歌有四首:〈幸武功慶善宮〉、〈重幸武功〉、〈過舊宅二首〉,觀其詩歌,有表達年青時遠大的志向,如〈過舊宅〉其一:「一朝辭此地,四海遂為家。」這是在詩尾表達志向,而唐玄宗則在詩的開始和中間表達豪邁的志向。唐太宗和唐玄宗過舊居的時候,都有感而發,兩人詩作相同之處是引用漢高祖劉邦還鄉設宴並擊筑高歌的典故,表明帝王的身份。太宗在貞觀六年(６３２)幸武功慶善宮。〈幸武功慶善宮〉詩曰:「共樂還鄉宴,歡比大風詩。」太宗以漢高祖自況,衣錦還鄉且歡樂作詩。在貞觀十六年(６４２)太宗重幸武功,再次設宴款待鄉親父老,並與父老等涕泣論舊事,撫今追昔。「列筵歡故老,高宴聚新豐。」(〈重幸武功〉)寫宴席的歡樂場面。在貞觀十九年十二月至二十年二月,太宗曾滯留並州,即晉陽。「八表文同軌,無勞歌大風」(〈過舊宅二首〉其二)此時,全國統一實施

政令，國泰民安，無須如漢高祖那樣高歌〈大風歌〉。太宗在前兩首詩歌仍是以漢高祖自況，在〈過舊宅〉流露出治國施政的成功，無須與漢高祖攀比，自有優勝之處，顯得非常自信。玄宗在〈巡省途次上黨舊宮賦〉詩序中說「雖迹異漢皇，而地如豐邑，擊筑慷慨，酌桂留連，空想大風，題茲短什。」雖然玄宗這次巡省有別於漢高祖當年衣錦還鄉，但正如漢高祖的故鄉豐邑一樣，上黨是當年玄宗發迹的故地。玄宗也要一邊豪飲，一邊擊筑，高唱〈大風歌〉。「不學劉琨舞，先歌漢祖風」（〈巡省途次上黨舊宮賦〉）玄宗對漢高祖懷著敬仰之情，與太宗對漢高祖之情有所不同。

3、玄宗巡幸詩的歌詠人物

玄宗在巡幸時，經過一些名勝古跡，如孔子宅、老子廟、王濬墓、河上公廟等，玄宗在遊覽時對歷史人物或遭際傳奇的人物的歌詠，以審美的態度將歷史對象高度概括化，如〈過老子廟〉描述老子、〈經鄒魯祭孔子而歎之〉描述孔子、〈過王濬墓〉描述王濬、〈經河上公廟〉描寫老叟，形成巡幸詩的獨特之處。如〈經鄒魯祭孔子而歎之〉云：

> 夫子何為者，棲棲一代中。地猶鄹氏邑，宅即魯王宮。
>
> 歎鳳嗟身否，傷麟怨道窮。今看兩楹奠，當與夢時同。

《舊唐書•玄宗本紀》載：「丙申，幸孔子宅，親設奠祭。」在開

元十三年（725），唐玄宗在泰山封禪祭天地，封禪大典結束後，玄宗在返回東都的途中，到曲阜祭祀孔子。玄宗對孔子的一生瞭如指掌，對其際遇既歎惜，又讚美。「夫子何為者，棲棲一代中。」首聯起興，棲棲，意為忙碌，不能安居貌。孔子曾為魯司空，又為大司寇，後來周遊列國十三年，各諸侯都沒有任用他。孔子返回魯國後，就著手刪訂《詩》、《書》、《禮》、《樂》，又解釋《周易》，並著述《春秋》。玄宗一開始就概括孔子的一生，歎惜他周遊列國，不能安居。頷聯寫「經鄒魯」。頸聯寫「歎之」，此處用典。「歎鳳嗟身否」源自《論語》：「子曰：『鳳鳥不至，河不出圖，吾已矣夫！』」「傷麟怨道窮」源自《春秋》：「哀公十有四年春，西狩獲麟。」《公羊傳》：「麟者，仁獸也，有王者則至，無王者則不至。有以告者曰：『有麕而角者』，孔子曰：『孰為來哉？孰為來哉？』反袂拭面，涕沾袍，曰『吾道窮矣。』自後孔子即絕筆，不著《春秋》。」此聯又在歎惜孔子的身世，「歎」、「嗟」、「傷」、「怨」這四字，其實都是寫「歎」字，並寄予了玄宗的哀歎和悼念之情。尾聯寫「祭」並再次用典。《禮記‧檀弓》：「余（指孔子）疇昔之夜，夢坐奠於兩楹之間。夫明王不興，而天下其孰能宗？余殆將也死！蓋寢疾七日而沒。」孔子哀歎生前沒有人尊崇他，夢見自己奠在兩楹之間坐享。玄宗在孔子宅中看到兩楹之間瀰漫的奠祭氣氛，聯想起孔子的夢，慨歎眼前之景該與孔子的夢中之景相同。此處包含玄宗深切的哀悼之情和讚歎孔子身後所享的殊榮。孔子一生有很多事蹟，玄宗卻選了他的不遇為題材，立意新穎。沈德潛評曰：「孔子之道，從何處讚歎？故只就不遇立言，此即運意高處。」[6]全詩首先圍繞孔子一生不遇的經歷，高度概括。接著用精簡的語言將孔子的具

體言論描寫出來。頷聯、頸聯對仗工整，內涵深刻。把「歎之」寫得淋漓盡致，盡顯玄宗尊敬孔子的深厚情感。全詩的章法整齊，每一句緊扣題目，非常貼切。《唐詩歸》卷六鍾惺評曰：「許大文章，氣魄在此命題內。」和「八句皆用孔子實事，不板，不滯，不砌。人不可以無筆。」[7]玄宗以大手筆概括孔子的一生，準確且傳神，並表達了對孔子為代表的儒家思想的尊崇。此詩是唯一入選《唐詩三百首》的帝王之作。

　　玄宗在歌詠道教始祖或道家仙人時，流露出讚慕之情。如〈過老子廟〉：

> 仙居懷聖德，靈廟肅神心。草合人蹤斷，塵濃鳥跡深。
>
> 流沙丹竈沒，關路紫煙沈。獨傷千載後，空餘松柏林。

首聯讚頌老子，讚其懷「聖德」、「神心」，稱老子廟為「仙居」、「靈廟」，與他祭孔子的首聯：「夫子何為者，棲棲一代中」不同，這裏明顯帶有主體情懷，給予老子高度的讚揚。玄宗充分瞭解老子，在描寫廟裏的景物用上含有濃厚的道家色彩的詞語：「人蹤斷」、「鳥跡深」、「丹竈沒」和「紫煙池」等詞語，非常吻合老子的性格：「自隱無名」。最後玄宗觸景生情，感慨萬分：「獨傷千載後，空餘松柏林。」直抒胸臆，既顯示感傷之情，又表達出對老子的崇敬之情。這已是常見懷古詩習慣的結束手法。

　　玄宗讚頌老子與讚歎孔子有不同之處，對於前者他是直接表達心跡，描寫景物，抒發感情，以致情感交融；對於後者，他使事用典，

敘述孔子不遇的經歷，用詞委婉，蘊藏感情，非直抒胸臆。由此可見玄宗用不同的方式表達對兩人的崇敬。

又如〈經河上公廟〉：

> 昔聞有耆叟，河上獨遺榮。跡與塵囂隔，心將道德並。
>
> 詎以天地累，寧為寵辱驚。矯然翔寥廓，如何屈堅貞。
>
> 玄玄妙門啟，蕭蕭祠宇清。冥漠無先後，那能紀姓名。

歌頌河上公遺棄榮華，隱逸天地。此詩將河上公的品格和氣韻描寫出來。玄宗在弔古之際，也抒發對人生的感悟：「冥漠無先後，那能紀姓名。」

4、玄宗巡幸詩的語言特色

第一，多使用先秦和六朝的古詞語。

玄宗在巡幸詩裏使用了先秦典籍和六朝文學作品中大量詞彙，詩風古雅，例如：

(1)「林塘猶沛澤，臺榭宛舊居。」（〈過晉陽宮〉）沛澤指沼澤，水草茂密的低窪地。《孟子•滕文公》下：「又作園囿汙池，沛澤多，而禽獸至。」臺榭指積土高起者為臺，臺上所蓋之屋為榭。《墨子•辭過》：「臺榭曲直之望，青黃刻鏤之飾。」

(2)「顧循承丕構，怵惕多憂虞。」（〈過晉陽宮〉）怵惕為戒懼、驚懼之喜。《書經‧冏命》：「怵惕惟厲，中夜以興，思免厥愆。」憂虞指憂慮。《易經‧繫辭》上：「悔吝者，憂虞之象也。」

(3)「陰穀含神爨，湯泉養聖功。」（〈幸鳳泉湯〉）爨即竈。《詩‧小雅‧楚茨》：「執爨踖踖，為俎孔碩。」湯泉即溫泉。《文選》漢張衡〈東京賦〉：「溫液湯泉，黑丹石緇。」

(4)「即是淹留處，乘歡樂未窮。」（〈巡省途次上黨舊宮賦〉）淹留為滯留、停留之意。屈原〈離騷〉：「時繽紛其變易兮，又何可以淹留。」

(5)「澄潭皎鏡石崔巍，萬壑千巖暗綠苔。」（〈過大哥山池題石壁〉）皎鏡指明潔澄澈。《文選》南朝沈約〈新安江至清淺深見底貽京邑遊好〉詩：「洞徹隨清淺，皎鏡無冬春。」崔巍指高峻貌。《楚辭》漢東方朔《七諫‧初放》：「高山崔巍兮，水流湯湯。」

(6)「白雪乍迴散，同雲何慘烈。」（〈溫湯對雪〉）同雲為雲成一色，天將下雪的跡象。《詩經‧小雅‧信南山》：「上天同雲，雨雪雰雰。」慘烈：氣候嚴寒或景象凄厲。《文選》漢張衡〈西京賦〉：「雨雪飄飄，冰雪慘烈。」

唐玄宗的一些詩句源自先秦和六朝,這說明玄宗在繼承和借鑒前人的基礎上有所創新。如:「三千初擊浪,九萬欲搏空。」(〈巡省途次上黨舊宮賦〉)搏指環繞和盤旋。此句是從《莊子・逍遙遊》:「鵬之徙於南冥也,水擊三千里,搏扶搖而上者九萬里」演化而來。又如「居美未盡善,矜功徒自傷。」(〈過王濬墓〉)玄宗的詩句是從孔子的《論語・八佾》:「子謂盡美矣,又盡善也。」點化而來。

第二,善用典故。

唐玄宗巡幸詩用典的詩句有「歔嗟懸劍隴,誰識夢刀祥。」(〈過王濬墓〉)、「樹古棠陰在,耕餘讓畔空。」(〈途次陝州〉)、「所希常道泰,非復候繻同。」(〈早度蒲津關〉)、「長懷問鼎氣,夙負拔山雄。」(〈巡省途次上黨舊宮賦〉)。「夢刀」引用晉代王濬夢中看見三把刀的典故(見《晉書・王濬傳》);「棠陰」引用周召公奭巡行南國,在棠樹下聽訟斷案的典故(見《詩・召南・甘棠》);「棄繻」引用漢代軍棄繻西遊的典故(見《漢書・終軍傳》);「問鼎」引用楚子問鼎的典故(見《左傳》)。玄宗引用的典故涉及範疇頗廣,既有古代君王施惠政的,又有地方官吏升遷的典故。此外,在典故體現出玄宗英雄問鼎的豪情壯志,有王者之風。

第三,熟諳韻律。

在玄宗的 22 首巡幸詩中,以五言律詩為主,有 14 首,五言古詩

只有8首。除了〈過晉陽宮〉、〈初入秦川路逢寒食〉是中途換韻，其他的巡幸詩都是一韻到底。押韻以東韻和庚韻押得最多，分別為五次和四次，其次是真韻、先韻和灰韻，各為三次，陽韻兩次，另外押魚韻、虞韻、侵韻、歌韻、屑韻、皓韻和遇韻，各一次。

相比太宗的25首巡幸詩中，以五言古詩為主，只有一首〈臨洛水〉是五言律詩，除了〈經破薛舉戰地〉、〈過舊宅二首〉之二、〈執契靜三邊〉這三首詩中途換韻外，其他巡幸詩都是一韻到底。押韻多押平聲韻東韻和庚韻，分別為六次和四次，其次是陽韻三次，屑韻、支韻、真韻和侵韻，各為兩次，另外押麻韻、陌韻、冬韻、泰韻、歌韻、先韻、虞韻、銳韻、敬韻、遇韻、質韻，各一次。

從兩人的用韻的情況，可以發現太宗的巡幸詩除了押平聲韻，還押仄聲韻，如入聲韻屑韻、質韻和陌韻以及去聲韻泰韻、敬韻和遇韻。太宗的巡幸詩沒有押平聲韻魚韻、虞韻和陽韻。而玄宗的巡幸詩亦有押仄聲韻如去聲韻遇韻和入聲韻屑韻，沒有押平聲韻支韻、麻韻和冬韻。從押韻的情況看，從初唐太宗的五言詩押仄聲韻，發展到玄宗的五言詩以押平聲韻為主，可以看到五言詩律化的過程。

另外從詩歌的格律方面，我們可以看到五言律詩形成和發展的蹤影。在永明年間，出現了永明體，詩歌的格律化步伐加快，在庾信、上官儀、四傑的努力下，律詩的體式開始得到確立。至沈佺期和宋之問，則是完全成熟。胡應麟《詩藪》曰：「五言律體，兆自梁陳，唐初四子，靡縟相矜，時或拗澀，未堪正始。神龍以還，卓然成調。沈宋蘇（味道）李（嶠），合軌于前，王孟高岑並馳於後，新制疊出，古體攸分。實詞章改革之大機，氣運推遷之一會也。」清錢良擇《唐

音審體》曰：「律詩始於初唐，至沈、宋而其格始備。」

太宗的〈臨洛水〉雖為五言律詩，但仍存在失對的現象。「水花照翻樹，堤蘭倒插波。豈必汾陰曲，秋雲發棹歌。」其中「蘭」處失對。到玄宗，以五言律詩為主，但在格律上有不嚴整的現象存在，出現失粘、失對和拗救。「流沙丹竈沒，關路紫煙沈。獨傷千載後，空餘松柏林」（〈過老子廟〉），其中「傷」、「載」處失粘，「松」失對。「境出三秦外，途分二陝中。山川入虞虢，風俗限西東」（〈途次陝州〉），「入」和「虞」拗救。

此外，太宗的巡幸詩雖然多為五古，但五古中對偶的詩句處處可見。如太宗〈於北平作〉「翠野駐戎軒，盧龍轉征旆。遙山麗如綺，長流縈似帶。海氣百重樓，巖松千丈蓋。茲焉可遊賞，何必襄城外。」前三聯都是對仗。玄宗的律詩含有對仗，以寬對為主，如〈過老子廟〉的「草合人蹤斷，塵濃鳥跡深」。

總括而言，玄宗是盛世之君，其巡幸詩將巡幸地點的景物描寫出來，沒有表現出崇高的治國理念，卻表現對先王和聖賢的敬仰和謙卑之情。在他的語言風格上，可以看到五言律詩從初唐的確立到盛唐成熟的發展過程。

二、唐玄宗與群臣的唱和

唐玄宗在即位執政期間，經常設宴與群臣唱和，錫宴群臣賦詠之作有 25 首。這些詩歌主要表達以下四類內容：

1、表達心懷天下、期望時和年豐、國富民康的治國思想

　　唐玄宗精心治理國政，革新吏治，興利除弊，發展生產，開創了開元盛世的局面。玄宗心懷天下，希望時和年豐、國富民康的思想在其詩歌中多有體現，如〈觀拔河俗戲（並序）〉。

> 序云：「俗傳此戲，必致年豐。故命北軍，以求歲稔。」[8]
> 壯徒恒貫勇，拔拒抵長河。欲練英雄志，須明勝負多。
> 譟齊山岌嶪，氣作水騰波。預期年歲稔，先此樂時和。

　　俗傳拔河遊戲，可以導致年豐。玄宗相信風俗，並下令北軍拔河，以求豐收。詩中描寫了英勇的士兵拔河的熱鬧場面：「譟齊山岌嶪，氣作水騰波。」在詩尾表達了對時世安定的喜樂和希望五穀豐收的良好願望。「時和」一詞在〈同劉晃喜雨中〉亦有出現：「節變寒初盡，時和氣已春。」

　　又如〈千秋節宴〉：

> 蘭殿千秋節，稱名萬壽觴。風傳率土慶，日表繼天祥。
> 玉宇開花萼，宮縣動會昌。衣冠白鷺下，帝幕翠雲長。
> 獻遺成新俗，朝儀入舊章。月銜花綬鏡，露綴綵絲囊。
> 處處祠田祖，年年宴杖鄉。深思一德事，小獲萬人康。

唐玄宗生於八月初五。開元十七年，源乾曜、張説等請以這天為千秋節。《全唐詩》曰：「開元十八年，禮部奏請，秋社會並就千秋節。先賽白帝，報田祖。然後坐飲散之，故詩云云。」詩中描寫了朝廷上下慶祝千秋節的壯觀場面。詩的最後寫到：「處處祠田祖，年年宴杖鄉。深思一德事，小獲萬人康。」田祖是傳説中的農神。《詩 • 小雅 • 甫田》：「琴瑟擊鼓，以御田祖。」玄宗在慶祝壽辰之際，不忘祭祀田祖，並深思一德之事，才小獲萬人之康。

2、表達渴求賢能、重視地方官史的治國思想

唐太宗、唐玄宗重視宰相的人選，唐太宗任用房玄齡、杜如晦為相。房、杜二人各有所長，玄齡善建嘉謀，如晦能斷大事，史稱「房謀杜斷」，將房比為管仲、子產，杜比為鮑叔、罕虎。[9]貞觀時期，房、杜兩人制定很多制度政策，是唐太宗的得力助手。在君臣的努力下，出現了「貞觀之治」。唐玄宗有鑒於此，即位以後非常重視宰相的人選。「是時，上初即位，務修德政，軍國庶務，多訪於崇，同時宰相盧懷慎、源乾曜等，但唯諾而已。崇獨當重任，明於吏道，斷割不滯。」[10]唐玄宗重用姚崇、盧懷慎、源乾曜等宰相。開元元年（７１３）十月，姚崇任宰相時，提出〈十事要説〉，得到玄宗的採納，成為施政綱領。宋璟、張嘉貞、源乾曜等宰相其後貫徹執行，當時社會賦役寬平、刑罰輕省，天下富庶，促成了「開元之治」。

唐玄宗重視吏治，認為「諸刺史縣令，與朕共治，寄情猶切。」（《唐會要》卷八十一）開元二年（７１４），玄宗在〈黜陟內外官制〉

中指出：「今之牧守，古稱候伯，賢者任之，則循良之跡著。不賢者任之，則怨苦之聲作。當於京官內，簡宏才通識堪致理興化者，量授都督刺史等官。在外藩頻有升進狀者，量授京官。使出入常均，永為常式。」強調京官與都督刺史互換，以改革吏治。當京官離京之時，經常舉行盛大的餞行式典。〈賜諸州刺史以題座右〉、〈送忠州太守康昭遠等〉、〈送李邕之任滑臺〉、〈賜崔日知往潞州〉等均是送官吏赴任的詩作。以〈賜諸州刺史以題座右〉為例：

> 眷言思共理，鑒夢想維良。猗歟此推擇，聲績著周行。
> 賢能既俟進，黎獻實佇康。視人當如子，愛人亦如傷。
> 講學試誦論，阡陌勸耕桑。虛譽不可飾，清知不可忘。
> 求名迹易見，安貞德自彰。訟獄必以情，教民貴有常。
> 恤惸且存老，撫弱復綏強。勉哉各祗命，知予眷萬方。

開元十三年，為了加強諸州的治權，「上自選諸司長官有聲望者大理卿源光裕、尚書左丞楊承令、兵部侍郎寇泚等十一人為刺史，命宰相、諸王及諸司長官、臺郎、御史，餞於洛濱，供張甚盛。賜以御膳，太常具樂，內坊歌妓；上自書十韻詩賜之」[11]，「且給筆紙，令自賦焉」。[12] 玄宗不僅親自餞行並賦詩，還令百官賦詩送別，可見對京官出任刺史的重視。首句以殷高宗武丁夢見在傅巖之野得到賢相的傳說，以及漢宣帝渴求勵精圖治的典故，來表明對賢才的渴求。詩中玄宗對赴任的官員諄諄教導，要求他們愛民如子、視民如傷、倡學勸農、訟獄以情、教民有常、恤惸存老、撫弱綏強。最後告誡群臣不要辜負厚望。此詩

體現出玄宗治國施政的理念和具體措施。在玄宗的帶領下，百官和詩，現流傳下來的如張說的〈奉和聖製賜諸州刺史應制以題坐右〉：「文明遍禹跡，鰥寡達堯心。正在親人守，能令王澤深。朝廷多秀士，熔煉比精金。犀節同分命，熊軒各外臨。聖主賦新詩，穆若聽薰琴。先言教為本，次言則是欽。三時農不奪，午夜犬無侵。願使天宇內，品物遂浮沉。寄情群飛鶴，千里一揚音。共蹋華胥夢，襲黃安足尋。」一方面稱頌聖主的英德，另一方面對諸州刺史寄予厚望。張九齡的〈奉和聖製賜諸州刺史以題坐右〉，也是襲用玄宗詩意，凸顯出在禮儀規範下的政治活動。

　　玄宗對赴任官員的殷切期望和明確要求在其他的詩作亦有表現出來，如：「誓節期飲冰，調人方導水。」（〈送忠州太守康昭遠等〉）、「妙旌循吏德，持悅庶氓心。」（〈賜崔日知往潞州〉）、「課成應第一，良牧爾當仁。」（〈送李邕之任滑臺〉）等，反映出儒家治理國家的思想。玄宗威嚴和莊重的臨行訓辭，為赴任的官員指出努力的方向，鼓勵他們建立卓著的業績，在當時的環境下，有明顯的政治作用。

3、表達禮樂教化的治國思想

　　唐玄宗前期的治國思想是以儒家和道家為主，既推崇儒家的禮樂教化，又追求道家的清靜無為。在其賜宴詩中，體現出宣揚禮樂文教思想。在〈春晚宴兩相及禮官麗正殿學士探得風字並序〉的序文可以看到禮樂治國的思想：

朕以薄德，祗膺曆數。正天柱之將傾，紉地維之已絕。故得承奉
宗廟，垂拱巖廊，居海內之尊，處域中之大，然後祖述堯典，憲
章禹績，敦睦九族，會同四海。猶恐烝黎未乂，徭戍未安，禮樂
之政虧，師儒之道喪。乃命使者，衣繡服，行郡縣，因人所利，
擇其可勞，所以便億兆也；乃命將士，擐介冑，礪矢石，審山川
之向背，應歲月之孤虛，所以靜邊陲也；乃命禮官，考制度，稽
典則，序文昭武穆，享天地神祇，所以申嚴潔也；乃命學者，繕
落簡，緝遺編，纂魯壁之文章，綴秦坑之煨燼，所以修文教也。
故能使流寓返枌榆之業，戎狄稱藩屏之臣，神祇歆其禋祀，庠序
聞其經術。既家六合，時巡兩京，函秦則委輸斯遠，鼎邑則朝宗
所利。封畿四塞，從來測景之都；城闕千門，自昔交風之地。陰
陽代謝。日月相推，豈可使春色虛捐，韶華並歇？乃置旨酒，命
英賢，有文苑之高才，有掖垣之良佐，舉杯稱慶，何樂如之？同
吟《湛露》之篇，宜振凌雲之藻。於時歲在乙丑，開元十三年三
月二十七日。[13]

這篇序言介紹了玄宗即位前的社會背景和即位後實施一系列的措施，
在軍事、禮樂、文教諸方面取得了卓越的成績。其中「乃命禮官，考
制度，稽典則，序文昭武穆，享天地神祇，所以申嚴潔也」表達了禮
樂治國的思想。〈春晚宴兩相及禮官麗正殿學士探得風字〉詩曰：

乾道運無窮，恒將人代工。陰陽調曆象，禮樂報玄穹。
介冑清荒外，衣冠佐域中。言談延國輔，詞賦引文雄。
野霽伊川綠，郊明翠樹紅。冕旒多暇景，詩酒會春風。

「陰陽調曆象，禮樂報玄穹」表達了要加強禮樂建設。

在〈首夏花萼樓觀群臣宴寧王山亭回樓下又申之以賞樂賦詩〉亦有表達禮樂治國的思想：

> 今年通閏月，入夏展春輝。樓下風光晚，城隅宴賞歸。九歌揚政要，
> 六舞散朝衣。天喜時相合，人和事不違。禮中推意厚，樂處感心微。
> 別賞陽臺樂，前旬暮雨飛。

《舊唐書》載：「十八年……夏四月乙卯，築京城外郭城，凡十月而功畢……丁卯，侍臣已下讌於春明門外寧王憲之園池，上御花萼樓邀其迴騎，便令坐飲，遞起為舞，頒賜有差。」[14] 據此，此詩當寫於開元十八年（703）。「九歌揚政要」，九歌即九德之歌，相傳為禹時的樂歌。以九歌宣揚施政的要領。「禮中推意厚，樂處感心微」以禮樂推行施政。

玄宗在很多詩歌中表達禮樂教化的治國思想，如：「不戰要荒服，無刑禮樂新。」（〈春中興慶宮酺宴〉）、「禮樂中朝貴，神明列郡欽。」（〈賜崔日知往潞州〉）、「禮樂沿今古，文章革舊新。」（〈集賢書院成送張說上集賢學士賜宴得珍字〉）玄宗在〈平胡〉曰：「武功今已立，文德愧前王」，文德是指以禮樂教化進行統治。武功與文德，玄宗更重視後者。

4、表達無為而治的思想

　　唐玄宗提倡和推崇道教，不僅親自注釋《道德經》並修《道德經疏》，還以道教思想來治理國家。開元二十九年（741）在科舉中設立道舉。天寶二年（743）兩京崇玄學改為崇玄館。《全唐文》卷四十〈策道德經及文列莊子問〉載：「朕聽政之暇，嘗讀《道德經》、《文》、《列》、《莊子》，其書文約而義精，詞高而旨達，可以理國，可以保身。朕敦崇其教，以左右人也。子大夫能從事於此，甚用嘉之。夫古今異宜，文質相變，若在宥而不理，外物而不為，行邃古之化，非御今之道。適時之術，陳其所宜。」[15] 唐玄宗認為道教「可以理國」、「可以保身」，敦崇道教，「可以左右人也」，實現治理國家的目的。士大夫能從事推廣道教，玄宗予以重用並嘉許。在〈春中與慶宮醼宴並序〉的序文中，玄宗表達了無為而治的思想：

> 夫抱器懷才，含仁蓄德，可以坐而論道者，我於是乎闢重門以納之；作扞四方，折衝萬里，可運籌帷幄者，我於是乎懸重祿以待之。是故外無金革之虞，朝有搢紳之盛，所以嚴廊多暇，垂拱無為，不言而海外知歸，不教而寰中自肅。元亨之道，其在茲乎？……[16]

　　從序文中可知道玄宗所重者一為有德論道之臣，一為勇猛拓邊之臣。事實上，任用了姚崇、宋璟、張說、李元紘等良臣，形成了開元之治，他才可以垂拱無為。詩曰：

九達長安道，三陽別館春。還將聽朝暇，回作豫遊晨。

不戰要荒服，無刑禮樂新。合酺覃土宇，歡宴接群臣。

玉罍飛千日，瓊筵薦八珍。舞衣雲曳影，歌扇月開輪。

伐鼓魚龍雜，撞鐘角觝陳。曲終酣興晚，須有醉歸人。

此詩先寫出遊的地點和原因，再寫宴會的場面和感想，最後以宴會結束為終結。全詩主要描寫遊宴場面，同時表達了無為而治的治國思想。如「不戰要荒服，無刑禮樂新，」不用發動戰爭而極遠的地方都來服侍天子，無須施予刑罰而禮樂自新，這就是道的力量。玄宗行不言之教，處無為之事，使天下百姓不知不覺地得到感化，這就是「巖廊多暇，垂拱無為」。玄宗在無為之治中設宴慶洽百僚。君臣共賞美食，暢飲之際，有歌扇舞衣，撞鐘伐鼓相伴，良辰美景，不醉難歸。此詩不僅將宴會的過程描寫得細緻，還將垂拱無為的感受表達得淋漓盡致。

玄宗深知無為之治的前提條件是有一批賢臣輔助。〈送忠州太守康昭遠等〉詩曰：

端拱臨中樞，緬懷共予理。不有臺閣英，孰振循良美。

分符侯甸內，拜手明庭裏。誓節期飲冰，調人方導水。

嘉聲馳九牧，惠化光千祀。時雨侔昔賢，芳猷貫前史。

佇爾頌中和，吾將令卿士。

首二句開門見山表示斂手無為而治，三四句稱讚忠州太守康昭遠賢

良，由「分符侯甸內」到「芳猷貫前史」，則是玄宗封地方官提出的殷切期望，希望他們在任時要為地方憂心，實施嘉政和教化，建立政績。「佇爾頌中和，吾將令卿士」，玄宗明白只有求得賢臣，施政才能如春風細雨，惠及天下，達至中正和平的社會，所以他鼓勵賢臣朝著建立中和社會的目標而努力，並承諾會獎勵他們。「俾予成百揆，垂拱問彝倫」（〈左丞相說右丞相璟太子少傅乾曜同日上官命宴東堂賜詩〉）、「端拱復垂裳，長懷御遠方」（〈送張說巡邊〉），這些詩歌反映了玄宗垂拱無為的治國思想。

三、唐玄宗與道士的交往

　　唐玄宗崇道，不僅親注《道德經》並修《道德經疏》，還與很多道士，包括司馬承禎、薛季昌、李抱朴、李含光、賀知章、趙法師、鄧紫陽、胡真師等人有交往，而且交情不淺。玄宗的詩歌中有十四首反映了道家思想和與道士交往的內容。其一是與道教徒的送別詩，有〈送賀知章歸四明〉、〈送趙法師還蜀因名山奠簡〉、〈送道士薛季昌還山〉、〈送玄同真人李抱朴謁灊山仙祠〉、〈王屋山送道士司馬承禎還天台〉、〈送胡真師還西山〉、〈詩送玄靜先生暫還廣陵並序〉、〈詩送玄靜先生歸廣陵並序〉、〈詩送玄靜先生赴金壇〉；其二是與道士的贈答，包括〈賜道士鄧紫陽〉、〈答司馬承禎上劍鏡〉、〈為趙法師別造精院過院賦詩〉。其三是歌詠道教始祖或道家仙人，有〈過老子廟〉、〈經河上公廟〉。[17]除〈詩送玄靜先生暫還廣陵並序〉、〈詩送玄靜先生歸廣陵並序〉、〈詩送玄靜先生赴金壇〉三首收錄於《全

唐詩續拾》，其餘皆載自《全唐詩》。這些詩歌反映出玄宗瞭解道士生活，在與道士交往的過程中，玄宗不是以君王身份，更多以道友身份相處，並流露出個人的真實情感。

1、描寫了道士的起居生活

首先，在內容方面，詩歌描寫了道士的起居生活。道士通常居住在清幽的名山勝境修道，周圍的自然環境非常怡人。在詩裏突出了自然環境幽靜的特色。如「林泉先得性，芝桂欲調神。」（〈王屋山送道士司馬承禎還天台〉）、「鸞鶴遙煙境」（〈詩送玄靜先生歸廣陵並序〉）、「雲路三天近，松溪萬籟虛。」（〈送道士薛季昌還山〉）。

在〈為趙法師別造精院過院賦詩並序〉也指出道士的居所是清幽之地。「秋九月，聽政觀風，存乎遊息。退朝之後，歷西上陽，入清虛院，則法師所居之地也。法師得玄元之法，養浩然之氣。故法此仙家，特建真宇。紫房對聳，綠竹羅生。既親重其人，每經過其地，以怡神洗雪，進德修業，何必齋心累月，遠在順風。因而賦詩，用適其意云爾。」[18]

> 宗師心物外，為道運虛舟。不戀巖泉賞，來從宮禁遊。
>
> 探玄知幾歲，習靜更宜秋。煙樹辨朝色，風湍聞夜流。
>
> 坐朝繁聽覽，尋勝在清幽。欲廣無為化，因茲庶可求。

趙法師即趙仙甫，開元時期的著名道士。開元十年，玄宗增崇玄元廟，

徵召有名的道士，趙仙甫、王仙卿、張探元、梁虛舟和田仙寮等在東
都洛陽被召見。此詩作於開元十年（722）。玄宗讚賞趙法師「不戀巖
泉賞，來從宮禁遊」，正是瞭解趙法師所居之地為深山林泉之地，玄
宗在為他別造精院時仿效法師的居所，令真宇不僅「紫房封聲，綠竹
羅生」，而且「煙樹辨朝色，風湍聞夜流」，擁有清幽的自然環境，
有助於修煉。

　　其次，玄宗對道士的活動行為也很熟悉。「探玄知幾歲，習靜更
宜秋」是指趙法師探玄、習靜的修道行為，道士除了精修，還會奠簡
採藥、燒金鼎等，這在其他詩句中亦有展現出來：

　　　　「道家奠靈簡」（〈送趙法師還蜀因名山奠簡〉）
　　　　「采藥逢三秀，餐霞臥九霄」（〈送玄同真人李抱朴謁潚山仙祠〉）
　　　　「緬想埋雙璧，長懷采五芝」（〈詩送玄靜先生赴金壇〉）

　　再次，玄宗除了對道士的居住環境、活動瞭如指掌，更洞徹道士
的性格。在〈送胡真師還西山〉：「仙客厭人間，孤雲比性閑。話離
情未已，煙水萬重山。」玄宗尊敬胡真師，稱之為仙客，指他超然遠
離俗塵，性格安閒，猶如孤雲。

　　道士多性靜，遠離喧囂，司馬承禎亦如是。〈王屋山送道士司馬
承禎還天台〉曰：

　　　　紫府求賢士，清谿祖逸人。江湖與城闕，異跡且殊倫。
　　　　間有幽棲者，居然厭俗塵。林泉先得性，芝桂欲調神。
　　　　地道踰稽嶺，天台接海濱。音徽從此間，萬古一芳春。

玄宗稱司馬承禎為幽棲者，對他幽棲在林泉和芝桂間，安然遠離塵囂
的修行生活表示讚賞。

2、流露真實情感

在感情方面，玄宗流露出真實情感，在與道士的交往中，玄宗不
是以君王身份自居，而是以道友相待。這在送別道士的詩中尤為明顯。

首先，在稱謂上用了表示尊重的詞語。如「逸人」、「真士」、
「真子」、「真客」、「宗師」、「幽棲者」、「仙客」和「煙霞士」
這些詞語反映出玄宗對道士的尊重和仰慕，帶有親切的感覺。相比之
下，玄宗送別官吏赴任和巡邊時稱呼官吏的詞語，如「臺閣」、「近臣」
和「股肱」等，君王與臣子的身份一目了然，等級森嚴，詞語顯得嚴
肅和莊重。

其次，玄宗在與道士的交往中提出修身或治國的要求，語氣平穩
輕鬆，猶如對待朋友。如「自知三醮後，翊我滅殘胡」（〈賜道士鄧
紫陽〉），希望道士設壇祈禱，幫助殲滅殘胡。玄宗在詩中稱自己為
「我」，「我」在此是賓語，「翊我」一詞沒有君主的高傲，反而有
朋輩的親密。「參同如有旨，金鼎待君燒」（〈送玄同真人李抱朴謁
灊山仙祠〉）期望李抱朴燒金鼎煉丹。「待君」一詞盡顯玄宗的謙虛，
沒有帝王的架子。相比之下，玄宗送別臣相時，提出治理要求，顯得
高高在上，語調嚴肅。如「佇爾頌中和，吾將令卿士。」（〈送忠州
太守康昭遠等〉），玄宗希望官吏可以管治地方有佳績，推行中和之
道，並會擢升他們。「吾將令卿士」，吾是主語，令是謂語，卿士是

賓語，這裏吾是主動，支配和控制臣子；與「翊我滅殘胡」相比，「我」
是賓語，此句省略了主語「鄧紫陽」，「我」是被動受助的，玄宗將
自己放在這種被動的位置，完全離開了政治層面，而是從道教層面來
說。

　　相比之下，玄宗對臣相提出的要求是從政績考慮，非常實在和嚴
格，如「課成應第一，良牧爾當仁」（〈送李邕之任滑臺〉）、「不
應陳七德，欲使化先敷」（〈餞王晙巡邊〉）這是從儒家的角度提出。
玄宗對道士所提的要求卻是虛幻的，帶有想像的成份，如：「猶期傳
秘訣，來往候仙輿。」（〈送道士薛季昌還山〉）希望薛季昌修煉成
功後傳秘訣，可以進入仙界。「真靈若可遇，鸞鶴佇來茲」（〈詩送
玄靜先生赴金壇〉）、「猶期御風便，朝夕候泠然」（〈詩送玄靜先
生暫還廣陵並序〉）、「當遷洞府日，留念上京期」（〈詩送玄靜先
生歸廣陵並序〉）。

　　再次，玄宗在詩中流露出對道士依依不捨的感情，這種感情不是
感傷，而是留戀。如〈送賀知章歸四明〉：

> 遺榮期入道，辭老竟抽簪。豈不惜賢達，其如高尚心。
> 寰中得秘要，方外散幽襟。獨有青門餞，群僚悵別深。

賀知章是越州永興人，晚年自號四明狂客。天寶初請為道士，敕賜鏡
湖。這首詩是玄宗送別賀知章回浙江四明山。首聯描寫賀知章遺棄榮
貴，辭官入道。頷聯稱讚他具有高尚心。頸聯想像他在四明山修煉的
生活。尾聯回到現實，寫歡送的宴會，大家都依依不捨。「群僚悵別
深」，一個「深」字，將玄宗的感情表露無遺，顯示了他對賀知章的

敬仰和難捨之情。清人沈德潛在《唐詩別裁集》卷九引朱子曰:「越
州有石刻唐朝臣送賀知章詩,只有明皇一首好。」沈氏的評論是:「愛
其賢,全其節,兩得之矣。」[19]

　　玄宗在送別詩中表現出對道士留戀的真實感情,可見他與道士深
摯的友情。作為君王,他沒有像其他唐代詩人在送別詩篇中表現出淒
苦纏綿、哀怨憂傷的情緒,詩中沒有出現「愁」、「悲」、「淚」、「泣」
等字眼,反觀其他詩人則有使用這些詞語,例如:

> 「一聽南津曲,分明散別愁。」　（儲光羲〈洛橋送別〉）
>
> 「楚國橙橘暗,吳門煙雨愁。」　（王昌齡〈送李擢遊江東〉）
>
> 「相思定如此,有窮盡年愁。」（李白〈尋陽送弟昌峒鄱陽司馬作〉）
>
> 「握手別征駕,返悲岐路長。」　（儲光羲〈送周十一〉）
>
> 「山川何寂寞,長望淚沾巾。」　（王維〈送孫二〉）
>
> 「雲山從此別,淚溼薜蘿衣。」　（孟浩然〈送友人之京〉）
>
> 「但灑一行淚,臨岐竟何云。」　（李白〈送張秀才謁高中丞〉）
>
> 「相思無晝夜,東泣似長川。」　（李白〈送王孝廉覲省〉）
>
> 「遙知辨璧吏,恩到泣珠人。」　（王維〈送李判官赴東江〉）

　　作為君王,玄宗不可能像文人那樣完全打開心扉,將個人感情強
烈地顯示出來,他以委婉的筆調將留戀之情表達出來。如:「二室遙
相望,雲回洞裏天」（〈送趙法師還蜀因名山莫簡〉）遙想道士趙仙
甫回四川後的修煉體道生活。「音徽從此間,萬古一芳春」（〈王屋
山送道士司馬承禎還天台〉）雖然相隔兩地,從此聽不到彼此的聲音,

但是友誼長存。玄宗以委婉含蓄的筆調描寫送別是符合帝王的身份，亦有盛唐氣象。

3、頻繁使用道教術語和道教典故

在語言方面，玄宗頻繁使用道教術語和道教典故。例如道家稱仙人居所，用詞為：「洞府」、「洞中天」、「紫府」、「玉洞」和「蓬瀛」。在稱仙人或天帝居處時，用詞為「金闕」、「玉清」。在描寫道士的活動時，用詞為「奠靈簡」、「採藥」、「餐霞」、「（燒）金鼎」、「埋雙璧」和「採五芝」。

在用典方面，主要運用了道家仙人的典故。如「江山尋故國，城郭信依然」（〈送趙法師還蜀因名山奠簡〉）和「歸期千載鶴，春至一來朝」（〈送玄同真人李抱朴謁灊山仙祠〉），用了漢代仙人丁令威的典故。傳說遼東人丁令威在學道成仙後化鶴歸故里，落在城門華表柱上。有少年欲射之，鶴乃飛鳴作人言：「有鳥有鳥丁令威，去家千年今始歸，城郭如故人民非，何不學仙塚纍纍。」唐玄宗對道教有深厚的造詣，使用這些為人所知的道教術語和典故，有助於拉近與道教的距離，令對方有親切、自然、被尊重的感覺。

此外，唐玄宗還使用了一些詞語來營造道教意象，如「雲」、「風」等詞。「雲路三天近，松溪萬籟虛。」（〈送道士薛季昌還山〉）「雲路」一般指青雲之路，喻宦途。如南朝鮑照《鮑氏集》卷九〈侍郎滿辭閣〉：「金閨雲路，從茲自遠。」玄宗詩的「雲路」指高聳入雲之路，而非宦途。「二室遙相望，雲回洞裏天。」（〈送趙法師還蜀因名山

奠簡〉）營造出白雲繚繞仙人居所的場景。「仙客厭人間，孤雲比性閒。」（〈送胡真師還西山〉）孤雲，不僅描寫環境，更突出道士的性格。「猶期御風便，朝夕候泠然」（〈詩送玄靜先生暫還廣陵並序〉）御風，乘風而行。泠然，輕妙貌。此兩句源於《莊子•逍遙遊》：「夫列子御風而行，泠然善也。」

1. 林庚：〈盛唐氣象〉，載於《百年學術──北京大學中文系名家文存（文學卷）》，北京：北京大學出版社，第 274—294 頁。
2. 許總：〈盛唐詩繁榮的人學視野〉，載於《中州學刊》，2002，第 2 期，第 92 頁。
3. 劉昫等撰：《舊唐書》卷八〈玄宗紀〉，北京：中華書局，1975，第 185 頁。
4. 劉昫等撰：《舊唐書》卷一〈高祖紀〉，北京：中華書局，1975，第 4 頁。
5. 劉昫等撰：《舊唐書》卷二〈太宗紀〉，北京：中華書局，1975，第 27 頁。
6. 沈德潛：《唐詩別裁集》卷九，上海：上海古籍出版社，1979，第 287 頁。
7. 鍾惺、譚元春著：《唐詩歸》，收於《續修四庫全書》第 1589 冊，集部，總集類，上海：上海古籍出版社，2002，第 597 頁。
8. 彭定求等編：《全唐詩》卷三，北京：中華書局，1960，第 32 頁。
9. 劉昫等撰：《舊唐書》卷六十六〈杜如晦列傳〉，北京：中華書局，1975，第 2472 頁。
10. 劉昫等撰：《舊唐書》卷九十六〈姚崇列傳〉，北京：中華書局，1975，第 3025 頁。
11. 司馬光：《資治通鑑》，北京：中華書局，1976，第 6763 頁。
12. 彭定求等編：《全唐詩》卷三，北京：中華書局，1960，第 27 頁。
13. 彭定求等編：《全唐詩》卷三，北京：中華書局，1960，第 34 頁。
14. 劉昫等撰：《舊唐書》卷八，北京：中華書局，1975，第 195 頁。
15. 董誥等：《全唐文》卷四十，北京：中華書局，1983，第 437-438 頁。
16. 彭定求等編：《全唐詩》卷三，北京：中華書局，1960，第 37 頁。
17. 丁放，袁行霈：〈唐玄宗與盛唐詩壇──以其崇尚道家與道教為中心〉，《中國社會科學》，2005，4：157-159，
18. 彭定求等編：《全唐詩》卷三，北京：中華書局，1960，第 37 頁。
19. 沈德潛編：《唐詩別裁集》，上海：上海古籍出版社，1979，第 287 頁。

第三節　唐玄宗詩歌的藝術特色

　　唐玄宗倡導禮樂文教和風雅之道，徹底改革六朝以來浮靡淺薄的文風。他的文學思想付諸於詩歌創作中。

　　唐玄宗詩歌的藝術特色有以下三方面：一、情動於中；二、剛健質樸；三、熟諳音律，以下詳細論述：

一、情動於中

　　唐玄宗是一個情感很豐富的君王，無論是對兄弟、妃嬪、還是對臣相、道士，他都以情待人，在詩歌中流露出真情實感，表現出個性化的特徵。

　　首先，詩題反映出玄宗通常是有感而賦詩，與他倡導詩歌須抒情言志的文學思想一致。如〈行次成皋途經先聖擒建德之所緬思功業感而賦詩〉，玄宗於開元十三年（725）東封泰山，於東封途中作。他對先王李世民在此擒獲勁敵竇建德，建立豐功偉績有感而發，這種感受是對歷史的感知和對先聖的仰慕，非常真實。又如〈同劉晃喜雨〉、〈喜雪〉、〈野次喜雪〉中的「喜」字，將玄宗對雨和雪的喜悅之情透露出來。如〈經鄒魯祭孔子而歎之〉，此詩是玄宗祭奠孔子而作，「歎」字蘊含著玄宗對孔子的讚歎和對其際遇的歎惜之情，字簡而情深。

其次，在詩序中，玄宗常指出自己「情發於衷」。如〈首夏花萼樓觀群臣宴寧王山亭回樓下又申之以賞樂賦詩（並序）〉：「奏群臣相悅之樂，踟躕西日，吟玩乘風，不知衷情之發於翰墨也」。〈千秋節宴（並序）〉：「令節肇開，情兼感慶，率題八韻，以示群臣」。〈遊興慶宮作（並序）〉：「詩以言志，歌以永言，情發於衷，率題此什」。這三首詩都是玄宗在與群臣及兄弟玩樂中，興之所至，情之所發。在詩歌的序言抒發了君王個人的情感。

再次，在詩歌裏描寫真實感情。玄宗著重兄弟友愛之情，在〈遊興慶宮作〉和〈鶺鴒頌〉都曾提及，如〈遊興慶宮作〉曰：

> 代邸青門右，離宮紫陌陲。庭如過沛日，水若渡江時。
> 綺觀連雞岫，朱樓接雁池。從來敦棣萼，今此茂荊枝。
> 萬葉傳餘慶，千年志不移。凭軒聊屬目，輕輦共追隨。
> 務本方崇訓，相輝保羽儀。時康俗易漸，德薄政難施。
> 鼓吹迎飛蓋，弦歌送羽厄。所希覃率土，孝弟一同規。

此詩通過對興慶宮的鋪陳敘寫，意象剛勁且典麗，「從來」二句以荊枝茂盛比喻兄弟友愛之情，感覺細膩。「萬葉」二句則見詩人的真實情懷，是傳統的儒家道德意識倡導兄弟之愛的折射。「務本」四句抒發對時政的看法。結尾清楚闡釋了儒家觀念。此詩宣揚孝弟，強調倫理教化，有政治功利目的，但詩人的主體性情在詩中弘揚，使詩歌的道德說教意味相對減弱。

唐玄宗以第三子繼位為皇帝，是因為大哥李成器的謙讓。《舊唐

書•讓皇帝憲傳》載:「讓皇帝憲,本名成器,睿宗長子也。」[1]玄
宗即位後,對大哥非常感激,並對兄弟倍加愛護。《唐語林》卷一載:
「明皇諸王友愛特甚,常思作長枕大被,與同起臥。諸王或有疾,上
輾轉終日不能食。左右開喻進膳,上曰:『弟兄,吾之手足。手足不理,
吾身廢矣,何暇更思寢食?』上於東都起五王宅,又於上都創花萼樓,
益與諸王會聚。或講經義,賦詩飲酒,歡笑戲謔,未嘗猜忌。」[2]由此
可見玄宗與兄弟和睦友愛的關係。玄宗之詩〈過大哥宅探得歌字韻〉、
〈同玉真公主過大哥山池〉、〈過大哥山池題石壁〉都是直接在題目
使用「大哥」稱謂,感情自然流露,盡顯親密關係,更在詩中稱讚大
哥:「魯衛情先重,親賢愛轉多」(〈過大哥宅探得歌字韻〉)、「地
有招賢處,人傳樂善名」(〈同玉真公主過大哥山池〉)。

二、剛健真樸

玄宗提倡「遒文六義陳」,追求雄健的文風。他身體力行,將文
學主張付諸具體的創作中。如〈幸蜀西至劍門〉:

> 劍閣橫雲峻,鑾輿出狩回。翠屏千仞合,丹嶂五丁開。
> 灌木縈旗轉,仙雲拂馬來。乘時方在德,嗟爾勒銘才。

首聯緊扣主題,寫出劍閣高峭的地勢。中二聯寫景,豪邁之餘而有動
感。頷聯遠景,先以「翠」、「丹」描寫山的色彩,再以「千仞」、
「五丁」形容山勢雄偉,「五丁」用典指秦惠王伐蜀而不識道路,於

是造了五隻石牛，把金放在石牛尾下，揚言石牛能屙金。蜀王負力信以為真，派五丁把石牛拉回國，為秦開了通蜀的道路。頸聯近景，「縈旗轉」、「拂馬來」感受新穎，想像獨到。詩人最後抒發人生感悟，「乘時方在德」是有對歷史和治國的反思。沈德潛評曰：「雄健有力，開盛唐一代先聲。」[3]又在《說詩晬語》評曰：「唐玄宗『劍閣橫雲峻』一篇，王右丞『風勁角弓鳴』一篇，神完氣足，章法、句法、子法，俱臻絕頂，此律詩正體。」[4]

又如〈校獵義成喜逢大雪率題九韻以示群官〉曰：

> 弧矢威天下，旌旗遊近縣。一面施鳥羅，三驅教人戰。
> 暮雲成積雪，曉色開行殿。皓然原隰同，不覺林野變。
> 北風勇士馬，東日華組練。觸地銀麞出，連山縞鹿見。
> 月兔落高矰，星狼下急箭。既欣盈尺兆，復憶礒谿便。
> 歲豐將遇賢，俱荷皇天眷。

玄宗描寫打獵景致，境界頗為廣闊。詩人敏銳地捕捉住富於特徵性的獵物，「銀麞」、「縞鹿」，觀察精細，動感十足。而「月兔」、「星狼」則在傳統的意象前加上天文之詞，虛實相雜，激發想像。詩人將喜逢大雪的情緒提升為期待賢良的感受，並用了周太公望未遇文王時垂釣於礒谿之典，符合帝王身份。此詩大自然的意象組合充滿生命力，顯示出剛勁的筆風，加上詩人感情的流露，使全詩具有舞動飛揚之妙。

三、熟諳音律

　　近體詩在齊唐時期開始萌芽，在初唐時期已具雛形，景龍、景雲年代，由宋之問、沈佺期總結出一套規律，此過程經歷二百二十多年，據《新唐書‧宋之問傳》載：

> 魏建安後迄江左，詩律屢變，至沈約、庾信，以音韻相婉附，屬對精密。及之問、沈佺期，又加靡麗，回忌聲病，約句準篇，如錦繡成文。學者宗之，號為「沈、宋」。[5]

　　自此，近體詩開始走向成熟，在盛唐被純熟運用，成為正格唐音。唐人殷璠論曰：「自蕭氏以還，尤增矯飾。武德初，微波尚在。貞觀末，標格漸高。景雲中，頗通遠調。開元十五年後，聲律風骨始備矣。」（《河嶽英靈集敘》）在唐代君王中，唐玄宗運用律體已達到純熟地步。明人胡震亨在《唐音癸籤》卷二十七曰：

> 有唐吟業之盛，導源有自。文皇英姿間出，表麗縟於先程；玄宗材藝兼該，通風婉於時格。是用古體再變，律調一新；朝野景從，謠習寖廣。[6]

　　在玄宗年代不僅「律調一新」，而且影響廣泛，朝野之士靡然向風，爭相學習使用新的聲律技巧。清人沈德潛在《唐詩別裁集》卷九曰：

> 太宗、高宗、中宗皆有詩，然承陳、隋之後，古律俱未諧，故以
> 玄宗為始。冠於唐初諸臣之上，尊君也。[7]

這裏指出太宗、高宗、中宗雖然都作詩，但詩歌是古體詩，音律未諧，
而玄宗的五律則超越了唐初的皇帝。

《唐詩別裁集》卷十七曰：

> 太宗、高宗俱有長律，然音節未能諧和，故以明皇為冠。[8]

這裏表達相同的觀點，太宗和高宗的長律仍存在音節不諧和的現象，
而玄宗的長律音節諧和，在君王中當居第一。

　　玄宗的詩歌講究格律，據筆者統計，在《全唐詩》，玄宗存詩63
首，有37首是五言律詩，3首是五言律絕，七言律詩、七言律絕各1首，
律詩佔66.6%。與此相比較的是太宗存詩99首，有8首是五言律詩，
5首是五言律絕，律詩佔11.1%。由上述統計，可以知道太宗雖然開始
講究詩的格律（五言四韻詩很多，有些用仄韻），但完全合乎規範的
律詩作品並不多，只佔少量。玄宗喜歡作詩，加上律詩的發展至盛唐
已定型，玄宗掌握新的聲律理論和技巧，所作之詩大部分是律詩，聲
律諧和，有傳世之作。如〈早度蒲津關〉詩曰：

> 鐘鼓嚴更曙，山河野望通。鳴鑾下蒲坂，飛旆入秦中。
> 地險關逾壯，天平鎮尚雄。春來津樹合，月落戍樓空。
> 馬色分朝景，雞聲逐曉風。所希常道泰，非復候繻同。

此詩平仄對偶悉合五言律詩規範。首二聯點題，中三聯寫景，清人沈德潛認為「寫曉景無刻畫痕」。對仗工整，尾聯表示期望，展露開闊的胸懷。此詩是一首標準的五言律詩，在對仗上，以「津樹」對「戍樓」，「馬色」對「雞聲」，意象較為特別，卻自然天成，沒有生硬、湊合之感，令清晨靜謐的意境躍然紙上。沈德潛曰：「王介甫選唐選，以此篇壓卷。」[9]此詩獲得極高的讚賞，可見玄宗純熟運用律體，功力不淺。

1. 劉昫等撰：《舊唐書》卷九十五〈睿宗諸子傳〉，北京：中華書局，1975，第3009頁。
2. 王讜：《唐語林》，收於《續修四庫全書》第1038冊，上海：上海古籍出版社，2002，第3頁。
3. 沈德潛：《唐詩別裁集》卷九，上海：上海古籍出版社，1979，第288頁。
4. 沈德潛：《說詩晬語》，北京：人民文學出版社，1979，第215頁。
5. 歐陽修：宋祁等撰，《新唐書》，北京：中華書局，1975，第5751頁。
6. 胡震亨：《唐音癸籤》卷二十七，上海：上海古籍出版社，1981，第281頁。
7. 沈德潛：《唐詩別裁集》卷九，上海：上海古籍出版社，1979，第287頁。
8. 沈德潛：《唐詩別裁集》卷十七，上海：上海古籍出版社，1979，第543頁。
9. 沈德潛：《唐詩別裁集》卷十七，上海：上海古籍出版社，1979，第543頁。

第四節　唐玄宗與盛唐詩壇

一、　唐玄宗與張説、張九齡集團

　　唐玄宗任命張説、張九齡為宰相，執掌集賢院，兩人以政治上的地位為文化的發展作出了倡導和示範的作用，成為開元政壇與文壇的雙重領袖。

　　張説在武則天朝應舉及第，歷任武則天、中宗、睿宗和玄宗四朝，為珠英學士、修文館學士、昭文館學士和集賢院學士。前後三度拜相，掌文學之任凡三十年，封燕國公，政治地位顯赫。張説「為文俊麗，用思精密，朝廷大手筆，皆特承中旨撰述，天下詞人，咸諷誦之。尤長於碑文、墓誌，當代無能及者。喜延納後進，善用己長，引文儒之士，佐佑王化，當承平歲久，志在粉飾盛時。其封泰山，祠睢上，謁五陵，開集賢，修太宗之政，皆説為倡首。」[1]張説在政治文化方面貢獻良多，朝廷大述作多由他撰寫。張説與蘇頲稱為「燕許大手筆」。

　　唐玄宗在東宮時，張説和國子司業褚無量為侍讀，張説已蒙禮遇，向太子灌輸儒家思想：「經天地、緯禮俗者，文教也。社稷定矣，固寧輯於人和；禮俗興焉，在刊正於儒范。……引進文儒，詳觀古典，商略前載，討論得失。」[2]玄宗受到張説的思想影響，在登基後所有的封祀大典由張説首倡並主持，開元時期形成了推崇禮樂雅頌之風，

成為盛唐文學革新的一個因素。

開元十三年,唐玄宗詔改麗正書院為集賢書院,授張説集賢院士,知院事。反映唐玄宗支持「文」、「儒」結合,並提供機構的保障。[3]唐玄宗還賜宴賦詩,其〈集賢書院成送張説上集賢學士賜宴得珍字〉云:「廣學開書院,崇儒引席珍。集賢招袞職,論道命台臣。禮樂沿今古,文章革舊新。獻酬尊俎列,賓主位班陳。節變雲初夏,時移氣尚春。所希光史冊,千載仰茲晨。」[4]

張説〈赴集賢院學士上賜宴應制得輝字〉云:「侍帝金華講,千齡道固稀。位將賢士設,書共學徒歸。首命深燕隗,通經淺漢韋。列筵榮賜食,送客愧儒衣。賀燕窺簷下,遷鶯入殿飛。欲知朝野慶,文教日光輝。」[5]唐玄宗在詩中指出集賢院的功能是徵集鴻儒和文士:「集賢招袞職,論道命台臣。」張説在應制詩中表達了對聖主的感激之情:「列筵榮賜食,送客愧儒衣。」張説通過集賢院汲引、團結了一大批文士,一起參與宮中宴飲、賦詩唱和。《新唐書•藝文志》四記「《集賢院壁記詩》二卷」[6]可以反映當時宮廷詩壇的盛況。

在開元九年後,唐玄宗對張説非常器重,不僅委以丞相重職,還在詩中多次稱讚張説。如「我有握中璧,雙飛席上珍。子房推道要,仲子訝風神。」(〈左丞相説右丞相璟太子少傅乾曜同日上官命宴東堂賜詩〉)子房指張説,仲子指宋璟,玄宗以寶玉形容兩人,蘊含對賢才欣喜之情。又如「三台入武帳,八座起文昌。寶冑匡韓主,華宗輔漢王。」(〈送張説巡邊〉)稱讚張説擁有軍威,巡視疆場。「聞有鴛鸞客,清詞雅調新。」(《南出雀鼠谷答張説》)稱讚張説的文采清雅。

　　張說對於盛唐詩壇的貢獻在於以其顯赫的政治地位提拔了眾多文士以及對文學思想的倡導。《張說年譜》對張說提拔的文士進行了歸納和排列：張九齡、賀知章、徐堅、孫逖、王翰、徐安貞、許景先、袁暉、韋述兄弟六人、趙冬曦兄弟六人、齊浣、王丘、徐浩、裴漼、尹知章、呂向、王灣、常敬忠、崔沔、康子元、敬會真等二十餘人。可見張說對盛唐詩壇繁盛局面的開端有直接的促進作用。[7]

　　在文學思想方面，張說強調文采與義理，其〈唐昭容上官氏文集序〉云：「是知氣有壹鬱，非巧辭莫之通；形有萬變，非工文莫之寫：先王以是經天地，究人神，闡寂寞，鑑幽昧，文之辭義大矣哉！」[8]既肯定「巧辭」與「工文」的藝術審美功能，又強調代表思想內涵的「辭義」的重要性。張說重視聲律和辭采，其〈洛州張司馬集序〉云「發言而宮商映，搖筆而綺繡飛。逸勢標起，奇情新拔，靈山變化，星漢昭回。感激精微，混《韶》、《武》於金奏；天然壯麗，綷雲於玉樓。當代名流，翕然崇尚。」這段話主要論述了詩歌的藝術技巧，張說注重構思「逸勢標起」、感情「奇情新拔」和風格「天然壯麗」。其〈盧思道碑〉肯定了歷代傑出的詩賦作家，如宋玉、潘岳、陸機、謝靈運、沈約、徐陵、庾信，他們的作品各具不同的藝術美。

　　張九齡參加科舉考試及第。《舊唐書•張九齡傳》曰：「玄宗在東宮，舉天下文藻之士，親加策問，九齡對策高第，遷右拾遺。」[9]張九齡得到張說的提拔，成為張說在政壇和文壇的接班人。《舊唐書•張九齡傳》曰：「時張說為中書令，與九齡同姓，敘為昭穆，尤親重之，常謂人曰：『後來詞人稱首也。』九齡既欣知己，亦依附焉。十一年，拜中書舍人。」[10]張說卒後，唐玄宗想到張說「常薦九齡堪為學士，

以備顧問」之言,於開元十九年三月,「召拜九齡為秘書少監、集賢院學士、副知院事。再遷中書侍郎。常密有陳奏,多見納用。」[11] 對九齡予以重用。

張九齡在獎掖人才方面與張說同出一轍。他提拔的詩人包括王維、盧象、皇甫冉等。徐浩《唐尚書右丞相中書令張公神道碑》云九齡執政時:「收拔幽滯,引進直言,野無遺賢,朝無闕政。」[12] 張九齡執政時,王維被擢為右拾遺。據《新唐書‧文藝傳》載:「王維,字摩詰,開元初,擢進士,調太樂丞,坐累為濟州司倉參軍,張九齡執政,擢右拾遺,歷監察御史。」[13] 盧象被擢為左補闕。據劉禹錫〈唐故尚書主客員外郎盧公集序〉說:「丞相曲江公方執文衡,揣摩後進,得公深器之,擢為左補闕河南府司錄司勳員外郎」。[14] 獨孤及〈唐故左補闕安定皇甫公集序〉亦載「補闕諱冉,字茂政……十歲能屬文,十五而老成,右丞相曲江張公深所歎異,謂清穎秀拔,有江徐之風。」[15] 以上記載都說明了張九齡樂於獎拔文學之士。《舊唐書》卷九十九〈張九齡傳〉載:「(張九齡)罷知政事,後宰執每薦引公卿,上必問:『風度得如九齡否?』」[16]「九齡風度」成為玄宗錄用臣相的標準。

開元年間,二張集團佔據了詩壇的主宰地位,兩人援引、獎勵大批文人,對盛唐詩歌的發展產生很大影響。兩人亦參與詩文創作。張說創作甚豐,《全唐詩》存詩五卷共 352 首。「謫岳州後,詩意悽惋,人謂得江山之助。」[17] 他對律詩有一定的認識和掌握,在五律、五排、七律等新詩體的創作上均有收穫,積累了豐富的經驗。《唐詩近體》評張說〈幽州夜飲〉:「結法唯老杜有之。」《唐詩觀瀾集》評〈將赴朔方軍應制〉詩云:「骨脈堅凝,氣體雄厚,此工部先鞭也。」張

說貶謫相、岳二州「詩意悽惋」，詩歌由臺閣走向社會，感物寄懷，個性凸現，有盛唐之音。《詩學淵源》論張說詩曰：「初尚宮體，謫嶽州後，頗為比興，感物寫懷，已入盛唐。」

張九齡的五古、五律成就頗高，五古以《雜詩》、《感遇》組詩出名。翁方綱曰：「曲江公委婉深秀，遠出燕、許諸公之上，阮、陳而後，實推一人，不得以初唐論。」指出九齡之詩超越張說，成為阮籍、陳子昂之後的一名大師。沈德潛云：「五言古體，發源於西京，流衍於魏、晉，頹靡于梁、陳。至唐顯慶、龍朔間，不振極矣。陳伯玉力掃俳優，直追曩哲，讀《感遇》等章，何音在黃初間也。張曲江、李供奉繼起，風裁各異，原本阮公。唐體中能復古者，以三家為最。」[18]張九齡的五言律詩以應制詩為主。胡應麟《詩藪》云：「初唐沈宋外，蘇李諸子，未見大篇。獨曲江諸作，含清拔於綺繪之中，寓神俊於莊嚴之內，如〈度蒲關〉、〈登太行〉、〈和許給事〉、〈酬趙侍御〉等作，同時燕許稱大手，皆莫及也。」[19]對其應制詩的評價甚高。張九齡五言律詩佳作〈望月懷遠〉、〈初發道中寄遠〉情景交融、氣韻高遠。張九齡在開元二十五年貶為荊州長史，在荊州創作了不少山水詩，多抒發政治感慨。二張在詩歌創作上的成績為盛唐詩歌呈現新氣象作出了各自的貢獻。

二、　唐玄宗與李林甫

開元前期，唐玄宗任用張說、張九齡為相，兩位賢臣善於延納後

進，獎掖文士，吸引了一大批文人匯聚左右，開創了盛唐詩歌繁榮的開端。在開元二十四年（736），張九齡因李林甫進讒言而罷相。唐玄宗從此重用李林甫，李林甫嫉妒賢良，鏟除異己，破壞了開元前期政治清明和經濟繁榮的局面。據史書記載，李林甫善音律，初為千牛直長，開元十四年（726）宇文融引為御史中丞，開元二十二年（734）為相，在天寶十二年（753）病卒，秉政十九年。[20]李林甫是吏官，非文士，史書稱其不學無術。《舊唐書·李林甫傳》云：「自無學術，僅能秉筆，有才名於時者尤忌之。而郭慎微、苑咸文士之闒茸者，代為題尺。林甫典選部時，選人嚴迥判語有用『杕杜』二字者，林甫不識『杕』字，謂吏部侍郎韋陟曰：『此云『杖杜』，何也？』陟俯首不敢言。太常少卿姜度，林甫舅子，度妻誕子，林甫手書慶之曰：『聞有弄麞之慶。』客視之掩口。」[21]《新唐書·李林甫傳》亦云：「林甫無學術，發言陋鄙，聞者竊笑。」[22]

李林甫任用阿諛獻媚者，獨攬大權，排斥異己。玄宗卻縱容他專權。「上在位多載，倦於萬機，恒以大臣接對拘檢，難徇私欲，自得林甫，一以委成。故杜絕逆耳之言，恣行宴樂，袵席無別，不以為恥，由林甫之贊成也。」[23]玄宗在開元後期至天寶年間，倦怠政事，不再虛心納諫，沉湎女色和玩樂中。

李林甫專政，對文士有三種態度，第一種是極盡打擊聲望在李林甫之上或聲譽頗高的文士，如張九齡、李適之、李邕、王琚等。第二種是輕視和排斥在文壇上頗負盛名卻仕途不順利的文士，如王維、孟浩然、杜甫和蕭穎士等人。第三種任用為其辦理文案的文人，如郭慎微與苑咸。[24]李林甫破壞科舉制度，蒙蔽玄宗。《資治通鑑》卷

二一五曰：六載（747）正月「上欲廣求天下之士，命通一藝以上皆詣
京師。李林甫恐草野之士對策斥言其奸惡，建言：『舉人多卑賤愚聵，
恐有俚言污濁聖聽。』乃令郡縣長官精加試練，灼然超絕者，具名送
省，委尚書覆試，御史中丞監之，取名實相副者聞奏。既而至者皆試
以詩、賦、論，遂無一人及第者。林甫乃上表賀野無遺賢。」[25] 在被
擯落的文士中，就有杜甫和元結。

　　在李林甫執政的天寶年間，文人受到打擊和排斥，仕途坎坷。《舊
唐書・文苑下》曰：「開元、天寶間，文士知名者，汴州崔顥、京兆
王昌齡、高適、襄陽孟浩然，皆名位不振。」[26]《明皇雜錄》云：「天
寶中，劉希夷、王昌齡、祖詠、張若虛、孟浩然、常建、李白、杜甫，
雖有文名，俱流落不偶，恃才浮誕而然也。」[27] 這段時期卻是文人創
作的高潮，如王維、李白、高適、崔顥創作了不少佳作。丁放、袁行
霈先生解釋盛唐詩人創作的豐收與仕進之「歉收」形成巨大的反差時
說：「盛唐後期，大量文人在仕途上受阻，便以更多的精力從事詩歌
創作。再加上社會矛盾日趨激烈，提供了大量的素材，也激發了他們
內心的不平，這正好發洩到詩歌之中。此外，盛唐文化在各個領域高
度發達，也對詩歌的繁榮起了重要的促進作用。」[28]

　　唐玄宗雖然知道李林甫嫉妒賢能，卻沒有採取行動制止他。這可
以從玄宗在蜀與給事中裴士淹評論將相的對話了解：「……因歷評十
餘人，皆當。至林甫，曰：『是子妒賢疾能，舉無比者。』士淹因曰：『陛
下誠知之，何任之久邪？』帝默不應。」[29] 玄宗縱容李林甫把持朝政，
重用貪官污吏，打擊排斥異己，令朝政昏暗，玄宗亦承受了最大的懲
罰。

　　綜上所述，唐玄宗統治的前期和中期，政治清明、社會穩定和經濟繁榮，他任用張說、張九齡為相，為詩壇帶來新氣象。二人為政壇和詩壇的領袖，樂於獎掖和扶持一大批文士，形成開元詩壇之盛。二張的文學創作，在律詩方面頗有建樹，引導開元詩風。玄宗統治後期，倦怠政事，沉湎玩樂，任用李林甫為相，對政壇和詩壇帶來了巨大的衝擊。李林甫嫉妒賢能、打擊和壓制文人，令文人的仕途坎坷。文人在黑暗的政權下，將內心的憤懣不平化為詩歌，寫出最優秀的作品，從而推動盛唐詩歌高潮的到來。

1.　劉昫等撰：《舊唐書》卷九十七〈張說傳〉，北京：中華書局，1975，第 3057 頁。
2.　張說：〈上東宮請講學啟〉，《全唐文》卷二百二十四，第 2265-2266 頁。
3.　葛曉音：《詩國高潮與盛唐文化》，北京：北京大學出版社，1998，第 282 頁。
4.　彭定求等編：《全唐詩》卷三，唐玄宗〈集賢書院成送張說上集賢學士賜宴得珍字〉，北京：中華書局，1960，第 35 頁。
5.　彭定求等編：《全唐詩》卷八十六，張說〈赴集賢院學士上賜宴應制得輝字〉，北京：中華書局，1960，第 965 頁。
6.　歐陽修：宋祁撰，《新唐書》卷六十，北京：中華書局，1975，第 1623 頁。
7.　許總：〈盛唐詩繁榮的人學視野〉，載於《中州學刊》，2002，第二期，第 93 頁。
8.　董誥等：《全唐文》卷二二五，張說〈唐昭容上官氏文集序〉，北京：中華書局，1983，第 2274-2275 頁。
9 .　劉昫等撰：《舊唐書》卷九十九〈張九齡傳〉，北京：中華書局，1975，第 3097 頁。
10.　劉昫等撰：《舊唐書》卷九十九〈張九齡傳〉，北京：中華書局，1975，第 3098 頁。
11.　劉昫等撰：《舊唐書》卷九十九〈張九齡傳〉，北京：中華書局，1975，第 3099 頁。
12.　董誥等：《全唐文》卷四四〇，徐浩〈唐尚書右丞相中書令張公神道碑〉，北京：中華書局，1983，第 4491 頁。
13.　歐陽修：宋祁撰，《新唐書》卷二百二〈王維傳〉，北京：中華書局，1975，第 5764-5765 頁。
14.　董誥等：《全唐文》卷六百五，北京：中華書局，1983，第 6112 頁。
15.　董誥等：《全唐文》卷三百八十八，北京：中華書局，1983，第 3940 頁。
16.　劉昫等撰：《舊唐書》卷九十九〈張九齡傳〉，北京：中華書局，1975，第 3099 頁。
17.　彭定求等編：《全唐詩》卷八十五，北京：中華書局，1975，第 918 頁。
18.　沈德潛編：《唐詩別裁集•凡例》，上海：上海古籍出版社，1979，第 2 頁。
19.　胡應麟：《詩藪》內編卷四，上海：中華書局上海編輯所，1958，第 74 頁。
20.　劉昫等撰：《舊唐書》卷一百六〈李林甫傳〉，北京：中華書局，1975，第 3235-3241 頁。

21. 劉昫等撰：《舊唐書》卷一百六〈李林甫傳〉，北京：中華書局，1975，第 3240 頁。
22. 歐陽修：宋祁撰，《新唐書》卷二百二十三〈李林甫傳〉，北京：中華書局，1975，第 6347 頁。
23. 劉昫等撰：《舊唐書》卷一百六〈李林甫傳〉，北京：中華書局，1975，第 3238 頁。
24. 丁放，袁行霈：〈李林甫與盛唐詩壇〉，載於《文學遺產》，2004，第 5 期，第 55 頁。
25. 司馬光：《資治通鑑》卷二一五，第 15 冊，北京：中華書局，1976，第 6876 頁。
26. 劉昫等撰：《舊唐書》卷一百九十下，北京：中華書局，1975，第 5049 頁。
27. 鄭處誨撰：田廷柱點校，《明皇雜錄》，北京：中華書局，1994，第 64 頁。
28. 丁放，袁行霈：〈李林甫與盛唐詩壇〉載於《文學遺產》，2004，第 5 期，第 58 頁。
29. 歐陽修，宋祁撰：《新唐書》卷二百二十三上〈李林甫傳〉，北京：中華書局，1975，第 6349 頁。

第五節　唐玄宗對盛唐詩壇的影響

　　詩歌發展至盛唐進入高潮，湧現出一大批詩人，以李白、杜甫、王維、孟浩然、岑參、張說、張九齡、高適、王昌齡、儲光羲、李欣、吳筠、皇甫冉等等為代表，他們的作品各具特色，令盛唐詩歌取得了輝煌的成就。盛唐詩歌繁榮的原因是多方面的，其中一個主要的原因是與唐玄宗對詩歌的重視和倡導有關。胡應麟在《詩藪》內編卷二指出：「漢稱蘇、李，然武帝，蘇、李儔也。魏稱曹、劉，然文帝，曹、劉匹也，唐稱李、杜，然玄宗，李、杜流也。三君首倡，六子並驅，盛絕千古，非偶然也。」[1] 這裏可以看到帝王對文學的首倡，影響了文學的發展。

　　第一，唐玄宗對文學的「首倡」體現在以詩賦取士的科舉制度。科舉制度令文人進士及第的機會增多。從開元十一年到二十一年，崔顥、祖詠、儲光羲、崔國輔、綦毋潛、王昌齡、常建、賀蘭進明、王維、薛據、劉長卿、元德秀等先後及第。[2] 在短短的十年內有這麼多的詩人及第，一方面鼓勵詩人在文學上作出努力，另一方面提高了詩人的社會地位，在社會上形成了普遍重視詩人和詩歌的風氣。正如獨孤及曰：「開元中蠻夷來格，天下無事，縉紳聞達之路惟文章。」[3] 杜佑曰：「開元以後，四海晏清，士無賢不肖，恥不以文章達，其應詔而舉者，多則二千人，少猶不減千人，所收百纔有一。」[4] 據清人徐松在《登

科記考》卷二引錄永隆二年八月詔時曰：「按雜文兩首，謂箴銘論表之類，開元間始以賦居其一，或以詩居其一，亦有全用詩賦者，非定制也。雜文之專用詩賦，當在天寶之季。」[5] 以詩賦取士的科舉制度在天寶年間確定下來。權德輿曰：「自開元、天寶間，萬戶砥平，仕進者以文講業，無他蹊隧」[6] 這些說法反映了開元、天寶時期大批中下層庶族文人通過參加科舉而登上政治舞臺，沒有其他捷徑。

　　天寶時期科舉有進獻文章和上著述等名目。在進獻文章方面，最明顯的例子是杜甫。據《舊唐書》卷一百九十下〈杜甫傳〉載：「甫天寶初應進士不第，天寶末，獻〈三大禮賦〉，玄宗奇之，召試文章，授京兆府兵曹參軍。」[7] 杜甫通過獻文章而進入仕途。科舉制度使文人登上政治舞臺，他們在文化領域創新，開拓了新的局面，使盛唐詩歌煥發光彩。

　　第二，玄宗任命著名文人張說、張九齡等等為相，朝廷的詔敕多由他們撰寫。張說掌文學之任共三十年，他「為文俊麗，用思精密，朝廷大手筆，皆特承中旨撰述，天下詞人，咸諷誦之。」玄宗尊重張說，當張說在開元十八年遇疾時，「玄宗每日令中使問疾，並手寫藥方賜之。」[8] 向張說表達關懷之情。玄宗對文人的尊重和優待，提高了文人的社會地位，在社會上樹立了普遍重視文人的風氣。又如蘇頲，蘇瓌之子，歷監察御史。神龍中，遷給事中、修文館學士和中書舍人。玄宗愛其文，由工部侍郎進紫微侍郎，與李乂對掌文誥。《舊唐書》卷八十八〈蘇瓌傳附蘇頲傳〉載：「上謂頲曰：‘前朝有李嶠、蘇味道，謂之蘇、李；今有卿及李乂，亦不讓之。卿所製文誥，可錄一本封進，題云‘臣某撰’，朕要留中披覽。’」[9] 可見玄宗以禮優待文人。

在蘇頲出葬日，玄宗遊咸宜宮，打算出獵，獲知蘇頲出葬，玄宗愴然曰：「蘇頲今日葬，吾寧忍娛遊。」中途還宮，可見玄宗對文人是非常尊重。相關例子，多不勝數，在此不贅述。

第三，玄宗重視文人，專門在翰林院養了一批詩人，在遊宴時陪侍。李白曾奉命供奉翰林，玄宗還親自調羹招待他。據《新唐書》卷二百二〈李白傳〉載：「天寶初，南入會稽，與吳筠善，筠被召，故白亦至長安。往見賀知章，知章見其文，歎曰：『子，謫仙人也！』言於玄宗，召見金鑾殿，論當世事，奏頌一篇。帝賜食，親為調羹，有詔供奉翰林。」[10]

玄宗愛李白之才，讓他侍從遊宴。李白曾經侍宴，醉倒庭上，令高力士為之脫靴。以上表明玄宗對李白非常優待，有時甚至放下萬乘之尊的架子。唐玄宗愛才和禮賢下士等等，在一定程度上促進了文學的發展。

總而言之，唐玄宗統治時期，通過以詩賦取士的科舉制度，促使大批文人如崔顥、祖詠、儲光羲、崔國輔、綦毋潛、王昌齡、常建、賀蘭進明、王維、薛據、劉長卿、元德秀等，登上政治舞臺。他們在文化領域創新，開拓了新的局面，使盛唐詩歌煥然一新。玄宗任用著名文人張說、張九齡為相，兩人喜延納後進，激發了文士的激情。玄宗愛才和禮賢下士等等，在很大程度上促進了文學的發展，形成了盛唐詩壇人才輩出的盛大局面。

1.　胡應麟：《詩藪》內編卷二，上海：中華書局上海編輯所，1958，第 22 頁。
2.　杜佑：《通典》卷十五〈選舉三・歷代制下〉，浙江：浙江古籍出版社，2000，第 8 頁。
3.　徐松撰：《登科記考》卷七、卷八，收《續修四庫全書》上海古籍出版社，2002，第 112-123 頁。

4. 獨孤及:《毗陵集》卷十一〈頓丘李公墓志〉,新興書局發行,第 84 頁。

5. 徐松撰:《登科記考》卷二,收《續修四庫全書》,上海古籍出版社,2002,第 37-38 頁。

6. 權德輿:《權載之文集》卷十七〈王公(端)神道碑銘並序〉,收《續修四庫全書》,上海古籍出版社,2002,第 142 頁。

7. 劉昫等撰:《舊唐書》卷一百九十下〈杜甫傳〉,北京:中華書局,1975,第 5054 頁。

8. 劉昫等撰:《舊唐書》卷九十七〈張說傳〉,北京:中華書局,1975,第 3056 頁。

9. 劉昫等撰:《舊唐書》卷八十八〈蘇瓌傳附蘇頲傳〉,北京:中華書局,1975,第 2880 頁。

10. 歐陽修:宋祁等撰,《新唐書》卷二百二〈文藝中〉,北京:中華書局,1975,第 5762-5763 頁。

第四章 唐代其他帝王的詩歌與詩壇

　　除了李世民、李隆基、武則天，《全唐詩》還存錄八位帝王的詩歌，分別是初唐的李治（高宗）、李顯（中宗）、李旦（睿宗）；盛唐的李亨（肅宗）；中唐的李適（德宗）和中晚唐的李昂（文宗）、晚唐的李忱（宣宗）和李曄（昭宗）。由於這些帝王的詩歌文集大多亡佚，我們無法看到他們的詩歌全貌，但從現存的少量詩歌來說，詩歌不僅反映了榮華富貴的宮廷生活和帝王的精神面貌，還反映了唐王朝由盛至衰的歷史，各具特色。

　　本章集中研究八位帝王的詩歌，分析創作主體的心態、藝術修養等方面，以及與當時詩壇的關係，從而對各時期的國家文藝政策、詩歌的傳承和發展有更深入的了解。

第一節　唐高宗、唐中宗、唐睿宗及唐肅宗的詩歌與初盛唐詩壇

　　唐高宗的詩歌內容豐富，有婚慶詩、歲時詩和巡幸詩。其藝術特色是詠物細膩，狀景如畫，物象紛呈，意境優美以及辭藻華麗富貴。高宗在進士科試雜文，加重了文學分量，促使文人可以進士及第，提高文學在社會中的地位，進一步加強當時社會的文化氛圍。唐中宗喜歡與臣下相唱和，詩作包括唱和、歲時、巡幸和遊樂等內容。中宗的詩歌氣勢浩大，景物相對壯麗。他善於描繪景物，常在詩中抒發感想，詩歌具有主觀色彩。中宗朝，雜文開始用詩賦為題，錄取的標準是華實兼舉。唐睿宗和唐肅宗的存詩和有關資料較少，故簡單論述。

一、唐高宗的詩歌與初唐詩壇

　　唐高宗即李治，是唐太宗的第九個兒子，生於貞觀二年（628），卒於弘道元年（683），享年五十六歲。貞觀十七年（643），唐太宗廢皇太子承乾，立李治為皇太子。貞觀二十三年（649），李治即皇帝位，年僅二十二歲，在位三十四年（649-683）。上元二年（675），唐高宗因患風疹而不能聽朝，政事由天后武則天決定。唐高宗集八十六卷，今失傳，存詩八首。

1. 唐高宗的詩歌內容

唐高宗的詩歌題材廣泛，包括婚慶、時令和巡幸等，集中反映了宮庭皇室的生活。

1.1 唐高宗的婚慶詩

〈太子納妃太平公主出降〉是一首描寫宮庭皇室嫁娶儀式的詩歌。《舊唐書》卷八十六〈高宗中宗諸子傳〉載：「又召詣東都，納右衛將軍裴居道女為妃。所司奏幾白雁為贄，適會苑中獲白雁，高宗喜曰：『漢獲朱雁，遂為樂府；今獲白雁，得為婚贄。彼禮但成謠頌，此禮便首人倫，異代相望，我無慚德也』」[1] 永隆二年（681），太子李哲納右衛將軍裴居道女為妃。有司奏贄用白雁，恰逢在皇苑意外獲得白雁。白雁不僅可以做婚贄，還具有象徵意義，標誌了人倫道德，讓子孫相望敬仰。因此高宗表示「無慚德」的欣喜之情。另一方面，太平公主出降薛紹。「太平公主，武后所生，后愛之傾諸女。帝擇薛紹尚之，假萬年縣為婚館……」[2] 兩宗喜事，何其盛哉，高宗撰詩〈太子納妃太平公主出降〉云：

> 龍樓光曙景，魯館啟朝扉。豔日濃妝影，低星降斂輝。
>
> 玉庭浮瑞色，銀牓藻祥徽。雲轉花縈蓋，霞飄葉綴旂。
>
> 雕軒回翠陌，寶駕歸丹殿。鳴珠佩曉衣，鏤璧輪開扇。
>
> 華冠列綺筵，蘭醑申芳宴。環階鳳樂陳，玳席珍羞薦。

　　蝶舞袖香新，歌分落素塵。歡凝歡懿戚，慶叶慶初姻。

　　暑闌炎氣息，涼早吹疏頻。方期六合泰，共賞萬年春。

此詩分三部分，第一部分由「龍樓光曙景」到「鏤璧輪開扇」，從清晨開始，描寫婚禮中親迎的過程。首兩句點題，「龍樓」「魯館」是太子所居之宮。「曙景」「朝扉」點明時間。「艷日」兩句則聚焦新娘，濃妝艷抹的新娘明艷動人。周圍的環境如「玉庭」「銀牓」籠罩在吉祥的氛圍下。「雲轉」兩句描寫親迎的隊伍，新人坐在軒車上，車蓋繡滿了像雲彩旋轉般的花朵，旗幟綴滿了像彩霞飄落的葉子。車駕回到皇宮，然後輪到「卻扇」的環節。「鏤璧輪開扇」，開扇即新郎拿開遮掩新娘臉龐的團扇，看到新娘的真容。

　　第二部分由「華冠列綺筵」到「涼早吹疏頻」，主要描寫婚宴的場景。顯貴的官員出席綺筵，場面既壯觀又講究排場。華筵上有「蘭醑」「鳳樂」「珍羞」「蝶舞」「歌分」等，美酒佳肴、音樂歌舞，盛宴場面既豪華又有氣派。第三部分末二句，抒寫對婚禮的感受。高宗在歡慶兩宗婚姻之際，寄寓國泰民安、政權永固和長命百歲。全詩辭藻華美、對仗工整、層次分明，是典型的三部式結構，即由破題、描寫式的展開和反應三部分組成。[3] 詩歌細緻地展現了皇室婚慶熱鬧豪華的場面。

1.2　唐高宗的歲時詩

　　唐高宗的時令詩有〈七夕宴懸圃二首〉、〈九月九日〉和〈守歲〉。高宗〈七夕宴懸圃二首〉詩云：

羽蓋飛天漢，鳳駕越層巒。俱歡三秋阻，共敘一宵歡。

璜虧夜月落，靨碎曉星殘。誰能重操杼，纖手濯清瀾。

霓裳轉雲路，鳳駕儼天潢。虧星凋夜靨，殘月落朝璜。

促歡今夕促，長離別後長。輕梭聊駐織，掩淚獨悲傷。

這兩首詩繼承了傳統的「七夕」主題，描寫牛郎織女七夕相會的神話故事。第一首詩以牛郎的身分描寫相聚。「羽蓋」兩句描寫牛郎織女乘車駕在天河相會，「俱歡」兩句省略了主語，即牛郎織女。「俱歡」、「阻」、「共敘」、「歡」等詞語表達了牛郎織女悲喜交加的感情。由此可見高宗是站在牛郎織女的角度去想像兩人的相會。這類省略主語的句型早在晉宋的七夕詩中出現，如謝莊〈七夕夜詠牛女應制詩〉：「俱傾環氣怨，共歇浹年心。」「璜虧」兩句寫景，「夜月落」、「曉星殘」反映時間飛逝。結尾兩句可以理解為從牛郎的角度發出的感慨，表達對織女深沉的愛戀。

第二首以織女的角度描寫相會。此首與上首稍微不同的是，在交代銀河相會後，隨即描寫夜景「虧星」、「殘月」，以此奠定相會傷感的情調，並抒發歡樂短暫離別長的感慨。最後以敘事收結，描寫織女織梭、獨自掩淚的場面。類似這種以落淚結尾的七夕詩句在前朝亦有不少，如宋王僧達〈七夕月下詩〉：「來歡詎終夕，收淚泣分河」、隋王眘〈七夕詩〉：「猶將宿昔淚，更上去年機。」雖然高宗兩首的七夕詩承襲傳統，沒有新意，但是高宗的詩歌充滿想像，描寫織女是「纖手濯清瀾」、「掩淚獨悲傷」，如此秀雅高貴，完全洗脫了齊梁以來部分七夕詩中的織女帶有「閨房之內」的形象，如梁簡文帝的「憐

從帳裏出，相見夜窗開。」（〈七夕穿針詩〉）以及隋張文恭的「含情向華幄，流態入重闈」（〈七夕詩〉），而有所突破。

〈九月九日〉寫重陽節，有不少新意，詩云：

> 端居臨玉扆，初律啟金商。鳳闕澄秋色，龍闉引夕涼。
> 野淨山氣斂，林疏風露長。砌蘭虧半影，巖桂發全香。
> 滿蓋荷凋翠，圓花菊散黃。揮鞭爭電烈，飛羽亂星光。
> 柳空穿石碎，弦虛側月張。怯猿啼落岫，驚雁斷分行。
> 斜輪低夕景，歸旆擁通莊。

重陽節是中國傳統節日。此詩突破重陽節詩的傳統內容，如登高、佩茱萸、飲菊花酒等，而是寫講武習射之禮。詩歌先從宮闕的角度看秋天，「澄秋色」、「引夕涼」勾勒出一幅秋色澄靜、夜晚清涼的畫面。然後視線從宮庭移到野林，野淨林疏、秋高風涼，蘭虧桂香、荷凋菊黃，從視覺和味覺觀賞秋天的花草樹木，靜中蘊藏靈性。接著描寫講武習射的場面，充滿動感。「爭電烈」、「亂星光」、「側月張」以天文現象從正面形容習武，在誇張中突出效果，別具一格。「怯猿」、「驚雁」兩句以動物的反應從側面描寫射擊的威力，栩栩如生。連續六句，動感紛呈，讓人目不暇給。最後兩句交代歸程，落日西照，旗幟飄揚，「擁通莊」反映高宗既心情愉快，又充滿自豪。

在高宗的影響下，大臣的奉和詩作也是以習武為重點，顯示君臣重武，形成風氣。如賀敳「帶星飛夏箭，映月上軒弧」（〈奉和九月九日應制〉）和許敬宗「鷲嶺飛夏服，娥魄亂雕弓」（〈奉和九月九日應制〉），誇張之餘充滿動感，盡顯壯觀場面。

1.3　唐高宗的巡幸詩

　　唐高宗的巡幸詩有〈過溫湯〉、〈謁慈恩寺題奘法師房〉和〈謁大慈恩寺〉。茲舉一組謁慈恩寺的詩歌為例：

> 謁慈恩寺題奘法師房
>
> 停軒觀福殿，遊目眺皇畿。法輪含日轉，花蓋接雲飛。
>
> 翠煙香綺閣，丹霞光寶衣。幡虹遙合彩，定水迴分暉。
>
> 蕭然登十地，自得會三歸。

> 謁大慈恩寺
>
> 日宮開萬仞，月殿聳千尋。花蓋飛圓影，幡虹曳曲陰。
>
> 綺霞遙籠帳，叢珠細網林。寥廓煙雲表，超然物外心。

　　慈恩寺是唐太宗貞觀二十二（648）年，太子李治為了紀念母后長孫氏建立。玄奘自印度學佛歸國，曾住該寺翻經院，從事佛經翻譯工作達八年之久。兩首詩都是寫慈恩寺，詞彙相近，例如：「花蓋」、「幡虹」、「霞」、「煙」。慈恩寺的景物沒變，都是法輪常轉、幡虹搖曳、翠煙裊裊、丹霞籠罩，寺院莊嚴蕭穆。有所區別的是，前者，李治為太子；後者，李治為皇帝。兩首詩表達了對於佛的理解，層次不同。李治為太子時，必恭必敬地謁慈恩寺，「蕭然登十地，自得會三歸」，十地，佛教稱菩薩修行漸近於佛的十種境界。三歸，佛教合稱歸依佛、歸依法和歸依僧為三歸。這兩句表現出李治對佛教的追求，從騷動走向三歸，從外在走向內在。當李治為皇帝，對佛教的理解更深一層，將理

解蘊藏在景物中，託景寓物，委婉蘊藉。「寥廓煙雲表，超然物外心」是將人生的體驗表達出來，此詩顯示了高宗絕世脫俗的人格風貌。

在詩歌格律方面，高宗的詩歌初具近體詩的雛形，講究對仗，但音律未諧。〈謁慈恩寺題奘法師房〉的中間三聯，從「法輪含日轉」到「定水迴分暉」，除了「翠煙香綺閣」一句的平仄相協外，其他句子失粘失對。〈謁大慈恩寺〉作於麟德元年（664），除了「叢珠細網林」中的「珠」和「網」失對，其他句子已符合五律的格律。高宗晚年的詩作〈太子納妃太平公主出降〉，對仗工整精緻，但失粘失對和出韻的現象比比皆是。由於近體詩的規律是由宋之問和沈佺期在景龍、景雲年代總結出來，所以高宗的詩歌音律未諧可以理解。

2. 唐高宗的詩歌藝術特色

唐高宗頗具觀察力，詩歌的藝術特色表現在：

第一，寫景詠物細膩，狀景如畫，物象紛呈，意境優美。如「路曲迴輪影，巖虛傳漏聲。暖流驚湍駛，寒空碧霧輕。林黃疏葉下，野白曙霜明」（〈過溫湯〉）。高宗在溫湯停駐觀看郊野的情景，感受自然界空靈之美，將六組意象並置，將視覺、聽覺和觸覺融為一體。九曲回腸的山路，回蕩著車輪的影子，靜中有動；滴水穿石，動中有靜。溫泉的急流飛奔，寒空的霧氣輕盈上升，樹林黃葉紛紛飄落，野外明霜歷歷在目。視覺和觸覺相互交織。結尾「煙霞斷續生」含有味外之味。這首詩純粹寫景，感物而作，沒有用典。與太宗的詩歌〈秋暮言志〉、〈望終南山〉等相比，唐高宗的詩歌格局相對狹小。同樣寫景，太宗的詩句是「朝光浮燒野，霜華淨碧空」「重巒俯渭水，碧嶂插遙

天」，視野開闊，氣勢磅礡。高宗留意輪影和漏聲等細微之處，細緻有餘，而景象不夠壯偉，氣魂欠缺宏大。

第二，詞藻華麗富貴。高宗接受上官儀的詩學理論，「糅之金玉龍風，亂之朱紫青黃」是以「上官體」為代表的「龍朔變體」語言的一個主要特徵，在高宗的詩歌中也體現出來。如作於永徽五年（654）的〈九月九日〉：「端居臨玉辰，初律啟金商。鳳闕澄秋色，龍闈引夕涼。」所用之詞語「玉辰」、「金商」「鳳闕」、「龍闈」皆為華彩富麗。又如永隆二年（681），高宗作〈太子納妃太平公主出降〉，「龍樓光曙景」、「玉庭浮瑞色」、「環階鳳樂陳」之句中以「龍樓」、「玉庭」、「鳳樂」等詞藻形容皇家宮闕的富麗堂皇，充滿了金銀氣。

3. 唐高宗與初唐文壇

高宗對初唐文壇做出最大的貢獻在於他在進士科試雜文。調露二年（681），採納考功員外郎劉思立的建言，在進士科試帖經與雜文，「文之高者放入策」[4]。高宗在進士科試雜文，加重了文學分量，促使一批有才之士可以進士及第，提高文學在社會中的地位，進一步加強當時社會的文化氛圍。

唐高宗即皇帝位後，重視文史。《舊唐書‧儒學傳上》云：「高宗嗣位，政教漸衰，薄於儒術，尤重文史。於是醇醲日去，華競日彰，猶火銷膏而莫之覺也。……」[5]最典型的例子是高宗重用上官儀。《舊唐書‧上官儀傳》云：「高宗嗣位，遷秘書少監。龍朔二年，加銀青光錄大夫、西臺侍郎、同東西臺三品，兼弘文館學士如故。本以詞彩自達，工於五言詩，好以綺錯婉媚為本。儀既貴顯，故當時多有效其

體者，時人謂為上官體」。[6]上官儀貞觀初中進士弟，在貞觀二十年 (646) 任起居郎，官階不高。唐高宗提拔了上官儀，令他在政治上有貴顯地位，促使了「綺錯婉媚為本」的上官體的形成和流行。以上官儀、許敬宗與李義府為主要代表，掀起了具有濃厚色彩的宮體詩歌的創作高潮，極大地影響了龍朔宮廷詩風。

二. 唐中宗的詩歌與初唐詩壇

唐中宗即李顯，唐高宗的第七個兒子，母親是武則天皇后。生於顯慶元年 (656) ，卒於景龍四年 (710) ，享年五十五歲。始封周王，儀鳳二年 (677) ，徙封英王。永隆元年 (680) ，立為皇太子。弘道元年 (683) ，高宗病逝，皇太子即帝位。皇太后臨朝稱制。元年二月 (684) ，皇太后廢帝為盧陵王。神龍元年 (705) ，復辟，在位六年。[7]唐中宗集四十卷，失傳，今存詩及聯句詩七首。

1. 唐中宗的詩歌內容

唐中宗在復位後，創作頻繁，有唱和詩、歲時詩和巡幸詩等。

1.1 唐中宗與群臣的唱和

唐中宗面臨極其複雜的朝廷政治局面，他一生兩得立儲、一次被

癈、兩次登基。他曾被遷於房州十年,期間,母后武則天執政,成為
女皇,李唐宗室子弟被殺戮者不計其數。中宗身在他鄉,度日如年,
惶恐不安,害怕母親加害於他,承受極大的精神壓力。在聖曆元年
(698),武則天召盧陵王(中宗)回洛陽後,立他為太子。在神龍元
年(705),張柬之等聯合右羽林衛大將軍李多祚和左威衛將軍薛思行,
發動神龍政變,殺死武則天的寵臣張易之和張宗昌兄弟。武則天只好
傳位給中宗。

　　中宗復位後,恢復了尊嚴,心情放鬆,進入了詩歌創作的繁盛
時期。在神龍元年(705)至景龍四年(710),他的創作活動甚為頻
繁,經常遊樂並與群臣唱和。根據《唐詩紀事》卷九記載,從景龍二
年(708)七夕至四年(710)四月二十九日,君臣唱和共有四十一次,
包括景龍二年(708)的〈七夕宴兩儀殿〉、〈九月九日登慈恩寺浮圖〉
等。景龍三年(709)的〈人日清暉閣宴群臣遇雪〉、〈晦日幸昆明池〉
等和景龍四年(710)的〈景龍四年正月五日移仗蓬萊宮御大明殿會吐
蕃騎馬之戲因重為柏梁體〉、〈送金城公主〉等。[8]

　　中宗的詩歌充滿愉悅和欣喜之情,以〈十月誕辰內殿宴群臣效柏
梁體聯句〉為例,景龍二年十一月五日是中宗的誕辰[9],中宗在內殿
舉行宴會宴群臣。他在聯句詩的開頭云:「潤色鴻業寄賢才」,表達
了希望賢才治理國家的良好願望,為此首柏梁體詩奠定了以國事為題
的基調。其他大臣都很謙卑地賦詩,各自表達志向,如何治理國家。
令此詩充滿了雅正。

1.2　唐中宗的歲時詩

唐中宗的歲時詩有〈九月九日幸臨渭亭登高得秋字〉、〈立春日遊苑迎春〉。其詩〈九月九日幸臨渭亭登高得秋字〉云：

> 九日正乘秋，三杯興已周。泛桂迎尊滿，吹花向酒浮。
> 長房萸早熟，彭澤菊初收。何藉龍沙上，方得恣淹留。

此詩一開始交代重陽節登高設宴，飲酒三杯，酒興已至。「泛桂」、「吹花」兩句以秋天的花朵來描寫飲酒的場面，在豪氣中加入文雅的元素。「長房萸」和「彭澤菊」兩句形容茱萸、菊花正逢秋收，這是收穫的季節。憑酒賞花，樂趣無窮。所以中宗在詩尾感嘆道：「何藉龍沙上，方得恣淹留。」指出未必到龍沙登高，才能樂而忘返，瀟灑自得的情緒，溢於言表。

《唐詩紀事》云：「是宴也，韋安石、蘇瓌詩先成，于經野、盧懷慎最後成，罰酒。」[10] 中宗九月九日登高，「時景龍三年也。」[11] 應制二十四人，大多數詩的意象是「茱萸」、「菊花」，如李迥秀〈奉和九日幸臨渭亭登高應制得風字〉曰：「正逢萸實滿，還對菊花叢。」等等，缺乏新意。

1.3　唐中宗的巡幸詩

唐中宗有一首巡幸詩，是他於景龍三年十二月十八日幸秦始皇陵

時所作。〈幸秦始皇陵〉云：

> 眷言君失德，驪邑想秦餘。政煩方改篆，愚俗乃焚書。
>
> 阿房久已滅，閣道遂成墟。欲厭東南氣，翻傷掩鮑車。

唐中宗對秦始皇是持批評的態度，一開頭直截了當地鞭韃秦始皇失德，接著以史事證之，從改篆字和焚書方面批評秦始皇的施政不當。此詩摻入中宗強烈的主觀判斷，以議論為主，對秦始皇的功過，有貶無讚，不留餘地。詩中感嘆阿房宮和閣道早已煙飛灰滅，具有歷史滄桑感。

1.4　唐中宗的遊樂詩

久視元年（700），武則天到石淙避暑，在宴席上賦詩〈石淙〉，皇親國戚、文武群臣屬和。皇太子〈石淙〉云：

> 三陽本是標靈紀，二室由來獨擅名。
>
> 霞衣霞錦千般狀，雲峰雲岫百重生。
>
> 水炫珠光遇泉客，巖懸石鏡厭山精。
>
> 永願乾坤符睿算，長居膝下屬歡情。

此詩是李顯做太子時作，正值44歲。第三句和第五句失粘，押庚韻，全詩對偶，但尚未完全合律。詩中的頷聯描寫石淙的美妙山色。山峰上的彩霞、彩雲千姿百態、如夢如幻，「千般狀」、「百重生」等誇

張之語盡顯山峰之奇美。第五、六句的「遇泉客」、「厭山精」，泉
仙和山中怪獸令石淙充滿了靈氣和神秘感，詩作充滿了道家色彩。尾
聯抒發個人感受，「永願乾坤符睿算，長居膝下屬歡情。」祝願天地
在母后的賢治下運作正常，亦表達了依戀母后，共聚天倫之樂的願望。
武則天在〈石淙〉曰：「且駐歡筵賞仁智」。皇太子在詩中展現的是
溫馨的親情，可謂「仁」。

2. 唐中宗詩歌的藝術特色

　　中宗的詩歌氣勢浩大，景物相對壯麗。唐中宗善於大處落筆，詩
歌的起句往往頗有氣勢，如「神皋福地三秦邑，玉臺金闕九仙家」（〈立
春日遊苑迎春〉），將皇朝宮闕總括，金碧輝煌，氣勢雄偉。又如「大
明御宇臨萬方」（〈景龍四年正月五日移仗蓬萊宮御大明殿會吐蕃騎
馬之戲因重為柏梁體〉），君臨天下，傲視萬方，這是君王的氣勢，
令人鎮懾。

　　中宗善於描繪景物，常在詩中抒發感想，詩歌具有主觀色彩。例
如〈立春日遊苑迎春〉：「迎春正啟流霞席，暫囑曦輪勿遽斜」，中
宗在立春日遊苑並飲酒，酒興大發，特意囑咐夕陽不要太早西斜而落，
儼然自然界之王。他在此展示了極度享樂型的生活追求。他曾在政治
的夾縫中生存，壓抑頗久，一旦為王，在很輕鬆的環境下，自我個性
便展露無遺。與其母后武則天「花須連夜發，莫待曉風吹」（〈臘日

宣詔幸上苑〉）相比，武則天以主宰者的身份命令大自然，他則顯露
了親近大自然的一面。

3. 唐中宗與初唐詩壇

　　景龍二年（708），唐中宗在修文館置大學士、學士和直學士。
「初，中宗景龍二年，始於修文館置大學士四員，學士八員，直學士
十二員，象四時、八節、十二月。」[12] 讓學士可以「掌詳正圖籍，教
授生徒，朝廷制度沿革、禮儀輕重，皆參議焉」[13]，地位得到明顯的
提高。

　　中宗大力扶持詩歌，喜歡遊宴賦詩，並在遊宴中營造歡快和親密
的氛圍，不講君臣禮法，學士們都紛紛屬和，娛樂色彩濃厚，宮廷賦
詩又蓬勃起來，盡顯盛世氣象。「凡天子饗會游豫，唯宰相、直學士
得從，春幸梨園並渭水祓除，則賜柳圈辟癘；夏宴蒲萄園，賜朱櫻；
秋登慈恩浮圖，獻菊花酒稱壽；冬幸新豐，歷白鹿觀，上驪山，賜浴
湯池，給香粉蘭澤。從行給翔麟馬、品官黃衣各一。帝有所感，即賦詩，
學士皆屬和，當時人所欽慕。然皆狎猥佻佞，忘君臣禮法，惟以文華
取幸，若韋元旦、劉允濟、沈佺期、宋之問、閻朝隱等，無它稱。」[14]
一方面促進文學的發展，另一方面卻破壞封建倫理綱紀。

　　中宗還嘉獎群臣的賦詩，一年四季的賜物各不相同，令群臣形成
賦詩的風氣。在賦詩的過程中形成競賽，如沈宋之爭。「中宗正月晦
日幸昆明池賦詩，群臣應制百餘篇。帳殿前結綵樓，命昭容選一首為
新翻御製曲。從臣悉集其下，須臾紙落如飛，各認其名而懷之。既進，
唯沈、宋二詩不下。又移時，一紙飛墜，競取而觀，乃沈詩也。及聞

其評曰：二詩工力悉敵。沈詩落句云：『微臣彫朽質，羞睹豫章材。』蓋詞氣已竭。宋詩云：『不愁明月盡，自有夜珠來。』猶陟健舉。沈乃伏，不敢復爭。」[15]宋之問的詩歌取勝，確立了雄麗健舉的審美標準，不再是爭構雕刻，盛唐氣象初露端倪。

4. 唐中宗對初唐詩壇的影響

在天授元年（690）武則天稱帝前後曾暫停詔進士試雜文一段時期。中宗神龍元年（705）恢復了進士考試帖經和雜文。「凡進士先帖經，然後試雜文及策，文取華實兼舉，策須義理愜當者為通。」[16]雜文開始用詩賦為題，錄取的標準是華實兼舉。可見以詩賦取士發軔於此。

中宗重視臣相，大力推掖文士。例如張說在武則天執政期間因指證魏元忠沒有謀反而被流放，後因中宗的赦免而可以從欽州歸長安。「景龍中，丁母憂去職，起復授黃門侍郎，累表固辭，言甚切至，優詔方許之。是時風教頹紊，多幾起復為榮，而說固節懇辭，竟終其喪制，大為識者所稱。服終，復為工部侍郎，俄拜兵部侍郎，加弘文館學士。」[17]張說因守喪而沒有出任黃門侍郎，中宗等他服喪期滿召他為工部侍郎，很快召拜兵部侍郎和弘文館學士。高棅在《唐詩品彙》中有評：「神龍以還，洎開元初，陳子昂古風雅正，李巨山文章宿老，沈宋之新聲，蘇張之大手筆，此初唐之漸盛也。」正是有李嶠、沈佺期、宋之問、蘇頲、張說在詩歌創作上的實踐，初唐的詩歌在聲律等方面逐漸完善，為進入盛唐做好了準備。

三. 唐睿宗的詩歌與初唐詩壇

　　唐睿宗即李旦，是唐高宗的第八個兒子，母親是武則天皇后，哥哥是唐中宗。生於龍朔二年（662），卒於開元四年（716），享年五十五歲。始封殷王，乾封元年（666）總章二年（669），徙封豫王。嗣聖元年（684），皇太后臨朝，廢中宗為盧陵王，立豫王為皇帝。則天改國號為周，降帝為皇嗣。聖曆元年（698），唐中宗自房陵還，則天立中宗為皇太子，封帝為相王。神龍元年（705），唐中宗復辟，封安國相王。景龍四年（710），中宗崩，相王即皇帝位，在位三年。今存詩一首。

1. 唐睿宗的詩歌內容

　　久視元年（700），武后到嵩山石淙避暑，在宴席上賦七言律詩〈石淙〉，王公群臣屬和。相王和作〈石淙〉云：

> 奇峰嶬嶙箕山北，秀崿岹嶢嵩鎮南。
> 地首地肺何曾擬，天目天台倍覺慚。
> 樹影蒙龍鄣疊岫，波深洶湧落懸潭。
> □願紫宸居得一，永欣丹扆御通三。　（第七句缺一字）

此詩是李旦做相王時作。首聯描寫箕山和嵩山的奇峰秀崿。「嶬嶙」和「岹嶢」用詞古雅，曹植在〈九愁賦〉曾用「岹嶢」一詞：「踐蹊

隧之危阻，登嵓嶢之高岑。」「嵓」，也作「岊」。這是直接描繪箕山和嵩山的高聳峻峭。首聯氣勢壯觀，對仗工整。頷聯則將「地首」「地肺」（即終南山）、天目山和天台山等高山與箕山和嵩山相比，前者相形見絀，反襯箕山和嵩山的高聳。第五句具體描繪山景，樹林叢生，樹影朦朧，層層疊疊的山巒若隱若現。直到第六句，才正面描繪山澗。有了前面山峰峻峭挺拔的鋪墊，以「波深洶湧」形容深澗，則水到渠成。「落懸潭」極具動感。第七句雖缺一字，但與第八句結合來看，「紫宸」對「丹辰」，「居得一」對「御通三」，由此推斷尾聯用了對仗。相王在此祝願母后以天下為正，統治暢通，政績卓然。「得一」，純正之意，源自《老子》：「昔之得一者，天得一以清，地得一幾寧，……侯王得一以天下為正。」充滿道家色彩。屈原〈遠遊〉：「奇傳說之託辰星兮，羨韓眾之得一。」得一比喻古先聖獲道純也。相王用詞古奧，委婉地稱讚母后，典雅得體，沒有流於俗套，可謂「智」。《兩唐書》指睿宗好學，工草隸，通訓詁。[18] 由此可見一斑。

　　睿宗雖存詩一首，但此詩押覃韻，全用對仗，首聯工對，頷聯和頸聯寬對，但頷聯和頸聯失粘失對，故此詩尚未完全合律。詩歌既有整體描寫，又有具體刻劃奇峰秀水，還善於用對比的手法。而在用詞方面，他從《老子》、《楚辭》和曹植等詩人的作品中汲取營養，使詩作充分展現了一定的文學修養。

2. 唐睿宗與初唐文壇

　　唐睿宗一生經歷了多次政治變故，皇族內部奪權爭鬥激烈。他曾兩度登基即位，第一次在文明元年（684）二月，至載初元年（690）九月。第二次是景雲元年（710）六月至延和元年（712）八月。在位時間很短，沒有明顯的政績，實際上是傀儡皇帝。睿宗對初唐詩壇的影響有限，豈可與唐太宗和武則天對詩壇的深遠影響相比。

　　唐睿宗「謙恭孝友，好學，工草隸，尤愛文字訓詁之書」。[19] 中宗朝宴集賦詩屬和之風一直持續到睿宗朝。睿宗崇尚道教，曾召司馬承禎至京城。其後司馬承禎還山，李適贈詩，朝廷之士和詩三百多人。據《舊唐書•李適傳》載：「睿宗時，天台道士司馬承禎被征至京師，及還，適贈詩，序其高尚之致，其詞甚美，當時朝廷之士，無不屬和，凡三百餘人。徐彥伯編而敘之，謂之〈白雲記〉，頗傳於代。」[20] 李適贈詩已佚，〈白雲記〉和徐彥伯〈序〉亦佚。現存沈佺期和詩〈同工部李侍郎適訪司馬子微〉：「紫微降天仙，丹地投雲藻。上言華頂事，中問長生道。華頂居最高，大壑朝陽早。長生術何妙，童顏後天老。清晨朝鳳京，靜夜思鴻寶。憑崖飲蕙氣，過澗摘靈草。……聞有《參同契》，何時一探討？」此詩盛讚司馬承禎道行高深。

　　唐睿宗對初唐詩人的創作和個人命運有一定的影響。以宋之問為例，他在武則天和中宗朝時地位優越。「睿宗即位，以之問嘗附張易之、武三思，配徙欽州。先天中，賜死於徙所，之問再被竄謫，經途江、嶺，所有篇詠，傳布遠近。」[21] 宋之問在遭貶謫後，詩作流露出痛苦和悲哀，與早期的風格截然不同。如〈初發荊府贈長史〉云：「仍

隨五馬謫，載與兩禽奔。明主無由見，群公莫與言。幸君逢聖日，何
惜理虞翻？」（首聯缺）宋之問借三國虞翻自況，乞崔長史為他申訴。

　　綜上所述，睿宗朝仍盛行宴會賦詩屬和之風，對詩歌的發展起到
促進作用。正如殷璠在《河嶽英靈集敘》指出「景雲中，頗通遠調」，
為開元十五年後「聲律風骨始備」的盛唐詩歌做好準備。而睿宗對初
唐詩人如宋之問的創作和個人命運有影響，令宋之問貶謫後所作充滿
悲情和突顯個性。

四. 唐肅宗的詩歌與盛唐詩壇

　　唐肅宗即李亨，是唐玄宗的第三個兒子。生於景雲二年（711）。
卒於寶應元年（762），享年五十二歲。初封陝王，開元十五年（727），
封忠王。開元二十六年（738），立為皇太子。天寶十四年（755），
安祿山叛亂，攻陷潼關，玄宗逃往四川。李亨至靈武即皇帝位，改元
曰至德，尊玄宗為「上皇天帝」。在位七年。[22]

1. 唐肅宗的詩歌內容

　　《全唐詩》存錄唐肅宗詩四首，以詠物詩為主。

1.1　唐肅宗的詠物詩

　　唐肅宗的〈延英殿玉靈芝詩三章章八句〉云：

　　玉殿肅肅，靈芝煌煌。重英發秀，連葉分房。
　　宗廟之福，垂其耿光。（此章缺二句）

　　元氣產芝，明神合德。紫微間采，白蕣呈色。
　　載啟瑞圖，庶符皇極。天心有眷，王道惟直。

　　幸生芳本，當我宸旒。效此靈質，賁其王猷。
　　神惟不愛，道亦無求。端拱思惟，永荷天休。

此詩作於上元二年（761）七月。「甲辰，延英殿御座梁上生玉芝，一
莖三花，上製〈玉靈芝詩〉。」[23] 歷代統治者把某些自然現象，附會
人事，認為是預示人間禍福吉凶的跡兆。古人視靈芝為瑞草。在延英
殿發現靈芝，唐肅宗當然視之為是瑞兆，在第一首詩，前半部分運用
賦的表現手法直接描摹靈芝。「玉殿肅肅，靈芝煌煌。重英發秀，連
葉分房。」首先用疊字詞來稱讚靈芝光彩奪目，詩歌充滿音樂感，奠
定全詩稱讚的語調。繼而以細緻的筆法描繪靈芝的形狀。後半部分雖
缺二句，但整體上都是稱讚靈芝的出現是宗廟之福。第二首詩亦是前
半部分狀物，後半部分抒發感想。這一首對靈芝的稱讚上升到神的層
次。「元氣產芝，明神合德」將靈芝賦予神性，此為虛。「紫微間采，
白蕣呈色」詳細描寫靈芝的顏色。虛實相間。肅宗感慨延英殿出現靈
芝是瑞圖，符合帝王統治的準則，這是天帝的心意，王道唯有正直。
第三首進一步借靈芝闡述無為的治國理念。「效此靈質，賁其王猷」
稱讚靈芝令王道宏大。最後四句表達無為之治，希望永遠承受天賜福

祐。肅宗將靈芝帶來的徵兆描繪得吉祥如意，表現了他主觀和迷信的觀念。可惜「永荷天休」只是良好的願望，一年後肅宗崩於長生殿。唐肅宗的詩歌特色是「屬詞典麗」，描寫細緻。

1.2　唐肅宗的聯句詩

〈賜梨李泌與諸王聯句〉曰：

> 先生年幾許，顏色似童兒。——潁王
>
> 夜抱九仙骨，朝披一品衣。——信王
>
> 不食千鍾粟，唯餐兩顆梨。——益王
>
> 天生此間氣，助我化無為。——肅宗

〈鄴侯外傳〉載：「又，肅宗嘗夜坐，召潁王等三弟同於地爐罽毯上，以泌多絕粒，肅宗每為自燒二梨以賜泌。時潁王恃恩固求，肅宗不與。曰：『汝飽食肉，先生絕粒，何乃爾耶？』潁王曰：『臣等試大家心，何乃偏耶！不然，三弟共乞一顆。』」肅宗亦不許。別命他果以賜之。王等又曰：『臣等以大家自燒故乞，他果何用！』因曰：「先生恩渥如此，臣等請聯句以為他年故事。」[24] 肅宗一句流露出渴求賢良、無為而治的思想。

2. 唐肅宗與盛唐詩壇

由於唐肅宗經歷了「安史之亂」，他對待文人是包含了很大的政治因素。從他如何對待李白、杜甫、高適和王維等詩人中窺見一斑。

李白有政治熱情卻缺乏政治才能。在「安史之亂」，他加入了永王李璘的隊伍。「祿山之亂，玄宗幸蜀，在途以永王璘為江淮兵馬都督、揚州節度大使，白在宣州謁見，遂辟為從事。永王謀亂，兵敗，白坐長流夜郎。」[25] 至德二年末，李白因「從璘」而被肅宗治罪，長流夜郎。在流放期間，他寫了不少詩歌如〈流夜郎永華寺寄尋陽群官〉等，「天命有所懸，安得苦愁思。」抒發悲憤和冤屈之情。

至德二年（757）五月，肅宗藉故罷免房琯宰相。杜甫疏救房琯，觸怒肅宗。「至德二年，亡走鳳翔上謁，拜右拾遺。與房琯為布衣交。琯時敗陳濤斜，又以客董廷蘭罷宰相。甫上疏言：『罪細不宜免大臣。』帝怒，詔三司雜問。宰相張鎬曰：『甫若抵罪，絕言者路。』帝乃解。」[26] 同年閏八月一日，肅宗以墨制放歸杜甫鄜州省家，實為遣歸。杜甫從疏救房琯案中，徹底認清唐肅宗信任宦官，斥賢拒諫，排斥唐玄宗舊臣。杜甫創作長篇敍事詩〈北征〉，「顧慚恩私被，詔許歸蓬蓽。拜辭詣闕下，怵惕久未出。雖乏諫諍姿，恐君有遺失。」對唐肅宗斥賢拒諫、違背唐朝諫官制度、破壞中書門下制度，提出委婉而嚴正的批評。

同是對待「永王李璘」事件，高適展現了政治智慧。「二年，

永王璘起兵於江東，卻據揚州。初，上皇以諸王分鎮，適切諫不可。及是永王叛，肅宗聞其論諫有素，召而謀之，適因陳江東利害，永王必敗。上奇其對，以適兼御史大夫、揚州大都督府長史、淮南節度使。……兵罷，李輔國惡適敢言，短於上前，乃左授太子少詹事。」[27] 高適雖然有功於肅宗，但由於讒言而被授予閒職。上元二年，高適任蜀州刺史曾作〈人日寄杜二拾遺〉「身在南蕃無所預，心懷百憂復千慮。」詩中表達思念故鄉、同情杜甫流離失所的遭遇，並有自憐的情緒。

「安史之亂」爆發，長安淪陷，王維被叛軍俘虜，被迫接受偽職。「祿山宴其徒於凝碧宮，其樂工皆梨園弟子、教坊工人。維聞之悲惻，潛為詩曰：『萬戶傷心生野煙，百官何日再朝天？秋槐葉落空宮裏，凝碧池頭奏管絃。』賊平，陷賊官三等定罪。維以〈凝碧詩〉聞於行在，肅宗嘉之，會縉請削己刑部侍郎以贖兄罪，特宥之，責授太子中允。乾元中，遷太子中庶子、中書舍人，復拜給事中，轉尚書右丞。」[28] 王維因〈凝碧詩〉而受到肅宗的寬宥，後升任尚書右丞。

總之，肅宗一方面渴求賢良、希望無為而治，一方面由於政治變故，他對著名詩人如李白、杜甫、高適和王維有不同的看法。而「安史之亂」改變了詩人的命運。李白錯誤支持永王李璘，以致被治罪，長流夜郎。高適雖然是「詩人之達者」，但被肅宗授予閒職。王維獲得肅宗的寬宥，後升任尚書右丞，晚年創作陷於停頓。杜甫以詩為史，創作出「三吏」「三別」等詩篇，成為盛唐最優秀的現實主義詩人，對後世產生了巨大的影響。

1.　劉昫等撰：《舊唐書》卷八十六《高宗中宗諸子傳》，北京：中華書局，1975，第 2829 頁。
2.　許有功輯撰：《唐詩紀事》卷一〈高宗〉，上海：上海古籍出版社，2008，第 7 頁。
3.　《初唐詩》，(美) 斯蒂芬 • 歐文撰，貫晉華譯，廣西人民出版社 1987 年版，第 6 頁。
4.　王定保撰：《唐摭言》卷一〈唐五代筆記小說大觀〉，上海：上海古籍出版社，2000 第 1582 頁。
5.　劉昫等撰：《舊唐書》卷一百八十九〈儒學傳上〉，北京：中華書局，1975，第 4942 頁。
6.　劉昫等撰：《舊唐書》卷八十〈上官儀傳〉，北京：中華書局，1975，第 2743 頁。
7.　劉昫等撰：《舊唐書》卷七〈中宗本紀〉，北京：中華書局，1975，第 135-151 頁。
8.　計有功輯撰：《唐詩紀事》卷一〈中宗〉，上海：上海古籍出版社，2008，第 113-116 頁。
9.　彭慶生著：《初唐詩歌系年考》卷五〈唐中宗朝〉，北京：北京大學出版社，2012，第 319 頁。
10.　計有功輯撰：《唐詩紀事》卷一〈中宗〉，上海：上海古籍出版社，2008，第 8 頁。
11.　計有功輯撰：《唐詩紀事》卷一〈中宗〉，上海：上海古籍出版社，2008，第 8 頁。
12.　計有功：《唐詩紀事》，上海：上海古籍出版社，2008，第 113 頁。
13.　歐陽修，宋祁等撰：《新唐書》卷四十七，北京：中華書局，1975，第 1209 頁。
14.　計有功：《唐詩紀事》，上海：上海古籍出版社，2008，第 114 頁。
15.　計有功：《唐詩紀事》，上海：上海古籍出版社，2008，第 28 頁。
16.　李林甫等撰，陳仲夫點校：《唐六典》卷四，北京：中華書局，1992，第 109 頁。
17.　劉昫等撰：《舊唐書》卷九十七〈張說列傳〉，北京：中華書局，1975，第 3051 頁。
18.　劉昫等撰：《舊唐書》卷七〈睿宗本紀〉，北京：中華書局，1975，第 151 頁；歐陽修，宋祁撰：《新唐書》卷四〈睿宗本紀〉，北京：中華書局，1975，第 115 頁。
19.　劉昫等撰：《舊唐書》卷七〈睿宗紀〉，北京：中華書局，1975，第 151-152 頁。
20.　劉昫等撰：《舊唐書》卷一百四十〈李適傳〉，北京：中華書局，1975，第 5027 頁。
21.　劉昫等撰：《舊唐書》卷一百三十〈宋之問傳〉，北京：中華書局，1975，第 5025 頁。
22.　劉昫等撰：《舊唐書》卷十〈肅宗本紀〉，北京：中華書局，1975，第 239-266 頁；歐陽修，宋祁撰：《新唐書》卷六〈肅宗本紀〉，北京：中華書局，1975，第 155-165 頁。
23.　劉昫等撰：《舊唐書》卷十〈肅宗本紀〉，北京：中華書局，1975，第 261 頁。
24.　〈鄴侯外傳〉見《太平廣記》卷三十八〈李泌〉。
25.　劉昫等撰：《舊唐書》卷一百九十〈李白傳〉，北京：中華書局，1975，第 5053-5054 頁。
26.　歐陽修、宋祁等撰．《新唐書》卷二〇一〈杜甫傳〉．北京：中華書局，1975，第 5737 頁。
27.　劉昫等撰：《舊唐書》卷六十一〈高適傳〉，北京：中華書局，1975，第 3329 頁。
28.　劉昫等撰：《舊唐書》卷一百九十〈王維傳〉，北京：中華書局，1975，第 5052 頁。

第二節　唐德宗的詩歌與中唐詩壇

　　唐德宗即李適，是唐代宗的長子。生於天寶元年（742）。卒於貞元二十一年（805），享年六十四歲。始封奉節郡王，廣德元年（763）五月，封為天下兵馬元帥，改封魯王。八月改封雍王。廣德二年（764），立為皇太子。大曆十四年（779）五月辛酉，唐代宗崩，癸亥，唐德宗即位，在位二十五年。[1]《全唐詩》存詩十五首。另外《全唐詩逸》卷上補斷句為：「玉殿笙歌宜此夜，更看明月照高樓。」《全唐詩續補遺》（卷四）及《全唐詩續拾》（卷一九）補詩兩首，分別為：〈貞元六年春三月庚子百僚宴於曲江亭上賦詩以賜之〉、〈寶應初征史朝義過虢州題僧寺壁（題擬）〉。

　　唐德宗在詩歌常常表達君臣同心、推誠至化的治國理念。他喜歡在元日、上巳日、中和節和重陽節賦詩。詩歌以五言排律最多，講究押韻。詩歌雍容雅正，辭藻華美。德宗重視有才的文人，曾授予韓翃駕部郎中兼知制誥。唐德宗對宮廷詩風和科場詩風的直接而有力的影響，令貞元詩壇主流詩風向精工雅麗的方向發展。

一. 唐德宗的詩歌內容

　　唐德宗少年時經歷安史之亂，飽嚐戰亂和家國之痛，深知安定的

重要性。即位之初，唐德宗發憤圖強，實施革新，力圖復興唐室。他在詩歌常常表達君臣同心、推誠至化的治國理念，如「朝野慶年豐，高會多歡聲。永懷無荒戒，良士同斯情。」（〈重陽日賜宴曲江亭賦六韻詩用清字〉）、「萬實行就稔，百工欣所如。歡心暢遐邇，殊俗同車書。至化自敦睦，佳辰宜宴胥。」（〈重陽日中外同歡以詩言志因示群官〉）、「豈懷歌鐘樂，思為君臣同。至化在亭育，相成資始終。未知康衢詠，所仰惟年豐。」（〈重陽日即事〉）和「重陽有佳節，具物欣年豐……惠合信吾道，保和惟爾同。推誠至玄化，天下期為公。」（〈豐年多慶九日示懷〉）。

　　唐德宗喜歡在元日、上巳日、中和節和重陽節賦詩，詩作以中和節和重陽節賦詩最多。這些詩應景趨時，以應酬為主。〈中和節日宴百僚賜詩〉云：

> 詔年啟仲序，初吉諧良辰。肇茲中和節，式慶天地春。
>
> 歡酣朝野同，生德區宇均。雲開灑膏露，草疏芳河津。
>
> 歲華今載陽，東作方肆勤。慚非熏風唱，曷用慰吾人。

貞元五年（789），唐德宗根據李泌建議，下詔廢止正月晦日之節，以二月初一為中和節，與上巳、九日為三令節，休假一日，民間以青囊盛百穀果實，互相贈送。此詩描寫在二月初一中和節慶賀春天的來臨。無論朝廷，還是民間都盡情歡慶，疆土境域同樣生德。從高空的白雲到河邊渡口的春草，皆明亮清麗。在太陽的照射下，農夫正勤快地在農田進行春耕生產。春天之景，虛實結合，景美政和。德宗在詩尾表達謙卑之懷。

〈中和節賜百官燕集因示所懷〉云：

> 至化恒在宥，保和茲息人。推誠撫諸夏，與物長為春。
>
> 仲月風景暖，禁城花柳新。芳時協金奏，賜宴同群臣。
>
> 絲竹豈云樂，忠賢惟所親。庶洽朝野意，曠然天地均。

題目標明「因示所懷」，故開始抒懷言志，以「宥」、「和」、「誠」施政。中間四句描寫春天的景色和宴會的場景。用通感的手法寫風景「暖」，以視覺寫「花柳新」。最後四句曲終奏雅，直陳宴會的感受，不是貪圖享樂，而是親近忠賢。德宗希望君臣同心，開創開闊的太平基業。這是儒家傳統的道德規範的體現。

在重陽日，唐德宗沒有登高，而是宴請群官。德宗寫重陽日的詩歌有四首，內容大同小異。在〈重陽日賜宴曲江亭賦六韻詩用清字〉的序言中說道：「朕在位僅將十載，實賴忠賢左右，克致小康。是以擇三令節，錫茲宴賞。俾大夫卿士，得同歡洽也。夫共其戚者同其休，有其初者貴其終。咨爾群僚，順朕不暇，樂而能節，職思其憂，咸若時則，庶乎理矣。因重陽之會，聊示所懷。」德宗對忠賢輔助達致小康，深感欣慰。「朝野慶年豐，高會多歡聲」（〈重陽日賜宴曲江亭賦六韻詩用清字〉）、「鏘鏘間絲竹，濟濟羅簪裾」（〈重陽日中外同歡以詩言志因示群官〉）所繪的宴會場面壯觀，百官列席，音樂裊裊，美酒相伴，氣氛歡樂。

德宗在詩中表達君臣同心，推廣傳統的禮樂教化。在現實中，他重用奸佞，罷逐賢良，以致國政日衰，最終導致唐朝瓦解而亡。以史觀德宗的詩作，不難發現他確實「以彊明自任」，詩作辭藻之美，內

容與現實脫離，難怪被評為「賜宴之辰，徒矜篇咏。」[2]

二．唐德宗詩歌的藝術特色

　　唐德宗的詩歌以五言排律最多。除了〈九日絕句〉為七言絕句外，其餘為五言排律。其中，五言九韻詩 1 首，五言八韻詩 3 首，五言七韻詩 2 首，五言六韻詩 10 首。以押韻來說，押真韻有 6 首，押庚韻有 4 首，押陽韻有 2 首，押東韻有 2 首，押支韻和魚韻各 1 首。詩歌精工雅致，講究對仗，具有較高的詩歌創作水準。

　　德宗注重用韻。《唐國史補》卷下記載：「宋濟，老於文場，舉止可笑，嘗試賦，誤失官韻，乃撫膺曰：『宋五又坦率矣!』由是大著名。後禮部上甲乙名，德宗先問曰：『宋五免坦率否？』」[3]考生宋濟在科舉考試中寫作律賦時，因為沒能按照規定的韻腳押韻而多次落第，於是自嘲「坦率」。德宗在審核中舉名單時，關心宋五是否「免坦率」，在考試中是否押了官韻。此處雖指律賦的押韻，但唐代律賦與詩歌在押韻方面相互影響，德宗不僅要求律賦押韻，還講究詩歌押韻。

　　德宗文思俊拔，詩歌雍容雅正，辭藻華美。明代胡震亨認為：「德宗詩尚雅正，『松院靜苔色，竹房深磬聲』最有稱。遠則王籍『耶溪』，近則常建『破山』，可與論其幽致。而氣體自穆，故非吟士可倫。」[4]將德宗的這兩句詩與南朝梁代詩人王籍的詩歌〈入若耶溪〉和唐代詩人常建的詩歌〈題破山寺後禪院〉的詩句相提並論，都體現了幽靜雅致的境界，評價甚高。

三.唐德宗與中唐詩壇

　　唐德宗擅長詩文，頗有文采。在唐朝留下作品的皇帝中，他的存詩數量僅次於唐太宗、唐玄宗和武則天。德宗喜愛文學，到了痴迷的程度。「帝善為文，尤長於篇什，每與學士言詩於浴堂殿，夜分不寐。」[5]他具有很高的文學審美能力，善於鑒賞詩歌的好壞。「杜太保在淮南，進崔叔靖詩一百篇。帝曰：『此惡詩，何用進！』時云奉敕惡詩」[6]另一方面，唐德宗重視和珍愛有才之士。他欣賞韓翃的詩作〈寒食〉：「春城無處不飛花，寒食東風御柳斜。日暮漢宮傳蠟燭，輕煙散入五侯家。」在建中元年（780）授予韓翃駕部郎中兼知制誥，很快在建中中遷為中書舍人，可見德宗對有才的文人相當重視。

　　唐德宗在位二十五年，文學得到了進一步的發展。他對宮廷詩風影響甚大。為了倡導文治，唐德宗經常和群臣唱和。例如他親自考第百僚重陽會宴的應制詩。據〈劉太真傳〉記載：貞元四年，「（德宗）因詔曰：『卿等重陽會宴，朕想歡洽，欣慰良多，情發於中，因製詩序。今賜卿等一本，可中書門下簡定文詞士三五十人應制，同用『清』字，明日內於延英門進來。』宰臣李泌等雖奉詔簡擇，難於取捨，由是百僚皆和。上自考其詩，以太真及李紓等四人為上等，鮑防、于邵等四人為次等，張濛、殷亮等二十三人為下等；而李晟、馬燧、李泌三宰相之詩，不加考第。」[7]朝臣參加這樣的宮廷詩會恍如參加應制考試，德宗不僅限定考題、用韻，還限制時間，最後還親自評定等次。

　　「帝晚年工詩句，臣下莫及，每御製奉和，退而笑曰排工。俗有投石之戲，兩頭置標，號曰排公，以中不中為勝負也。」[8]唐德宗晚年更加沉迷詩歌創作，每當創作了詩歌就命令群臣奉和，並自稱「排

公」，作為投石游戲的目標來評定大臣詩歌的勝負。德宗的詩歌就成
為大臣寫詩的標準，不能逾規。

　　唐德宗對科場詩風亦有影響，他在執政期間曾直接干預科舉考試
的詩賦題目的設置。《唐會要》云：「興元元年，中書省有柳樹，建
中末枯，至是再榮，人謂之瑞柳。禮部侍郎呂渭試進士，以瑞柳為題，
上聞而惡之。」[9] 此乃一例。德宗還評定考生的試卷：「上試製科於
宣政殿，或有詞理乖謬者，即濃筆抹之至尾。如輒稱旨者，必翹足朗
吟。翌日，則遍示宰臣學士曰：『此皆朕門生也。』是以公卿大臣已
下無不服上藻鑒。」[10] 德宗評定考生的試卷並展示給大臣，讓自己的
好惡成為評定的標準。此外，貞元四年詩會的優勝者劉太真、李紓、
鮑防和于邵皆為建中年間和貞元前期著名的科舉主考。可見德宗任用
其滿意的宮廷詩人擔任科舉主考，通過對考生的評定，間接推行德宗
推崇的精工雅致的宮廷詩風。

　　雖然唐德宗力圖通過文治恢復大唐盛世光景而不獲成功，但是他
對宮廷詩風和科場詩風的直接而有力的影響，令貞元詩壇主流詩風向
精工雅麗的方向發展，而貞元年間（785-805）所營造出活躍的文學環
境，為元和（806-820）詩壇出現優秀的詩人如白居易、元稹等奠定了
良好的基礎。

1. 劉昫等撰：《舊唐書》卷十二〈德宗本紀〉，北京：中華書局，1975，第 319-403 頁。
2.《舊唐書》卷十三〈德宗紀下〉，401 頁。
3. 李肇：《唐國史補》，見《唐五代筆記小說大觀》上海：上海古籍出版社，2000，第 194 頁。
4. 胡震亨：《唐音癸籤》，上海：上海古籍出版社，1981，第 43 頁。
5. 計有功輯撰：《唐詩紀事》卷二〈德宗〉，上海：上海古籍出版社，2008，第 17 頁。
6. 計有功輯撰：《唐詩紀事》卷二〈德宗〉，上海：上海古籍出版社，2008，第 18 頁。
7. 劉昫等撰：《舊唐書》卷一百三十七〈劉太真傳〉，北京：中華書局，1975，第 3763 頁。
8. 計有功輯撰：《唐詩紀事》卷二〈德宗〉，上海：上海古籍出版社，2008，第 18 頁。
9. 王溥：《唐會要》，北京：中華書局，第 1384 頁。
10. 蘇鶚撰：《杜陽雜編》卷上，見《唐五代筆記小說大觀》，上海：上海古籍出版社，2000，第 1379 頁。

第三節　唐文宗、唐宣宗及唐昭宗的詩歌與中晚唐詩壇

　　唐文宗是中晚唐皇帝。唐宣宗及唐昭宗則是晚唐皇帝。文宗的詩歌首先反映出關心國事和百姓，表達國泰民安的良好祝願。其次，反映出文宗與群臣的交往。第三，詠物詩描寫細緻。文宗喜歡寫五言詩，「古調清峻」。文宗欲秘密鏟除宦官勢力，但兩次謀劃均失敗。「甘露之變」對士人影響深遠，白居易、李商隱、張祜等都有賦詩反映。文人的文學思想和心理狀態從此發生了明顯的變化，他們的創作不再關注民生疾苦，轉為描寫個人情思，表現個人生活情趣。唐宣宗的詩歌包括宴會詩、遊幸詩和悼亡詩等。宣宗朝科舉變革，形成進士科獨尊的地位。由於社會下層文人登弟非常艱難，人生抱負難以實現，於是文人在行蹤上趨於遁世和隱逸山林，普遍缺乏關懷社會政治，反而關注個體生命。唐昭宗存〈詠雷句〉。昭宗力圖整治科場積弊，雖然囿於歷史局限，不能徹底改變，但為寒士文人實現人生價值提供了路徑，得到了文人的支持。昭宗對韓偓的創作有直接影響，韓偓的感時詩篇，以編年史的方式再現了唐王朝由衰而亡的情況，具有借鑑作用。昭宗遇弒後，在詩壇上，韓偓、韋莊和羅隱對昭宗的遭遇表示同情。

一、　唐文宗的詩歌與中晚唐詩壇

　　唐文宗即李昂，是唐穆宗的第二子。生於元和四年（809），卒於開成五年（840），享年三十三。長慶元年（821）封江王。寶曆二年（826）即位，在位十三年（826-840）。[1] 今存詩七首。

1. 唐文宗的詩歌內容

　　文宗恭儉儒雅，博覽群書，知識淵博，與沉湎於玩樂的長兄敬宗形成鮮明的對比。即位之初，勤勉聽政，希望恢復貞觀政風。詩歌首先反映出關心國事和百姓，表達國泰民安的良好祝願。〈上元日二首〉之一：「上元高會集群仙，心齋何事欲祈年。丹誠儻徹玉帝座，且共吾人慶大田」。之二：「蓂生三五葉初齊，上元羽客出桃蹊。不愛仙家登真訣，願蒙四海福黔黎」。文宗恭儉儒雅，虛襟聽納詩中有不少詞語為道教用語，如「心齋」、「玉帝」、「羽客」、「仙家」、「登真訣」。雖然唐朝以道教為國教，但文宗沒有迷信長生不老術和仙丹妙藥，他心繫國事和百姓。在第一首詩，農曆正月十五，群仙雲集，每人心境清淨純一，欲祈禱豐年。文宗期望天帝能知道大家赤誠的祈禱，並與大家共慶豐收。在第二首詩更表現出文宗有為的一面。在上元日走出桃蹊，不愛神仙之事，只願造福天下百姓。詩歌充滿想像，反映出文宗與臣民共度元宵，關心民生。這是君王情懷的具體表現。

　　其次，詩歌反映出文宗與群臣的交往。文宗喜歡召有學問的大臣如翰林學士柳公權等入宮討論經義，評論文章。〈夏日聯句〉作於開成三年（838）夏日。「人皆苦炎熱，我愛夏日長」這是文宗的詩句，

他喜歡夏天的日子夠長。立意與眾不同,感情直露。「熏風自南來,殿閣生微涼」此為柳公權的聯,承接文宗的詩句,在語意上進一步闡述熏風使殿閣清涼。難怪「帝謂柳公權詞清意足」。[2]

〈上巳日賜裴度〉作於開成四年 (839)。「上巳曲江賜宴,群臣賦詩,帝遣中使賜度詩曰:『注想待元老,識君恨不早。我家柱石衰,憂來學丘禱。』仍賜御札曰:『朕詩集中欲得見卿唱和詩,故令示此。卿疾未差,可異日進來。』御札及門而度薨。」[3] 裴度為德宗貞元五年 (789) 進士。憲宗時累遷司封員外郎、中書舍人、御史中丞,支持憲宗削藩。後歷仕穆宗、敬宗、文宗三朝,數度出鎮拜相。唐文宗對裴度非常尊重,稱他為「元老」。此詩表達了文宗渴求賢臣輔助的願望。

第三,詠物詩描寫細緻。〈暮春喜雨詩〉作於開成元年 (836) 三月,「庚申,幸龍首池,觀內人賽雨,因賦〈暮春喜雨詩〉」[4]「風雲喜際會,雷雨遂流滋。薦幣虛陳禮,動天實精思。漸侵九夏節,復在三春時。靄靄垂朱闕,飄飆入綠墀。郊坰既霑足,黍稷有豐期。百辟同康樂,萬方佇雍熙。」前四句描寫下雨之難得,首先以擬人化的手法,賦予風雲具有人類喜惡的心情,在「喜際會」的情況下,才會出現雷雨。而人類求雨頗費心思,要「薦幣」和「動天」,虛實相加,才能求得雨。中間四句細緻描寫下雨的季節和地方。春、夏季下雨,細雨降落在宮庭是如斯純美。文宗用「垂」、「飄飆」和「入」將細雨描寫栩栩如生,頗具動態。「朱闕」、「綠墀」代表宮庭,「郊坰」、「黍稷」代表民間,視覺由宮庭轉移至民間。為何喜雨?因為雨水滋潤郊野,谷物可望豐收。公卿大官和普羅大眾皆為此慶祝康樂。唐代帝王喜雨的其中一個原因是與農作物有關。例如唐太宗的〈詠雨〉曰:

「對此欣登歲,披襟弄五弦。」表達了對五谷成熟的喜悦之情,並用五弦琴之典。文宗亦效仿太宗,對雨的描寫非常細緻,並在結尾託物言志,表達施政理念和慶祝農作物豐收的歡喜之情。

　　唐文宗的藝術品味頗高,他曾把著名畫家程修己留在宮中九年,並題詠畫詩〈題程修己竹障〉:「良工運精思,巧極似有神。臨窗忽睹繁陰合,再盼真假殊未分。」稱讚畫家的精巧構思,所畫之物很有神。臨窗偶然所見屏風上所畫之竹,繁陰交集,難辨真假。文宗的審美觀不是停留在形似,而是欣賞神似。

2. 唐文宗與中晚唐詩壇

　　文宗喜愛詩歌,博覽群書。他認真研究詩歌,如文宗曾問宰相:「《詩經》云:『呦呦鹿鳴,食野之苹』,苹是何草?」當時宰相楊玨、楊嗣後、陳夷行相顧未對。楊鈺回答説:「按照《爾雅》,苹是藾蕭。」文宗認為不對:「看《毛詩疏》,葉圓而花白,叢生野中,似非藾蕭。」[5]可見文宗對詩歌頗有鑽研精神。

　　文宗喜歡寫五言詩,「古調清峻」。[6]他曾經因遠慕堯舜而打算設置詩博士,李玨言:「今翰林學士皆能文詞,而古今篇什,足可怡悦聖情。」[7]文宗才停止設詩博士。大和七年(833)八月,文宗「患近世文士不通經術,李德裕請依楊綰議,進士叔試論議,不試詩賦。」[8]詔停試詩賦。這對文人士風有一定的影響。次年十月,李德裕罷相,「乙巳,貢院奏進士復試詩賦。從之」[9]其後恢復試詩賦。

　　文宗有「帝王之道,而無帝王之才。雖旰食焦憂,不能弭患。」[10]針對宦官專權嚴重的現象,他欲秘密鏟除宦官勢力,與處在翰林學士

職位上牛黨勢力的宋申錫、李訓、鄭注籌劃剪除宦官。由於用人不當，兩次謀劃均以失敗告終。大和五年（831），宋申錫反而被宦官王守澄設計誣告與漳王謀反，被貶開州。大和九年（835）11 月 21 日文宗以觀露為名，誘使神策軍中尉仇士良、魚弘志等往觀，卻被仇士良發現破綻，奪路而逃後進行反攻，結果李訓、鄭注等宰相被滅門，受株連被殺的官員達上千人。這次事變後，仇士良等宦官更加盛氣凌人，專橫放縱，而翰林學士受到了極大的壓制。「甘露事後，帝不樂，往往或瞠目獨云：『須殺此輩，令我君臣間絕。』」[11]。文宗作詩〈宮中題〉曰：「輦路生春草，上林花發時。憑高何限意，無復侍臣知。」文宗坐在車駕看到沿路綠草萌生，上林苑百花綻開。他憑高望遠，感慨萬千，面對宦官專權，把持政局，他無力改變現狀，非常無奈。

　　「甘露之變」對士人影響深遠，白居易、李商隱、張祜等都有賦詩反映。其中李商隱寫了〈有感二首〉和〈重有感〉，激烈地抨擊宦官以及批評文宗用人不當，如「古有清君側，今非乏老成。」[12]。在這樣的政局中，文人的文學思想和心理狀態發生了明顯的變化，他們的創作不再關注民生疾苦，轉為寫個人情思，表現個人生活情趣。

二．唐宣宗的詩歌與晚唐詩壇

　　唐宣宗即李忱，是唐憲宗的第十三子。生於元和五年（810）。卒於大中十三年（859），享年五十。長慶元年（821 年），封光王，名怡。會昌六年（846）武宗崩，立為皇太叔，改名忱。三月甲子，唐宣宗即位，在位十三年。[13]

　　《全唐詩》收錄唐宣宗詩 6 首，另《全唐詩補編》補收 3 首：〈南

安夕陽真寂寺題詩〉、〈四面寺瀑布〉、〈浮雲宮〉。宋代陳善卿《祖庭事苑》卷二、釋本覺《釋氏通鑒》卷一一亦載有宣宗〈悼齊安〉御詩1首。

1. 唐宣宗的詩歌內容

唐宣宗勤於政事，孜孜求治，喜讀《貞觀政要》，整頓吏治，並限制皇親和宦官，將死於甘露之變中除鄭注、李訓之外的百官全部昭雪。唐宣宗在位時期是唐朝繼會昌中興以後又一段安定繁榮的時期，史稱「大中之治」。唐宣宗的詩歌包括宴會詩、遊幸詩和悼亡詩等。

1.1　唐宣宗的宴會詩

唐宣宗在重陽節宴請群臣，賦詩抒懷。〈重陽錫宴群臣〉僅存四句：「款塞旋征騎，和戎委廟賢。傾心方倚注，叶力共安邊。」。此詩作於重陽節，《全唐詩》本詩題目後注云「時收復河湟。」在大和三年（849），唐出兵取原州、安樂州、秦州、石門及六磐等七關。在大和五年（851）八月，沙州刺史張義潮派其兄張義澤以瓜、沙、伊、肅等十一州戶口獻給朝庭，這是河隴地區被吐蕃佔領百餘年後重新歸屬唐朝。宣宗封張義潮為瓜沙伊等州節度使。此詩前二句敍事，首句寫邊塞戰事，「旋」突出征騎的英勇。第二句指朝廷的策略是和戎並委以賢臣。三四句宣宗在嘉賞之餘，希望群臣盡心盡力，維護邊疆的安寧。此詩用詞講究、大氣典雅。

1.2　唐宣宗的遊幸詩

〈百丈山〉云：

> 大雄真跡枕危巒，梵宇層樓聳萬般。
> 日月每從肩上過，山河長在掌中看。
> 仙峰不閒三春秀，靈境何時六月寒。
> 更有上方人罕到，暮鐘朝磬碧雲端。

此詩最早見於南末王象之《輿地紀勝》卷二六，山在洪州南昌。這首
七律主要描寫百丈山壯麗之景。首聯突出百丈山的寺院修建在高山之
上。領聯描寫在山上觀景，富有禪意。頸聯稱讚山景秀麗，「仙峰」、
「靈境」意喻山中恍若仙境。尾聯指地勢最高處人跡罕到，只聞暮鐘
朝磬響徹雲霄，悠悠的響聲更顯山之幽靜。此詩純粹寫景，沒有抒發
個人情感，禪境深遠。

〈幸華嚴寺〉云：

> 雲散晴山幾萬重，煙收春色更沖融。
> 帳殿出空登碧漢，遐川俯望色藍籠。
> 林光入戶低韶景，嶺氣通宵展霽風。
> 今日追遊何所似，莫慚漢武賞汾中。

這是一首古風。除了首聯符合平仄，第三句至第八句的第二字和第四
字皆失對和失粘。宣宗在春天幸華嚴寺，首二句描寫煙雲中晴山萬重，

春色迷人。第三四句則是登高望遠，俯視遠處藍色的河流。第五六句描寫陽光穿過樹林射進門戶，雨止，風通宵吹遍山嶺。結尾引用漢武帝在汾中賞秋景之典故。宣宗將今日遊華嚴寺與漢武帝遊汾河相比，用「莫慚」一詞顯示不相伯仲，可見恭謹的性格。宣宗雖被後人稱為「小太宗」，但與唐太宗相比，仍有距離。太宗在〈帝京篇〉其六云「豈必汾河曲，方為歡宴所。」太宗眼中的歡宴之地超越了汾河，展現出豪邁之氣，遠勝宣宗。

此外，唐宣宗的〈題涇縣水西寺〉云：「大殿連雲接爽溪，鐘聲還與鼓聲齊。長安若問江南事，說道風光在水西。」水西指涇縣水西寺，也有指在嘉興。此詩描寫名寺連雲接溪，風景優美。寺院鐘鼓齊鳴、常施法事。最後假設長安朝廷中人如果關心他的行蹤，那麼回答是他流連於水西風光，一問一答，雋永巧妙。

1.3　唐宣宗的悼亡詩

唐宣宗〈弔白居易〉云：

> 綴玉聯珠六十年，誰教冥路作詩仙。
>
> 浮雲不繫名居易，造化無為字樂天。
>
> 童子解吟長恨曲，胡兒能唱琵琶篇。
>
> 文章已滿行人耳，一度思卿一愴然。

作為一國之君的宣宗為白居易作悼亡詩，可見宣宗對詩人的尊重和仰慕。首聯以「綴玉聯珠」形容白居易的創作，用詞典雅，高度概括了

白居易一生取得的藝術成就。宣宗稱白居易為「詩仙」，予以極高的評價。頷聯以白居易的名字入詩表達惋惜之情。「浮雲不繫」、「造化無為」通過對仗和互文，對白居易追求功名、瀟灑超脫的人生態度予以讚美。頸聯具體指出白居易在文學上取得的巨大的藝術成就，〈長恨歌〉與〈琵琶行〉家喻戶曉，連「童子」、「胡兒」皆曉，這說明白居易的詩歌傳播甚廣、通俗易懂、易於吟唱。尾聯進一步闡述白居易的詩歌具有廣泛的影響力，並表達出對白居易去世的悲傷之情。詩歌情真意切，反映出宣宗對白居易詩歌的高度重視和讚賞。

2. 唐宣宗與晚唐詩壇

　　唐宣宗崇尚文學，不僅恢復杏園宴集，還親自參加新科進士的曲江宴、杏園宴，賦詩助興。宣宗重視科第，留心貢舉，除了常微服出行考察進士科的得失，還關注詩賦題目等細節問題，甚至自稱「鄉貢進士李道龍」。《全唐詩》注云：「唐宣宗恭儉好善，虛襟聽納，大中之政，有貞觀風。每曲宴，與學士倡和，公卿出鎮，多賦詩餞行。重科第，留心貢舉。常微行，采輿論，察知選士之得失。其對朝臣，必問及第與所試詩賦題，主司姓氏，苟有科名對者，必大喜。或佳人物偶不中第，必歎息移時。常於內自題鄉貢進士李道龍云。」[14]

　　宣宗朝科舉變革，採取包括進一步嚴肅科場紀律、精簡考試科目、恢復進士放榜後的宴集活動、編纂《登科記》、取消對子弟的限制等措施，形成進士科獨尊的地位。唐宣宗即位後就下令「自今進士放榜後，杏園任依舊宴集，有司不得禁制」[15]。科舉變革影響了科考風氣、士人交遊與風尚，並促使晚唐文人朋黨的形成。由於科場黑暗，孤寒

難進。為了及第，社會上形成文人幹謁行卷和集會宴遊的風尚，以獲得主考官或權貴的青睞。權豪子弟與廣大寒士爭奪科名，科舉與政治摻雜，導致文人朋黨形成科舉朋黨，從而對科舉取士產生影響。

　　宣宗朝科舉變革對晚唐詩歌寫作與風格產生重要影響，體現在詩歌題材、詩歌風格轉變、詩歌審美意識的更新上。這一時期，大量湧現曲江詩和落第詩，豐富了詩歌的題材內容。由於社會下層文人登弟非常艱難，人生抱負難以實現，於是文人在行蹤上趨於遁世和隱逸山林，普遍缺乏關懷社會政治，反而關注個體生命。詩歌格局漸趨狹隘、詩風卑弱、淺俗直白。審美上以哀怨淒苦、頹廢空虛和沖淡玄遠為美。詩人在創作上苦心孤詣，以致苦吟詩風盛行。此時不復盛唐氣象，只有衰頹之風。

三、唐昭宗的詩歌與晚唐詩壇

　　唐昭宗即李曄，是唐懿宗的第七個兒子，生於咸通八年（867），卒於天祐元年（904），享年三十八歲。咸通十三年（872），封壽王，名傑。文德元年（888），立為皇太弟，年僅二十二歲，在位十六年。

1. 唐昭宗的詩歌內容

　　唐昭宗存〈詠雷句〉和詞四首。昭宗在位十六年，面對強藩的脅迫，在詩詞中流露出鬱鬱不樂之情。乾寧元年（894），鳳翔節度使李茂貞佔據關中十五州，「甲兵雄盛，淩弱王室，頗有問鼎之志。」[16]乾寧三年（896），李茂貞出兵京師，昭宗次華州。乾寧四年（897），

二月，華州節度使韓建以晉室八王撓亂天下事要挾昭宗將睦王、濟王、韶王、通王、彭王、韓王、儀王、陳王等八人囚禁，並將殿後侍衛四軍二萬餘人解散。八月，韓建又以諸王典兵導致「輿駕不安」為由，與知樞密劉季述矯制發兵圍十六宅，將通王、覃王以下十一王及其侍衛，全部殺死。事後韓建以「謀逆」一事告訴昭宗。[17]在這樣的背景下，乾寧四年（897）秋天，昭宗制〈菩薩蠻〉二首云：「登樓遙憶秦宮殿，茫茫只見雙飛燕。渭水一條流，千山與萬丘。遠煙籠碧樹，陌上行人去。安得有英雄，迎歸大內中。」又一曰：「飄飄且在三峰下，秋風往往堪霑灑。腸斷憶仙宮，朦朧煙霧中。思夢時時睡，不語長如醉。早晚是歸期，蒼穹知不知？」第一首詞是昭宗登西齊雲樓所見所感。首句以秦朝代替唐朝，委婉曲折。登樓遠望，茫茫中雙燕在飛，渭水流經華州與長安，卻是隔著千山與萬丘。遠處煙霧籠罩著綠樹，田間道路上行人漸行漸遠。昭宗不免觸景生情，一方面傷心感慨，一方面又期望賢臣可以解救他。結尾的兩句，《全唐詩》注曰：「一作何處是英雄，迎儂歸故宮。」此首以景為主，情為輔，景中帶情。第二首寫秋景，感情較直露，用「腸斷」來形容思念長安的程度，誇張之餘，盡顯傷感之情。每時每刻都在做思念的夢，即使不說話也像醉了似的，一層比一層加深。對於回長安，昭宗仍抱樂觀的想法，認為早晚都是歸期，反問上天知不知道，加強了氣氛。此首詞描寫了昭宗的生活片斷，以情為主，景為輔，情中有景。從這兩首詞看到昭宗渴望賢臣解救、渴望回長安的心情。

　　一年後，昭宗終於可以回長安。光化三年（900）十一月，昭宗遭左右軍中尉劉季述、王仲先廢黜，宦官請皇太子裕監國。十二月，護駕鹽州都將孫德昭、周承誨、董彥弼打敗劉季述，殺死王仲先，在

東宮救出昭宗。天復元年（901）正月，「昭宗反正，登長樂門樓，受朝賀。」[18]

在昭宗被劉季述軟禁之時，宰相崔胤向朱全忠告難，請他發兵問罪。朱全忠鎮守河朔三鎮，欲篡謀王室，並想遷都洛陽，而李茂貞想迎駕鳳翔，兩人都有挾昭宗以令諸侯之企圖並展開了激戰。天復元年十月，朱全忠率軍七萬赴河中，十一月，「中尉韓全誨與鳳翔護駕都將軍李繼誨奉車駕出幸鳳翔。」[19] 朱全忠知道昭宗出幸鳳翔，於是攻打華州。在十二月崔胤從長安來到三原砦，與朱全忠謀攻鳳翔。

昭宗的〈詠雷句〉云：「只解劈牛兼劈樹，不能誅惡與誅兇。」《唐詩紀事》云：「十一月，朱全忠領兵入河中。四日冬節，帝又為鳳翔兵士擁幸岐城。帝在城中，忽一日大雷雨，牛馬震死，街西古槐、殿東鴟吻立碎。帝為詩云。」[20] 天復元年（901），唐昭宗被鳳翔兵劫幸岐城，當看到雷電劈牛和古槐，他不免結合自己的身世，有感而發「不能誅惡與誅兇。」此為咒罵之語，表面怒罵雷只能在自然界逞威，卻不能剷除惡臣，實際指桑罵槐，咒罵李茂貞。詩句直白，有對仗。

此外，昭宗另作有〈楊柳枝〉、〈思帝鄉〉詞。《北夢瑣言》卷第十五「天子賜勛臣詩」：「德宗皇帝好為詩，以賜容州戴叔倫。文宗、宣宗皆以詩賜大臣。昭宗駐蹕華州，以歌辭賜韓建，以詩及〈楊柳枝〉辭賜朱全忠。所賜一也，或以敬，或以憚，受其賜者，得不求其義焉。」[21] 惜〈楊柳枝〉失傳。此書另記天復三年（903），朱全忠下令拆毀宮室，強迫昭宗遷都洛陽，「既入華州，百姓呼萬歲。帝泣謂百姓曰：『百姓勿唱萬歲，朕弗能與爾等為主也。』沿路有〈思帝鄉〉之詞，乃曰：『紇干山頭凍殺雀，何不飛去生處樂？況我此行悠悠，未知落在何處？』言訖，泫然流涕。」[22] 頓顯昭宗的境況淒楚可憐。

2. 唐昭宗整治科場積弊

　　唐昭宗登基時，頗有恢復祖宗基業的雄心壯志，意圖中興。「帝攻書好文，尤重儒術，神氣雄俊，有會昌之遺風。以先朝威武不振，國命浸微，而尊禮大臣，詳延道術，意在恢張舊業，號令天下。即位之始，中外稱之。」[23] 昭宗喜愛文學，不滿晚唐科場積弊，希望在詩歌內容和形式予以改革，以求錄取者是具有真才實學的忠義之士。乾寧二年（895），崔凝榜放，多為不學無術的勢門子弟，昭宗震怒，頒〈覆試進士敕〉，闡明朝廷選拔人才之意，並以西漢的辭賦為審美標準，親自審閱趙觀文等四人並盧瞻等十一人的詩賦，肯定他們的才學並與及第。對於崔碣等四人，則予以斥黜。昭宗不僅肯定文章要「才藻優瞻」，還要「義理精通，用振儒風」，他的文學觀是實用主義，文學要弘揚儒家正統思想。

　　昭宗對科場的整治，令大量孤寒之士可以及第，短時間內起到了提振人心的作用。進士及第成為文人實現人生價值的象徵。由於強藩勢力日益強大，昭宗不可能徹底改變科舉弊端，但對於文壇有所裨益，對於廣大寒士文人來說，具有象徵意義和現實價值。

3. 唐昭宗與晚唐詩壇

　　唐昭宗對晚唐詩人的創作和個人命運有直接影響的是韓偓。韓偓才華橫溢，是晚唐著名詩人，被尊為「一代詩宗」。唐昭宗龍紀元年（889），韓偓進士及第，出佐河中節度使幕府。入為左拾遺，轉諫議大夫，遷度支副使。乾寧四年（897），昭宗被困華州，韓偓隨駕遭排

擠，作詩〈余自刑部員外郎為時權所擠，值盤石出鎮藩屏，朝選賓佐，以余充職掌記，鬱鬱不樂，因成長句寄所知〉：「正叨清級忽從戎，況與燕台事不同。開口謾勞矜道在，撫膺唯合哭途窮。」[24] 韓偓直接將鬱悶、悲憤之情表達出來，詩歌沉鬱頓挫。光化三年（900），韓偓協助宰相崔胤平定左軍中尉劉季述政變，迎接唐昭宗復位，獲授中書舍人，深得昭宗的器重。天復元年（901），昭宗被鳳翔節度使李茂貞、中尉韓全誨劫至鳳翔，韓偓追至，作詩〈辛酉歲冬十一月隨駕幸岐下作〉：「曳裾談笑殿西頭，忽聽征鐃從冕旒。鳳蓋行時移紫氣，鸞旗駐處認皇州。曉題御服頒群吏，夜發宮嬪詔列侯。雨露涵濡三百載，不知誰擬殺身酬。」[25] 此詩紀事與述懷相結合，表達了皇恩浩蕩並願意為昭宗以死相酬的決心。

　　天復二年（902），昭宗被圍困在鳳翔，竊與韓偓相見，韓偓作〈冬至夜作〉詩：「中宵忽見動葭灰，料得南枝有早梅。四野便應枯草綠，九重先覺凍雲開。陰冰莫向河源塞，陽氣今從地底迴。不道慘舒無定分，卻憂蚊響又成雷。」[26] 本來春天將至，一切將生機盎然，但詩人卻擔心蚊響成雷聲，暗示了時局的動盪不安。詩歌蘊藉含蓄。天復三年（903），韓偓被貶出朝，作〈出官經硤石縣〉詩：「尚得佐方州，信是皇恩沐。」[27] 在貶謫的過程中，即使面對良辰美，亦悲從中來，不僅擔憂唐王朝和自己的前途，還表達了對沐浴皇恩的眷戀和對昭宗的依依不捨之情。

　　韓偓在朝為官時，深得昭宗信任，生活優越，著有《香奩集》。但他最有價值的詩歌是感時詩篇，以編年史的方式再現了唐王朝由衰而亡的情況。天祐元年（904）朱全忠派左龍武統軍朱友恭、右龍武統軍氏叔琮、樞密使蔣玄暉弒殺昭宗於東都椒殿。韓偓作〈感事三十四

韵（丁卯已后）〉，回顧了昭宗對自己的器重，並表示昭宗遇弒後，他氣節不改並為昭宗的去世深感悲傷。

昭宗遇弒後，詩壇上除了韓偓，還有韋莊和羅隱亦對昭宗的遭遇表示同情。韋莊代王建作〈為蜀高祖答王宗綰書〉，在文中表達了對昭宗真摯而濃烈的感恩之情，表示要為昭宗報仇並對朱全忠派使者入蜀宣諭表示置疑，反映了韋莊正直敢言和浩氣凜然。羅隱〈京口見李侍御〉一詩云：「屈指不堪言甲子，披風常記是庚申。」[28] 詩中的「甲子」指昭宗遇弒之天祐元年（904），「庚申」指昭宗被劉季述囚禁的光化三年（900），同情之心，溢於言表。此外羅隱亦表示要為昭宗報仇。

綜上所述，昭宗力圖整治科場積弊，雖然囿於歷史局限，不能徹底改變，但為寒士文人實現人生價值提供了路徑，得到了文人的支持。昭宗對韓偓的創作有直接影響，韓偓的感時詩篇，以編年史的方式再現了唐王朝由衰而亡的情況，具有借鑑作用。昭宗遇弒後，在詩壇上，韓偓、韋莊和羅隱對昭宗的遭遇表示同情。韋莊和羅隱甚至表示要為昭宗報仇。除了昭宗的人格德行有感召力外，亦由此可知昭宗對詩壇有正面的積極作用。

1. 劉昫等撰：《舊唐書》卷十七〈文宗本紀〉，北京：中華書局，1975，第 522-582 頁；歐陽修，宋祁撰：《新唐書》卷八〈文宗本紀〉，北京：中華書局，1975，第 229-239 頁。
2. 彭定求等編：《全唐詩》卷四，北京：中華書局，1960，第 49 頁。
3. 計有功輯撰：《唐詩紀事》卷二〈文宗〉，上海：上海古籍出版社，2008，第 19 頁。
4. 劉昫等撰：《舊唐書》卷十七〈文宗本紀〉，北京：中華書局，1975，第 564 頁。
5. 計有功輯撰：《唐詩紀事》卷二〈文宗〉，上海：上海古籍出版社，2008，第 19 頁。
6. 計有功輯撰：《唐詩紀事》卷二〈文宗〉，上海：上海古籍出版社，2008，第 19 頁。
7. 計有功輯撰：《唐詩紀事》卷二〈文宗〉，上海：上海古籍出版社，2008，第 19 頁。

8. 司馬光編著:《資治通鑑》卷第二百四十四,北京:中華書局,1956,第 8008 頁。

9. 司馬光編著:《資治通鑑》卷第二百四十五,北京:中華書局,1956,第 8020 頁。

10. 劉昫等撰:《舊唐書》卷十七〈文宗本紀〉,北京:中華書局,1975,第 580 頁。

11. 計有功:《唐詩紀事》卷二〈文宗〉,上海:上海古籍出版社,2008,第 19 頁。

12. 劉學鍇、余恕誠著:《李商隱詩歌集解》,北京:中華書局,2004,第 121 頁。

13. 劉昫等撰:《舊唐書》卷十八〈宣宗本紀〉,北京:中華書局,1975,第 613-647 頁;歐陽修、宋祁撰:《新唐書》卷八〈宣宗本紀〉,北京:中華書局,1975,第 245-254 頁。

14. 彭定球等編:《全唐詩》卷四,北京:中華書局,1960,第 49 頁。

15. 劉昫等撰:《舊唐書》卷二十〈昭宗紀〉,北京:中華書局,1975,第 617 頁。

16. 劉昫等撰:《舊唐書》卷二十〈昭宗紀〉,北京:中華書局,1975,第 751 頁。

17. 劉昫等撰:《舊唐書》卷二十〈昭宗紀〉,北京:中華書局,1975,第 761-762 頁。

18. 劉昫等撰:《舊唐書》卷二十〈昭宗紀〉,北京:中華書局,1975,第 771 頁。

19. 劉昫等撰:《舊唐書》卷二十〈昭宗紀〉,北京:中華書局,1975,第 773 頁。

20. 計有功輯撰:《唐詩紀事》卷二〈昭宗〉,上海:上海古籍出版社,2008,第 22 頁。

21. 孫光憲撰:《北夢瑣言》卷十五,見《唐五代筆記小說大觀》上海:上海古籍出版社,2000,第 1927 頁。

22. 孫光憲撰:《北夢瑣言》卷十五,見《唐五代筆記小說大觀》上海:上海古籍出版社,2000,第 1928 頁。

23. 劉昫等撰:《舊唐書》卷二十〈昭宗紀〉,北京:中華書局,1975,第 735 頁。

24. 齊濤:《韓偓詩集箋注》,濟南:山東教育出版社,2000,第 193 頁。

25. 齊濤:《韓偓詩集箋注》,濟南:山東教育出版社,2000,第 13 頁。

26. 齊濤:《韓偓詩集箋注》,濟南:山東教育出版社,2000,第 14 頁。

27. 齊濤:《韓偓詩集箋注》,濟南:山東教育出版社,2000,第 17 頁。

28. 雍文華編:《羅隱集》,北京:中華書局,1983,第 49 頁。

第五章　唐代帝王詩的意象與特徵

　　唐代詩風各不相同，其中與皇帝的愛好和提倡有關。《新唐書•文藝傳》云：「唐有天下三百年，文章無慮三變。高祖、太宗，大難始夷，沿江左餘風，絺句繪章，揣合低卬，故王、楊為之伯。玄宗好經術，群臣稍厭雕瑑，索理致，崇雅黜浮，氣益雄渾，則燕、許擅其宗。是時，唐興已百年。」[1] 唐初詩壇，沿襲齊梁文風，雖然唐太宗的文學思想是反對齊梁文風，但其創作實踐吸收了齊梁文學的藝術技巧，詠物詩具有六朝詩歌的痕跡。貞觀宮廷詩人大部分歷陳、隋朝而活躍於貞觀宮廷，詩作承襲了齊梁餘風，綺靡華麗。唐初後期，武則天喜愛頌美的詩體，影響宮廷詩人不再像六朝和貞觀時期的詩人追求富麗的辭藻，而是著重描寫具體場景，渲染雄偉壯闊的氣勢。盛唐詩壇，唐玄宗提倡禮樂風雅，詩人不再雕琢詞藻，「崇雅黜浮」，開元中期，詩風一變，「聲律風骨」兼備的詩作大量出現，唐詩走向了巔峰。

　　唐代帝王喜歡詩歌且創作甚豐，他們在輕鬆愉快的環境中吟詠風花雪月和春夏秋冬，詠風愛雪、賞春喜秋，當中蘊含治理國家的理念。他們不會像文人在詠物時流露出傷春悲秋的情懷，亦沒有將人生體驗賦予在自然物，進行托物遣興，這些意象從一定程度上反映出唐代帝王詩典雅端莊的特徵。唐代帝王詩歌各具特色，但風格相近，充滿帝王氣象，顯示出蓬勃的帝王的思想感情，具有共同特徵，具體為以下五個方面：第一，君臨天下，典雅端莊。第二，雍容華貴，富而不奢，

華而不靡。第三，心懷天下，期望國富民康。第四，個性溶於君王的地位。第五，排斥詩裏的淒苦、寒酸、不平、憤懣。本章細緻探討唐代帝王詩中的風花雪月和春夏秋冬的意象，總結唐代帝王詩的藝術特徵。

1.　歐陽修、宗祁撰：《新唐書》卷二百一《文藝傳》，北京：中華書局，1975，第 5725 頁。

第一節　唐代帝王詩的風花雪月

　　唐代帝王詩以風花雪月為題材，除了專題吟詠，在詩句中亦出現風花雪月的字眼。唐代帝王詩的風花雪月以詠物為主，不像其他文人用豐富的人生體驗和細微的感情來修飾物象，沒有托物遣興。在語言特色方面，帝王的用詞出於前人的成辭，由於使用程度的不同，反映出唐代帝王的不同的文化修養。

一、　專題吟詠風花雪月的詩歌

　　在《全唐詩》中，唐代帝王專題吟詠風花雪月的詩歌有 11 首，分別是唐太宗的〈詠風〉、〈詠雪〉、〈喜雪〉、〈采芙蓉〉、〈望雪〉、〈賦得殘菊〉、〈遼城望月〉和唐玄宗的〈溫湯對雪〉、〈野次喜雪〉、〈喜雪〉、〈校獵義成喜逢大雪率題九韻以示群官〉，其他唐代帝王沒有以風花雪月為專題的詩歌。

　　在唐太宗和唐玄宗的專題詩歌中，唐太宗有全面吟詠風花雪月的詩歌，而玄宗只是詠雪。既然太宗和玄宗都喜歡詠雪，並且有同一命題的詩作〈喜雪〉，那麼兩人喜歡的程度是一樣，還是有所區別。先看太宗的〈喜雪〉：

碧昏朝合霧，丹卷暝韜霞。結葉繁雲色，凝瓊徧雪華。
光樓皎若粉，映幕集疑沙。泛柳飛飛絮，妝梅片片花。
照璧臺圓月，飄珠箔穿露。瑤潔短長階，玉叢高下樹。
映桐珪累白，縈峰蓮抱素。斷續氣將沉，徘徊歲雲暮。
懷珍愧隱德，表瑞佇豐年。蕊間飛禁苑，鶴處舞伊川。
儻詠幽蘭曲，同懽黃竹篇。

此詩的前部分描寫雪景。首聯先從整體描寫早晚下雪的情形。從「結葉繁雲色」到「徘徊歲雲暮」，則是細緻地描寫下雪的情況。雪花四處飛揚，它「結葉」、「凝瓊」、「光樓」、「映幕」、「泛柳」、「妝梅」、「照璧臺」、「飄珠箔」、「短長階」、「高下樹」、「映桐珪」、「縈峰蓮」，十二個動賓結構帶出雪的動態，其中「短」和「高」是形容詞用作動詞。在描寫雪飄落的動態的同時，還描繪了雪的色彩，如「繁雲色」、「皎若粉」、「瑤潔」、「玉叢」、「白」、「素」，形容雪潔白如玉。「集疑沙」、「飛飛絮」、「片片花」、「圓月」、「穿露」則是雪飄落在不同物體看起來的形狀。詩歌用了很大的篇幅描寫白雪。「斷續氣將沉，徘徊歲雲暮」雪花斷斷續續地飛揚，天氣顯得很沉暗，詩人在園囿徘徊，一年將盡。此句是過渡句，為下面的詠懷鋪排。「懷珍愧隱德，表瑞佇豐年」，太宗看到大自然的景物被白雪覆蓋遮蔽，馬上聯想到世上亦會有懷才不遇的人才被遮蔽，他為此感到慚愧。「表瑞佇豐年」意指白雪預示帶來豐年。「蕊間飛禁苑，鶴處舞伊川」雪花在園囿裏的花蕊間飛舞，猶如王子喬駕鶴歸伊川般飛舞，此處用典。「儻詠幽蘭曲，同歡黃竹篇」，幽蘭曲是古琴曲名。《古文苑》二宋玉〈諷賦〉：「乃更於蘭房之室，止臣其中，中有鳴

琴焉，臣援而鼓之，為〈幽蘭白雪〉之曲。」[1] 黃竹篇是古詩篇名。《穆
天子傳》五：「日中大寒，北風雨雪，有凍人。天子作詩三章以哀民，曰：
『我徂黃竹。』」[2] 因以名篇。最後兩句表達了太宗與民同樂的思想。

再看唐玄宗的〈喜雪〉：

> 日觀卜先征，時巡順物情。風行未備禮，雲密遽飄霙。
>
> 委樹寒花發，縈空落絮輕。朝如玉已會，庭似月猶明。
>
> 既覯膚先合，還欣尺有盈。登封何以報，因此謝功成。

據《舊唐書》卷八記載，唐玄宗於開元十三年東封泰山：「十一月丙
戌，至兗州岱宗頓。丁亥，致齋於行宮。己丑，日南至，備法駕登山，
仗衛羅列嶽下百餘里。詔行從留於谷口，上與宰臣、禮官昇山。庚寅，
祀昊天上帝於上壇，有司祀五帝百神於下壇。禮畢，藏玉冊於封祀壇
之石礷，然後燔柴。燎發，群臣稱萬歲，傳呼自山頂至嶽下，震動山谷。
上還齋宮，慶雲見，日抱戴。」[3] 據此，此詩寫於開元十三年（725）。
詩歌的首聯先交代東巡的原因，日觀是指泰山觀日出處峰名，玄宗選
擇在日觀先征，主要是「順物情」，順應物理人情，這是玄宗的托辭，
實際上登封泰山是好大喜功的表現。從「風行未備禮」到「還欣尺有
盈」是描寫下雪的情景。「風行未備禮，雲密遽飄霙」指巡幸時沒有
預料到突然飄落雪花。「委樹」兩句是寫雪花落在樹上就像寒花開放，
在天空縈繞就像柳絮那樣輕盈，這裏運用了隱喻，將雪花比喻成寒花
和落絮。「朝如玉已會，庭似月猶明」寫雪花對環境的影響。會通
「繪」，此聯用明喻將白天形容成已繪色的玉石，庭院像月亮那樣明
亮。「既覯膚先合，還欣尺有盈」，此聯是寫看到雲氣聚合，對雪下

得多，積尺有盈感到欣喜。「登封何以報，因此謝功成」抒發對成功登封泰山的喜悅，玄宗成功登封泰山，又恰逢下雪，於是把下雪看成是一種瑞示，寓意很好，因此心存感激之情。

在吟詠風花雪月的詩作裏，太宗很少在詩題裏流露出感情，一般以客觀記敘為主，如〈詠風〉、〈詠雪〉、〈望雪〉和〈採芙蓉〉等。〈喜雪〉一詩則是直接在詩題流露歡喜的感情，這在太宗的詩作裏絕無僅有。反觀玄宗多在題目裏直接流露出感情，如〈野次喜雪〉、〈喜雪〉和〈校獵義成喜逢大雪率題九韻以示群官〉，這在一定程度上反映太宗和玄宗兩種不同的性格。

在以雪為題材的詩作裏，唐太宗和玄宗首先把雪看作是祥瑞之物，所謂「瑞雪兆豐年」，它預示來年的豐收。所以當太宗和玄宗看到白雪飄落時，都會流露出喜悅的心情，這在他們的詩句裏可以看到。太宗云：「表瑞仁豐年」（〈喜雪〉），玄宗云：「表瑞良在茲，庶幾可怡悅」（〈溫湯對雪〉）和「為知勤恤意，先此示年豐」（〈野次喜雪〉）。這是從自然現象想到農作物的收成。繼而是由自然現象聯想到管治國家所需要的人才。太宗「懷珍愧隱德」（〈喜雪〉），對那些被遮蔽的有用之才感到慚愧，可見太宗很想羅致各方面的人才而不希望有人才被埋沒。玄宗亦由大雪聯想到將遇賢良。「既欣盈尺兆，複憶磻谿便。歲豐將遇賢，俱荷皇天眷。」（〈喜雪〉），磻谿傳說是周太公望未遇文王時垂釣之處。玄宗聯想到這個典故，認為在豐年將遇到賢才，兩者都是上天的眷顧。太宗由瑞雪聯想起人們，「儻詠幽蘭曲，同懽黃竹篇」（〈喜雪〉），太宗想到要與人們共同歡詠〈黃竹詩〉，這是愛民思想的體現。

在描寫雪的時候，唐太宗和玄宗都運用了比喻，而且喻體有相似

之處，太宗的「泛柳飛飛絮」和玄宗的「縈空落絮輕」，都是將雪花比喻為柳絮，又如太宗的「玉叢高下樹」和玄宗的「朝如玉已會」，將白雪比喻為玉。所不同的是太宗從不同的角度描寫雪，通過不同的動詞將雪的動態描寫得栩栩如生，除了上述〈喜雪〉中所用的十二個動賓結構，還可以從他的〈詠雪〉中找到不同的動詞：「潔野凝晨曜，裝墀帶夕暉。集條分樹玉，拂浪影泉璣。色灑妝臺粉，花飄綺席衣。入扇縈離匣，點素皎殘機。」潔、凝、裝、帶、集、分、拂、影、灑、飄、入、縈、點、皎，一首詩描寫雪的動態就有十四個動詞，表現出太宗觀察景物的細緻和煉字的功夫。相比之下，玄宗描寫雪的詞語比較少，〈喜雪〉用了飄、委、發、縈四個動詞描寫飄雪。〈校獵義成喜逢大雪率題九韻以示群官〉中「月兔落高矰」，只有落字是動詞，在〈溫湯對雪〉中「同雲飛白雪，白雪乍回散」，飛和散是動詞，〈野次喜雪〉中「……飛雪舞長空。賦象恆依物，縈迴屢逐風」，舞、賦、依、縈迴、逐是動詞。玄宗四首詩所用的動詞還不夠太宗在一首詩所用的動詞多。相比之下，太宗的詩歌講究用字、描寫細緻、形神兼備。

二、詩句中的風花雪月

除了專題吟詠風花雪月，唐代帝王的詩句中亦出現風花雪月的字眼，以《全唐詩》為研究對象，表格 4-1 為風花雪月在唐代帝王詩中出現次數的數量統計。

表格 4-1：風花雪月在唐代帝王詩中出現的次數

皇帝	字眼／次數			
	風	花	雪	月
太宗世民	45	36	12	19
高宗治	1	5	1	4
則天武后曌	7	2	-	2
中宗顯	-	2	-	-
玄宗隆基	22	11	5	13
德宗適	10	2	-	2
文宗昂	1	1	-	-
宣宗忱	2	-	-	2

　　從表格 4-1 的統計可以看出，初盛唐帝王描寫風花雪月的次數遠遠多於中晚唐帝王，而在初盛唐帝王中，太宗詩歌描寫風花雪月的次數最多，玄宗次之。太宗在描寫風花雪月時，風出現的次數最多，花排第二，月第三，雪第四。玄宗的詩中，風出現的次數最多，月排第二，花第三，雪第四。武后的詩中風出現的次數也是最多。總之，風花雪月在唐代帝王詩中出現的次數以風字最多，雪字最少。

　　唐代帝王描寫風花雪月的詞彙可以分為三大類，第一類是由兩個含不同屬性的字構成的名詞詞組，第二類有借代意義，第三類是用人的感情詞修飾物象。試看表格 4-2 例子：

表格 4-2：唐代帝王描寫風花雪月的詞彙劃分

第一類：由兩個含不同屬性的字構成的名詞詞組	風： 1.偏正結構：香風、清風、條風、嚴風、寒風、和風、初風、涼風、金風、秋風、春風、曉風、疾風、北風、蘋風、宣風、東風、淳風 2.並列結構：風煙、風塵、松風、風雲、風化、風俗、風葉、風光、風神、風景、風月、風枝
	花： 1.偏正結構：今花、嬌花、百花、菊花、片花、餘花、脆花、錦花、天花、圓花、盤花、全花、四時花、梅花、野花、寒花 2.並列結構：花鳥、花梁、水花、花梅、鳥花、花蹊、花蓋、花柳、花萼、花綬
	雪： 1.偏正結構：白雪、千里雪、蔥嶺雪、晚雪、素雪、冬雪、餘雪、積雪、飛雪 2.並列結構：雪華、雪岫
	月： 1偏正結構：明月、皎月、月弓、宵月、初月、素月、半月、側月、夜月、殘月、五月、閏月、仲月、六月 2.並列結構：月殿、月兔、桂月、日月、月光、月影、月令、風月
第二類：含有借代意義	大風詩、南風、熏風、漢祖風、白雪
第三類：用人的感情詞修飾物象	悲風

　　第一類詞構詞法，有偏正結構和並列結構，偏正結構的特點是名詞修飾另一個名詞，或者以形容詞修飾名詞。並列結構是兩個名詞並列，構成一個詞組，這類詞主要是以狀物為主，隨物賦形，形容酷肖。

　　第二類詞，其特點是含有借代意義。使用這類詞表現出唐代帝王尚雅避俗，暗示出唐代帝王的志向。含有這類詞的詩句有：

　　　　1)　共樂還鄉宴，歡比大風詩。（唐太宗〈幸武功慶善宮〉）

　　　　2)　八表文同軌，無勞歌大風。（唐太宗〈過舊宅二首〉其二）

　　　　3)　勞歌大風曲，威加四海清。（唐太宗〈詠風〉）

　　　　4)　於焉歡擊筑，聊以詠南風。（唐太宗〈重幸武功〉）

　　　　5)　穆矣熏風茂，康哉帝道昌。（唐太宗〈元日〉）

　　　　6)　已獲千箱慶，何以繼熏風。（唐太宗〈秋暮言志〉）

　　　　7)　急管韻朱弦，清歌凝白雪。（唐太宗〈帝京篇十首〉其四）

　　　　8)　不學劉琨舞，先歌漢祖風。（唐玄宗〈巡省途次上黨舊宮賦〉）

　　　　9)　慚非熏風唱，曷用慰吾人。（唐德宗〈中和節日宴百僚賜詩〉）

　　　　10)　顧非咸池奏，庶協南風熏。（唐德宗〈中春麟德殿會百僚觀新樂詩一章章十六句〉）

　　以上大風詩、大風、大風曲、漢祖風都是指漢高祖劉邦的〈大風歌〉。歌曰：「大風起兮雲飛揚，威加海內兮歸故鄉，安得猛士兮守四方！」南風指〈南風歌〉，相傳是虞舜所作。《禮記•樂記》：「昔者舜作五弦之琴以歌南風。」《疏》：「其詞曰：『南風之熏兮，可以解吾民之慍兮；南風之時兮，可以阜吾民之財兮。』」[4]熏風指南風，舜詠〈南風〉中有『南風之熏兮』句，故亦稱熏風。太宗在統治初期，

對於統一天下感到無限自豪，在詩作裏常以劉邦的〈大風歌〉來相比。當他統治有道，出現貞觀之治時，他的詩作出現南風和熏風的字眼，流露出以民為本的思想。玄宗的詩中出現漢祖風一詞，都有借代意義。德宗在即位之初，有圖強復興的壯志和以民為本的思想，故詩作亦出現南風和熏風等詞彙。

第三類詞是用人的感情修飾物象。在這裏只有一個詞是悲風。「塞外悲風切，交河冰已結。」（唐太宗〈秋暮言志〉）。據《舊唐書》卷六十〈李靖傳〉和卷三〈太宗紀〉下所載，貞觀四年，李靖率軍於定襄、鐵山打敗東突厥，擒其首領頡利可汗。「悲風切」描寫塞外的猛風悲切的情形，反映當時征戰環境的惡劣。這類詞語很少，説明初盛唐帝王較少將自己的個人情感和人生體驗賦予在自然物，沒有托物遣興。不像其他文人用豐富的人生體驗和細微的感情來修飾物象，如陶淵明寫鳥會有悲鳥、羈鳥、翔鳥、歸鳥、失群鳥等等。[5]

三、語言特色

1、從用詞古雅到質朴

在描寫風花雪月時，唐代帝王的用詞出於前人的成辭，如明月、秋風之類。使用成辭，可見帝王有歷史的傳承和文化的積澱，詩作有高雅意致。但不是每個帝王都有深厚文化蘊涵，在眾多的唐代帝王中，太宗的文化修養當是數一數二，他的詩歌用詞古雅，以風字為例，在形容八風時，使用的詞語有條風、熏風、涼風和寒風，這些詞來自於《呂氏春秋 • 有始》和《淮南子 • 地形》。在《淮南子 • 地形》，

將東風名為「條風」，將西南風名為「涼風」，北風為「寒風」。在
《呂氏春秋‧有始》，將東南風稱為「熏風」，北風稱為「寒風」。
由此可見太宗用詞有更深厚的蘊涵。

　　武則天詩作中風字出現只有七次，其中她也用到條風一詞，「扇
條風，乘甲乙」（〈角音〉）。可見武則天也是講究用詞。初唐帝王
作詩講究字法，用詞古雅，至盛唐，玄宗詩作中直接稱呼北風，如「北
風勇士馬」（〈校獵義成喜逢大雪率題九韻以示群官〉）、「北風吹
同雲」（〈溫湯對雪〉）。至中唐，德宗亦在詩作中直接使用東風一詞，
而非條風，如「東風變梅柳，萬彙生春光」（〈中和節賜群臣宴賦七
韻〉）。由此推斷帝王在描寫風花雪月時，從初唐用詞古雅發展到盛
唐以後的質樸，這興帝王個人的文學涵養有直接關係。

2、對仗工整而定型

　　在描寫風花雪月時，唐代帝王的詩作對仗工整并形成定式。如風
對日、風對煙、月對風、月對星、月對露、花對柳、花對絮、花對葉、
花對鳥、雪對雲，具體見以下例句：

1) 日晃百花色，風動千林翠。（唐太宗〈初晴落景〉）

2) 風輕水初綠，日晴花更新。（唐德宗〈三日書懷因示百僚〉）

3) 煙樹辨朝色，風湍聞夜流。（唐玄宗〈為趙法師別造精院過
院賦詩〉）

4) 圓光低月殿，碎影亂風筠。（唐太宗〈謁并州大興國寺詩〉）

5) 桂月先秋冷，蘋風向晚清。（唐玄宗〈同玉真公主過大哥山

池〉）

6) 璜虧夜月落，屬碎曉星殘。（唐高宗〈七夕宴懸圃二首〉）

7) 月兔落高增，星狼下急箭。（唐玄宗〈校獵義成喜逢大雪率題九韻以示群官〉）

8) 嶺銜宵月桂，珠穿曉露叢。（唐太宗〈秋日斅庾信體〉）

9) 月銜花綬鏡，露綴彩絲囊。（唐玄宗〈千秋節宴〉）

10) 餘花攢鏤檻，殘柳散雕楹。（唐太宗〈置酒坐飛閣〉）

11) 委樹寒花發，縈空落絮輕。（唐玄宗〈喜雪〉）

12) 細葉凋輕翠，圓花飛碎黃。（唐太宗〈賦得殘菊〉）

13) 舞接花梁燕，歌迎鳥路塵。（唐太宗〈登三臺言志〉）

14) 凍雲宵遍嶺，素雪曉凝華。（唐太宗〈喜雪〉）

15) 繁雲低遠岫，飛雪舞長空。（唐玄宗〈野次喜雪〉）

以上像星月、花葉、風煙是同類對，而花對鳥則是異類對。《文心雕龍・麗辭》：「故麗辭之體，凡有四對。言對為易，事對為難；反對為優，正對為劣。」又指：「正對者，事異義同者也。」[6] 星月、花葉、風煙可謂正對，正對居多，反映出初盛唐帝王詩對仗工整，但有取辭狹窄，用意不寬之弊。

總體而論，唐代帝王詩的風花雪月以詠物為主。陳余山《竹林答問》曰：「詠物詩寓興為上，傳神次之。」[7] 唐太宗和唐玄宗在描寫雪花的時候，可以唯妙唯肖，卻很少將自己的個人情感和人生體驗賦予在自然物，興寄較少。在語言特色方面，唐代帝王詩的用詞有些出於前人的成辭，體現出唐代帝王不同的文化蘊涵。對仗工整，卻有取

辭單一，意境狹窄之弊。

1. 錢熙祚撰，章樵注：《古文苑》卷二，臺北：藝文印書館，1968，第5頁。
2. 郭璞注：《穆天子傳》，上海：上海古籍出版社，1990，第18頁。
3. 劉昫等撰：《舊唐書》卷八〈玄宗傳〉，北京：中華書局，1975，第188頁。
4. 鄭玄注，孔穎達疏，阮元校刻：《禮記正義》，見《十三經注疏》下冊，北京：中華書局，1980，第306頁。
5. 李文初：《漢魏六朝文學研究》，廣東：廣東人民出版社，2000，第226頁。
6. 劉勰著，范文瀾注：《文心雕龍注》，人民文學出版社，1958，第588頁。
7. 《四庫未收書輯刊》，北京：北京出版社，2000，第761頁。

第二節　唐代帝王詩的春夏秋冬

　　唐代帝王通常在遊宴中描寫春夏秋冬，在輕鬆愉快的氣氛中欣賞時令，賞樂的成分居多。唐代帝王春天賞春，秋天慶豐年，不會像文人那樣傷春悲秋，流露悲哀的情懷。在唐代帝王描寫季節的詩作中，以描寫春天為多，秋天次之，較少描寫夏天和冬天。景物多為客觀的描寫，較少景情交融，以下具體分析唐代帝王如何描寫春夏秋冬。

一、唐代帝王詩之春

　　首先，唐代帝王在描寫春天時，喜歡以梅花、柳樹、大雁和鶯鳥等等為主要的描寫對象，他們以賞春的心態去品味春天的美景，並抒發了國泰民安的願景。先以唐太宗〈首春〉為例：

> 寒隨窮律變，春逐鳥聲開。初風飄帶柳，晚雪間花梅。
> 碧林青舊竹，綠沼翠新苔。芝田初雁去，綺樹巧鶯來。

此詩作於何年，未詳。這是一幅初春的景象，寒冷隨著十二月的結束而改變，春天隨著鳥聲的響起而開始，春在此句是主語，「逐」、「開」兩個動詞將春天的動態通過擬人化的手法描寫出來，這是從聽覺的角度描寫。接下來，「飄」、「間」、「青」、「翠」、「去」、

「來」六個動詞則是從視覺的角度將春天如何降臨在自然界描寫得栩栩如生。初風吹飄似帶的柳條，晚雪間隔梅花，碧林使舊竹變青，綠沼使新生之苔蘚變得翠綠。芝田是指仙人種芝草的地方，在此借代江南。雁子飛離芝田，這是想像之辭，巧鶯來到了華美的樹木，這既可以是實景，也可以是想像之辭。這首詩描寫春回大地時生氣勃勃的景象，全詩對仗，顯得工整綺麗。詩中出現的梅花、柳樹、大雁和鶯鳥，成為春天景物的代表，它們亦成為其他帝王描寫春天的主要對象。

唐高宗在〈守歲〉一詩中提及春天時，亦離不開梅花和柳樹。如：「薄紅梅色冷，淺綠柳輕春。」薄薄的紅色的梅花，看起來有點冷意，淺綠色的柳樹，質感比春天還輕。此聯先寫梅花和柳樹的顏色，再通過「冷」和「輕」字將對春天的通感寫了出來。「柳輕春」，春天作為賓語和被比較物，比較新穎。

唐中宗在迎春時描寫梅花和柳樹，〈立春日遊苑迎春〉：「綵蝶黃鶯未歌舞，梅香柳色已矜誇。迎春正啟流霞席，暫囑曦輪勿遽斜。」矜誇，有驕傲自大之意，在此形容梅香和柳色，沒有貶義，反而是褒義詞，以擬人化的手法寫出梅花、柳樹正值季節，並以綵蝶和黃鶯還沒有歌舞作為反襯。

在唐玄宗的詩作裏，春天經常作為一個專有抽象名詞出現。如〈登蒲州逍遙樓〉：「時平乘道泰，聊賞遇年春。」和〈春中興慶宮酺宴〉：「九達長安道，三陽別館春。」上述詩作沒有像太宗詩歌那樣具體描繪春天的景色。而在〈春臺望〉中，則是少有的描繪春天景物的詩作。「初鶯一一鳴紅樹，歸雁雙雙去綠洲。太液池中下黃鶴，昆明水上映牽牛。」此詩寫春景時寫了初鶯、紅樹、歸雁、黃鶴、牽牛花等等，初鶯、雁子的意象在太宗的詩歌曾出現，中宗的詩句中亦出現黃鶯的

意象，可見初鶯、雁子代表春天的普遍意象，而黃鶴、牽牛則是在太
液池、昆明池看到的景物，可謂宮庭之景，但在唐代其他帝王描寫春
天的詩中沒有出現，這算是玄宗寫春天時較為獨特的意象。玄宗在為
太子時曾作〈春日出苑遊矚〉：「梅花百樹障去路，垂柳千條暗回津。」
詩作裏出現梅花和柳樹。玄宗在位的詩作中沒有出現梅花、柳樹的字
眼，只是有花和樹的統稱。例如：「春來津樹合，月落戍樓空」（〈早
度蒲津關〉）和「草依陽谷變，花待北巖春」（〈南出雀鼠谷答張說〉）。
由上所述，太宗、高宗、中宗、玄宗太子時期所作的詩歌，以梅花和
柳樹作為春天的意象。

　　則天皇后在寫春天時，是以九春稱為春天。如〈早春夜宴〉詩云：
「九春開上節，千門敞夜扉。」這首詩主要寫夜宴，早春只是時間修
飾語。故在詩中的首句交待時間，並沒有細緻描寫春天的景物。

　　晚唐帝王的詩作中亦出現「春」的字眼，但沒有具體寫到花和樹，
只是籠統地以花草代表春。例如文宗〈宮中題〉詩云：「輦路生春草，
上林花發時。」以草和花代表春天。又如宣宗〈百丈山〉詩云：「仙
峰不間三春秀，靈境何時六月寒。」以三春統稱春天。這首詩的主題
是百丈山，三春秀是百丈山的一個特色。

　　在寫春天的景物時，太宗與唐代其他帝王不同的是，描寫了蘭花，
如〈臨洛水〉：「水花翻照樹，堤蘭倒插波。」這個角度很特別，寫
堤岸的蘭花倒影在洛水中的美姿。又如〈謁並州大興國寺〉：「未佩
蘭猶小，無絲柳尚新。」蘭小柳新點出了春天的特色。除了在以上兩
首詩歌裏描寫蘭花的意象，太宗還專題吟詠蘭花，如〈芳蘭〉：「春
暉開紫苑，淑景媚蘭場。映庭含淺色，凝露泫浮光。日麗參差影，風
傳輕重香。會須君子折，佩裏作芬芳。」描寫了蘭花在春天的陽光裏

盛開，園囿種滿了蘭花，看起來很美麗。逐一細寫蘭花的顏色和香味。最後寫到蘭花還須君子摘採，佩帶以傳其芳香，暗含賢才要為君子所用之意，委婉蘊藉。

　　太宗描寫春景，細緻入微。這是其他帝王難以比擬。觀其詩作，主要寫初春，作品有〈首春〉和〈初春登樓即目觀作述懷〉，沒有寫暮春，亦沒有寫雨中的春景。反觀玄宗、德宗和文宗則有寫春雨，把下雨作為春天的一個主要特點，進行描繪。例如：

> 節變寒初盡，時和氣已春。繁雲先合寸，膏雨自依旬。（玄宗〈同劉晃喜雨〉）
>
> 穀雨將應候，行春猶未遲。（德宗〈送徐州張建封還鎮〉）
>
> 漸侵九夏節，復在三春時。霡霂垂朱闕，飄颻入綠墀。（文宗〈暮春喜雨詩〉）

　　太宗和其他帝王喜歡春天，視春天為良辰。太宗〈春日望海〉云：「披襟眺滄海，憑軾玩春芳。」玩表示欣賞、品味，太宗是以欣賞的心態去品味春天的美麗。所以在此詩用細膩的筆觸去描寫春天望海的景色，如「拂潮雲布色，穿浪日舒光。照岸花分彩，迷雲雁斷行。」不同顏色的雲彩的倒影拂著海水，陽光穿過浪花散發光芒。岸邊的花朵在陽光的照耀下呈彩，海上飛行的雁子為多雲所迷而使行列中斷。玩春芳的心態在〈月晦〉一詩亦可找到：「披襟歡眺望，極目暢春情。」敞開衣襟歡樂地眺望遠方，極目春景心情舒暢。歡眺望、暢春情都是歡樂的心情的寫照。太宗在歡樂之餘亦表達了希圖成就王業，在〈春日望海〉說：「之罘思漢帝，碣石想秦皇。霓裳非本意，端拱且圖王。」

此外更多的是對賢良的渴求，如：「巨川何以濟，舟楫佇時英」（〈春日登陝州城樓俯眺原野回丹碧綴煙霞密翠斑……聊以命篇〉）；「庶幾保貞固，虛己厲求賢」（〈春日玄武門宴群臣〉）；「所欣成大廈，宏材佇渭濱」（〈登三臺言志〉）和「會須君子折，佩裏作芬芳」（〈芳蘭〉）。

高宗在〈太子納妃太平公主出降〉云：「方期六合泰，共賞萬年春。」咸亨四年，太子弘納妃裴氏。高宗作此詩，寫太子納妃太平公主出嫁的情形，在詩的結尾期望天地四方安寧，共賞萬年的春天。「賞」字表示欣賞，高宗不僅欣賞春天，更期望長久統治王朝。

玄宗也是以欣賞的角度去品春，〈登蒲州逍遙樓〉曰：「時平乘道泰，聊賞遇年春。」玄宗治理唐朝時，國力強盛，他在登蒲州逍遙樓欣賞政安時平時，正值春天，故一併將春天作為欣賞的對象。欣賞的心情在〈春臺望〉可以找到：「暇景屬三春，高臺聊四望……薄暮賞餘回步輦，還念中人罷百金。」玄宗在高臺聊賞春景，一直到黃昏，才盡興回到車中。

德宗在〈中和節日宴百僚賜詩〉云：「韶年啟仲序，初吉諧良辰。」春天是美好一年的開始，不僅吉利而且是良辰。唐德宗貞元五年（789）定二月初一為中和節，他寫中和節的詩除了這首，還有〈中和節賜百官燕集因示所懷〉和〈中和節賜群臣宴賦七韻〉，在詩歌裏流露出與臣相同賞春景的歡樂。如「歡酣朝野同，生德區宇均」（〈中和節日宴百僚賜詩〉）和「庶洽朝野意，曠然天地均」（〈中和節賜百官燕集因示所懷〉）。德宗在歡樂之餘，亦知要有度，不能過度享樂，在〈中和節賜群臣宴賦七韻〉云：「勝賞信多歡，戒之在無荒。」德宗在與群臣作宴時亦存警戒之心，提醒自己不能好樂怠政。

　　太宗和其他帝王喜歡春天，抒發之情都是歡樂之情。唐朝的文人，亦有喜春的情懷，如杜甫的〈春夜喜雨〉：「好雨知時節，當春乃發生。」但更多的是對春天的感傷情懷，如杜甫的〈春望〉云：「國破山河在，城春草木深。感時花濺淚，恨別鳥驚心。」這首詩是至德二年（757）三月所作，杜甫此時陷於安史叛軍佔據的長安，雖然春回大地，卻國破家亡、滿城荒涼，花鳥本來不含感傷，現在卻也「濺淚」、「驚心」，此處運用擬人化的修辭手法，將眼前景與胸中情融為一體，詩人感時傷亂之情深沉和蘊藉，具有強烈的藝術感染力。

　　太宗和其他帝王在用詞方面有相同之處，如三春、春色、春風，具體的例子如下：

　　　「北闕三春晚，南榮九夏初。」（太宗〈賦得夏首啟節〉）

　　　「負扆三春旦，充庭萬宇賓。」（武則天《唐明堂樂章 • 外辦將出》）

　　　「暇景屬三春，高臺聊四望。」（玄宗〈春臺望〉）

　　　「漸侵九夏節，復在三春時。」（文宗〈暮春喜雨詩〉）

　　　「仙峰不間三春秀，靈境何時六月寒。」（宣宗〈百丈山〉）

　　　「高軒曖春色，邃閣媚朝光。……草秀故春色，梅豔昔年妝。」（太宗〈元日〉）

　　　「路逢三五夜，春色暗中期。」（玄宗〈軒遊宮十五夜〉）

　　　「雲散晴山幾萬重，煙收春色更沖融。」（宣宗〈幸華嚴寺〉）

　　　「寒辭去風雪，暖帶入春風。」（太宗〈守歲〉）

　　　「冕旒多暇景，詩酒會春風。」（玄宗〈春晚宴兩相及禮官麗正殿學士探得風字〉）

三春、春色是抽象名詞，而春風是具體名詞。有所不同的是，太宗的用詞更多，如：春冰、春芳、春蒐、春情、春岸、春暉、春風、餘春、陽春等等。可見太宗的詞藻豐富，在這方面，玄宗雖然不及太宗，但在骨氣方面勝之。明人王世貞評曰：「明皇藻艷不過文皇，而骨氣勝之。語象，則'春來津路合，月落戍樓空'……」[1]，由此知之。

二、唐代帝王詩之夏

　　唐代帝王寫夏天的詩歌不多，有太宗的〈初夏〉和〈賦得夏首啟節〉、玄宗的〈端午三殿宴群臣探得神字〉、〈首夏花萼樓觀群臣宴寧王山亭回樓下又申之以賞樂賦詩〉和〈端午〉。

　　太宗具體描寫夏天的景物，例如〈初夏〉：「一朝春夏改，隔夜鳥花遷。陰陽深淺葉，曉夕重輕煙。晴鶯猶響殿，橫絲正網天。珮高蘭影接，綬細草紋連。碧鱗驚棹側，玄燕舞簷前。何必汾陽處，始復有山泉。」此詩描寫初夏，陽光的照耀令葉子有深有淺的顏色，清晨和黃昏的雲煙有重有輕。鶯鳥的鳴聲響遍殿堂，橫絲正在網天。玉珮與蘭花的影子相接，草紋與細小的絲帶相連。魚兒在船的兩側受驚遊走，燕子在屋簷前飛舞。這裏的風景好，何必像隋煬帝要在汾陽建離宮，才有山泉。夏天的景物與春天的有甚麼不同呢？太宗在〈初春〉云：「春逐鳥聲開」，春天始聞鳥聲，而夏天的鳥聲則「響殿」，響字說明鳥鳴的程度。春天的陽光和夏天的陽光又有甚麼不同？太宗在〈芳蘭〉云：「春暉開紫苑，淑景媚蘭場。映庭含淺色，凝露泫浮光。」春天的陽光照耀著帝王園囿，美景使蘭場更加美麗。陽光照耀庭院，使蘭花有淺色，蘭花凝聚露水，水滴反射出浮光。春天的陽光是溫暖

的，而夏天的陽光則是猛烈，「陰陽深淺葉」葉子向日為陽，背日為陰，陰陽一詞，把夏天的陽光與春天的陽光區分出來。太宗把初夏的蟲魚鳥獸描寫得很細緻，「喈鶯猶響殿，橫絲正網天」，顯示出太宗觀察細緻。「碧鱗驚棹側，玄燕舞簷前」這兩句將描寫的角度由湖水轉到屋簷，由低至高。

太宗描寫夏天的景物很細緻，例如在〈賦得夏首啟節〉亦可看出：「北闕三春晚，南榮九夏初。黃鶯弄漸變，翠林花落餘。瀑流還響谷，猿啼自應虛。早荷向心卷，長楊就影舒。此時歡不極，調軫坐相於。」太宗在此寫初夏之景，包括黃鶯、翠林、花、瀑流、猿啼、早荷和長楊。其中瀑流、猿啼、早荷和長楊與春天的梅花、柳樹、大雁、鶯鳥不同，可視為夏天的景物。

玄宗寫夏天，主要寫了端午節。〈端午三殿宴群臣探得神字〉：「五月符天數，五音調夏鈞。舊來傳五日，無事不稱神。穴枕通靈氣，長絲續命人。四時花競巧，九子糉爭新。方殿臨華節，圓宮宴雅臣。進對一言重，遒文六義陳。股肱良足詠，風化可還淳。」玄宗在序中寫到：「……憂忘心勞，聞蟬聲而悟物變，見槿花而驚候改。」蟬聲、槿花是夏天的景物，但玄宗在詩中沒有寫這兩個物象，而是稱「四時花競巧，九子糉爭新」以花、糉子代表夏天。

在〈端午〉則寫了槿花：「當軒知槿茂，向水覺蘆香。」木槿，落葉灌木，夏秋開紅、白或紫色花，朝開暮斂，夏天憑軒知道木槿長得很茂盛，向水覺得蘆葦香。玄宗寫槿樹、蘆葦、糉子，這些夏天的物象和太宗的不同。另外，玄宗寫出了夏天的特徵。「端午臨中夏，時清日復長」突出夏日長的特點。

三、唐代帝王詩之秋

　　唐代帝王寫秋天的次數僅次於春天。太宗寫秋天的景物有花草鳥獸，在花的方面包括桂花、菊花、荷花和蘭花。秋天，荷花和蘭花開始稀疏、凋落，太宗的用詞多為荷疏、蘭凋。例如〈秋日翠微宮〉：「荷疏一蓋缺，樹冷半帷空。側陣移鴻影，圓花釘菊叢」和〈秋日即目〉：「衣碎荷疏影，花明菊點叢……砌冷蘭凋佩，閨寒樹隱桐」。荷疏蘭凋是秋日所見的實景，荷花和蘭花在夏天盛開，在秋天凋謝，這是很自然的現象。與此形成對比的是，桂花和菊花在秋天應景盛開，而菊花是秋天最具代表性的意象。太宗寫菊花在不同地方由盛開至凋落的各種形態比較多，在詩中，有的菊花長在塞外的山上，在初秋盛開時很茂密，如：「早花初密菊，晚葉未疏林。」（〈五言塞外同賦山夜臨秋以臨為韻〉）；有的是圓菊叢生，如「花生圓菊蕊，荷盡戲魚通。」（〈秋日斅庾信體〉）；有的是深秋在山上殘留下來但仍含著露水的菊花，如「疏蘭尚染煙，殘菊猶承露。」（〈山閣晚秋〉）和有的是秋暮凋落在小徑上的菊花，如「結浪冰初鏡，在逕菊方叢」（〈秋暮言志〉）；有的是在灞河岸邊盛開的黃菊，如「桂白發幽巖，菊黃開灞涘」（〈度秋〉）；有的盛開，散布一叢金黃色，如「露凝千片玉，菊散一叢金」（〈秋日二首〉之二）。「密菊」、「圓菊」、「殘菊」是形容菊花的客觀形態，「菊黃」、「一叢金」是形容菊花的顏色。這些詞語是客觀描述性，沒有帶主觀色彩。

　　荷花、蘭花、菊花、桂花這些意象在唐代其他帝王的詩中亦有出現。且看高宗是如何在〈九月九日〉描寫秋景：「砌蘭虧半影，巖桂發全香。滿蓋荷凋翠，圓花菊散黃。」這兩聯將蘭花、桂花、荷花和

菊花都寫了出來，臺階上的蘭花凋零，使影子看起來只有一半，巖石上的桂花散發全部的清香，池塘滿是荷花凋落，圓菊綻開黃色的花朵。蘭花和桂花、荷花和菊花，一枯一榮，形成了強烈的對比。中宗〈九月九日幸臨渭亭登高得秋字〉：「長房萸早熟，彭澤菊初收。」寫茱萸早熟和菊花初收。彭澤，縣名，屬江西省。晉陶潛曾為彭澤令。中宗在此用「彭澤菊」一詞，是追陶潛之風雅。玄宗的「小山秋桂馥，長坂舊蘭叢。」（〈巡省途次上黨舊宮賦〉），描寫了桂花在秋天的小山散發出濃烈的香味，長坂，地名，今湖北當陽縣東北。漢獻帝建安十三年曹操將精騎一日夜行三百里，追及劉備於當陽長坂。在此指玄宗的舊居。舊居的蘭花叢生。德宗的「曲池潔寒流，芳菊舒金英」（〈重陽日賜宴曲江亭，賦六韻詩用清字〉）、「繁林已墜葉，寒菊仍舒榮」（〈九月十八賜百僚追賞因書所懷〉）、「天清白露潔，菊散黃金叢」（〈豐年多慶，九日示懷〉），德宗描寫菊花的用詞是「芳菊」、「寒菊」和「黃金叢」。「芳菊」和「寒菊」帶有主觀意識，「黃金叢」是客觀狀態。與太宗從客觀角度描寫菊花，有點不同。德宗描寫菊花顏色的用詞是「金英」、「黃金叢」，與太宗的用詞相類似。從以上的例子可以看到，唐代帝王在描寫秋天的花卉時，所用的意象大致相同，都是菊花、桂花、荷花和蘭花。

在寫秋天的鳥獸時，太宗寫了鴻雁、別鶴、離猿和秋蟬。詩句有：

「將秋數行雁，離夏幾林蟬。」（〈秋日二首〉之一）

「初秋玉露清，早雁出空鳴。」（〈賦得早雁出雲鳴〉）

「別鶴棲琴裏，離猿啼峽中。」（〈秋日即目〉）

「連洲驚鳥亂，隔岫斷猿吟。」（〈五言塞外同賦山夜臨秋以臨

為韻〉）

「散影玉階柳，含翠隱鳴蟬。」（〈賦得弱柳鳴秋蟬〉）

「蟬啼覺樹冷，螢火不溫風……晨浦鳴飛雁，夕渚集栖鴻。」（〈秋
日效庾信體〉）

「塞冷鴻飛疾，園秋蟬噪遲。」（〈初秋夜坐〉）

其中雁子、猿猴的意象較為普遍，初盛唐帝王寫秋景時，亦運用這些
意象，如高宗的〈九月九日〉：「怯猿啼落岫，驚雁斷分行。」以怯
猿、驚雁來描寫秋景。但太宗與眾不同的是，他主要寫了秋蟬。鳴蟬、
蟬啼和蟬噪等詞描寫出秋蟬啼鳴的特色，「蟬啼覺樹冷」由蟬啼覺得
樹冷，以曲筆寫出秋天冷的特徵。其他皇帝則沒有以鳥禽來寫秋景。

在形容秋天的特徵時，太宗用了「爽氣」、「冷」、「涼」、「寒」
等字眼，例如「爽氣浮丹闕，秋光澹紫宮」（〈秋日即目〉）、「爽
氣澄蘭沼，秋風動桂林」（〈秋日二首〉之二）、「塞冷鴻飛疾，園
秋蟬噪遲」（〈初秋夜坐〉）、「砌冷蘭凋佩，閨寒樹隱桐」〈秋日
即目〉）、「山亭秋色滿，巖牖涼風度」（〈山閣晚秋〉）、「邊城
炎氣沉，塞外涼風度」（〈五言塞外同賦山夜臨秋以臨為韻〉）、「秋
日凝翠嶺，涼吹肅離宮」（〈秋日翠微宮〉）、「寒驚薊門葉，秋發
小山枝」（〈儀鸞殿早秋〉）。在這方面，其他帝王也用「「爽氣」、
「冷」、「涼」、「寒」等字眼，例如高宗的「鳳闕澄秋色，龍闈引
夕涼」（〈九月九日〉）、玄宗的「桂月先秋冷，蘋風向晚清」（〈同
玉真公主過大哥山池〉）、「林亭自有幽貞趣，況復秋深爽氣來」（〈過
大哥山池題石壁〉）、德宗的「乾坤爽氣滿」（〈重陽日賜宴曲江亭
賦六韻詩用清字〉）、「爽節在重九」（〈重陽日中外同歡以詩言志

因示群官〉）、「爽氣肅時令」（〈豐年多慶九日示懷〉）、「禁苑秋來爽氣多」（〈九日絕句〉）。此外，德宗還用「清」字形容秋天。如「台殿秋光清」（〈重陽日賜宴曲江亭賦六韻詩用清字〉）、「清秋黃葉下」（〈重陽日中外同歡以詩言志因示群官〉）。秋高氣爽、清涼怡神，這些都是秋天的主要特徵。

由上可知，太宗在描寫秋天的景物和特徵時，與唐代其他帝王大同小異，不過，太宗在描寫景物之餘有抒懷，對秋天的感懷構成了與其他帝王的最大不同之處，太宗的感懷分為以下幾個方面：

一是思慕賢才，如〈秋暮言志〉：「抽思滋泉側，飛想傅巖中。已獲千箱慶，何以繼熏風。」這裏用了太公釣於滋泉和傅說築於傅巖之野的典故。太宗秋暮游覽於山水之間，觀景抒懷，思慕賢才，以表達治理國家之志。

二是表達君臣融洽的感懷，如〈賦秋日懸清光賜房玄齡〉：「還當葵藿志，傾葉自相依。」葵藿，偏指葵。葵性向日，古人多用以比喻臣下對君主赤心趨向之意。此詩是太宗賜給房玄齡。據《新唐書》載：「房玄齡字喬，齊州臨淄人……公（李世民）為秦王，即授府記室，封臨淄侯……進尚書左僕射，監脩國史，更封魏……居宰相積十五年……」[2]房玄齡善謀，與杜如晦輔佐太宗，史稱「房杜」。在此詩，太宗由葵藿向日，抒發君臣融洽的情懷。

三是表達超脫塵世的感懷，如〈秋日翠微宮〉：「攄懷俗塵外，高眺白雲中。」據兩《唐書》和《資治通鑑》載，太宗於貞觀二十一年五月戊子，幸翠微宮。至七月庚戌，還長安。太宗是如此寫秋日翠微宮的景物：「秋日凝翠嶺，涼吹蕭離宮。荷疏一蓋缺，樹冷半帷空。」在翠微宮，不乏荷葉疏落和樹葉凋落等蕭殺、衰落之景，但在太宗的

眼裏，翠微宮之秋亦有活力的一面：「側陣移鴻影，圓花釘菊叢。」鴻雁擺著陣列飛過上空，圓菊開得一叢叢。太宗高眺白雲，抒發超脫俗塵的情懷。

四是表達感傷的感懷，如〈初秋夜坐〉：「愁心逢此節，長歎獨含悲。」太宗在欣賞秋景時，通常表達的是歡娛之情，只有這一首例外，抒發悲秋的情懷，「愁心」、「長歎」、「含悲」等字眼不太像太宗的風格，倒有點像文人的風格。

五是表達對豐收之景的喜悅，如〈幸武功慶善宮〉：「芸黃遍原隰，禾穎積京畿。共樂還鄉宴，歡比大風詩。」據《唐會要》卷三十載，太宗於貞觀六年九月二十九日幸慶善宮。太宗看到秋天的豐收之景，對統一江山、治國有方感到欣喜萬分，在還鄉宴與故人共舞，並以漢高帝的〈大風詩〉自況。

其他帝王主要表達對豐收的喜悅，如德宗的「朝野慶年豐，高會多歡聲。永懷無荒戒，良士同斯情」（〈重陽日賜宴曲江亭，賦六韻詩用清字〉）德宗在此詩的序言曰：「朕在位僅將十載，實賴忠賢左右，克致小康。是以擇三令節，錫茲宴賞，俾大夫卿士，得同歡洽也。」詩中表達了朝野上下對豐收的歡喜之情；武則天的「九秋是式，百穀斯盈」（《唐明堂樂章·商音》）抒寫的也是百穀豐收。在面對景物時，帝王主要表現出賞秋和喜秋的心情，而不是悲秋。如中宗「何藉龍沙上，方得恣淹留」（〈九月九日幸臨渭亭登高得秋字〉）、玄宗「林亭自有幽貞趣，況復秋深爽氣來」（〈過大哥山池題石壁〉）。帝王描寫秋天沒有像文人把秋天寫得蕭瑟般，例如杜甫的《秋興八首》：「玉露凋傷楓樹林，巫山巫峽氣蕭森。」將巫山巫峽蕭瑟陰森的秋色描寫出來。自七五九年棄官秦州至七六六年在夔州，杜甫已漂泊了七年，

而這七年國家命運並未好轉，當此秋氣蕭颯，杜甫觸景生情，寫出了以「故國之思」為主題的一組七言律詩。[3]

四、唐代帝王詩之冬

唐代帝王甚少描寫冬天。在帝王詩中出現冬字的詩作有太宗的〈冬狩〉、〈冬宵各為四韻〉、〈冬日臨昆明池〉、〈守歲〉、〈除夜〉、〈於太原召侍臣賜宴守歲〉、高宗的〈守歲〉和武則天的《唐明堂樂章 • 羽音》。

太宗描寫冬天主要描寫了梅花、冰、雪，如「寒辭去冬雪，暖帶入春風。階馥舒梅素，盤花卷燭紅。」（〈守歲〉）、「冰消出鏡水，梅散入風香」（〈除夜〉）和「送寒餘雪盡，迎歲早梅新」（〈於太原召侍臣賜宴守歲〉）。此外，通過冰、雪、霜等意象突出了冬天的主要特徵：寒冷，例如在〈冬狩〉中：「烈烈寒風起，慘慘飛雲浮。霜濃凝廣隰，冰厚結清流。」烈烈，象聲詞。慘慘，昏暗貌。冬天寒風凜冽，浮雲暗淡。廣隰指廣闊的沼澤邊的低濕之地。低濕之地凝結了濃霜，清澈的流水結滿厚冰。寒風、濃霜、厚冰都是冬天的特徵。

高宗的〈守歲〉「今宵冬律盡，來朝麗景新。花餘凝地雪，條含暖吹分。」冬律指冬天，詩中以地上的雪代表冬天。武則天的《唐明堂樂章 • 羽音》「葭律肇啟隆冬，蘋藻攸陳饗祭。」隆冬只是抽象名詞，沒有具體的描寫。

以下為《全唐書》載，春夏秋冬在唐代帝王詩中出現次數的統計。

表格 4-3：春夏秋冬在唐代帝王詩中出現的次數

皇帝	字眼／次數			
	春	夏	秋	冬
太宗世民	19	5	14	3
高宗治	2	-	2	1
則天武后曌	4	1	1	1
中宗顯	1	-	1	-
玄宗隆基	17	4	7	
德宗適	7	1	6	-
文宗昂	2	2	-	-
宣宗忱	2	-	-	-

　　從表格 4-3 的統計可以看出，太宗詩中描寫春夏秋冬的次數遠遠多於其他皇帝，玄宗次之。太宗在描寫春夏秋冬時，春出現的次數最多，秋排第二，夏第三，冬第四。玄宗的詩中，春出現的次數最多，秋排第二，夏第三，沒有冬字。武后和德宗的詩中春出現的次數也是最多，秋次之。總體而言，春夏秋冬在唐代帝王詩中出現的次數以春字最多，秋次之，夏第三，冬字最少。可見唐代帝王喜歡描寫春天，秋天次之，較少描寫夏天和冬天。

　　綜上所述，唐代帝王通過景物描寫季節時，所用的意象大致相同，例如春天以梅花、柳樹、大雁和鶯鳥為描寫對象，秋天以菊花、桂花、荷花和蘭花、雁子、猿猴為描寫對象。而帝王描寫季節時，多數能突出季節的主要特徵，如夏天的炎熱和漫長，冬天的冰雪覆蓋和寒冷。稍有所不同的是，個別帝王用了較特別的意象，如太宗通過蘭花描寫春天，以秋蟬描寫秋天；玄宗以槿花描寫端午節。

　　唐代帝王通常在遊宴中寫到春夏秋冬，在清歌曼舞中欣賞時令，

賞樂的成分居多。在春天為賞春，在秋天則為慶豐年，甚少流露出傷春悲秋的情懷。吳喬《圍爐詩話》說：「詩以情為主，景為賓。景物無自主，惟情所化。情哀則景哀，情樂則景樂。」帝王多以樂景寫樂情，除了太宗〈初秋夜坐〉是哀景寫哀情，帝王詩的春夏秋冬甚少出現哀景和哀情。此外，帝王所寫的景物一般只是流於表面的描繪，沒有營造出人與自然融合的氛圍，如寫冬雪，太宗的「寒辭去冬雪」（〈守歲〉）遠遠不及柳宗元的「獨釣寒江雪」（〈江雪〉）那麼有震撼力，究其原因，就是太宗只是客觀的陳述，沒有將內心世界外化到自然界，情與景分割。因此唐代帝王詩的春夏秋冬只是帝王宮廷逸樂生活的反映，以樂景寫樂情，甚少流露悲哀的情懷。景物多為客觀的描寫，較少景情交融，因此很難產生強烈的藝術感染力。

---

1. 王世貞著，陸潔棟，周明初批註：《藝苑卮言》，南京：鳳凰出版社，2009，第 52 頁。
2. 歐陽修，宋祁等撰：《新唐書》卷九十六〈房玄齡傳〉，北京：中華書局，1975，第 3853-3858 頁。
3. 蕭滌非選注，《杜甫詩選注》，北京：人民文學出版社出版，1979，第 251 頁。

第三節　唐代帝王詩的特徵

　　唐代帝王詩歌各具特色，但風格相近，可以歸為同一流派，即唐代帝王詩派。唐代帝王詩派的詩歌充滿帝王氣象，顯示出蓬勃的帝王的思想感情，具有共同特徵，具體為以下五個方面：第一，君臨天下，典雅端莊。第二，雍容華貴，富而不奢，華而不靡。第三，心懷天下，期望國富民康。第四，個性溶於君王的地位。第五，排斥詩裏的淒苦與憤懣。

一、君臨天下，典雅端莊

　　在唐朝，政治、經濟和文化全面發展，出現了「貞觀之治」和「開元盛世」，國力強盛、社會安定。唐太宗、武則天、唐玄宗重視政教和禮樂文化制度，以控制政治和鞏固政權，具體表現在詩中，一方面是君臨天下，以喜悦和自豪的心情謳歌唐朝統一天下所顯示出來的昂揚氣勢，另一方面是宣揚政教和禮樂文化而顯示出來的典雅端莊。如唐太宗〈初春登樓即目觀作述懷〉，他登樓俯眺，居高臨下觀看景物，蘭閣、綺峰、翠霧、照日、紅林等山川河流、花鳥樹木都在視野之下，掌握之中。良辰美景，觸景生情，「景語皆成情語」。唐太宗壯懷激烈，述治國之志。不僅表達求賢若渴的心情，還表達居安思危的心情，警戒不能自滿、享樂，更引用漢文帝不費民間「十產金」的典故規範自

己，體現出典雅端莊之風範。類似作品還有〈春日登陝州城樓俯眺原野迴丹碧綴煙霞密翠斑紅芳菲花柳即目川岫聊以命篇〉、〈登三臺言志〉、〈春日望海〉等等。這些既有氣勢又典雅端莊的詩歌為唐初宮廷詩樹立了雅正和宏偉的典範，顯示了唐初新的時代氣息。武則天追求宏大的氣勢、壯觀的場景，如《唐明堂樂章》之〈迎送王公〉：「千官肅事，萬國朝宗。載延百辟，爰集三宮。君臣德合，魚水斯同。睿圖方永，周曆長隆。」描寫四方來朝的壯觀場面，並在詩中表達君臣同心治理國家的願望。「千官」、「萬國」來朝，場面壯觀，氣勢恢宏，語言誇張，充滿頌美語調。這是莊嚴肅穆的場合，武則天要求群臣同心同德，如魚與水，大周王朝方保永久。此詩以氣勢取勝，是典雅莊重的廟堂之作。唐玄宗〈春臺望〉反映出盛世之君博大的胸襟和雄壯的氣魄。唐玄宗君臨天下，遠眺千里，視野開闊，山川壯麗。華山、終南山等山峰重疊，所有的景物都在掌握之中。玄宗以歡樂之情觀賞景物，景物帶有輕鬆、歡愉之調，如：「初鶯一一鳴紅樹，歸雁雙雙去綠洲。太液池中下黃鶴，昆明水上映牽牛」。壯麗之景引發壯思豪情，聯想翩翩。玄宗以漢朝巍峨雄偉的宮殿為鑑，提醒自己不能貪圖安逸的生活，突出「何如儉陋卑茅室」的主旨。夕陽西下，唐玄宗欣賞完佳景而返，還念念不忘漢文帝罷百金的事蹟。此詩的結構類似唐太宗〈初春登樓即目觀作述懷〉，前半部分寫景，後半部分述懷，都是以漢朝相比，引用漢文帝放棄以百金（相等於普通百姓十家資產）修建露臺之典，表現出帝王謙遜謹慎、避免奢逸的時代精神。

　　唐代帝王雄視天下，八面威風，賞景之餘，吟詠豪情，並引用漢代帝王的典故，以儒家道德規範行為，起到警戒作用。使詩歌擁有壯闊恢宏之勢，又有雅正之風。與唐代帝王不同，唐代文人登臨抒懷沒

有雄視天下的氣魄,卻有對歷史興衰變遷的感嘆。如褚亮〈臨高臺〉:「高臺暫俯臨,飛翼聳輕音。浮光隨日度,漾影逐波深。迴瞰周平野,開懷暢遠襟。獨此三休上,還傷千歲心。」詩人登高遠眺,沒有引發壯志豪情,卻起傷心之慨。詩人耳聽「輕音」,目睹「浮光」、「漾影」,如此虛幻,絕非美景。同是鳥瞰原野、暢懷遠襟,詩人卻極其傷感。褚亮歷陳、隋入唐,對歷代王朝興衰,深有體會,「千歲心」蘊含對歷史的反思和濃重的滄桑感,為詩作增添了淒涼感傷。又如李白〈登金陵鳳凰臺〉:「鳳凰臺上鳳凰遊,鳳去臺空江自流。吳宮花草埋幽徑,晉代衣冠成古丘。三山半落青天外,二水中分白鷺洲。總為浮雲能蔽日,長安不見使人愁。」詩人登鳳凰臺,看到昔日綺麗的吳宮,今天卻是幽徑野草叢生;東晉的官紳已逝,只剩下年代久遠的墳墓。昔日的繁華喧囂與今天的孤寂冷清形成強烈的對比,充滿對歷史的感傷。遠處的三山若隱若現,再看近處,秦淮河的分支,中間夾著白鷺洲。面對秀麗的山川,詩人卻滿懷愁苦,其憂傷的原因,表面上是浮雲蔽日看不見長安,實際是小人蒙蔽君主,使懷才之士沒有受到君主的重用,施展治國的才能。詩人感慨壯志難酬,流露出感傷的意緒。唐代帝王與文人在登臨抒懷方面明顯不同,唐太宗、唐玄宗羅列視野內的各種物象,大有山川日月,盡在掌握之中的氣概。褚亮、李白羅列一部分具有代表性的物象,沒有涵蓋全部。唐太宗、唐玄宗以歡樂之情欣賞景物,景物亦充溢歡愉之情。如唐太宗「拂浪堤垂柳,嬌花鳥續吟」和唐玄宗「初鶯一一鳴紅樹,歸雁雙雙去綠洲」,花鳥樹木靈動活躍,充滿生機。褚亮、李白以感傷之情觀物,景物當然不是美輪美奐。如褚亮「浮光隨日度,漾影逐波深」和李白「吳宮花草埋幽徑,晉代衣冠成古丘」,前者充滿虛幻,後者充滿感傷。唐太宗、

唐玄宗抒發治國之懷，引用漢朝典故，在歷史的反思中提醒自身要戒驕戒享樂，詩作典雅端莊。褚亮、李白抒發感傷之懷，具有濃厚的歷史滄桑感，李白更有懷才不遇之慨，個人色彩濃烈。

二、雍容華貴，富而不奢，華而不靡

　　唐代帝王的宮廷生活雍容華貴、多姿多彩，包括聽朝讀書、巡幸狩獵、遊山玩水、賞花鑒月、宴賞賦詩等，這些在唐代帝王詩中都有概括敘寫，詩歌特徵是雍容華貴、富而不奢、華而不靡。唐太宗〈春日宣武門宴群臣〉描寫了隆重華美的盛大宴會，場景壯觀，氣象宏闊、物象紛呈。「紫庭文珮滿，丹墀袞紱連。九夷簫瑤席，五狄列瓊筵」詩句中的「紫庭」、「丹墀」、「文珮」、「袞紱」、「九夷」、「五狄」、「瑤席」、「瓊筵」等詞語富麗華貴。在豪華的宴會上，欣賞典雅的音樂：「娛賓歌湛露，廣樂奏鈞天。清尊浮綠醑，雅曲韻朱弦。」宴會飲酒彈琴奏曲，場面歡樂熱烈。唐太宗沒有完全縱情於玩樂之中，而是在詩中強調儒家政治理想。「湛露」、「廣樂」、「雅曲」均表現出唐太宗喜愛古曲、雅曲，提倡「用咸英之曲，變爛熳之音」，尊奉和宣揚傳統的禮樂文化。唐太宗在詩歌結尾表達虛己求賢的思想，展示出帝王虛懷若谷的胸襟，符合儒家思想的規範。又如唐太宗〈帝京篇十首〉全面描寫了帝王的日常生活，將讀書、狩獵、臨樂館、遊芳園、遊翠渚、玩琴書、芳辰宴飲、觀賞妃嬪的富貴享樂的生活描寫得細緻生動，流露出君王志得意滿的成就感。第一首描寫京城所處地勢的雄偉和皇宮的華麗壯觀：「秦川雄帝宅，函谷壯皇居。綺殿千尋起，離宮百雉餘。連甍遙接漢，飛觀迴凌虛。雲日隱層闕，風煙出綺疏。」

都城長安綺殿林立，雄偉壯觀。雖然首二句直接襲自陳代詩人張正見〈帝王所居賦〉的首二句「崤函雄帝宅，宛洛壯皇居」，以及陳後主〈入隋侍宴應制〉首二句：「日月光天德，山河壯皇居」，但是同樣具有浩大氣勢，富麗華貴。又如第四首描寫在樂館欣賞音樂：「鳴笳臨樂館，眺聽歡芳節。急管韻朱弦，清歌凝白雪。彩鳳肅來儀，玄鶴紛成列。去茲鄭衛聲，雅音方可悅。」詩中以「彩鳳」、「玄鶴」清晰的形象來描繪樂曲之美，更提出了「去茲鄭衛聲，雅音方可悅」的主張。唐太宗沒有滿足於赫赫聲威，而是著重儒家禮樂制度的建設，提倡雅音。在第十首，唐太宗曲終奏雅，詩云：「人道惡高危，虛心戒盈蕩，奉天竭誠敬，臨民思惠養。納善察忠諫，明科慎刑賞」，對治理國家提出見解。這就平衡了前面八首詩享樂的內容，做到了富而不奢，華而不靡。胡震亨《唐音癸籤》卷五「評彙一」云：「唐初惟文皇〈帝京篇〉藻贍精華，最為傑作。視梁、陳神韻少減，而富麗過之。無論大略，即雄才自當驅走一世。」[1] 稱讚太宗〈帝京篇〉辭藻富麗精華。

　　武則天沒有像唐太宗使用富麗的辭藻，她追求壯麗的氣勢。在出遊宴飲中表現出帝王雍容華貴的生活。如〈早春夜宴〉：「九春開上節，千門敞夜扉。蘭燈吐新燄，桂魄朗圓輝。送酒惟須滿，流杯不用稀。務使霞漿興，方乘汎洛歸。」武氏把上元節賞花燈與圓月的歡樂氣氛形象地描繪出來，「送酒」兩句顯示她豪爽奔放的性格，「務使」兩句更有暢飲盡興的氣勢。作為有魄力的帝王，武則天沒有沉迷於酒宴之中，而是在歡筵中觀察和欣賞朝臣，如〈石淙〉：「且駐歡筵賞仁智，瑉鞍薄晚雜塵飛。」以「仁智」要求官員，流露出儒家思想意識形態。武則天在莊嚴隆重的祭祀中所奏的音樂都是古樂，如《唐享昊天樂》：「始奏承雲娛帝賞，復歌調露暢韶英。」「承雲」、「韶英」，都是

古樂，詩歌反映了武則天對傳統禮樂文化的追求。

　　唐玄宗的宮廷生活也是豐富多彩，〈春中興慶宮酺宴〉對酺宴極事鋪陳。唐玄宗在詩歌的前部分先交待治國理念，「不戰要荒服，無刑禮樂新」主張以禮樂文化鞏固政權，加強統治。後半部分才描寫歡宴之景。「玉斝飛千日，瓊筵薦八珍。舞衣雲曳影，歌扇月開輪。伐鼓魚龍雜，撞鐘角觝陳。曲終酣興晚，須有醉歸人。」「玉斝」、「瓊筵」、「八珍」、「舞衣」、「歌扇」等詞語華麗典雅，鋪列美酒佳餚和美人歌舞的物象，盡顯皇家氣派。唐玄宗有多首詩描寫宮廷宴會歡樂的場面，同時在詩中宣揚治國理念和禮樂教化。如〈春晚宴兩相及禮官麗正殿學士探得風字〉中「陰陽調曆象，禮樂報玄穹」，「言談延國輔，詞賦引文雄」等句；〈首夏花萼樓觀群臣宴寧王山亭回樓下又申之以賞樂賦詩〉中「九歌揚政要，六舞散朝衣」，「禮中推意厚，樂處感心微」等句；〈集賢書院成送張說上集賢學士賜宴得珍字〉中「禮樂沿今古，文章革舊新」，「獻酬尊俎列，賓主位班陳」等句都是例證。

　　唐德宗喜歡在節慶時賜宴百僚並賦詩，詩中不僅描繪宴席的歡樂場面，還宣告治國理念。如〈九月十八賜百僚追賞因書所懷〉「庶敦朝野意，永使風化清。」、〈麟德殿宴百僚〉「成功歸輔弼，致理賴忠良」。他感謝臣相輔佐，希望君臣上下一心，發憤圖強，治理國家，中興唐室。可見唐代帝王在詩裏不只是描寫雍容華貴的宮廷生活，還會表達治理國家的理念，充分體現了儒家思想意識形態，從而做到富而不奢，華而不靡。德宗對忠賢輔助達致小康，深感欣慰。

　　唐代帝王與六朝帝王相比較，相同的是兩者的生活同樣富貴，不同的是唐代帝王沒有沉湎於聲色之中，以儒家思想作為規範，詩作雍容華貴、富而不奢、華而不靡。六朝帝王的生活奢侈、淫靡，他們愛

好文學，但所作不是典雅莊重的廟堂之作，而是描摹女色，甚至引向床帷之間，詩風淫靡、放浪。

以蕭綱〈詠內人畫眠〉為例：「北窗聊就枕，南簷日未斜。攀鈎落綺障，插捩舉琵琶。夢笑開嬌靨，眠鬟壓落花。簟文生玉腕，香汗浸紅紗。夫婿恒相伴，莫誤是倡家。」描寫內人的睡姿。「夢笑」四句描寫細膩，被後人批評為「輕薄」、「肉慾」和「色情」。

又如陳後主〈玉樹後庭花〉：「麗宇芳林對高閣，新粧豔質本傾城。映戶凝嬌乍不進，出帷含態笑相迎。妖姬臉似花含露，玉樹流光照後庭。」描摹女性豔麗的外貌和嬌媚的形態，輕佻撩人。《隋書•樂志》云：「（陳後主）與幸臣等製其歌詞，綺豔相高，極於輕蕩，男女唱和，其音甚哀。」唐人杜牧詩云：「商女不知亡國恨，隔江猶唱〈後庭花〉」，〈玉樹後庭花〉被賦予「亡國之音」，為世詬病。

三、心懷天下，期望國富民康

唐代帝王如唐太宗、武則天、唐玄宗都是有遠見卓識和恢宏氣魄的君王。他們在統治時期，精心治理國政，在政治、經濟、軍事、文化方面實施了一系列有效的措施促進社會的發展，令唐朝的國力強盛。在詩中體現出他們心懷天下，希望國富民康的思想。

唐太宗吸取隋朝滅亡的教訓，清楚明白只有心系百姓才能得到百姓的擁戴：「為君之道，必須先存百姓。若損百姓以奉其身，猶割脛以啖腹，腹飽而身斃。若安天下，必須先正其身，未有身正而影曲，上理而下亂者。」[2]唐太宗引用荀子的話，以「舟」比喻為君王，以「水」

比喻為百姓，唐太宗說：「舟所以比人君，水所以比黎庶，水能載舟，亦能覆舟。爾方為人主，可不畏懼！」[3] 他在詩中表達心懷天下、以民為本、期望國富民康的治國理念。「垂衣天下治，端拱車書同」（〈重幸武功〉）追求無為之治；「芸黃徧原隰，禾穎積京畿」（〈幸武功慶善宮〉）描寫秋收時豐收的場景；「懷珍愧隱德，表瑞佇豐年」（〈喜雪〉）喜歡瑞雪預兆豐年；「對此欣登歲，披襟弄五弦」（〈詠雨〉）喜歡春雨帶來五穀成熟。這些詩句表現了唐太宗博大的胸襟。

　　武則天的詩中亦包含心懷天下、期望國富民康的思想。如「天下光宅，海內雍熙」（〈曳鼎歌〉）追求天下充滿恩澤，海內和樂之治；「均露均霜標勝壤，交風交雨列皇畿」（〈石淙〉）顯示武則天「普天之下，莫非王土」之霸氣，所有的一切都是君王擁有，展現出武氏非凡的氣概。

　　唐玄宗在執政前期任用賢能，專心朝政，發展生產。〈千秋節宴〉中有「處處祠田祖，年年宴杖鄉。深思一德事，小獲萬人康」之句，表達了對農神、老人的尊敬和對國富民康的關注；〈野次喜雪〉中有「為知勤恤意，先此示年豐」之句，反映了唐玄宗從農業豐收的角度喜愛瑞雪；〈賜諸州刺史以題座右〉中有「視人當如子，愛人亦如傷。講學試誦論，阡陌勸耕桑」之句，顯示唐玄宗教導刺史顧恤百姓和鼓勵百姓務農，反映唐玄宗體恤民情、重視農業。

　　唐德宗慶賀年成豐收並希望天下安康。如〈中和節賜群臣宴賦七韻〉「庶遂亭育恩，同致寰海康」、〈重陽節賜宴曲江亭賦六韻詩用清字〉「朝野慶年豐，高會多歡聲」，顯示君王的思想。

四、個性溶於君王的地位

　　唐代帝王詩歌展現了帝王氣象，反映出帝王權力的威嚴，帝王的個性沒有過分張揚，帝王不像文人可以隨意在詩中發揮，將喜怒哀樂表達無遺。唐代帝王都以君王的地位控制個性，讓個人的感情流露與帝王的地位保持一致，維護帝王的形象。

　　唐太宗〈望送魏徵葬〉：「閶闔總金鞍，上林移玉輦。野郊愴新別，河橋非舊餞。慘日映峰沈，愁雲隨蓋轉。哀笳時斷續，悲旌乍舒卷。望望情何極，浪浪淚空泫。無復昔時人，芳春共誰遣。」魏徵敢於直言忠諫，協助唐太宗治理國家，形成了「貞觀之治」。唐太宗哀痛魏徵的去世，流露出帝王真摯的感情。詩題「望送」暗含君臣關係，情感含蓄蘊藉，隱而不彰，字眼準確，符合君王的身份。在詩裏首先指出望送之地點，「閶闔」是傳說中的天門，這裏泛指宮門，「上林」是苑名，「金鞍」、「玉輦」是帝王身份的象徵，一開始就含蓄地表明帝王送臣子。「愴新別」、「非舊餞」，感情深沉。中二聯寫景，以景物如「慘日」、「愁雲」、「哀笳」、「悲旌」襯托悲情，由景生情，「望望情何極，浪浪淚空泫」，使用「望望」、「浪浪」疊字，一唱三歎，表達悲哀之情。尾聯感慨，顯露落寞之情。以「昔時人」稱魏徵，從中可見君臣關係。此詩是唐太宗少有的蘊含強烈感情之作，詩歌含蓄婉麗，深沉曲折，完全符合儒家思想中「樂而不淫，哀而不傷」的標準。

　　武則天在〈臘日宣詔幸上苑〉將個性與女王的地位融合在一起：「明朝遊上苑，火急報春知。花須連夜發，莫待曉風吹。」《唐詩紀事》交待此詩的背景云：「天授二年（691）臘，卿相欲詐稱花發，請幸上苑，

有所謀也。許之。尋疑有異圖，乃遣使宣詔曰……於是凌晨名花布苑，群臣咸服其異。后託術以移唐祚，此皆妖妄，不足信也。」[4] 在此詩中武氏命令花兒必須今天晚上盛開，不能等到明天。「火急」反映情況緊急，「須」、「莫待」等詞語表命令之意，語氣強硬，反映出武氏的個性是既果斷又霸道，她令大自然俯首聽命，構思奇特，凸現帝王的威嚴和至高無上的權力。個性與君王的地位融為一體，盛氣凌人。

　　唐玄宗推崇道教，與道士交往頻繁。在送別道士的詩歌中，他表達對道士依依不捨的感情，如〈送胡真師還西山〉：「仙客厭人間，孤雲比性閒。話離情未已，煙水萬重山。」以「仙客」尊稱胡真師，以「孤雲比性閒」稱讚胡真師的隱逸。結尾表達了雖然分離，隔著千山萬水，但隔不斷友情。此處沒有直抒胸臆，而是運用山水等自然意象，烘托離情，委婉含蓄，餘音裊裊。此詩極具情思韻味，符合帝王的身份。

　　唐宣宗〈弔白居易〉：「綴玉聯珠六十年，誰教冥路作詩仙。浮雲不繫名居易，造化無為字樂天。童子解吟長恨曲，胡兒能唱琵琶篇。文章已滿行人耳，一度思卿一愴然。」宣宗對白居易在詩歌創作上取得巨大的成就予以高度的評價並對白居易的去世感到哀痛和惋惜。詩歌語言凝練，感情真摯，恰到好處地顯示出宣宗對白居易的無比敬重和愛惜。

　　唐代帝王的詩作受到君王地位的制約，不可能像文人一樣完全發揮個性。唐代帝王的個性溶於君王的地位，並與之相稱。文人寫詩可以從心所欲，隨意發揮，將個性、感情表現得淋漓盡致，並表現出對個體生命和人生的思索和感悟。同樣寫哀悼詩，褚亮〈在隴頭哭潘學士〉：「隴底嗟長別，流襟一慟君。何言幽咽所，更作死生分。轉蓬

飛不息，悲松斷更聞。誰能駐征馬，回首望孤墳。」與唐太宗〈望送魏徵葬〉不同，褚亮悲傷之情貫串全詩。首聯直接描寫哀悼之情。「嗟長別」、「一慟君」這些動作，充滿悲涼情緒。「何言」兩句把哀悼之情高度概括為生死相別，流露出對生命短暫的感慨。頸聯沿用傳統哀悼題材慣用的意象「轉蓬」和「悲松」，以景寫情。尾聯以「駐征馬」、「回首望」，形象地表達對友人的孤墳難捨難分，營造了生死相別的悲慘淒涼的意境，蘊含對生命的強烈感悟。此詩表達悲傷的內涵遠比唐太宗〈望送魏徵葬〉豐富。又如盧照鄰悼念友人的詩作，悲痛的情感貫穿全文，如「歌筵長寂寂，哭位自蒼蒼。」（〈哭金部韋郎中〉）、「送君一長慟，松臺路幾千。」（〈哭明堂裴主簿〉）、「聞君絕弦曲，吞恨更無言。」（〈同崔錄事哭鄭員外〉）悲哀之情，直露無遺。同樣以送別為主題，李白〈贈汪倫〉云：「李白乘舟將欲行，忽聞岸上踏歌聲。桃花潭水深千尺，不及汪倫送我情。」詩人以直呼自己的姓名作為開始，以直呼對方的姓名作結，盡顯親切和自然。詩人以桃花潭水高度評價汪倫的友情，感情直率真摯。與帝王詩表達感情的含蓄蘊藉截然不同。唐代帝王無論寫甚麼題材包括哀悼詩和贈別詩，都會注意君王的身份，不會像文人那樣寫得很悲慘淒涼，在感情流露、遣詞造句方面都會非常講究，將個性溶於君王的地位，保持帝王的形象。

五、排斥詩裏的淒苦與憤懣

　　唐代帝王詩集中描寫了富麗堂皇的宮廷生活，部分詩歌反映了帝王心懷天下、期望國富民康的政治理想。唐代帝王詩鋪陳了帝王統

一天下的恢宏氣勢和追求儒家道德規範典雅端莊之風,排斥詩裏的淒
苦、寒酸、不平與憤懟。以描寫戰爭的詩歌為例,唐太宗的〈傷遼東
戰亡〉:「鑿門初奉律,仗戰始臨戎。振鱗方躍浪,騁翼正淩風。未
展六奇術,先虧一簣功。防身豈乏智,殉命有餘忠。」此詩作於貞觀
十九年(645),太宗親自率軍征伐高麗。詩歌悼念在遼東陣亡的戰
士,首四句太宗稱讚將士奔赴戰場的決心和在戰場英勇作戰之姿,「未
展」二句哀歎將士未施奇術、功虧一簣、戰死沙場,最後二句對將士
不顧個人安危,殉命戰場,忠貞為國予以高度讚揚。全詩悲懷壯烈,
以君王的身份,對為國家捐軀的戰士表示哀悼,格調高雅,絲毫沒有
淒苦不平的基調。唐玄宗的〈平胡〉和〈旋師喜捷〉都有描寫將士英
勇奮戰的場面,其中〈平胡〉描寫更加細緻:「雜虜忽猖狂,無何敢
亂常。羽書朝繼入,烽火夜相望。將出凶門勇,兵因死地強。蒙輪皆
突騎,按劍盡鷹揚。鼓角雄山野,龍蛇入戰場。流膏潤沙漠,濺血染
鋒鋩。霧掃清玄塞,雲開靜朔方。武功今已立,文德愧前王。」前四
句交代平胡的原因,中八句描寫將士威武的臨戰英姿,結尾四句描寫
平胡取得勝利。全詩氣勢磅礡、威武有力。從詩歌中可知初盛唐帝王
生活優越,以統治者的角度看戰爭,把戰爭勝利作為統治國家中樹立
武功的政績,認為戰士戰死疆場是為國捐軀的英雄行為,在他們的詩
作裏是沒有對戰爭的負面描寫。初盛唐文人在詩作裏表達對戰爭不同
的看法,包括從軍的艱苦生活、將士遭受的挫折和對家人的思念之情、
戰爭對社會帶來的嚴重影響等等,如李白的〈戰城南〉嚴厲批評天寶
末年唐玄宗的窮兵黷武政策,反映了戰士的悲慘命運,詩歌充滿了憤
懟之氣。〈北風行〉以一個幽州思婦的口吻敍述了她的丈夫戰死疆場,
「黃河捧土尚可塞,北風雨雪恨難裁」抒發了悲恨之情。杜甫的〈兵

車行〉通過征夫對過路者的回答反映了天寶年間窮兵黷武導致的各種社會問題和人民遭受的苦難,「新鬼煩冤舊鬼哭,天陰雨濕聲啾啾」發出抑鬱不平的吶喊。杜甫的〈哀江頭〉、〈哀王孫〉、〈悲陳陶〉、〈悲青阪〉等詩反映了安史之亂下人民淒苦、寒酸的生活,詩歌蒼涼悲壯。常建〈吊王將軍墓〉憑弔戰死疆場的王將軍,沉痛悲切,殷璠評曰:「然一篇盡善者,『戰餘落日黃,軍敗鼓聲死』,『今與山鬼鄰,殘兵哭遼水』,屬思既苦,詞亦警絕。潘岳雖云能敘悲怨,未見如此章。」[5]唐代文人憂國憂民,敢於反映時政、抨擊時弊,表現在詩中是滿懷憤懣不平之氣,詩歌具有強烈的藝術感染力和深刻的思想內涵,這些正是唐代帝王詩所缺乏。

　　唐代帝國經濟繁榮、國力強盛,處於蓬勃向上的時期,造就了帝王有一種胸有成竹、自信豪邁的氣魄。同是寫戰爭,亂世之君與唐代之君的寫法各有不同。如曹操在〈蒿里行〉反映了建安初關東義士起兵討伐董卓以及軍閥混戰、自相戕殺的戰爭,並哀悼戰亂給人民帶來深重的災難。絲竹相和,伴隨悲涼的樂曲,曹操抒發悲哀蒼涼的情思,對戰爭曠日持久,令到民不聊生深感歎惜,詩歌蘊含建安文學慷慨悲涼的濃烈情調,顯示出亂世之君憂國憂民的政治情懷。鍾嶸評曰:「曹公古直,甚有悲涼之句」。[6]所言甚是。

　　中國古代詩歌,從《詩經》到《楚辭》,均有對現實的黑暗和政治的腐朽表示強烈的不滿,在詩中表現為淒苦、寒酸、不平、憤懣等不同的感情格調。《詩經》有兩種諷刺性作品:一種是勞動人民所作的諷刺性民歌,主要存在《國風》中;另一種是貴族文人諷刺時事,勸諭統治者之作,主要保存在《大雅》、《小雅》。前者如《伐檀》,對剝削者不勞而食表現出極大的憤慨,感情直露激昂,充分體現出「詩

可以怨」的社會作用。後者較為有代表性的諷諭詩作是《大雅》中的〈桑柔〉、〈瞻卬〉、〈民勞〉等和《小雅》中的〈正月〉、〈十月之交〉、〈北山〉、〈巷伯〉等。以《小雅・北山》為例，詩歌描寫了士階層被役使，每天辛勤地勞動，盡心竭力，欲提心吊膽，害怕出錯被治罪，而大夫安閒舒適、安坐家中，飲酒享樂，不幹活卻挑剔士的錯誤。通過兩個階層強烈的對比，揭露了統治階級上層的腐朽生活，反映了下層的怨憤不滿。此詩鋪寫陳述為主，但怨憤之情貫穿其中，尤其是「大夫不均，我從事獨賢」，情切辭真，一語破的。

又如屈原的作品〈離騷〉、《九章》等，猛烈地批判楚國政治黑暗腐朽。屈原主張修明法度、舉賢授能的美政理想，當理想破滅後，他抒發憂憤和悲愴的感情，呼天搶地，令人悲慟。如〈離騷〉云：「長太息以掩涕兮，哀民生之多艱。余雖好修姱以鞿羈兮，謇朝誶而夕替。」屈原哀歎人生道路的艱難、生不逢時、忠不見用，以香草美人托喻，感傷、失望、悲愴、憤懑等多種情感交織，將內心世界描寫得細膩和深沉。《九章・悲回風》云：「涕泣交而淒淒兮，思不眠以至曙。終長夜之曼曼兮，掩此哀而不去。」詩中痛哭流涕、憂傷哀怨隨處可見，屈原「發憤以抒情」（《九章・惜誦》），將滿腹悲傷和鬱結傾述，痛斥君王的昏庸糊塗、讒佞小人的誤國敗政，表明自己堅持美好的節操、追求理想九死不悔的執著精神以及對故國依依不捨的眷念深情，刻劃出鮮明的個性。詩中屢次出現「掩涕」和「流涕」等詞，顯示出詩人嗚咽悲傷的情懷，主觀色彩濃厚。

從《詩經》和《楚辭》可以看到，無論是勞動人民，還是貴族文人，對黑暗的現實和腐朽的統治者，會表示不滿和抗議；對社會的不良現象，會予以揭露和批評。「詩可以怨」，詩歌充滿了淒苦、寒酸

不平和憤懣的感情因素。此外，「詩可以怨」的思想在六朝以前的詩作中均有體現。鍾嶸在《詩品》中以「怨」為標準評論歷代詩人詩作，如評論古詩「多哀怨」，李陵「文多悽愴，怨者之流」，班婕妤「詞旨清捷，怨深文綺」，曹植「情兼雅怨，體被文質」，王粲「發愀愴之詞，文秀而質羸」，左思「文典以怨，頗為精切」，秦嘉「文亦悽怨」，劉琨「善為悽戾之詞，自有清撥之氣……善敘喪亂，多感恨之詞」。[7] 以曹植為例，他後期受到曹丕的迫害，詩歌主要表達壯志在現實中無法實現所產生的悲憤之情。〈贈白馬王彪〉是曹植後期的代表作品之一，詩歌描寫曹植和白馬王曹彪在回國途中被迫分手的悲憤情緒，對曹丕的迫害提出抗議，反映了統治階級內部骨肉相殘的狀況。曹植目睹秋天景物蕭條淒涼：「秋風發微涼，寒蟬鳴我側。原野何蕭條，白日忽西匿。」觸景生情，那是深沉而強烈的悲痛之情，包括對任城王曹彰被曹丕毒死的死別之悲：「奈何念同生，一往形不歸」，與白馬王曹彪訣別之悲：「收淚即長路，援筆從此辭」以及對命運無常、人生苦短之悲：「變故在斯須，百年誰能持」。曹植身為貴族，他對親友和人生的悲慨是發自內心，真切和深痛。

　　從以上眾多的例子可以總結出唐朝以前的詩歌，無論是勞苦大眾還是貴族文人，在詩裏表現對黑暗現實的不滿，對社會不合理的現象的憤懣。詩人傷春悲秋，有時甚至是淚流滿面，詩歌充滿淒涼悲苦的氣氛。而唐代帝王詩既沒有傷春悲秋、痛苦流涕的場景，也沒有悲涼、慘戚的情緒。唐代帝王眼中的景物是壯麗的，春夏秋冬之景多為樂景，這是因為帝王的地位決定他們如此寫景物，不可能將眼中的萬事萬物描寫得很悲慘。即使在唐末，面對藩鎮割據、宦官亂權和朋黨傾軋等嚴重問題，王朝即將覆滅，皇帝在詩歌裏也沒有流露出過分悲傷和鬱

憤之情。如文宗〈宮中題〉：「輦路生春草，上林花發時。憑高何限意，無復侍臣知」，將「甘露之變」事件後，他受宦官管控的狀況含蓄地表達出來，並沒有酣暢淋漓地痛罵宦官。又如昭宗的詠雷句：「只解劈牛兼劈樹，不能誅惡與誅兇」，雖然借自然界的雷聲指桑罵槐，但沒達到非常激烈的程度。

　　綜上所述，唐代帝王居高臨下看待事物，山川、河流、樓臺、殿閣都在他們的視野之下、掌握之中。他們對事物不偏不倚，持衡穩重，描繪景物則是典雅端莊。他們尊崇儒家之道，宣揚禮樂文化。他們沒有像六朝帝王創作荒淫浪蕩的宮體詩，而所作之詩雍容華貴、富而不奢、華而不靡。詩作精心用典，具有教化、警戒和鼓舞作用。唐代帝王心懷天下、期望國富民康，表現出博大的胸襟。他們以君王的地位控制個性，情感含蓄蘊藉，隱而不彰，用詞準確，排斥詩裏的淒苦、寒酸、不平與憤懣，顯示出非凡氣象。

1. 胡震亨，《唐音癸籤》，上海：中華書局上海編輯所，1959，第 36 頁。
2. 吳兢撰，謝保成集校：《貞觀政要集校》，北京：中華書局，2003，第 11 頁。
3. 吳兢撰，謝保成集校：《貞觀政要集校》，北京：中華書局，2003，第 213 頁。
4. 計有功：《唐詩紀事》，上海：上海古籍出版社，2008，第 24 頁。
5. 殷璠：《河嶽英靈集》評常建詩，見傅璇琮編《唐人選唐詩新編》
   西安：陝西人民教育出版社，1996，第 115 頁。
6. 鍾嶸：《詩品》轉引自何文煥《歷代詩話》，北京：中華書局，1981，第 17 頁。
7. 鍾嶸：《詩品》轉引自何文煥《歷代詩話》，北京：中華書局，1981，第 6-12 頁。

參考文獻

(按書名首字母的音序及出版的年序排列)

B

李百藥：《北齊書》，北京：中華書局，1972。

李延壽：《北史》，北京：中華書局，1974。

溫儒敏，費振剛主編：《百年學術：北京大學中文系名家文存（文學卷）》，北京：北京大學出版社，2008。

C

姚思廉：《陳書》，北京：中華書局，1972。

王夢鷗：《初唐詩學著述考》，台灣：台灣商務印書館，1977。

王欽若等撰：《冊府元龜》，北京：中華書局，1989。

俞樾：《茶香室叢鈔》，收於《續修四庫全書》，上海：上海古籍出版社，2002。

王夫之：《楚辭通釋》，收於《續修四庫全書》，上海：上海古籍出版社，2002。

聶永華：《初唐宮廷詩風流變考論》，北京：中國社會科學出版社，2002。

宇文所安著，賈晉華譯：《初唐詩》，北京：生活 • 讀書 • 新知三聯書店，2004。

徐堅等著：《初學記》，北京：中華書局，2004。

趙小華：《初盛唐禮樂文化與文士、學士關係研究》，廣州：廣東人民出版社，2011。

彭慶生：《初唐詩歌系年考》，北京：北京大學出版社，2012。

D

蕭滌非選注：《杜甫詩選注》，北京：人民文學出版社出版，1979。

劉肅：《大唐新語》，北京：中華書局，1984。

徐松撰：《登科記考》，收於《續修四庫全書》，上海古籍出版社，2002。

李世民撰：古本《帝範》，日本：東京大學圖書館藏，2002。

F

阮元編：《分門纂類唐歌詩》，楊州：廣陵古籍，1988。

G

錢熙祚撰，章樵注：《古文苑》，臺北：藝文印書館，1968。

石觀海：《宮體詩派研究》，武漢：武漢大學出版社，2003。

胡大雷：《宮體詩研究》，北京：商務印書館，2004。

王夫之：《古詩評選》，上海：上海古籍出版社，2011。

H

王力：《漢語詩律學》，上海：上海教育出版社，1958。

班固撰，顏師古注：《漢書》，北京：中華書局，1962。

范曄撰，李賢等注：《後漢書》，北京：中華書局，1965。

葛曉音：《漢唐文學的嬗變》，北京：北京大學出版社，1990。

李文初：《漢魏六朝文學研究》，廣東：廣東人民出版社，2000。

黃亞卓：《漢魏六朝公宴詩研究》，上海：華東師範大學出版社，2006。

J

房玄齡等撰：《晉書》，北京：中華書局，1974。

劉昫等撰：《舊唐書》，北京：中華書局，1975。

崔瑞德編：《劍橋中國隋唐史》，北京：中國社會科學出版社，1990。

許總：《唐詩體派論》，臺北：文津出版社，2000。

K

王仁裕撰，曾貽芬點校：《開元天寶遺事》，北京：中華書局，2006。

王應麟：《困學紀聞》，上海：上海古籍出版社，2008。

L

姚思廉：《梁書》，北京：中華書局，1973。

鄭玄注，孔穎達疏，阮元校刻：《禮記正義》，見《十三經注疏》，北京：中華書局，1980。

何文煥輯：《歷代詩話》，北京：中華書局，1980。

丁福保輯：《歷代詩話續編》，北京：中華書局，1983。

雍文華編：《羅隱集》，北京：中華書局，1983。

呂不韋：《呂氏春秋》，上海：上海古籍出版社，1989。

M

郭璞注：《穆天子傳》，上海：上海古籍出版社，1990。

鄭處誨撰，田廷柱點校：《明皇雜錄》，北京：中華書局，1994。

鍾惺：《名媛詩歸》，四庫全書存目叢書編纂委員會編《四庫全書存目叢書》，濟南：齊魯書社，1997。

N

李延壽：《南史》，北京：中華書局，1975。

曹道衡、沈玉成編著：《南北朝文學史》，北京：人民文學出版社，1991。

趙翼：《甌北詩話》，北京：人民文學出版社，1998。

P

《毗陵集》，臺北：藝文書局，1971。

Q

彭定求等編：《全唐詩》，北京：中華書局，1960。

董誥等：《全唐文》，北京：中華書局，1983。

陳尚君：《全唐詩補編》，北京：中華書局，1992。

錢鍾書：《七綴集》，北京：生活 • 讀書 • 新知三聯書店，2002。

權德輿：《權載之文集》卷十七《王公（端）神道碑銘並序》，收《續修四庫全書》，上海古籍出版社，2002。

杜曉勤：《齊梁詩歌向盛唐詩歌的轉變》，北京：北京大學出版社，2009。

S

胡應麟：《詩藪》，上海：中華書局上海編輯所，1958。

司馬遷著：《史記》，北京：中華書局，1959。

《四部叢刊初編集部》，臺灣：臺灣商務印書館，1965。

魏徵等撰：《隋書》，北京：中華書局，1973。

劉餗：《隋唐嘉話》，北京：中華書局，1979。

鄭玄注，孔穎達疏，阮元校刻：《尚書正義》，見《十三經注疏》上冊，北京：

中華書局，1980。

毛先舒，郭紹虞編選，富壽蓀校點：《詩辯坻》，收於《清詩話續編》，上海：上海古籍出版社，1983。

許學夷：《詩源辯體》，北京：人民文學出版社，1987。

傅璇琮主編：《唐才子傳校箋》，北京：中華書局，1987。

葛曉音：《詩國高潮與盛唐文化》，北京：北京大學出版社，1998。

永瑢，紀昀主編：《四庫全書總目提要》，海南：海南出版社，1999。

《四庫未收書輯刊》，北京：北京出版社，2000。

陶敏、李一飛著：《隋唐五代文學史料學》，北京：中華書局，2001。

十三經辭典編纂委員會：《十三經辭典·毛詩卷》，西安：陝西人民出版社，2002。

羅宗強：《隋唐五代文學思想史》，北京：中華書局，2003。

宇文所安著：《盛唐詩》，北京：三聯書店，2004。

王仲犖著：《隋唐五代史》，北京：中華書局，2007。

T

王溥：《唐會要》，北京：中華書局，1955。

沈德潛：《唐詩別裁集》，上海：上海古籍出版社，1979。

胡震亨：《唐音癸籤》，上海：上海古籍出版社，1981。

李林甫等撰：陳仲夫點校，《唐六典》，北京：中華書局，1992。

陳伯海主編：《唐詩匯評》，杭州：浙江教育出版社，1995。

陳伯海著：《唐詩學引論》，上海：東方出版社，1996。

傅璇琮主編：《唐人選唐詩新編》，陝西：陝西人民教育出版社，1996。

聞一多撰：《唐詩雜論》，上海：上海古籍出版社，1998。

傅璇琮、陶敏：《唐五代文學編年史》，瀋陽：遼海出版社，1998。

傅璇琮：《唐詩論學叢稿》，北京：京華出版社，1999。

余恕誠：《唐詩風貌》，合肥：安徽大學出版社，2000。

杜佑：《通典》，浙江：浙江古籍出版社，2000。

上海古籍出版社編：《唐五代筆記小說大觀》，上海：上海古籍出版社，2000。

賈晉華：《唐代集會總集與詩人群研究》，北京：北京大學出版社，2001。

王讜：《唐語林》，收於《續修四庫全書》，上海：上海古籍出版社，2002。

陳文華：《唐詩史案》，上海：上海古籍出版社，2003。

郁賢皓、胡可先著：《唐九卿考》，北京：中國社會科學出版社，2003。

吳雲，冀宇校注：《唐太宗全集校注》，天津：天津古籍出版社，2004。

陳伯海等著：《唐詩學史稿》，石家莊：河北人民出版社，2004。

傅璇琮、羅聯添主編：《唐代文學研究論著集成》，西安：三秦出版社，2004。

袁行霈：《唐詩風神及其他》，香港：香港城市大學，2005。

李福長：《唐代學士與文人政治》，濟南：齊魯書社，2005。

沈松勤、胡可先、陶然著：《唐詩研究》，杭州：浙江大學出版社，2006。

李從軍：《唐代文學演變史》，北京：人民文學出版社，2006。

蔣紹愚：《唐詩語言研究》，北京：語文出版社，2008。

計有功輯撰：《唐詩紀事》，上海：上海古籍出版社，2008。

吳宗國：《唐代科舉制度研究》，北京：北京大學出版社，2010。

王夫之：《唐詩評選》，上海：上海古籍出版社，2011。

黃樓：《唐宣宗大中政局研究》，天津：天津古籍出版社，2012。

W

劉勰著，范文瀾注：《文心雕龍注》，人民文學出版社，1958。

李昉等編：《文苑英華》，北京：中華書局，1966。

汪籛：《汪籛隋唐史論稿》，北京：中國社會科學出版社，1981。

蕭統編，李善注：《文選》，上海：上海古籍出版社1986。

羅宗強：《魏晉南北朝文學思想史》.北京：中華書局，1996。

　（日）遍照金剛撰，盧盛江校考：《文鏡秘府論彙校彙考》，北京：中華書局，2006。

　宇文所安著，賈晉華譯：《晚唐詩》，北京：生活・讀書・新知三聯書店，2011。

X

王士禎：《香祖筆記》，上海：上海古籍出版社，1982。

歐陽修，宋祁等撰：《新唐書》，北京：中華書局，1975。

逯欽立輯校：《先秦漢魏晉南北朝詩》，北京：中華書局，1983。

Y

何偉棠：《永明體到近體》，廣東高等教育出版社，1994。

歐陽詢撰，汪紹楹校：《藝文類聚》，上海：上海古籍出版社，1999。

　方回選評，李慶甲集評校點：《瀛奎律髓彙評》，上海：上海古籍出版社，2005。

　王世貞著，陸潔棟，周明初批註：《藝苑巵言》，南京：鳳凰出版社，2009。

Z

梁乙真：《中國婦女文學史綱》，上海：開明書店，1932。

游國恩等主編：《中國文學史》，北京：人民文學出版社，1963。

謝無量：《中國大文學史》卷六，臺北：中華書局，1967。

令狐德棻等撰：《周書》，北京：中華書局，1971。

司馬光：《資治通鑑》，北京：中華書局，1956。

劉大杰：《中國文學發展史》，上海：上海古籍出版社，1982。

尚定：《走向盛唐》，北京：中國社會科學出版社，1994。

孟二冬：《中唐詩歌之開拓與新變》，北京：北京大學出版社，1998。

吳兢撰、謝保成集校：《貞觀政要集校》，北京：中華書局，2003。

胡可先：《政治興變與唐詩演化》，北京：中國社會科學出版社，2003。

宇文所安著：《中國「中世紀」的終結》，北京：三聯書店，2004。

毛慶耆、郭小湄著：《中國文學通義》，湖南：岳麓書社，2006。

袁行霈著：《中國詩歌藝術研究》，北京：北京大學出版社，2009。

學位論文：

祝良文：《初唐宮廷詩考論》，華東師范大學博士論文，2005年。

期刊論文

(按期刊的出版年序排列)

吳雲：〈試論唐太宗的詩〉，《天津師大學報》，1985，3：74-78。

張業敏：〈略論唐人對齊梁詩風的批判〉，《文學遺產》，1991，1：25-30。

陳飛：〈唐代科舉制度與文學的精神品質〉，《文學遺產》，1991，2：34-43。

趙克堯：〈盛唐氣象論〉，《復旦學報》，1991，4：68-78。

王玉梅：〈宮體詩與唐太宗〉，《浙江師大學報》，1993，1：34-37。

薛平拴：〈論唐玄宗與道教〉，《陝西師大學報》，1993，3：83-89。

張思齊：〈論唐太宗唐高宗關於遼東的詩文〉，《吉首大學學報》，1996，4：26-30。

高青：〈論唐太宗李世民的詩歌〉，《山西大學學報》，1996，4：84-87。

葛洪：〈唐太宗詩的美學評判〉，《中山大學研究生學刊》，1997.1：29-34.

林繼中：〈初唐：宮廷詩的消化〉，《河北大學學報》，1997，2：1-6.

傅璇琮：〈唐初三十年的文學流程〉，《文學遺產》，1998，5：30-40.

張學忠：〈李世民的審美價值觀與初唐詩風的嬗變〉，《吉林大學學報》，1999，4：62-66.

陳順智：〈論唐太宗的雅正文學觀及其對貞觀詩壇的影響〉，《武漢大學學報》，1999，4：71-77.

張海沙：〈唐太宗的佛學思想及其詩作〉，《暨南學報》，1999，5：30-35.

吳格言：〈武則天執政對初唐詩歌發展的影響〉，《齊魯詩刊》，1999，6：60-63.

張毅：〈南北文學的合流與初唐詩歌〉，《南開學報》，1999，6：92-98.

吳承學，何志軍：〈詩可以群──從魏晉南北朝詩歌創作形態考察其文學觀念〉，《中國古代、近代文學研究，》2002，2：148-156.

許總：〈盛唐詩繁榮的人學視野〉，《中州學刊》，2002，2：91-95.

丁放：〈張說、張九齡集團與開元詩風〉，《文學評論》，2002，2：153-159.

郝明，鄒進先：〈論唐太宗的文學思想〉，《遼寧師範大學學報》，2002，5：67-69.

張申平：〈唐太宗的個性和生命意識與其詩歌創作〉，《福州大學學報》，2004，3：56-61.

丁放，袁行霈：〈李林甫與盛唐詩壇〉，《文學遺產》，2004，5：47-59.

王述堯：〈唐太宗與盛唐氣象〉，《綏化師專學報》，2004，2：71-72.

丁放，袁行霈：〈唐玄宗與盛唐詩壇──以其崇尚道家與道教為中心〉，《中國社會科學》，2005，4：154-165.

郭海文：〈武則天詩歌研究〉，《渭南師範學院學報》，2009，1：31-35.

陶文鵬：〈在物與物關係中融入感覺情思──論晉至唐詩人表現自然美的方法〉，《文學遺產》，2010，3：4-15.

後　記

　　本書是在我的博士論文基礎上修改而成。治學是一個艱難和漫長的過程，我對此深有體會。我於 2006 年考入中山大學，師從張海鷗教授攻讀古代文學。作為一位兼職修讀的香港學生，在繁忙的工作之餘，還要爭分奪秒地研究古代詩歌，當中一定要付出辛勤的努力，別無捷徑。求學期間，個人屢罹厄運，憑著堅毅，終於走出低谷，完成博士論文。艱辛的過程不僅磨煉了我的意志，而且加深了我對唐代帝王詩歌與詩壇和唐代文學史的發展特點和流變規律的理解。

　　衷心感謝張海鷗教授悉心指導我，讓我拓寬學術視野、掌握原始材料以及加強理論分析，從整體上提高學術涵養。張老師的諄諄教誨和嚴謹的治學精神，令我獲益終生。

　　在畢業論文寫作期間，得到吳承學教授、彭玉平教授和孫立教授提出寶貴的指導意見，讓我獲益匪淺。謹在此向三位老師致以誠摯的謝意。

　　我尤其要感謝啟蒙老師——暨南大學郭小湄和毛慶耆教授伉儷，兩位老師一直鼓勵我踏實鑽研學問。

　　感謝同學們，包括唐碧紅、譽高槐、謝敏玉、張振謙、張奕琳、陳慧和寧群娣等等，在我學習期間給予的幫助和關心。

　　最後，感謝我的父親周家國和母親潘玉燕以及其他親朋好友，協助我克服了很多困難，順利完成博士論文和此書的出版，讓夢想成真。

由於篇幅所限，一些問題未能深入探討，留待日後具體闡述。本人學識疏淺，訛漏固所難免，敬請諸位方家不吝指正為盼。

周瀚

2021 年 2 月 28 日於香港瀚墨軒

當代人文學術叢書

唐代帝王詩歌與詩壇

作　　　　者：　周　瀚
責 任 編 輯：　黎漢傑
內 文 排 版：　張智鈞
法 律 顧 問：　陳煦堂 律師

出　　　　版：　初文出版社有限公司
電　　　　郵：　manuscriptpublish@gmail.com

印　　　　刷：　柯式印刷有限公司
　　　　　　　　香港北角屈臣道 4-6 號海景大廈 B 座 605 室
　　　　　　　　電話：　(852) 2565-7887　傳真：　(852) 2565-7838

發　　　　行：　香港聯合書刊物流有限公司
　　　　　　　　香港新界荃灣德士古道 220-248 號
　　　　　　　　荃灣工業中心 16 樓
　　　　　　　　電話：　(852) 2150-2100　傳真：　(852) 2407-3062

臺 灣 總 經 銷：　貿騰發賣股份有限公司
　　　　　　　　電話：　886-2-82275988　傳真：　886-2-82275989
　　　　　　　　網址：www.namode.com

新 加 坡 總 經 銷：　新文潮出版社私人有限公司
地　　　　址：　71 Geylang Lorong 23, WPS618 (Level 6),
　　　　　　　　Singapore 388386
　　　　　　　　電話：　(65) 8896-1946
　　　　　　　　電郵：contact@trendlitstore.com

版　　　　次：　2021 年 12 月初版
國 際 書 號：　978-988-75149-4-7
定　　　　價：　港幣 128 元　新臺幣 390 元

Published and printed in Hong Kong